비평의
숙명

책임 편집 | 정과리

1958년 대전에서 태어나, 서울대학교 불어불문학과와 같은 과 대학원을 졸업했다. 1979년 『동아일보』 신춘문예에 「조세희론」으로 입선하며 평단에 나왔다. 지은 책으로 『문학, 존재의 변증법』 『존재의 변증법 2』 『스밈과 짜임』 『문명의 배꼽』 『무덤 속의 마젤란』 『문학이라는 것의 욕망』 『문신공방 하나』 『네안데르탈인의 귀환 —소설의 문법』 『네안데르탈인의 귀향 —내가 사랑한 시인들·처음』 『글숨의 광합성 —한국 소설의 내밀한 충동들』 『1980년대의 북극꽃들아, 뿔고등을 불어라 —내가 사랑한 시인들·두번째』 『뫼비우스 분면을 떠도는 한국문학을 위한 안내서 —존재의 변증법 5』 『문신공방 둘』 『문신공방 셋』 『'한국적 서정'이라는 환(幻)을 좇아서 —내가 사랑한 시인들·세번째』 『한국 근대시의 묘상 연구 —님'은 '머언 꽃'을 어찌 피우시는가』 등이 있다. 소천비평문학상, 팔봉비평문학상, 대산문학상, 김환태평론문학상, 이형기문학상 등을 수상했다. 현재 연세대학교 국어국문학과 교수로 재직 중이다.

홍정선 유고비평집

비평의 숙명

펴낸날 2023년 8월 21일

지은이 홍정선
책임 편집 정과리
펴낸이 이광호
주간 이근혜
편집 유하은 김필균 이주이 허단 방원경 윤소진
마케팅 이가은 최지애 허황 남미리 맹정현
제작 강병석
펴낸곳 ㈜문학과지성사
등록번호 제1993-000098호
주소 04034 서울 마포구 잔다리로7길 18 (서교동 377-20)
전화 02)338-7224
팩스 02)323-4180(편집) 02)338-7221(영업)
대표메일 moonji@moonji.com
저작권 문의 copyright@moonji.com
홈페이지 www.moonji.com

ⓒ 홍정선, 2023. Printed in Seoul, Korea

ISBN 978-89-320-4197-1 93800

비평의
숙명

홍정선 유고비평집

문학과
지성사

일러두기

1. 이 책은 저자가 생전에 준비하던 단행본 원고와 저자 사후에 새로 발견된 글로 구성하였다. 단 기존에 발표한 글에서 발표 이후 수정 작업으로 이본(異本)이 많은 경우, 가장 나중에 수정한 원고를 최종본으로 삼았다.

2. 발표 지면 정보는 편집 과정에서 출처를 확인하여 명기하였으나, 찾을 수 없는 것은 그대로 두고 최종 수정 날짜가 원본에 밝혀져 있는 경우에는 발표 지면과 구분하여 명기하였다

3. 원본에서 인용문의 출처를 밝히지 않은 경우, 편집 과정에서 확인하여 명기하였으나 확인이 되지 않은 인용문은 그대로 두었다.

4. 외래어 표기는 국립국어원의 '외래어 표기법'에 따라 바꾸었다. 단 글의 흐름에 영향을 준다고 판단되는 중국어 인명·지명 등은 원본을 그대로 살렸다.

일하는 기쁨의 비평적 변용

—홍정선의 비평 세계를 총체적으로 조명할 날을 위해 바치는
제주(祭酒) 한 잔

정과리
(문학평론가)

글과 삶의 병존

문학평론가이고 인하대 명예교수였으며, 계간『문학과사회』
편집동인과 '문학과지성사' 대표이사를 지낸, 고(故) 홍정선(洪
廷善)은 2022년 8월 21일 서울 아산병원에서 작고했다. 향년
69세. 병인은 심장병이다. 그는 1년 이상 심장이식의 기회를 기
다리며 인내의 시간을 병원에서 보냈으나 끝내 발전된 의학의
도움을 얻지 못했다. 무엇보다도 심장병 외에 병발적으로 진행
된 다른 질병들의 훼방이 의사들의 이식 집도를 망설이게 하였
다. 장기 이식의 실험사는 꽤 오래되었으나 여전히 '대상의 처치
(處置)'라는 근대적 의료 형식을 벗어나지 못하고 있는 형편이
다. '분석수행자(환자)'의 자가 치유 능력을 활성화하는 새로운
의료 개념은 이제 겨우 싹을 내민 상태에 있을 뿐이고 아직 '수

분(受粉)'할 적절한 의학적 성분도 의사와 환자 각각의 임상적 태도의 윤곽도 발명되지 못했다.

이제 그와 이별한 지 1주년을 맞아 유고 비평집을 묶는다. 이 평론집은 고인이 말년에 직접 준비하던 비평집 원고를 중심으로 사후에 새로 발견된 글들을 포함해 구성하였다. 이 글들은 홍정선이 자신의 넘쳐나는 서적을 보관하려고 구입해두었던 성남의 아파트 안방에 놓여 있던 컴퓨터에 저장되어 있었다. 이 아파트에서 홍정선의 작업을 돕던 인하대학교 제자, 이사유와 고재봉이 글들을 최종적으로 정리하였다.

두 사람의 증언에 의하면 홍정선 교수는 자신이 쓴 글들을 끊임없이 수정하였다고 한다. 그래서 컴퓨터에서 발견된 원고 중에는 같은 내용의 여러 개의 변이(變異)도 있었고, 따로 발표된 두 개의 글을 하나로 통합한 경우도 있었다.

고인이 자신의 원고에 대해 명확히 남긴 말이 없었기 때문에, 책의 편집은 일반적인 관행을 따르기로 하였다. 첫째, '변이 모음' 중 가장 늦게 작성된 원고를 최종본으로 한다. 둘째, 두 개의 글을 합성한 경우, 합성본을 완성본으로 간주한다. 셋째, 세미나나 심포지엄에서 발표한 글보다는, '글'로서 출판된 것을 우선으로 한다, 등이다.

이로써 홍정선 교수가 쓴 글들이 거의 책으로 묶인 듯하다. 그렇다고 해서 홍정선 비평 세계의 모든 자료가 확보된 건 아닐 것이다. 우선 그가 공개하기를 꺼려 한 박사학위논문이 있다. 출판 여부가 차후에 논의되어야 할 것이다. 그리고 그가 남긴 강의록 혹은 동영상이 있다. 그 안에는 학생들에게 혹은 일반인들에게 설명하려는 목적으로 진행한 문학작품들에 대한 매우 자상한 분석들이 담겨 있으며, 이 중 어떤 것들은 그의 글에 포함되지 않은 채로 남아 있다. 그 밖에 아직 발견되지 않은 자료가 있을지도 모른다. 그러나 이보다 더 중요한 자원들이 있다. 그의 문학적 활동은 순수한 글쓰기에 집중되지 않았던 연유로 글 바깥에서의 작업들을 문학의 안으로 수용할 필요가 있다는 것이다. 이 필요는 글 바깥에서 행한 일들에 대해 거의 순수한 헌신에 가까운 무상의 행위로서 그가 임했고, 그가 그렇게 한 데에는 자신의 모든 행위를 '문학의 입장'에서 수용한 까닭이라는 판단에서 근거한다.

요컨대 그는 몸으로 글을 쓴 것이었다. 이 형상은 홍정선에게 특별한 고유성을 부여할 수 있다. 왜냐하면 대부분의 문인들은 손으로 글을 쓸 뿐, 몸의 다른 부위들은 '문학'과 무관한 삶의 영역들에 개입하도록 방임하기 일쑤이기 때문이다. 김수영이 "시작(詩作)은 '머리'로 하는 것이 아니고 '심장'으로 하는 것도 아니고 '몸'으로 하는 것이다. '온몸'으로 밀고 나가는 것이다. 정확하게 말하자면, 온몸으로 동시에 밀고 나가는 것이다."(「시여, 침을 뱉어라」)라고 일갈했을 때, 그는 분명 몸의 분리와 합동에 대해서 치밀하게 계산했다고 할 수 있다. 그래서 '동시에'라는 말이 부기된 것이다. 분리에 대한 인식이 없었다면 그 말은 불필요했을 것이다. 그가 문학적 행위에 있어서 '몸'의 사용의 문제를 최초로(한국어로서) 제기한 만큼 썩 심각하게 고민했다는 것은 그의 「양계 변명」 등의 산문, 그리고 시 「죄와 벌」을 통해 충분히 확인할 수 있다. 이런 온몸에 대한 고뇌는 스스로에 대해서

'엄격한', 즉 의식적인(이는 자신에게 신경증적으로 집착하는 것과는 정반대의 태도이다) 문인들에게서 볼 수 있는 현상이다. 김현의 일기, 『행복한 책읽기』에서도 독자는 그런 대목들을 자주 만날 수 있다.

하지만 그렇다고 해서, 이러한 '온몸'의 아비투스habitus가 문학적 성과와 그대로 정비례하는 것은 아니다. 왜냐하면 피조물인 인간이 문학·예술이라는 창조적인 영역에 몸을 던졌을 때, 인간으로서는 감당하기 어려운 모종의 기운이 거기에 작용하여서, 그 기운 위에 여하히 올라 '헤마놓는가'에 따라 예술적 성취가 크게 좌우되기 때문이다('헤마놓다'는 "자기가 탄 말의 고삐를 스스로 잡고 달리다"라는 뜻으로 남영신의 『우리말 분류사전』에만 나온다. 맞춤한 뜻을 담고 있는 다른 어휘가 없어서 가져다 쓴다). 앙드레 지드가 "신의 몫"(『팔뤼드Paludes』)이라고 부른 이 기운의 작동은 예술가와 생명 일반 혹은 우주 전체의 움직임 사이의 무의식적 연관작용을 통해 일어나는 것으로 짐작된다. 이는 그냥 신비한 것이 아니라, 그 연관의 규모와 폭과 깊이가 워낙 방대하기 때문에 예술가 자신은 물론 바깥의 매우 총명한 지적 존재도 명료히 파악하기가 꽤 까다로운 너울로 세상을 휘두르고 있는데, 그에 대한 파악은, 인식적 존재가 의식적으로 개입하는 순간 그 작동에 변화가 초래된다는 불확정성 원리 때문에라도 불가능할 것 같지만 언젠가는 그것을 분석할 수 있는 시기가 올 것이라고 필자는 믿고 있다(그날이 오면 그걸 분석해낼 지적 생명체에게 무슨 일이 일어날 것인지 무척 궁금하다).

냉정히 말하자면, 온몸의 합동은 글 외의 차원에서도 문학을 볼 수 있어야 한다는 진술에 집중된다. 그리고 이는 간단한 문제는 아니다. 왜냐하면 '문학적인 것'의 편재성(遍在性)에 대한 확인과 더불어, 실제의 문학과 문학적인 것 사이의 관계를 캐물어야 할 의무를 요구하기 때문이다. 그리고 그런 문제의 중요한 사례로서 홍정선의 생애가 놓여 있는 것이다.

돌이켜 보건대 홍정선의 경우 거의 대부분의 공적 업무는 바로 문학과의 '온몸'의 합동을 통해서 나타났다고 할 수 있다. 이때 공적 업무는 사회적 직무뿐만이 아니라 인간관계까지 포함시킬 수 있는데, 왜냐하면 그가 문인들과 맺은 인간관계들은 문학 바깥의 일들과 연관된 사안들에 대해서조차도 문학적 행위로 비칠 정도로 헌신적이었기 때문이다.

이 인간관계는 매우 다양하고 복잡한 양상을 보이기 때문에, 그리고 개인 신원의 직접적 노출이라는 위험이 있어서 말하기가 어렵다. 어찌 됐든 필자가 확인한 바로는 그 어떤 양상에서든, 그에 대한 홍정선의 관여는 '탈목적적'이었다는 것이다. 김현이 '써먹을 수 없음'이라고 정의한 문학의 본성 혹은 칸트가 '이해관계로부터의 자유로움disinterest'이라고 규정한 '미적인 것'의 특성이 홍정선의 삶의 실행에서 항상적으로 나타났다는 사실이다. 하나의 예만 들면 이렇다. 그는 중국 쓰촨성에 거주하는 장족(藏族)의 작가 아라이(阿來)와 형제와 같은 우정을 맺었었다. 2015년 5월 25~26일 양일에 걸쳐 제9차 한중작가회의가 쓰촨성 파금문학원(巴金文學院)에서 개최되었었다. 같은 장소에서 저녁 회식이 열렸다. 술로는 마오타이주와 조제 기술이 동일하다는 쓰촨성의 명주 랑주(郎酒)가 나왔다. 그 회의에 참석했던 필자는 중국 작가들의 집중적인 '건배' 공세에 대취의 호수 속으로 수장되고 있었다. 한국 측 대표로서 한국 작가단을 이끌었던 홍정선은 음주를 자제하고 있어서, 필자는 혼몽 속에서 그의 맑은 모습이 부럽기도 하고 원망스럽기도 하였다. 그런데 문득 정신을 차려보니 그는 아라이와 함께 회식 자리에 앉아 구두를 벗어 들고 바닥을 두드려 박자를 맞추면서 알 수 없는 괴성을 지르고 있었다. 필자는 그 노래(?)가 무엇인지 몰랐지만, 그 표정과 몸짓들이 순진무구하기 짝이 없어서 마치 물가에 나온 두 명의 어린아이가 파도의 리듬에 맞추어 손바닥으로 모래를 치면서 노래를 부르고 있는 광경이 두뇌의 스크린에서 펼쳐졌다. 필자는 그때 중국이라는 넓은 땅의 별의별 장소에 원족을 행하고 힘든 업무 처리를 마다하지 않으면서 한·중 작가, 시인 들의 만남을 주선하고 다닌 그의 진심을 읽었다고 생각한다. 그것은 순수한 일의 기쁨이었다. 이 '스스로 합목적적인' 행위, 아니 차라리 '무목적적인' 자세는 그대로 문학적 실천이 아니겠는가?

아마도 그의 이러한 문학적 삶은 필자가 그의 사적 영역이라고 따로 구분했던(「정선 형, 이건 애도가 아니라 곡성이구려」, 『문학과사회』 2022년 겨울호) 그만의 향락의 공간과 어떤 관계가 있는지 모른다. 그러나 홍정선에게 문학이 '헌신' 혹은 '자기 희생'과 직결되었다면, 그의 사적 영역은 은밀한 보바리슴Bovarysme의 성격을 가지고 있다. 따라서 현재의 수준에서는 아직 둘 사이의 연관을 분명히 말하기 어렵다. 자료가 충분치 않지만 언젠가는 이 공적 영역과 사적 영역 사이의 상위성과 그 공모의 생산성에 대해서 분석할 날이 오기를 바란다(이 영역의 '고의적' 분리는 앞에서 언급한, 손으로만 글쓰는 행위와는 무관한 것임을 덧붙여둔다).

홍정선의 문학적 인생

그렇다면 우리는 홍정선의 비평 세계를 온전히 해독하기 위해 그의 삶의 세목들을 꼼꼼히 점검할 필요가 있다. 가장 기초적인 자료들을 짚어보고자 한다. 이에 관해서는 고인이 생전에 직접 작성한 '이력서'가 남아 있다. 이를 참조하여 중요 사항들만을 적는다.

우선 그의 생애. 홍정선은 1953년 3월 7일에 경상북도 예천군 유천면 연천동 263번지에서 부 홍사익과 모 문옥순의 4남 1녀 중 3남으로 태어났다. 예천의 유천국민학교를 나온 후(1966) 대구에 유학하여 대구중학교(1970), 경북고등학교를 졸업(1973)하고 1973년 서울대학교 문리대 국어국문학과에 입학하였다. 초등학교 졸업과 중학교 입학 사이에 1년의 공백이 있는데, 경북중학교 입시에 실패한 후, 아버지의 명에 의해 1년 동안 농사를 지었다고 고백한 적이 있다. 대학교 학사 과정 중에 군 복무를 마쳤다. 서울대학교에서 학사, 석사, 박사 과정을 모두 이수하였으며, 1992년 「근대시 형성과정에 있어서의 독자층의 역할 연구」로 박사학위를 취득하였다. 그는 대학생 시절부터 인천에 오래 살았다. 마지막 거주지의 주소는 인천광역시 남동구 논고개로 10 1203동 202호였다.

다음 사회적 경력. 홍정선은 1982년 3월, 한신대학교 국어국문학과 전임강사로 취임하면서 대학 교수 생활을 시작하였다. 당시에는 제5공화국의 출범과 함께 제정된 졸업정원제 및 대학 설립의 증가로 인해, 교수진이 크게 부족하여 석사학위 취득만으로 취업이 되던 시절이었다. 홍정선을 포함해 상당수의 1970년대 말 석사학위자들이 그 혜택을 입었다. 대학에 들어가자마자 홍정선 교수는 김수행·정운영이 주도하던 한신대학교의 반체제 교수진에 합류하여 그곳에서 발표된 온갖 성명서 작성을 도맡았다. 1992년 9월 인하대학교 한국어문학과로 이직하였다. 새로 옮긴 대학에서는 학교의 행정에 적극적으로 개입하여, 노건일 총장(1998~2002) 재직 시 학생처장을 지내면서 대학·교수·학생의 관계를 원만히 조정하는 데에 능력을 크게 발휘하였다. 또한 문과대학 학장(2009~2011)을 역임하였다.

그리고 문학평론가로서의 이력. 홍정선은 1983년 12월 무크지 『문학의 시대』(풀빛)를 유양선·송승철·김태현·이현석 등과 함께 창간하면서 문학평론가로 등단하였다. 처음 발표한 평론은 「70년대 비평의 정신과 80년대 비평의 전개 양상」이다. 본인이 작성한 이력서에 의하면 『문학의 시대』는 1982년 3월에 '창간'하였다고 되어 있다. 이는 아마도 동인을 결성한 시기를 가리키는 듯이 보인다. 그는 별도의 공식적 문단 절차를 밟지 않았는데, 그는 "유신 독재의 말기 상황하에서 저는 신춘문예나 잡지로 데뷔할 생각은 아예 하지 않았습니다. 〔……〕 정한모 선생님이 몇 번이나 추천을 해주시겠다고 '자네 리포트를 『현대문학』이나 『현대시학』에 내가 추천하면 어떨까' 뭐 그랬는데, 계속 거부하면서 살다가 『문학과지성』 『창작과비평』 양대 잡지가 폐간이 되

고, 무크지 시대를 맞게 되었"다고 말한 바 있다(김인환·홍정선·
김연권·정과리·이철의,「사람 김현의 일상을 뒤돌아본다」,『문학과
사회』 2020년 여름호, pp. 303~304).

이에 대해서는 약간의 설명이 필요하다. 홍정선의 발언을 보
면, 아마도 그는 두 계간지 중의 하나로 등단하고 싶었던 것으
로 보인다. 그런데 신춘문예나 다른 잡지로는 왜 등단을 꺼려 했
을까? 이는 필자도 공유했던 심정이다. 1972~1976년 사이에 대
학에 입학한 세대를 통칭 '유신 세대' 또는 '긴급조치 세대'라고
부를 수 있는데, 이 세대의 특징은 유신 정권에 대한 반감이 극
에 달했었다는 것이다. 따라서 공적 무대에 자신을 드러내는 것
을 꺼려 하였다. 신춘문예나 일반 잡지로 등단하는 건 체제에 대
한 투항으로 비쳤다(필자는 우여곡절의 사정으로 인해 1979년『동
아일보』 신춘문예로 등단하였는데, 그때 학우와 선배들에 의해 받은
첫번째 반응은 "너도 결국은!"이었다). 이런 사정하에서 두 계간
지는 별도의 '공공 영역public sphere'을 구축하여 체제에 대한 저
항을 시도한 '유이(有二)한' 반격의 보루로 인지되고 있었다. 그
러다가 군부 쿠데타로 두 계간지가 폐간되고, 잡지는 등록제에
서 허가제로 바뀌면서 문학적 저항의 통로가 폐색되어버렸던 것
이다. 그러던 중에 1982년경에 부쩍 달아오른 아이디어가 부정
기간행물 무크MOOK지였다.『실천문학』에서 처음 시범적으로
시도되었었고(1980), 1982년『시와 경제』『우리 세대의 문학』을
비롯한 무크지가 쏟아지면서 독재에 대한 저항의 새로운 양식과
전선이 형성되었던 것이다. 홍정선이 주도한『문학의 시대』역시
그러한 흐름 속에서 탄생한 것으로 볼 수 있다.

여하튼 『문학의 시대』 제1권에 쓴 글이 김현의 포집망에 잡히고, 순전히 김현 선생에 대한 인간적 이끌림에 의해, 홍정선은 이성복·이인성·정과리가 창간한 무크지 『우리 세대의 문학』(『우리 시대의 문학』으로 개칭)에 합류하게 된다. 그리고 1987년 6월 항쟁 이후 민주화가 개시되면서, 『우리 시대의 문학』 동인들은 계간 『문학과사회』를 창간(1988년 봄)하게 되는데, 홍정선도 당연히 편집동인에 포함되었다.

1988년부터 1998년까지 홍정선은 『문학과사회』 편집동인으로 비평활동을 전개하였다. 물론 개별 평론가 홍정선의 활동도 있었지만, 바깥에서 보기에 그는 『문학과사회』 동인이었다. 초창기 『문학과사회』 동인들은 구성이 복잡하여, 나중에 관심 있는 사람들이 분석해보면 한국인들의 조직 문화에 대해 길어낼 지식이 있을 것이다. 오늘의 자리에서 적어둘 것은 『문학과사회』 동인들은 『문학과지성』 동인들과 마찬가지로 위계 관계가 없는 집단 구성이었고, 그 구성원들 각자가 미리 떠맡은 역할은 특별히 없었지만, 결과적으로 보면 동인들 각각의 위상과 역할이 달랐다는 게 보인다는 점이다. 『문학과사회』의 네트워크 안에서 홍정선의 위상은 무엇이고 홍정선의 비평은 어떻게 기능했는가? 이는 유의미한 탐색의 한 주제가 될 것이다.

물론 개별 평론가로서의 홍정선의 면모도 살펴야 할 것이다. 이에 대해서 필자는 그를 서울대학교 국어국문학과 출신으로서, 그 학과의 전통적 비평(또는 연구) 태도인 실증주의를 정확성의 관점에서 교정한 이로 본 바가 있다(「정선 형, 이건 애도가 아니라 곡성이구려」). 즉, 그는 실증주의의 고질인 전기비평을 벗어나서 텍스트에 대한 정밀한 독해로 분석의 초점을 바꾸는 한편, 텍스트 그 자체에 내재하는 문학성에 대한 확고한 믿음에 기초한 텍스트 분석 방법론으로 국어국문학과에 매혹적으로 도입되었으나 실제적으로 응용되기는 어려웠던 '뉴크리티시즘'에 역사적 맥락을 통해서 이해하는 실증주의의 태도를 배합하였다. 그로부터 개별 작품들, 특히 시에 대한 정교한 체험적 해석이 나올 수 있게 되었는데, 이 해석은 대체로 대학원에서의 수업을 통해 제출되었다고 한다. 가능하다면 그의 강의록을 모아야 할 것이다.

넷째, 문학사업가로서의 경력. 홍정선은 2008~2013년 기간에 '문학과지성사' 대표이사를 역임하였다. 이는 인하대학교 학생처장의 경력과 함께 그가 탁월한 행정 능력의 소유자라는 걸 증명한다. 또한 그가 대표이사 기간 중에 '무보수'로 일했다는 건, 그가 자원한 이 직책에서 순수한 일의 기쁨을 누렸다는 것을 가리킨다. 이 외에 그는 〈김팔봉 문학 전집〉(문학과지성사, 1988~1989)을 편집한 인연으로 유족이 출연한 팔봉비평문학상을 1990년부터 작고할 때까지 운영하였다. 팔봉 김기진의 친일 경력을 빌미로 폐지를 강요하는 위협이 끊임없이 닥쳤지만, 꿋꿋이 상을 이어나갔다. 평론가에 대한 상이 희귀한 정황에서 팔봉비평문학상은 많은 평론가들을 격려하는 역할을 하였다. 팔봉의 경력이 심각한 부담을 줄 수 있다는 것을 그는 모르지 않았다. 그러나 팔봉이 한국 비평의 초석을 낳은 이라는 것에서 팔봉비평문학상은 비평의 초대 정신을 되새기는 일이라는 것을 그는 줄곧 주장하였다. 그의 문학사업에서는 '이득'이 아니라 '의의'가 중요했다.

마지막으로 문학 교류 매개자로서의 홍정선이 탐구되어야 할 것이다. 그는 1992년 대륙연구소 후원으로 박지원의 『열하일기』의 경로를 탐사한 바 있고, 그 결과를 『신열하일기』(1993)로 출판하였다. 이미 1980년대 후반부터 오키나와 탐사 등 한국문학의 해외 자취를 찾아다녔던 그는, 박지원의 경로에 이어, 님 웨일즈의 『아리랑』의 주인공인 비운의 독립운동가 김산의 흔적을 찾아 중국 각지를 탐방했으며, 그 이후, 중국의 문인 및 학자들과 다양하고도 깊은 인연을 맺게 되어 본격적으로 한·중 문학의 교류 사업에 나서게 된다. 다른 한편 그는 자신이 직접 중국에서 발굴한 학생들을 인하대학교로 데려와 능력 있는 한국문학 연구자로 육성한다. 그들은 훌륭한 한국문학 연구자로서 성장하였을 뿐 아니라, 한·중 문학의 교류에서 실무를 담당하는 일꾼이 되었다. 한·중 문학 교류의 실제 이벤트들이 낱낱이 탐사되어 작게는 동아시아 문학, 크게는 세계문학에 어떤 파장을 주었는지 해독하는 일과 더불어 그에게 지도를 받은 중국인 한국문학 연구자들이 중국 지식인 지도에서 차지하는 기능과 위상을 파악하는 일이 동시에 이루어져야 할 것이다.

비평적 변용

홍정선의 문학적 생애는 적어도 다섯 가지의 운동 궤적으로 겹쳐져 있다는 것을 지금까지 이야기했다. 그런데 그 궤도들이 타원을 그리며 도는 운동의 중심에는 그의 비평이 놓여 있다. 즉, 우리가 홍정선의 문학을 글 너머의 인간적 활동들 전반에까지 넓히고 그 까닭을 밝혔지만, 그러한 문학적 인생은 궁극적으로 그의 비평적 글쓰기 안으로 농축될 것이다. 그걸 가정하지 않는다면 그의 생애는 문학적인 요소들로 해체되어 현실의 사방으로 흩어져버린다. 그때 홍정선 인생의 문학적인 요소들은 아주 다양하고 이질적인 방식으로 기능하고 또 그렇게 존재하게 된다. 즉, 문학의 본성으로부터 이탈하게 되는 것이다. 우리는 그의 비평으로 그의 문학적 인생을 모을 때만이 그 의미의 진동을 제대로 이해할 수 있을 것이다.

그렇다는 것은 홍정선의 비평이 앞에서 말했듯, 실증주의와 텍스트 분석의 배합이라는 고유한 특성의 개진일 뿐만이 아니라, 문학적 인생의 비평적 변용으로서 전개되어나간 것으로 이해해야 한다는 점을 일깨운다. 그 두 가지 방향을 동시에 추진해나간다면 홍정선 비평의 복합적 면모를 발견할 수 있을지 모른다.

오늘의 자리는 그런 탐구의 문턱에 겨우 위치할 뿐이다. 따라서 하나의 암시적 단서만을 맛보는 것으로 그의 비평에 대한 해석의 가능성을 가늠해보고자 한다.

다음은 그의 첫 평론집 『역사적 삶과 비평』(문학과지성사, 1986)의 마지막 글 「우리의 가슴을 치는 마지막 목소리」에서 인용된 팔봉의 시이다.

오,/가엾은 너야/사람들은 모두 더웁게 입었으나/너 홀로 벗었으니/돌아오는 한설(寒雪)을 어찌 견디나.//오 불쌍한 너야/사람은 모두 배 불리 먹었으나/너 홀로 주렸으니/다닥치는 쓰림을 어찌 견디나.//그러하다, 그러하다//네게는 떠러진 옷

한벌과/마른 빵 한조각도 없으며/원통(怨痛)할 때 울지도 못하는구나. (김기진, 「가련아(可憐兒)」, 『동아일보』 1920년 4월 2일 자)

이 시를 인용한 다음 홍정선은 "팔봉의 말에 의하면 '가련아'는 식민지 조선을 상징한다"(p. 330)는 말로 풀이를 시작하여, 그것이 팔봉 비평의 실질적인 출발점이라고 주장한다. 즉, 마르크스주의라는 소위 '과학적' 이념으로 무장했으나, 그것을 추월해 팔봉의 문학을 지탱했던 것은 민족에 대한 연민이었다는 것이다. 바로 그 때문에 그의 후배들, 가령 박영희가 훨씬 강고한 이론으로 계급성을 몰고 갔음에도 불구하고 종국에는 쉽사리 전향했던 것과 달리, 팔봉은 오히려 애초의 입장을 바꾸지 않았다고 그는 해석한다.

이러한 해석은 민족에 대한 정의를 둘러싼 다양한 민족주의적 입장들 중의 하나로서 팔봉의 비평을 분류하는 데 쓰일 수도 있을 것이다. 그러나 좀더 꼼꼼히 읽으면 흥미로운 부분이 드러난다. 민족에 대한 팔봉의 연민을 특별히 주목하고 있는 부분이다. 이 연민은 한편으로는 조선 사람이 불쌍해서이기도 하지만, 다른 한편 '무기력'하기 때문에도 나온다. 그것이 조선 사람에게 조선 사람의 '무기력'을 호소하는 팔봉 특유의 감성적 비평이 나오는 계기가 된다.

여기에 대해서 팔봉의 비평이 논리적 이해보다 감상적 침윤에 주력하고 있다는 점을 지적할 수도 있을 것이다. 그런데 조금 더 읽어보자. 팔봉 비평을 소개한 이후에 홍정선은 팔봉의 친일에 대해 언급한다. 그는 팔봉의 친일을 옹호하려는 의사가 없음을 분명히 한다. 다만 "잘못된 것의 진실을 밝히는 일이 때로는 올바른 것의 진실을 밝히는 것보다 훨씬 값지다는 이유"를 댄다. 왜냐하면, 팔봉은 "중요한 역사적 개인"이므로 "팔봉의 친일 행위 문제는 이제 개인적인 부끄러움의 차원도, 감정적인 매도의 차원도 아니며, 다만 오늘을 사는 우리 자신들의 반성적 삶을 위한 차원일 따름"(p. 335)이라고 주장한다.

이 논리는 몇 차례의 곡예를 통해서 만들어진 것이다. 팔봉이 중요한 역사적 개인이라면 민족의 지도자라 할 것이다. 지도자가 친일을 했다면 그는 민족을 배반한 자가 된다. 이것이 통상적인 해석이다. 그러나 홍정선은 다른 논리적 다리를 설치한다. 지도자의 잘못은 민족 구성원 전체의 잘못에 대한 경고로서 받아들여야 한다. 왜냐하면 팔봉의 감성적 호소에 조선 사람들은 적극적으로 호응했었기 때문이다. 중요한 것은 지도자가 민족을 배반했는가가 아니라 민족 구성원 일반이 지도자의 행위를 통해서 어떻게 각성하고 거듭나는가의 문제인 것이다. 배반한 지도자를 처단한다고 해서 민족이 나아진다는 보장이 없기 때문이다. 그 민족 스스로가 자신의 유약함을 극복할 때만이 민족의 장래가 보장될 것이다. 그것이 바로 그가 팔봉의 감성적 호소에서 본 '조선 사람에게 조선 사람의 무기력을 호소'하는 까닭이다.

이런 논리는 그가 팔봉이라는 선구적 비평가를 좋아한 게 그의 '선도성' 때문이 아님을 보여준다. 그의 초점은 언제나 보통의 한국인들이었다. 선구적 비평가는 그들에게 하나의 표지로 작용한다. 거울이 되거나 반면교사가 되거나. 그러나 그 표지는 보통 사람들이 드나들며 자신을 벼리고 단련하게 되는 지식의 용광로이다. 그들은 따라서 필수적인 존재이다. 다만 궁극적인 주권, 최종의 행동권은 보통 사람들 그 자신들에게로 돌아가야 할 것이다.

이 기묘한 논리의 배경에 놓이는 것은 홍정선 특유의 인간관이다. 그는 인연을 맺은 모든 사람들을 헌신을 다해서 도왔다. 그런데 필자가 살펴본 바에 의하면, 그는 자신의 행위에서 선민의식, 봉사자의 우월감 혹은 어떤 사회적 이득을 결코 의도하지 않았다. 그에게 그것은 순수한 기쁨이었다. 왜냐하면 그가 꿈꾼 것은 그가 도운 사람들 스스로가 자신의 운명을 개척하는 일에 나서도록 옆에서 돕는 일이었기 때문이다.

김팔봉 비평에 대한 홍정선의 비평적 해석은 바로 이러한 자신의 인간적 관계를 비평이라는 글쓰기의 기능에 조명함으로써 새로운 해석을 낳은 것이라고 할 수 있다. 그 조명은 단순한 일대일 대응식의 논리를 뛰어넘어 몇 단계의 논리적 징검다리 뛰기를 통해서 이루어졌다. 그것은 인간의 문제가 글의 문제로 유입될 때 필연적으로 겪게 되는 곡예이다.

필자는 이 유고집에 수록된 글 「민족의 시원을 향한 시인의 눈길」에서도 비슷한 곡예를 확인하니, 독자 스스로 직접 그 논리식을 찾아보기 바란다.

이제 서문을 마치고 독자들에게 유고비평집을 넘길 때가 되었다. 필자는 홍정선의 비평이 겉으로 보이는 범박함 아래에 매우 웅숭깊은 생각의 온천을 담고 있다는 점을 알리려고 애썼다. 홍정선 비평은 한국 비평계에서 희귀한 특수성을 가지고 있고, 그 특수성은 음미할 만한 가치가 충분하기 때문이다. 그 비평 세계의 초입에서 나는 몇 장의 소개문을 작성했을 뿐이다. 비평의 진짜 모습을 느끼려면 독자 스스로 그 안에 들어가야만 하리라. 더 나아가 그의 비평이 글 바깥의 활동과 긴밀히 연동되어 있다는 필자의 입론이 타당성을 갖는다면 우리는 그에 대한 자료를 앞으로 더욱 보강해야만 한다. 그런 노력을 통해서만 한 독특한 비평이 연 문학의 지평이 의미를 얻고 생산적 작동을 하게 될 것이다.

차례

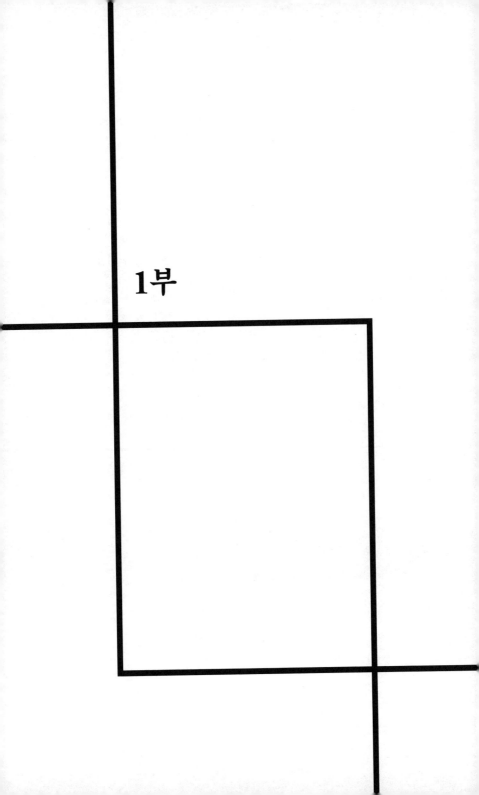

1부

일상적 삶의 변화와 시 읽기의 어려움

시를 이해하는 데에는 인위적인 학습을 통해 얻은 지식만큼이나 일상적 삶으로부터 자연스럽게 획득한 경험적 지식 역시 중요하게 작용한다. 이 점은 필자가 대학에서 30년 가까이 '현대시 읽기'라는 강의를 해오면서 절감한 사실이다. 이를테면 2010년대에 가르쳤던 학생들은 2000년대에 가르쳤던 학생들에 비해, 2000년대에 가르쳤던 학생들은 1990년대에 가르쳤던 학생들에 비해, 1990년대에 가르쳤던 학생들은 1980년대에 가르쳤던 학생들에 비해, 과거의 시, 특히 1920년대부터 1960년대 사이에 씌어진 시를 이해하는 능력이 현저히 떨어진다. 그것은, 필자 생각으로는 시 작품 속에 등장하는 세계와 학생들이 자라면서 경험한 세계와의 이질성 탓이다. 요즘의 학생들이 경험한 일상적 삶은 50년 전의 삶과는 너무 크게 다르기 때문에 시 속에 등장하는 1960년대 이전의 세계를 낯선 풍경으로 생각하며, 백 년 전의 세계를 알 수 없는 세계로 생각한다. 1960년대 이전의 시인들이 자연스럽게 시 속에 반영해놓은 당대 풍경들을 요즘의 학생들은 아득한 시간적 거리 너머에 있는 설화적 세계의 풍경처럼 생각하게 된 것이다.

독자들이 시의 의미를 해독하고자 할 때 머릿속에서 가장 먼저 작용하는 것의 하나가 자신의 경험적 측면이다. 자라 보고 놀란 가슴 솥뚜껑 보고도 놀란다는 우리 속담에 작동하는 원리는 '유사성은 동일성'이라는 원리이며, 이러한 경험과 유추에서 알 수 있듯 시 텍스트를 읽을 때에도 경험적 지식은 다른 어떤 지식보다도 우선적으로 작동한다. 예컨대 이상화의 「나의 침실(寢室)로」에서 "앞산 그리메가 도깨비처럼 발도 없이 이곳 가까이 오도다"라는 말을 순간적으로 이해하는 데에는 지능보다 경험이 우선적으로 작용한다. 오후에 소를 몰고 나가 산등성이에서 해 지는 모습을 보았던 시골 학생은 산 그림자가 소리 없이 길어져서 어둠 속으로 사라지던 모습에 대한 기억을 가지고 있다. 또 그런 생활을 했던 학생은 아침 일찍 마을까지 내려왔던 산 그림자가 짧아지는 것을 보며 들로 일하러 나갔던 기억도 가지고 있다. 그래서 시골 학생은 "앞산 그리메가 도깨비처럼 발도 없이 이곳 가까이 오도다"라는 말을, 아침저녁으로 다가오고 물러가던 산 그림자에 대한 경험적 기억을 통해 익숙하고 자연스러운 표현으로 받아들인다. 반면에 그러한 경험을 가지고 있지 못한 도시 학생은 이 시구가 무엇을 뜻하는지 설명을 듣기 전에는 쉽게 유추 능력을 발휘하지 못한다. 또 요즘 학생들은 어린 시절 장독대에서 숨바꼭질을 했던 기억도, 깨어진 옹기 조각으로 소꿉장난을 했던 경험도 없기 때문에 박재삼의 「추억(追憶)에서」에 나오는 "달빛 받은 옹기전의 옹기들같이/말없이 반짝이며 글썽이던 것인가"란 구절을 제대로 이해하는 데 한계가 있다. 그리고 겨울밤에 화롯불을 쬐면서 들판을 지나가는 사나운 겨울 바람 소리를 들어본 적이 없기 때문에 정지용의 「향수(鄕愁)」에 나오는 구절인 "질화로에 재가 식어지면/빈 밭에 밤바람 소리 말을 달리고"에 담긴, 겨울밤이 깊어가는 모습과 계절의 풍경을 곧바로 실감나게 느끼는 것에 한계가 있다.

이러한 사실이 말해주듯 요즘 젊은 독자들이 과거의 시를 잘 이해하지 못하는 가장 큰 이유는 한국 사회가 지난 반세기 동안에 급격하게 바뀌었기 때문이다. 특히 인구의 대다수를 차지하던 농촌 사회가 급격하게 변화했기 때문이다. 우리나라는 지난 수천 년 동안 농업국가였으며, 과거의 시 대부분은 농촌의 삶과 정서를 바탕으로 씌어졌다. 그런데 한국 사회는 1960년대 이후 약 50년 동안에 농업국가에서 공업국가로 빠르게 이행했다. 이 사실은 한국의 산업 구조 변화를 보면 잘 알 수 있다. 1963년에 전체 인구의 63%를 차지했던 1차산업 종사자는 1980년에는 34%로 줄었으며, 2000년에는 10.8%로 줄었다. 2010년 9월 20일 자『중앙일보』보도에 따르면 우리나라의 농촌 인구는 311만 7천 명으로 총인구 4,800만 명의 7%도 채 되지 않는다. 더구나 이 가운데 60세 이상이 139만 3천여 명이나 되는 반면, 20세 이하는 40만 명 정도에 불과하다. 이 같은 수치에서 알 수 있듯이 우리나라 농촌 사회의 자연적·사회적 풍경은 지난 50년 동안에 무서운 속도로 과거와 다른 모습으로 바뀌었으며, 그 결과 청소년 층에서 농촌 취락사회의 풍경과 정서를 체득한 사람은 거의 없게 되었다. 농촌에서 자라 대학에 진학하는 학생은 소수에 지나지 않으며, 농촌에서 자란 학생마저도 일상적으로 체험한 환경이 과거와는 크게 다르기 때문에 자신이 살아온 체험을 바탕으로 시 속에 등장하는 전통적인 농촌 취락사회의 풍경을 제대로 이해할 수 없게 된 것이다. 이와 같은 우리의 현실, 다시 말해 농촌의 정서를 경험적으로 이해하는 젊은 층의 빠른 감소가 과거의 시에 대한 교육을 어렵게 만들고 있는 것이다.

1960년대 이후, 한국의 개발 주도 세력은 산업화를 빠르게 진전시키면서 농촌 사회의 풍경 역시 새로운 모습으로 바꾸어놓았다. 1960년대 이후 전개된 새마을운동과 농지정리사업은 자연의 일부였던 우리의 논밭과 농촌 마을을 확실하게 인공적인 모습으로 바꾸어놓아서, 미당 서정주가 「자화상(自畵像)」에서 "흙으로 바람벽한 호롱불 밑에"라고 쓰고, 김영랑이 「오월」에서 "들길은 마을에 들자 붉어지고/마을 골목은 들로 내려서자 푸르러진다"고 쓴 그런 시골 풍경은 이제 쉽게 발견할 수 없는 것이 되고 말았다. 황토로 지은 토담집, 황토로 이루어진 골목과 들판이 우리 삶과 자연 풍경의 경계를 모호하게 만들던 시골 마을은 대부분 사라지고 말았다. 시골 동네의 토담집은 슬레이트 집이나 콘크리트 집으로 바뀌었으며, 김광균이 「추일서정(秋日抒情)」에서 "길은 한 줄기 구겨진 넥타이처럼 풀어져"라고 묘사했던 꼬불꼬불한 시골 길은 곧게 정비된 시멘트 길이 되었다. 그리고 정지용이 「향수(鄕愁)」에서 "얼룩백이 황소가 해설피 금빛 게으른 울음

을 우는 곳"이라 썼던, 지게를 지고 소를 앞세워 들로 나가던 풍
경은 트랙터나 경운기를 운전하며 들로 나가는 풍경으로 변화했
다. 이렇게 주어진 자연조건과 조화를 이루던 한국의 농촌 풍광
이 사라지고 사람들이 만들어낸 인공의 풍경이 그 자리를 차지
하면서, 그리고 농촌에서 자라난 학생들이 거의 없어지면서 경
험적 지식을 통해 시를 이해할 수 있는 가능성은 점점 희박해
지게 된 것이다. 그 결과 과거 세계에 대한 경험적 지식을 상실
한 요즘의 젊은 독자들은 이육사의 「청포도(靑葡萄)」처럼 중·
고등학교에서 꼼꼼하게 배운 작품마저 제대로 설명하지 못하고
있다.

> 내 고장 칠월은
> 청포도가 익어가는 시절
>
> 이 마을 전설이 주저리주저리 열리고
> 먼 데 하늘이 꿈꾸며 알알이 들어와 박혀
> ―「청포도」 부분

이육사의 「청포도」에 나오는 이 구절을 정확하게, 그리고 실
감나게 이해하자면 오랜 역사를 가진, 우리나라의 마을 풍경을
떠올릴 수 있는 능력이 필요하다. 이 시에 등장하는 '이 마을'은
"전설이 주저리주저리 열리고"라는 구절로 미루어 어느 날 갑자
기 만들어진 신도시나 아파트 단지가 아니다. 그런데 요즘 대학
생들은 '갈말' '한두리' '선바우' 등의 이름을 가진 전통적인 마

을에서 태어나 동무들과 산과 들을 뛰놀며 자라난 것이 아니라, '롯데캐슬'이나 '삼성 래미안'이나 '월드메르디앙 센트럴파크' 등의 난삽한 이국적 이름을 가진 아파트에서 자란 경우가 대부분이다. 「청포도」에 등장하는 마을 풍경과는 자못 이질적인, 급조된 아파트 단지에서 인터넷과 전자오락에 몰두하며 성장한 것이다. 현재 대학에 다니는 학생들이 「청포도」와 같은 시를 낯선 시로 생각하는 중요한 원인이 여기에 있다.

「청포도」의 배경을 구성하는 마을은 풍요롭게 익어가는 포도 송이만큼이나 많은 사연과 이야기를 가지고 있다. 아이들이 할아버지와 할머니에게서 도깨비 이야기, 빗자루 귀신 이야기, 변신한 여우 이야기를 들으며 자라는 동네, 입구에 마을의 역사를 기억하는 큰 느티나무가 서 있고 여름이면 사람들이 한가족처럼 그 그늘 아래에서 더위를 피하는 동네, 집집마다 뒤뜰 담장 가까이 커다란 오동나무가 서 있고 그 아래에는 굵은 줄기의 포도나무가 넝쿨을 뻗어 올리고 있는 동네—이육사의 시 「청포도」에 등장하는 '마을'은 이러한 전통적 마을을 시적 배경으로 삼고 있다. 그렇기 때문에 이 시는 "먼 데 하늘이 꿈꾸며 알알이 들어와 박혀"에서 하얀 씨가 투명하게 비치는 청포도의 모습을 떠올리는 것에 못지않게 우리의 옛 마을 풍경을 떠올릴 수 있는 능력이 필요하다. 그런 옛 마을의 등성이에 앉아 산 너머의 세계가 어떤 세계일지를 꿈꾸며 자란 학생이 그렇지 못한 학생보다 시를 이해하는 데 훨씬 유리한 것이다.

조지훈의 「승무(僧舞)」는 상대적인 의미에서 「청포도」보다 더 잘 알려진 작품이라고 할 수 있다. 이 시는 청록파와 『문장(文

章)』지가 차지하는 시사적 중요성으로 인해, 그리고 조지훈의 대표작으로 국어 교과서에 오랫동안 수록된 연유로 인해 모르는 학생들이 거의 없다. 그럼에도 이 시에 등장하는 "오동잎 잎새마다 달이 지는데"라는 구절을 정확하게 파악하는 학생은 놀랄 정도로 드물다.

> 빈 대(臺)에 황촉(黃燭)불이 말없이 녹는 밤에
> 오동(梧桐)잎 잎새마다 달이 지는데,
>
> ―「승무」 부분

조지훈 시의 이 구절을 이해하자면 먼저 오동잎의 생김새에 대한 기억이 필요하다. 오동나무의 잎이 작은지 큰지, 길쭉한지 넓적한지에 대한 이해가 필수적이다. 옛날부터 딸을 낳으면 오동나무를 심는다는 말이 있을 정도로 오동나무는 우리나라 사람들에게 친숙하다. 그래서 정지용은 「오월소식(五月消息)」이란 시의 첫 구절에 타향에서 고향집을 그리는 누이동생의 심정을 "오동나무 꽃으로 불 밝힌 이곳 첫여름이 그립지 아니한가"라며, 시후(時候)라 불리는, 계절에 따라 안부를 묻는 말에 담아놓았다. 이처럼 오동나무는 시골에서 흔하게 마주칠 수 있는 나무이지만, 이 나무의 잎 모양을 올바르게 기억하면서 "오동잎 잎새마다 달이 지는데"라는 구절을 제대로 설명하는 학생은 참으로 드물다.

오동나무는 넓고 큰 잎을 가진 나무이다. 상당히 빨리 자라는 이 나무는 큰 나무일 경우 우리 얼굴만큼이나 넓고 큰 잎을 가지고 있다. 그래서 오동나무 뒤로 지나가는 달은 잎새 하나하나를 지날 때마다 사라졌다 나타났다 하기 때문에 조지훈은 "오동잎 잎새마다 달이 지는데"라고 썼을 것이다. 집집마다 오동나무가 있던 시절 오동나무와 친숙하게 살아온 사람이 보여준 뛰어난 관찰력과 표현력이라 할 수 있다. 더 나아가 이 시가 불교적인 깨달음과 관련이 있다는 사실을 염두에 둔다면 잎새마다 지는 수많은 달의 모습에는 '월인(月印)'이나 '해인(海印)'의 이미지까지 겹쳐 있다고 유추해볼 수도 있다. 하늘에는 한 개의 달이 있지만 강이나 바다에 비친 달이 수천 개인 것처럼 오동나무의 잎새마다 수많은 달이 뜨고 지는 까닭이다. 이렇듯 이 구절에 대한 올바른 이해에는 오동나무 잎을 관찰해본 경험과 그 관찰의 경험을 시의 언어에 대한 이해로 연결시키는 능력이 필요하다.

시에 자주 등장하는 사물들의 이름은 일반적으로 일상생활과 밀접한 관계가 있다. 우리가 입고, 먹고, 거주하며 살아가는 과정에 필수적으로 필요한 사물들이 시에 자주 등장한다. 예컨대 이상화의 시에 등장하는 '호미'와 김소월의 시에 등장하는 '보습', 임화의 시에 등장하는 '화로'와 박재삼의 시에 등장하는 '옹기', 백석의 시에 등장하는 '국수'와 박목월의 시에 등장하는 '보리밥' 등이 모두 그렇다. 이들의 시에 등장한 사물들은 자주 사용하던 농기구이거나, 어떤 집에나 갖추고 있던 생활용품이거나, 누구나 자주 먹던 음식인 것이다. 이들이 시 속에 등장시킨 이 같은 사물의 이름은 누구에게나 익숙한 것들이어서 당시로서는 새삼스러운 설명이 필요하지 않았다. 그런데 시간의 흐름은 이 같은 익숙한 사물들의 이름까지 낯선 것으로 바꾸어놓았다.

보리는 얼마 전까지만 해도 우리나라 사람들에게 쌀 다음으로 중요한 곡식이었다. 육십대 이상의 사람치고 '보릿고개'란 말을 모르는 사람이 없고, 또 보리밥을 먹으며 자라지 않은 사람이 없을 정도로 보리는 우리의 식생활에서 중요한 지위를 차지하고 있었다. 그런데 요즘의 젊은 사람들은 대부분 보리를 모른다. 필자는 2년 전 대학원생 몇 명을 데리고 시골에 갔다가, 모처럼 만에 마주친 보리밭이 반가워서 이삭이 팬 보리를 가리키며 '저 곡식을 아느냐'고 물어본 적이 있었다. 짐작은 했었지만 보리를 알아보는 학생이 한 명도 없어서 적잖이 실망스러웠다. 이처럼 보리는, 최근 40년 동안 아주 익숙한 곡식에서 몹시 낯선 곡식으로 바뀌었다. 식당에서 건강식으로 보리밥을 파는 사실에서도 우리는 이를 확인할 수 있다. 1970년대까지 우리의 일상생활에서 "또 보리밥이구나!" 할 정도로 지긋지긋하게 물리던 보리밥이, 요즘은 건강을 위해 특별히 먹는 음식으로 변모해 있는 것이다. 우리 식생활의 이와 같은 급속한 변화가 박목월이 「만술 아비의 축문(祝文)」에서 쓴 "눌러 눌러/소금에 밥이나마 많이 묵고 가이소/윤사월 보릿고개/아배도 알지러요"라는 시구의 이해를 가로막고 있다. 보릿고개를 경험한 사람들이 보리밥에 대해 반응하는 원초적인 이해와 정서적 공감이 이제는 거의 불가능한 세상이 되어버린 까닭이다.

보리는 우리나라 사람들에게 중요한 곡식이었기 때문에 일찍부터 시 속에 자주 등장했다. 우리 모두가 기억하는 이상화의 시 「빼앗긴 들에도 봄은 오는가」에는 다음과 같은 구절이 있다.

고맙게 잘 자란 보리밭아

간밤 자정이 넘어 내리던 고운 비로
너는 삼단 같은 머리를 감았구나 내 머리조차 가뿐하다
　　　　　　—「빼앗긴 들에도 봄은 오는가」부분

　이 시의 화자가 '잘 자란' 보리밭을 보며 '고맙게' 생각하는 것
은, 보리가 양식 문제에 대한 걱정을 덜어주는 까닭이다. 그것
이 춘궁기를 곧 면하게 되겠다는 생각에서 나온 고마움이건 앞
으로 몇 달 동안은 배고픔을 잊을 수 있겠다는 예감에서 나온 고
마움이건 간에 풍요롭게 익어가는 보리밭의 모습은 양식 문제에
대한 걱정을 덜어준다. 화자의 이와 같은 생각은 근거 없는 것이
아니라 "너는 삼단 같은 머리를 감았구나"에서 보이듯 윤기가
흐르는 보리 이삭, 풍년을 예고해주는 건강하게 자란 보리 이삭
의 모습을 통해 획득된 것이다. 그래서 화자는 "내 머리조차 가
뿐하다"고 말한다. 비를 맞아 윤기가 흐르는 보리싹을 보면서 머
리가 가뿐하다고 말하는 이유는, 일차적으로는 감은 머리에 연
유하고 있겠지만, 심층적으로는 머릿결(보리싹)의 건강한 모습
이 예고해주는 풍성한 수확에 있다. 자기 가족이 먹을 양식은 직
접 농사를 지어 자급자족해야 하던 시절 가슴을 짓누르던 마음
속 양식 걱정을 씻어준, 잘 자란 보리밭의 모습은 참으로 반갑고
고마운 존재였을 것이다.
　우리 식생활의 변화는 보리에 대해 사람들이 가지고 있던 기왕
의 인식을 변화시키면서 보리와 보리밥을 낯설게 만들었다. 또
한 우리가 짧은 세월 동안에 겪은 의생활의 변화 역시 커서 젊은
학생들은 할아버지 할머니 세대가 입었던 옷과 옷을 입은 몸매

에 마주치면 어색하거나 불편한 느낌을 받게 되었다. 이에 대한 예를 김영랑의 시에서 찾아보도록 하자. 앞에서 보았듯 이상화는 보리 이삭이 팬 모양을 가지런히 빗어놓은 여자의 긴 머릿결에 비유해서 "너는 삼단 같은 머리를 감았구나"라고 썼는데, 김영랑은 「오월」에서 동일한 모양을 두고 다음과 같은 방식으로 표현했다.

> 바람은 넘실 천(千)이랑 만(萬)이랑
> 이랑이랑 햇빛이 갈라지고
> 보리도 허리통이 부끄럽게 드러났다.
>
> ─「오월」 부분

김영랑은 풍요롭게 익어가는 5월의 보리밭 풍경을 가리켜 "보리도 허리통이 부끄럽게 드러났다"라고 표현하고 있다. 여기서 '보리도'라고 한 것은 허리통이 살짝 드러나는 다른 존재를 염두에 두고 있기 때문인데, 그 존재는 당시 우리나라의 젊은 여성이다. 이 비유를 정확히 실감나게 느끼자면 보리 이삭이 팬 모양과 당시 여성들이 입던 옷 모양에 대한 이해가 필요하다. 보리 이삭은 팰 때 줄기의 끝에서 줄기보다 가는 대궁이 솟아 오른다. 잎에 살짝 가려진 가는 대궁 끝에 길고 둥근 보리 이삭이 꼿꼿하게 달리는 것이다. 보리 이삭의 이 같은 대궁 모양은 젊은 여성이 물동이를 이고 갈 때 치마와 저고리 사이가 보일 듯 말 듯 벌어지며 드러나는 허리 모양과 유사하다. 그렇지만 김영랑이 보리와 여성을 연관시켜 만들어놓은 이 뛰어난 선정적 표현을 십분

이해할 수 있는 경험을 이제 우리는 의식주 생활에서 체득할 수 없다.

요즘 독자들이 과거의 시를 잘 이해하지 못하는 또 다른 중요한 이유 하나는 사회구조의 변화가 인간관계를 빠르게 변화시켰기 때문이다. 우리는 지난 백 년 동안에 가족 사이의 윤리 관계, 부부 사이의 애정 관계, 친구 사이의 우정 관계, 남녀 사이의 연애 관계에서 혁명적인 변화를 겪었다. 유교적 윤리가 인간관계를 지배하던 전통적 사회로부터 시장경제 체제의 가치와 윤리가 인간관계를 지배하는 사회, 교환가치가 우리의 의식 구조를 지배하는 사회로 빠르게 이행했다. 한국 사회는 지난 백 년 동안에 가부장적 질서가 해체되고 개인의 권리와 의무가 커지는 사회로 이행했으며, 혈연의 의무와 도리에 얽매인 대인 관계를 벗어나 개인의 사회적 관계가 더 중요시되는 사회로 이행했다. 그리고 여성의 눈부신 사회적 진출과 이에 따른 권리와 역할의 신장을 목도하고 있다. 그 결과 요즘 독자들의 경우 백석의 「여우난곬 족(族)」에 나오는, 우리가 흔하게 볼 수 있었던, 다음과 같은 풍경까지 정확하게 복원하는 사람이 많지 않다.

명절 날 나는 엄매 아배 따라 우리집 개는 나를 따라 진할머니 진할아버지가 있는 큰집으로 가면

—「여우난곬 족」 부분

요즘 독자들은 대개 이 풍경을 두고 시에 나오는 순서에 따라 어머니가 앞서고 아버지가 뒤를 따르는 것으로 읽거나 어머니와

아버지가 다정하게 걸어가고 그 뒤를 화자인 내가 따라가는 것으로 읽는다. 사실은 그렇지 않다. 백석이 이 시를 쓰던 시대에 어머니가 앞서가거나 아버지와 어머니가 나란히 다정하게 걷는 일은 상상할 수 없었다. 남녀유별과 남존여비의 풍속이 여전히 남아 있었기 때문에 아버지가 앞에 가고 어머니가 그 뒤를 따르며, 나와 개가 어머니 뒤를 따라서 걸어가는 것이 앞의 시에 그려진 모습의 실상이라고 보아야 한다.

사회구조가 변화하고 가족의 의미가 이전에 비해 달라지게 되면서, 그리고 사회적 관계가 중요하게 부각되면서 일어난 혼란의 하나에 상대를 가리키는 호칭 문제가 있다. 예컨대 사회적 관계에서 상대를 높여 부르는 방식으로 의사님, 약사님, 변호사님처럼 직업 뒤에 '님' 자를 붙이는 호칭이 보편화되더니 급기야 학생들이 선생 앞에서 '오락부장님' '학년 대표님'처럼 동료 학생들에게까지 '님'이란 호칭을 붙여 거리낌 없이 존대하게 되는 풍조가 만연하게 되었다. 학생 사회자가 총장 앞에서 "학생회장님께서 말씀하시겠습니다"라고 말하는 풍경을 심심하지 않게 마주치게 된 것이 지금의 현실이다. 이와 같이 우리가 호칭의 혼란을 겪고 있다는 사실을 감안한다면 요즘 학생들이 박목월의 「만술 아비의 축문」에 등장하는 다음과 같은 호칭을 제대로 이해하지 못하는 것은 어쩌면 당연한 일일지도 모르겠다.

여보게 만술 아비
니 정성이 엄첩다

—「만술 아비의 축문」 부분

이 말은, 돌아가신 아버지의 혼령이 자신의 아들인 '만술 아비'에게 하는 말이다. 그런데 독자들은 이 말을 '만술'이란 이름을 가진 누군가에게 하는 말로 이해한다. 지금도 나이 든 어른이 있는 집안에서는 쉽게 경험하는 일이지만, 할아버지나 아버지와 같은 어른들이 결혼해서 자식을 둔 아들이나 며느리를 부를 때 직접 이름을 거론하지 않는 전통을 우리는 가지고 있다. 손자의 이름이 '만술'이면 '만술 아비'나 '만술 어미'로 호칭하여 부르는 것이 일반적 관례였던 것이다. 그렇지만 이와 같이 호칭에 따르는 일반적 관례마저 이제는 사라지고 잊혀가는 시대에 우리는 살고 있다. 아이돌, 쉐럴, 맴버맹, MC몽, 미쓰에이, 유키스 등 국적 없는 이름이 난무하는 시대, 상대와의 친인척 관계나 위상 관계를 의미있게 드러내는 것보다 교환가치의 획득에 효과가 있는 명칭을 선호하는 시대에 지금 우리는 살고 있는 것이다.

다시 말하지만 우리 한국 사회에는 지난 반세기 동안 엄청난 속도로 일상적 삶에 변화가 일어났으며, 이 변화로 인해 젊은 독자들은 시를 친숙하게 만드는 경험적 지식에 한계를 지니게 되었다. 자연과 노동과 가족에 밀착되어 있던 과거의 청소년과는 달리 요즘 청소년들은 인터넷 가상공간의 세계 속에서 고립적으로 성장하고 있으며, 이러한 추세는 막을 수 없는 흐름처럼 보인다. 과거의 시인들에 비해 요즘의 젊은 시인들이 훨씬 더 관념적인 시를 많이 쓰는 이유도 이러한 삶의 변화와 관계가 있을 것이다.

시를 이해하는 데 독자의 직접 경험이 반드시 필요한 것은 아니다. 우리는 직접적 경험 없이도 유추해서 이해할 수 있는 능력을 가진 인간이기 때문에 간접적인 방식을 통해 시를 이해할 수 있는 길은 얼마든지 열려 있다. 그러나 김소월의 「옷과 밥과 자유」를 읽으면서, 당시의 의식주 생활을 체험한 사람과 그렇지 못한 사람 사이에는 이해의 깊이와 정서적 공감 정도에서 차이가 나는 것도 분명한 사실이다. 그렇다면 우리는 무엇을 어떻게 해야 하는가? 지금 시점에서 진지하게 고민해야 할 문제가 바로 이 질문이다. 우리는 시 교육의 측면에서도, 인문 교육의 측면에서도 과거의 문화적 기반을 이루는 전통사회가 붕괴되고 일상적 삶으로부터 얻는 경험적 지식이 사라져가는 환경에 대해 진지하게 반성해보아야 할 시점에 서 있는 것이다. 우리 인간도 동물과 마찬가지로 모르는 것을 낯설게 여기고, 낯선 것에 대해서는 적대감을 드러내는 본능을 가지고 있다. 이 같은 본능이 습관화되기 전에, 현재의 시점에서 우리는 과거의 시를 어떤 방식으로 올바르게 이해시킬 것인가 하는 문제, 소중하게 이어받아야 할 유산과 버려야 할 인습을 선택하는 문제를 젊은이들과 함께 고민해야 한다. 그래야만 최근 대선을 통해 여실하게 드러난 세대 간의 단절, 과거와의 단절을 극복하면서 안정적인 사회를 만들어 나갈 수 있다.

동아세아적 전통과 진정한 근대인의 길
─이상의 경우를 중심으로

1. 이상을 위한 몇 가지 변명

이상은 이상한 사람이 아닙니다. 많은 사람들이 이상은 어딘가 조금은 문제가 있었던 사람, 약간은 정상적이 아닌 사람으로 생각하는 경향이 있습니다만 나는 그렇게 생각하지 않습니다. 자신이 살았던 시대를 앞질러 가며 생각하고 행동한 것이 이상의 비극일 수는 있겠지만, 그것이 이상을 비정상적인 어떤 사람으로 규정할 논리적 근거는 아니라고 생각하기 때문입니다. 우리가 그렇게 생각하는 데에는 어쩌면 천재를 쉽게 용납하지 않는 우리들의 잘못된 태도, 우리들의 평범한 삶을 변명하고 자위하는 버릇이 개입하고 있을 가능성이 많습니다.

이상은 진정으로 20세기 사람이 되고 싶어 한 사람입니다. 20세기를 사는 사람답게 사고방식과 생활 모두에서 진정한 근대인이 되고 싶어 한 사람입니다. 동시에 이상은 진정한 근대인이 되는 것이 얼마나 어려운 일인지를 뚜렷이 자각한 드문 이 중 하나입니다. 다시 말해, 진정한 근대인이 되기 위한 자아의 역사적 전환이 얼마나 어려운 일인지를 분명하게 자각한 사람이기도 합니다. 이상은 이렇게 말합니다. 자기의 핏줄 속에는 "진정한 20세기 사람이 되기에는 너무도 많은 19세기의 엄숙한 도덕성의 피가 위협하듯이 흐르고 있"다고 말입니다. 그는 20세기적인 사람이 되고 싶어 했습니다만, 그를 둘러싼 당대의 풍속과 일상생활, 그를 붙들고 놓아주지 않은 가족 관계, 그의 머릿속에 들어 있는 19세기적 도덕률 등이 그를 자유롭게 풀어놓아주지 않았습니다.

그래서 이상은 자신과 세상을 향한 이상한 전쟁, 고통스러운 부정의 의식을 시작합니다. 다른 사람들에게 파격처럼 보이는 외모와 생활을 통해 세상의 관념과 거기에 물든 자신의 일상성을 부정하고자 합니다. "도야지가 아니었다는 데서 비극은 출발한다"고 그가 쓴 것처럼, 자신을 압박해 들어오는 수많은 돼지 떼, 그의 생각과 행동을 규제하고 억압하려는 19세기적 사고방식에 물든 일상적 인간들과의 불화를 자청하는 것입니다.

이런 점에서, 우리는 이상을 시대를 앞질러 산 천재라고 할 수 있을지언정 비정상적인 사람이라고 할 수는 없습니다. 그래도 혹시 나의 이 같은 이야기에 동의하지 않는 사람들이 있을지 모르겠습니다. 「금홍아 금홍아」와 같은 영화가 심어준 이상이란 인물에 관한 왜곡된 인상을 쉽사리 떨쳐버릴 수 없는 사람들이 있을지 모르겠습니다. 이런 사람들을 위해 나는 의도적으로 두 편의 시를 골라 다음에서 이야기하려 합니다. 이상이 얼마나 정상적인 사람이며 따뜻한 감정의 소유자였는지를 보여주려고 합니다.

2. 진정한 근대인에 대한 열망, 그리고 '박제된 천재'라는 현실

춘원 이광수가 우리 근대소설의 본격적 출발을 알리는 『무정』을 발표한 것이 1917년입니다. 이광수는 유교적 인습의 폐해를 격렬하게 비판해왔던 평소의 면모를 『무정』을 통해 자유연애로 구체화시킴으로써 신교육을 받은 신세대 젊은이들의 열광적 지지를 받았습니다. 이광수의 『무정』은 당시로서는 가히 혁명적이라고 할 수 있는 선진성을 띠고 있었기 때문에 보수적인 유림으로부터는 패륜아로 지목받았던 반면, 계몽된 젊은 신세대로부터는 새로운 세상의 개막을 앞장서서 알리는 예언자로 환영을 받았던 것입니다. 이처럼 『무정』이 이룩한 자유연애 사상의 보급은 당시로서는 혁명적 성취였습니다만 그럼에도 불구하고 이 성취에는 일정한 한계가 있었습니다. 그것은 이광수의 자유연애가 인간과 인간의 진정한 만남에 대한 본격적 성찰을 결여하고 있었기 때문입니다. 따라서 이광수 이후 자유연애 사상이 광범하게 보급되면서 남녀 간의 만남에 대한 사회적 관념, 만남의 외형적 형태는 급속히 바뀌어갔지만 상대를 대하는 개인의 의식과 자세에는 커다란 변화가 없었습니다. 개인들의 일상생활은 여전히 정조의 관념, 남성 우위의 관념 등에 바탕을 두고 이루어지고 있었던 것입니다.

우리나라의 지식인들이 지역감정을 드러내는 방식에서 알 수 있듯이 이해하는 것과 실천하는 것은 별개입니다. 우리가 논리적으로 지역감정을 가져서는 안 된다고 이해하는 것과 자신이 실제로 지역감정을 벗어난 사람이 되는 것은 또 다른 일입니다. 일상생활에서 축적된 의식을 변화시키자면 제도와 형식을 바꾸는 것보다 훨씬 더 많은 세월이 필요합니다. 이렇게 보면『무정』 이후 이상에 이르기까지의 20년 동안에 남녀가 만나서 결혼에 이르기까지의 외형적 절차는 어느 정도 근대적인 형태로 바뀌었지만 만남의 본질, 상대를 이해하고 받아들이는 개인의 일상적 자세에는 기실 별다른 변화가 없었던 것은 당연한 일일지도 모르겠습니다.

우리나라에서 나와 타인의 진정한 만남에 대해 본격적으로 질문을 제기한 사람은 이상입니다. 형식의 차원에서가 아니라 본질의 차원에서 타인과의 진정한 만남이 가능한 것인지를 의심하며 따져 들어간 최초의 사람이 이상이라고 할 수 있습니다. 이상은 앞에서 말했다시피 자유연애가 급속히 보급되던 시대에 살았습니다. 이상은 전통사회의 엄격한 풍속과 도덕이 남녀의 자유로운 만남을 가로막고 그러한 금기의 울타리 안에서 정조와 순결이 지켜지던 시대가 아니라 자유연애가 풍속과 도덕을 급속히 붕괴시켜나가던 시대에 살았습니다. 동시에 이상은 또한 전통적인 풍속과 도덕이 붕괴된 자리에 상대를 신뢰할 수 있는 개인의 새로운 윤리가 아직 형성되지 못한 시대에 살았습니다. 이 시기에 김동환이 「웃은 죄」라는 시에서 "평양성에 해 안 뜬대두/난 모르오/웃은 죄밖에"라고 썼던 것처럼, 어떤 처녀가 외간 남자를 보고 웃기만 해도 그 처녀 문제가 있다는 식으로 생각하던 사회적 관념과 태도가 아직 새로운 관념과 의식으로 전환하지 못하고 있던 시대에 살았습니다. 그래서 20세기 초기에 우리나라에서 자유연애의 '자유'는 개인에게는 혼란을, 사랑의 대상에 대해서는 불신을 더욱 가중시키는 측면도 없지 않았습니다. 개인들이 표면적인 형식상으로는 자유연애를 받아들였지만 의식의 심층은 여전히 과거의 봉건적 관념에 짙게 물들어 있었던 까닭입니다. 이상의 「실화(失花)」라는 소설에 나오는 다음 장면이 바로 그런 모습을 잘 보여줍니다.

（천사는—어디를 가도 천사는 없다. 천사들은 다 결혼해버렸기 때문에다）

이십삼일 밤 열시부터 나는 가지가지 재주를 다 피워가며 연(姸)이를 고문했다.

이십사일 동이 훤—하게 터올 때쯤에야 연이는 겨우 입을 열었다. 아—장구한 시간!

"첫 번—말해라."

"인천 어느 여관."

"그건 안다. 둘째 번—말해라."

"……"

"말해라."

"N빌딩 S의 사무실."[1]

상대방의 과거사를 무섭게 추궁해나가는 이런 장면 앞에서 요즘의 젊은 여자들은 아마도 이해보다는 남자에 대한 분노가 먼저 치밀어 오를 것입니다. 그러나 나는 무작정 분노할 일만은 아니라고 생각합니다. 이상의 상당수 작품들이 끊어버릴 수 없는 자의식과의 고통스러운 투쟁을 보여주듯이, 앞의 장면에서도 고문을 당하는 것은 상대(여자)만이 아니라 남자 자신의 의식이기도 하기 때문입니다. 우리가 여기에서 포착해야 할 중요한 사실은 잔인하게 여자를 다그치는 남자의 행태가 아니라, 가장 20세기적인 사람이라고 자부하는 이상이 실제로는 19세기의 포로임을 은연중에 애처롭게 드러내고 있다는 사실입니다. 세상 사람들 앞에서는 유리코나 금홍이와의 살림살이를 통해 '정조 따위가 뭐 대수냐 얼마나 사랑하느냐가 문제지' 하는 방식으로 행동하지만, 내면 속에는 전통적인 정조관이 깊이 자리 잡고 있는 사람의 비극, 이렇게 19세기적인 방식으로 여성을 의심하고 다그치는 것 외에 다른 방식으로 여성을 이해하고 사랑할 수 있는 방식을 갖지 못한 시대의 비극을 앞의 장면은 보여주고 있습니다. 이상은 이렇듯 타인과의 진정한 만남은 살을 섞는 남녀 사이에서조차 참으로 어렵다는 사실을, 가장 20세기적인 인간이 되고 싶어 하는 자신마저 실은 온통 전통적인 정조 관념에 깊이 물든 눈으로 타인(여자)을 대하고 있는 모습을 통해, 우리에게 쓰디쓰게 확인해주고 있습니다.

<hr />

1   이상, 『이상소설전작집』, 갑인출판사, 1977, pp. 70~71.

쓸데없는 이야기가 너무 길어졌습니다. 온전한 20세기의 사람이 되고 싶어 했으면서도 19세기에 발목이 잡혀 있는 이상의 모습, 그의 말대로 "19세기와 20세기의 틈바구니에 끼어 졸도(卒倒)하려 드는 무뢰한(無賴漢)"의 모습을 잠시 이야기한다는 것이 이렇게 되고 말았습니다. 그럼 이제부터 이 연장선상에서 이상의 시를 이야기해보겠습니다.

이상의 경우 19세기의 도덕률 때문에 가장 고통을 받은 것은 앞에서 살핀 남녀 관계에서가 아니라 그가 돌보고 부양해야 할 가족 관계에서였습니다. 이상은 전통적인 가족 제도야말로 자신을 포함해서 우리나라 사람들이 20세기 사람이 되는 데 가장 큰 장애물이며, 우리 모두는 가족의 울타리에 갇힌, 탈출 불가능한 포로들이라고 생각했습니다. 그래서 이상은 우리나라의 가족 관계에서 자식과 부모 사이, 조상과 후손 사이의 관계를 다음처럼 격렬한 어투로 표현한 적이 있습니다. 아버지를 향해서는 '내 일생을 압수하려는 기색이 농후한 모조기독(模造基督)'이라고 말하고, 어머니를 향해서는 '내 근육과 또 약소한 입방의 청혈과의 원가상환을 청구하는 심술궂은 여인'이라고 말하며, 조상을 향해서는 '내게 무엇인가를 강청(强請)하려는 묘혈(墓穴)에 계신 백골(白骨)'이라고 한 게 바로 그것입니다. 1930년대에 이루어진 이상의 이런 발언들은 당시의 관념에서 볼 때 우리의 전통적인 가부장적 가족 제도에 대한 혁명적인 반란이 아닐 수 없습니다. 「문벌(門閥)」이라는 다음 시 역시 같은 맥락 속에 있는 작품입니다.

墳塚에계신白骨까지가내게血淸의原價償還을强請하고있다.
天下에달이밝아서나는오들오들떨면서到處에서들킨다. 당신의
印鑑이이미失效된지오랜줄은꿈에도생각하지않으시나요 —— 하
고나는의젓이대꾸를해야겠는데나는이렇게싫은決算의函數를
내몸에지닌내圖章처럼쉽사리끌러버릴수가참없다.

—「문벌」부분

위의 시는 전통적인 가부장적 가족 제도에 대한 격렬한 공격과
부정이며, 그러한 가족 제도를 뒷받침하는 '집' 우위의 사고방식
에 대한 도전입니다. 주지하다시피 '집' 우위의 전통적 사고방식
은 아직도 우리에게 상당한 영향을 미치고 있습니다. 한국 사회
에서 가문 혹은 문벌이라는 초개인적 형태로 구체화되는 이 '집'
은 개인의 희생을 뛰어넘어 영속되어야 할 어떤 것이었습니다.
개인, 특히 가장이 가족이나 가문을 위해 사적인 생활을 희생하
는 것을 당연시하고 또 그런 가장을 칭송하는 풍토를 만들었습
니다. 그리하여 '집'의 개념은 가족의 경우 가장을 중심으로 동
심원을 그리며 가족을 서열화했고, 가문(家門)의 경우 종손을 중
심으로 한 동심원으로 일족을 서열화했습니다. 가장에서 가장으
로 영원히 이어져야 하는 이런 '집'의 개념은 '집'에 대한 개인의
무한 책임을 강요하면서 한국 사회에서 아들, 특히 장자를 중시
하는 풍속, 가문과 항렬(行列)을 따지는 풍속, 조상에 대한 제례
를 통해 같은 핏줄임을 확인하는 풍속 등을 만들어냈습니다.
이상의 「문벌」은 바로 한국 사회가 가지고 있는 이 같은 독특
한 문화와 의식 구조에 대한 도전입니다. 살아 있는 가족들에 대

한 부양은 물론이고 무덤 속에 백골로 풍화하고 있는 조상들까지 정기적으로 예의를 갖춰 모셔야 했던 당시의 풍속을 그는 "분총(墳塚)에 계신 백골(白骨)까지가 내게 혈청(血淸)의 원가상환(原價償還)을 강청(强請)하고 있다"고 비난하는 것입니다. 그리고 그 같은 풍속은 이미 지킬 가치가 없는, 시효가 다한 풍속이라는 사실을, 비록 미약한 목소리이긴 합니다만, "당신의 인감(印鑑)이 이미 실효(失效)된 지 오랜 줄은 꿈에도 생각하지 않으시나요"라는 말로 선언합니다. 이 같은 이상의 말투는 신체발부수지부모(身體髮膚受之父母, 내 몸의 모든 것은 부모로부터 받은 것이니 함부로 할 수 없다)라는 전통적인 사고방식에 대한 야유이며, 가문과 가족에 대한 무한 책임을 요구하는 전통적 윤리규범에 대한 부정입니다.

이상은 가문과 가족이라는 울타리가 개인의 자유로운 성장을 가로막는, 이미 시효를 상실한 봉건적 질서라고 생각했고 가문 중심주의적인 윤리와 도덕으로부터 벗어나 새로운 인간이 되고자 했습니다. 한 개인, 특히 가장이 짊어져야 하는 가족에 대한 무한 책임은, 이상에 의하면 실효된 인감과 같아서 효력이 없는 것이며 '쉽사리 끌러' 팽개쳐버릴 수 있는 어떤 것이 되어야 한다고 생각한 것입니다. 이상은 그러한 도덕률과 개인들의 일상적 의식을 '19세기적인 것'이라고 규정하고 자신은 그것들을 벗어나 20세기적인 인간이 되고자 여러 가지 방식으로 몸부림을 쳤습니다. 그렇지만 이 같은 생각은 이상 혼자의 생각이었지 당대 사람들의 일반적 생각은 아니었습니다. 그의 생각이 세상 사람들 앞에서 오히려 불온한 것으로 비춰지기 때문에 "천하(天下)

에 달이 밝아서 나는 오들오들 떨면서 도처(到處)에서 들"킵니다. 당당하게 선언하며 행동할 수 없어서, "이렇게 싫은 결산(決算)의 함수(函數)를 내 몸에 지닌 내 도장처럼" 그렇게 "쉽사리 끌러" 팽개쳐버릴 수가 도저히 없어서, 혼자 슬쩍 그러한 책임으로부터 도망치려다가 '오들오들 떨면서' 들킵니다. 시에 나타난 말투와 행동이 일치하지 못하고 이중적인 것은 이 때문입니다. 말투는 비록 과격하고 용감하지만 태도와 행동은 세상 앞에서 자꾸만 위축당하고 있는 것입니다.

당대의 가부장적 가족 제도에 대한 이상의 공격과 투쟁이 그 과격한 말투에도 불구하고 공세적이 아니라 수세적으로 느껴지는 것은 바로 이 때문입니다. 그가 아무리 용감하고 의젓하게 선언을 하고 가문과 가족에 대해 무책임해지려고 해도 세상의 관념과 시선 앞에서 그는 의젓하게 무책임해질 수가, 당당하게 무책임해질 수가 없습니다. 이런 점에서 그는 당대의 가부장적 가족 제도를 부정하면서도 자신이 바로 그가 부정하는 가부장적 가족 제도의 포로임을 인정할 수밖에 없는, 박제된 반항아였습니다. 그렇기 때문에 가난한 가족들에 대한 책임감과 면면한 애정이 깃들어 있는 「가정(家庭)」이라는 제목의 다음 시는 그래서 무능력한 가장이 가족들을 향해 하소연하는 아름답고 슬픈 참회록이 되고 있습니다.

門을암만잡아다녀도안열리는것은안에生活이모자라는까닭이다.밤이사나운꾸지람으로나를졸른다.나는우리집내門牌앞에서여간성가신게아니다.나는밤속에들어서서제웅처럼자꾸만減

해간다.食口야封한窓戶어데라도한구석터놓아다고내가收入되어들어가야하지않나.지붕에서리가나리고뾰족한데는鍼처럼月光이묻었다.우리집이앓나보다.그러고누가힘에겨운도장을찍나보다.壽命을헐어서典當잡히나보다.나는그냥門고리에쇠사슬늘어지듯매어달렸다.門을열려고안열리는門을열려고.

—「가정」 전문

이 작품은 앞에서 본「문벌」이란 작품과 형태는 동일하지만 작품에 등장하는 화자의 말투는 너무 다릅니다.「문벌」이란 시에서 본 과격한 말투는 어디에서도 찾아볼 수가 없습니다. 당대의 가족 제도와 윤리규범을 누구보다 거부해야 할 유산으로 생각한 이상이 이렇게 나약하게 가족 앞에 굴복할 수 있을까 싶을 정도입니다. 또한 그의 이 같은 시는 그의 실제 삶과도 상당한 거리가 있습니다. 겉으로 드러난 그의 삶은 당대 풍속 기준으로 판단한다면 가장의 책임을 파격적으로 떨쳐버린, 반윤리적 삶이었습니다. 그의 생활은 존경받고 품위 있는 가장의 역할과는 거리가 멀었으며, 가족을 성실하게 돌보는 생활과도 거리가 멀었습니다. 그런 이상이 어떻게 가족을 향해 이런 시를 쓸 수 있었을까요? 먼저 작품을 보고 다시 이야기를 하도록 하겠습니다.

이 작품은 첫머리를 '문(門)을 암만 잡아 다녀도(당겨도) 안 열리는 것은 안에 생활(生活)이 모자라는 까닭이다'라는 말로 시작하고 있습니다. 참으로 흥미 있는, 훌륭한 표현입니다. 이 말은 문이 안 열리는 게 아니라 화자가 당당하게 문을 열 수 없는 상태에 있으며, 그 이유는 가족의 모자라는(가난한) 생활에 대해 어떤 책임감을 느끼고 있어서라는 사실을 짧고 간결한 문장을 통해 넉넉히 전달해주고 있습니다. 그리고 이어지는 문장 역시 화자가 그렇게 책임감을 느끼는 이유를 아주 재미있게 표현하고 있습니다. 화자가 가장이기 때문에 그런 책임감을 벗어날 수 없다는 사실을 간접적으로 '나는 우리집 내 문패(門牌) 앞에서 여간 성가신 게 아니다'라는 말로 드러내고 있는 것입니다. '우리 집 내 문패'라는 말로 보아 한 집안의 가장임에 틀림없는 이 시의 화자가 집 앞에만 오면 가난에 시달리는 가족에 대한 죄의식으로 마음이 졸아드는 모습, 차라리 제웅처럼 졸아들어 쥐구멍으로라도 들어갈 수 있었으면, 하는 심리 상태를 이렇게 절묘하게 표현하고 있는 것입니다. 그러면서도 이 시의 화자는 어떻게든 가족과 함께 하고 싶은 심정을 '식구(食口)야 봉(封)한 창호(窓戶) 어데라도 한구석 터 놓아다고 내가 수입(收入)되어 들어가야 하지 않나'라는 안타까운 절규로 드러냅니다. 그리고 가족에 대한 깊은 연민과 사랑과 죄책감을 '우리 집이 앓나 보다'라는 말속에 담아놓고 있습니다. 그뿐만이 아닙니다. 지붕에 내린 서리를 침(鍼)의 이미지로 인식하고, 그 침의 이미지를 가난한 집안에 잦게 마련인 병치레, 가난을 앓고 있는 어떤 신음 소리로 연결시켜나가는 수법도 뛰어납니다. '누가 힘에 겨운 도장을 찍나 보다. 수명(壽命)을 헐어서 전당(典當) 잡히나 보다'라는 말에 들어 있는, 마치 파산한 사람이 집문서를 남에게 넘겨줄 때의 상황에 방불한 이미지들을 생각해보십시오. 그러면 가장의 책임을 다하지 못하고 있는 한 사내의 '나는 그냥 문(門)고리에 쇠사슬 늘어지듯 매어 달렸다. 문(門)을 열려고 안 열리는 문(門)을 열려고'라는, 이 고통스러운 절규를 읽으며 우리 모두는 눈가를 씻지 않을 수 없을 것입니다.

이상의 「가정」이라는 시에서 확인할 수 있듯, 가족의 울타리를 부수고 자유스러운 근대적 개인으로 홀로 서려고 한 이상의 시도는 일시적 관념이었지 결코 생활 속에서 실천될 수는 없는 생각이었습니다. 앞의 작품으로 볼 때, 이상은 누구보다 당대의 풍속이 요구하는 가장의 역할과 책임으로부터 의식적으로 해방되려고 노력한 사람임에도 불구하고, 실제로는 한 발짝도 온전하게 도망가지 못한 사람입니다. 이상이 누이동생을 향해 "내가 아무리 이 사회에서 또 우리 가정에서 어른 노릇을 못하는 변변치 못한 인간이로서니 그래도 너희들보다야 어른이다"라고 쓰고 있는 것이 이 사실을 잘 말해줍니다. 이런 점에서 우리는 이상과 염상섭을 비교해볼 수 있습니다. 이상은 『삼대(三代)』를 쓴 염상섭과, 엄청난 표면적인 차이에도 불구하고, 본질적인 측면에서는 거의 차이를 보여주지 않는 것입니다. 당대의 가족 제도가 요구하는 가장의 책임을 결국은 승인하고 받아들인다는 점에서 염상섭의 『삼대』와 이상의 「가정」에 등장하는 가장들의 모습은 동일합니다. 상이한 개성과 생각을 가진 이 두 사람이 이렇게 가장의 책임 의식이란 측면에서 별다른 차이를 보여주지 않는 것은 원래부터 비슷한 생각을 가졌기 때문이 아닙니다. 그것은 두 사람 모두 그들이 살았던 시대가 요구하는 가장의 모습에서 벗어날 수 없었기 때문입니다.

3. 이상의 '20세기'를 완성하기 위하여

되풀이 말하지만 이상은 20세기적인 사람이 되려는 열망에도 불구하고 결국은 20세기의 언저리만 맴돌다 좌절하고 말았습니다. 그리고 19세기의 도덕률을 승인한 자리에서 우리 앞에 슬프고도 아름다운 「가정」이란 시를 남기고 있습니다. 이상은 19세기에 대한 그 나름의 철저한 부정을 감행했지만 결국은 거대한 19세기적 풍속 앞에서 무참히 좌절할 수밖에 없었던 것입니다. 이런 점에서 본다면 그가 벌였던 일종의 자기 기만적인 야릇한 장난과 제스처들은, 이길 수 없는 싸움 앞에서 자신의 날카로운 의식을 잠시나마 둔감하게 만들려는 시도들이었다고 할 수 있습니다.

그렇다면 우리는 이러한 이상의 노력, 20세기 사람이 되기 위한 그 안타깝고 희화적인 노력으로부터 무엇을 배울 수 있을까요? "전기 기관차의 미끈한 선·강철과 유리·건물 구성·예각 이러한 데서 미를 발견할 줄 아는 세기의 인(人)"이라는 식으로 20세기를 이해하는 이상의 근대 인식을 문제 삼을 때 가능할 것 같습니다. 20세기에 대한 이상의 이런 인식은 그 천재성에도 불구하고 피상적입니다. 이상의 이런 인식은 김광균이나 김기림의 20세기 이해와 별 차이가 없습니다. 왜냐하면 20세기적 인간은 '전기 기관차의 미끈한 선'의 면모처럼 그렇게 우리 앞에 새로운 모습으로 어느 날 갑자기 출현할 수 없기 때문입니다.

다시 말하지만 20세기적 인간은 새로운 면모를 과시하는 서구의 기술 문명처럼 갑자기 수입할 수 있는 것이 아닙니다. 또한

19세기의 도덕률을 모두 부정하고 폐기해버린다고 해서 20세기적 인간이 탄생하는 것도 아닙니다. 그리고 19세기의 도덕률과 20세기의 도덕률을 대립적인 것으로만 이해하는 데에도 문제가 있습니다. 19세기의 도덕률은 20세기의 도덕률과 반드시 대립적인 것이 아니라 부정해야 할 어떤 점과 계승해야 할 어떤 점을 동시에 가지고 있을 따름입니다. 따라서 20세기적 인간은 19세기의 문제점을 투철히 인식하면서 부정과 긍정을 통해 우리 의식의 전환을 이룩해나갈 때 비로소 만들어질 수 있습니다. 어느 날 갑자기 출현하는 것이 아니라, 일정한 기간을 통해 이루어지는 것입니다.

그렇다고 이 이야기를 이상에 대한 성급한 비난으로 생각하지 마십시요. 나는 이상을 올바르게 비판하는 것은 우리의 임무이지만 그를 비난하는 것은 우리 같은 일상적 인간의 권리가 아니라고 생각합니다. 이상처럼 그렇게 20세기를 향해 무섭게 질주한 사람이 없었다면 우리의 의식은 지금의 수준에도 미달해 있을지 모르니까 말입니다.*

* 이상의 시를 해설함에 있어, 독자의 이해를 돕기 위해 필요하다고 판단되면 한자어에 독음을 달았고 원시의 의미를 해치지 않는 범위에서 띄어쓰기도 하였다.

봄을 노래한 시와 인문주의적 시 읽기

—이상화와 김영랑 읽기

몇 달째 촛불 집회와 태극기 집회가 계속되고 있다. 언론은 질서 있고 평화로운 집회라는 사실을 강조하며 성숙한 시민의식과 민주주의의 발전을 운위하고 있지만 그 이면을 들여다보면 반드시 그런 것만은 아니다. 한 치의 양보와 타협도 없는, 상대방의 의견을 경청하거나 존중할 준비가 전혀 되어 있지 않은 예각화된 대립만이 난무하고 있는 까닭이다. 이런 점에서 우리가 더욱 걱정해야 할 것은 탄핵의 인용이나 기각이 아니라 둘 중 하나가 선택된 후에 벌어질 심각한 분열이며, 우리 사회가 지닌, 그러한 분열을 생산하고 증폭시키는 독선적·배타적 사고방식이다.

천재적인 전기 작가 슈테판 츠바이크Stefan Zweig가 쓴 전기들은 하나같이 감동적이지만 그중에서도 세바스티안 카스텔리오 Sebastian Castellio라는 사람에 대한 전기는, 현재의 한국 사회를 우려하는 사람들에게 특히 감동적이다. 츠바이크가 히틀러의 광기가 독일을 뒤덮기 시작하는 것을 보면서 1936년에 『폭력에 대항한 양심: 칼뱅에 맞선 카스텔리오』라는 제목으로 쓴 이 책은 우리나라에서는 안인희 교수가 동명의 제목으로 번역해서 출간됐다가 그 후에 『다른 의견을 가질 권리』라는 제목으로 바뀌어서 다시 간행된 바 있다.

츠바이크에 따르면 카스텔리오는 칼뱅의 독선적 사고에 반대하면서 자신을 '코끼리 앞의 모기'로 비유했다. 종교, 국가, 법률, 여론 등 모든 것을 등에 업고 있는 칼뱅에 맞서 용감하게 한 인간의 사상과 양심을 옹호하는 그 자신을 그렇게 비유했던 것이다. 츠바이크는 카스텔리오의 이런 비유가 조금도 과장된 것이 아니라는 사실을 하나하나 보여주면서 이렇게 썼다. "사람들은 자기 자신의 생각에 대해, 혹은 자신의 생각이 옳다는 생각에 대해 너무나도 뚜렷한 확신을 가지게 된 나머지 오만하게 다른 사람을 멸시하기에 이르렀다. 이러한 오만에서 잔인함과 박해가 나온다"라고. 그는 또 이렇게도 썼다.

도덕적·종교적·예술적 신념이라는 내면세계에 국가가 끼어드는 것은, 침범할 수 없는 개성의 권리를 침범하는 것이며 월권이다. [……] 국가 권력은 의견 문제에 대해 아무런 권한이 없다. 그러므로 다른 의견, 다른 세계관을 갖는다고 해서 거품을 물고 미쳐 날뛰는 일이 왜 필요한가. 어째서 끊임없이 경찰을 부르고 살인에 이르도록 미워한단 말인가. [……] 혼자만이 옳다는 오만에서 잔인함과 박해가 나온다.

츠바이크가 말하고 있는 다른 의견, 다른 생각을 가질 권리는 우리 인간이 서로 어울려 살아가기 위해 가져야 할 인문주의적 태도의 기본이다. 상이한 개성을 지닌 인간과 인간이 자신의 의미와 가치를 인정받고 상대방의 의미와 가치를 인정해주기 위해 반드시 가져야 할 기본적 태도이다. 그러한 관용의 정신이 없다면 어떤 사회도 폭력과 광기로부터 자유롭지 못하다. 이런 점에서 우리 자신은 어떠한가? 촛불과 태극기에는 과연 서로를 존중하는 자세가 들어 있는가? 이런 질문에 대한 올바른 대답을 도출하기 위해 우리의 사유방식이 개입된 시 읽기의 모습을 한번 들여다보겠다.

이상화의 시 「빼앗긴 들에도 봄은 오는가」는 시의 첫머리를 "지금은 남의 땅—빼앗긴 들에도 봄은 오는가?"라는 대단히 도발적인 질문으로 열고 있다. 이 질문이 도발적인 이유는 겨울 다음에 봄이 오는 것은 자연의 당연한 이치인데도 시인이 "봄은 오는가?"란 질문을 새삼스럽게, 너무나 진지하게 던지고 있는 까닭이다. 우리가 갑자기 "너 사람 맞아?"란 도발적 질문을 받으면 당혹감을 느끼는 것처럼 그래서 이 질문은 독자를 당혹스럽게 만든다. 더구나 이 질문에는 '빼앗긴 들'이란 전제조건이 붙어 있기 때문에 독자들은 쉽게 대답하지 못하고 당황하기 시작한다. 당연히 오는 봄이라면 이런 질문을 던질 이유가 없다, 이렇게 생각하면서 다른 답을 찾기 시작하는 것이다. 그러한 때문인지 이 시에 대해서는 올바른 이해보다는 부적절한 이해가 훨씬 더 많은 것이 지금 현재의 우리 현실이다. 이상섭 교수가 "빼앗긴 들에도 봄은 오도다"라는 또 다른 도발적 주장을 펼친 것은 이 시에 관해 만연된, 부적절한 이해와 관련이 있다.

시에 대한 모든 이해와 설명은 반드시 우리말이 지닌 문법적 의미를 바탕으로 이루어져야 한다. 그렇지 않으면 시는 의사소통이 불가능한 기호, 상이한 해석이 난무하는 기호의 구조체가 되어버린다. 주지하다시피 이상화의 「빼앗긴 들에도 봄은 오는가」는 "그러나 지금은 들을 빼앗겨 봄조차 빼앗기겠네"라는 말, 대답으로 끝나고 있다. 이 말의 문법적 의미는, 미래를 추측하는 어미인 '-겠-'으로 알 수 있듯, 아직 봄을 빼앗기지 않았다는 사실을 우리에게 분명히 전달해주고 있다. 비록 미래에 봄마저 빼앗길지 모른다는 강한 우려감을 담고 있기는 하지만 현재 봄을 빼앗긴 것은 아니라는 사실을 확실하게 드러내고 있다. 그럼에도 대부분의 독자들은 이미 봄을 빼앗긴 것으로 이 시를 읽고 있다. 독자들은 왜 그렇게 읽고 있는 것일까?

필자 생각으로는 중·고등학교의 시 교육, 국가가 시행하는 교육이 그렇게 만든 것이다. 이 점은 대학생들의 모습으로 미루어 보아 자명하다. 필자는 '현대시 읽기' 수업 시간에 학생들에게 빼앗긴 들에 봄이 오는지 안 오는지를 물어본 적이 있는데 대부분의 학생들은 천편일률적으로 봄이 안 온다고 대답했다. 왜 그렇게 생각하느냐는 물음에는 나라를 빼앗겼으니까 봄이 안 오는 것이라고 당연한 듯 대답했다. 그렇지만 들을 빼앗겼다고 해서 과연 계절인 봄까지 안 오는지 물었더니 난감해하면서 학생들은 대답을 못 하였다. 학생들의 머릿속에 고착된 '들=나라' '봄=광복'이란 의식 구조가 그래도 계절의 봄은 올 수도 있다는 생각마저 가로막아버린 것이다.

필자가 조사해본 바로는 우리나라의 중·고등학교 교육 현장에서는 이상화의 「빼앗긴 들에도 봄은 오는가」를 예외 없이 '국권회복에의 염원'을 담은 시로 가르치고 있었다. 학교 교육과 더 막강한 영향력을 자랑하는 EBS 등이 모두 '남의 땅'이란 시어는 '빼앗긴 조국'을 가리키는 것이며 '봄'은 '조국 광복'을 상징하는 말이라고 이구동성으로 이야기하고 있었다. 다른 의견, 다른 해석은 찾아볼 길이 없었고, 그러한 가르침은 곧바로 수능 시험 대비 교육으로 연결되고 있었다. 그런 만큼 이러한 시 교육을 받은 학생들이 식민지 상태를 떠올리며 봄이 오지 않는다고 말하는 것은 당연한 일이라 할 수 있다.

이상화의 「빼앗긴 들에도 봄은 오는가」에서 '들'을 곧 '나라'라는 등식으로 고착화시켜 가르치는 것은 인문 교육의 하나인 시 교육에서 결코 바람직한 방향이 아니다. 그러한 해석은 이 시에 대한 여러 해석의 하나일 따름이지 유일하고 결정적인 답으로 군림해서는 안 된다. 예컨대 '들'은 시를 읽는 독자들의 처지와 상황에 따라 직업일 수도, 일터일 수도, 지주에게 빼앗긴 땅일 수도, 일본의 지배하에 있는 조국일 수도 있는 까닭이다. 이 시에서 '들'은 시의 화자가 가족과 함께 삶을 영위하던 터전으로 설정되어 있다. 그리고 조국 광복이 이루어진 지금도 이 시가 우리에게 감동적으로 읽히는 이유도 감안해야 한다. 그런 만큼 '들=나라'라는 도식을 벗어난 해석과 견해도 마땅히 존중받아야 하거늘 그러한 견해는 이단시되고 배척당하는 것이 우리 교육의 현실이다.

마찬가지 맥락에서 봄을 조국 광복으로 고착화시켜 '온다/안 온다'는 이분법적 도식으로 가르치거나 이해하는 것 역시 적절하지 않다. 일찍이 두보는 안녹산의난으로 황폐화된 나라의 모습을 앞에 두고 "나라는 깨어져도 산하는 의구하고 봄은 이렇게도 온 천지에 가득하구나!"라고 읊었다. 그는 전란으로 피폐해진 삶 앞에도 봄은 어김없이 찾아와서 산하를 뒤덮고, 그러한 자연의 활기찬 모습이 마음을 더욱 착잡하게 만드는 상황 앞에서 그렇게 읊었던 것이다. 그리고 김소월은「금잔디」에서 님의 죽음이라는 절망적 상황 속에서도 그 상황을 압도하듯 살아나는 봄 잔디의 모습, 아우성처럼 천지를 채우며 다가오는 무성한 봄기운의 모습을 흥겨운 도라지 타령의 리듬으로 보여주었다. 또 이장희는「봄은 고양이로다」에서 "금방울과 같이 호동그란 고양이의 눈에/미친 봄의 불길이 흐르도다"라고 썼다. 그가 '미친 봄의 불길'이라 표현했듯 봄은 누구도 막을 수 없는 기세로 우리에게 다가오는 것이다. 이런 사실들을 상기할 때 우리는 이상화의「빼앗긴 들에도 봄은 오는가」를 흑백논리식의 질문으로 생각해서는 안 된다. 봄이 온다거나 안 온다는 대답은 시에 대한 적절한 인문학적 이해가 아닌 것이다. 이를테면 이 시를 '지금 비록 들은 내 것이 아니지만 그래도 아직 봄은 내 것이다' '이 들을 가득 채우고 있는 계절의 봄만은 어떤 일이 있어도 빼앗기지 않겠다'는 식으로 읽는 사람이 있다면, 우리는 그런 사람을 더 바람직한 독자의 모습으로 생각해야 한다. '내 육체는 지배해도 내 영혼은 지배할 수 없다는 자세로 빼앗긴 들을 가득 채운 봄을 흠뻑 즐기고 있다'고 말하는 독자가 있다면 인문적 소양을 갖춘 훌륭한 독자로 생각해야 한다. 이런 점에서 이상화의 시 「빼앗긴 들에도 봄은 오는가」를 '나라를 뺏겼는데 무슨 봄이 오겠느냐, 봄이 와도 그게 봄 같은 봄이냐'는 식으로 가르치는 것은 적절한 인문 교육이 아니다. 그와 같이 고착되고 경직화된 설명은 인간과 사물에 대한 다양하고 유연한 인간 이해를 목표로 삼는 인문 교육, 다른 견해와의 공존을 강조해야 할 인문주의의 입장에서는 마땅히 회피해야 할 태도인 까닭이다.

하버드 대학 교수인 스티븐 그린블렛Stephen Greenblatt은 『1417년, 근대의 탄생THE SWERVE—How the World Became Modern』이란 책에서 1417년이야말로 근대의 탄생을 알리는 중요한 해라고 말한다. 그러면서 그 이유로 이해에 독일의 한 수도원에서 고대 로마의 시인 루크레티우스 카루스Lucretius Carus의 『사물의 본성에 대하여De Rerum Natura』가 발견되었다는 사실을 들고 있다. "그러면 당신은 바다, 산, 강물의 급류, 덤불 숲에 사는 모든 살아 있는 심장마다 유혹하고 싶은 사랑을 불어넣으시니, 자손을 낳고자 하는 뜨거운 욕망을 심어주십니다"라는 구절에서 볼 수 있듯 사랑의 여신 비너스를 열렬히 예찬하는 것으로 루크레티우스는 자신의 시를 시작하고 있다. 간단히 말해 루크레티우스는 사랑이야말로 모든 생명체의 억제할 수 없는 본성이며, 봄은 비너스가 그러한 본성을 활짝 드러나게 만드는 계절이라고 생각하고 있는 것이다. 그렇기 때문에 이 같은 루크레티우스 시집의 발견은 중세의 저 질식할 듯한 분위기에 균열을 일으키는 중요한 사건이라고 주장한다. 우리 인간의 건강한 사랑을 억압하던 중세의 획일적 도덕률에 회의를 품게 만든 사건이라는 것이다.

김영랑의 시 「오월」은 봄을 묘사한 시 중에서도 보기 드문 수작이다. 이 시를 읽으면 선명한 색채감과 유성음이 만들어내는 유려하고 영롱한 리듬, 그리고 봄기운에 맞추어 꿈틀거리는 무성한 생명의 약동을 생생하게 느낄 수 있다. 그래서 이 시는 길이 기억될 명시이다. 그럼에도 필자는 젊은 시절 오랫동안 이 시를 나쁜 시로 간주했는데, 그 이유는 당시의 잘못된 민중주의적, 마르크스주의적 문학 교육 때문이었다. 당시 필자는 이 시를 민중의 고통에 값하지 않는 시, 언어적 유희에 몰두한 시의 하나로 간주하고 있었다. 식민지 현실을 외면하고 자연의 세계로 눈길을 돌린 비겁한 현실도피적 시의 하나로 간주하고 있었다. 박목월의 「나그네」를 두고, 밥해 먹을 쌀도 없는데 한가롭게 술타령을 하고 있는 시라고 비난하던 문병란, 고은 등의 견해에 공감하고 있었던 것이다. 돌이켜 보면 필자는 당시 그러한 시 읽기를 있을 수 있는 입장의 하나로 받아들인 것이 아니라 사회와 역사에 대해 책임감을 느끼는 지식인이라면 당연하게 가져야 할 유일한 입장으로 받아들이고 있었던 것이다. 잘못된 현실에 맞서서 스스로의 내면에 독선적 사고방식을 키우고 있다는 사실을 미처 깨닫지 못했다.

들길은 마을에 들자 붉어지고,
마을 골목은 들로 내려서자 푸르러진다.
바람은 넘실 천(千)이랑 만(萬)이랑
이랑이랑 햇빛이 갈라지고
보리도 허리통이 부끄럽게 드러났다.

꾀꼬리는 엽태 혼자 날아 볼 줄 모르나니,

암컷이라 쫓길 뿐,

수놈이라 쫓을 뿐,

황금빛 난 길이 어지러울 뿐.

얇은 단장하고 아양 가득 차 있는

산봉우리야 오늘 밤 너 어디로 가 버리련?

—김영랑, 「오월」 전문

　김영랑은 1939년에 『문장』지에 「오월」을 발표했다. 한글 사용
이 금지되기 직전 시기에 김영랑은 이처럼 우리말이 아름다울
수 있다는 사실을 보여주었다. 시인이 모국어에 할 수 있는 최
대의 감사는 자신의 모국어가 아름답다는 사실을 시로 보여주는
것이다. 이 점에서 김영랑은 온몸을 바쳐 독립운동을 한 사람과
나란히 설 만한 가치가 있는 사람이다. 위의 시에서 "바람은 넘
실 천이랑 만이랑/이랑이랑 햇빛이 갈라지고"란 표현을 한번 음
미해보라! 보리밭 위를 지나가는 바람과 흔들리는 보리에 대한
묘사도 물론 뛰어나지만 그 묘사를 이루는 말의 풍경은 아름답
기 그지없다. '—랑'에서 '—랑'으로 이어지는 낭랑한 유성음의
흐름이 마치 산골짜기를 흐르는 맑은 물소리처럼 귓가를 울리면
서 우리의 마음을 즐겁고 청량하게 만들어주고 있다. 그런데 나
는 젊은 시절 김영랑의 이런 표현을 두고 현실을 망각하고 말의
조탁에만 몰두하는 나쁜 모습으로 간주했었다. 또 아무것도 아
닌 표현처럼 보이면서도 의미심장한 "암컷이라 쫓길 뿐,/수놈이
라 쫓을 뿐"이란 표현에 대해서는 생명의 활기찬 움직임, 그 이

유를 물을 필요가 없는 건강한 생명의 약동을 생생하게 느끼기
보다는 퇴폐적 표현으로 간주하며 애써 외면했었다. 그리하여
필자는 삼십대가 끝날 때까지 현실에는 괄호 치고 탐미적·관능
적 생활과 시 쓰기에 몰두한 도피적 시인으로 김영랑을 간주하
는 독선적 입장과 결별하지 못했다. 시대와 상황에 압도당하며
시를 시답게 읽는 태도, 말의 풍요로운 세계로부터 세상을 생각
하는 인문적 시 읽기의 태도를 온전하게 구현하지 못하고 있었
던 것이다. 그 시기의 필자에겐 우리말의 '봄바람이 났다'와 같
은 말에 대해 봄기운의 모습을 생각하며 그 의미를 풍요롭게 사
유하는 태도가 제대로 갖춰져 있지 않았던 것이다.

　이런 점에서 이후에 필자가 마주친 황동규의 「봄 나이테」(『사
는 기쁨』, 문학과지성사, 2013)는 인문적 시 읽기의 의미를 심화시
키게 만들어준 중요한 계기였다. 뛰어난 시들은 언제나 전통에
대한 확고한 인식을 바탕으로 한다는 사실을, 앞서 있었던 훌륭
한 표현의 창조적 계승이란 사실을 다시금 절실하게 각인시켜준
계기였다. 다시 말해, 뛰어난 시들은 언제나 당대적 의미를 넘
어서서 고전에 그 뿌리를 튼튼하게 드리우고 있었다. 이 사실은
물론 황동규 시인의 고백, 젊은 시절부터 수많은 시조를 외우고
『두시언해』를 여러 차례 정독했다고 한 고백에서도 드러나지만,
무엇보다도 그의 시가 분명히 말해주고 있었다.

　　'섬들이 막 헛소리를 하는군.
　　어, 엇박자도 어울리네.
　　물결들이 발가벗었어.

바투 만지네, 동그란 섬들의 엉덩이를.'

가까이서 누군가 놀란 듯 속삭이고
바다가 허파 가득 부풀렸다 긴 숨을 내뿜는다.
짐승처럼 사방에서 다가오는 푸른 언덕들
나비들 새들 바람 자락들이
여기 날고 저기 뛰어내린다.
누군가 중얼댄다
'나이테들이 터지네.'
그래, 그냥은 못 살겠다고
몸속에서 몸들이 터지고 있다.

　　　　　　　　　　　—황동규, 「봄 나이테」 부분

　이 시를 읽으면서 필자는 몇 차례 김영랑의 「오월」을 다시 읽
었다. 그것은 황동규의 독창적 표현 속에서 김영랑의 시가 표현
하는, 억제할 수 없는 생명의 약동을 강렬하게 느꼈기 때문이다.
이 시가 그려내고 있는 약동하는 생명의 흥겨움이, 읽는 사람마
저 이상화의 표현을 빌리면 '봄 신령이 지핀 듯' 그냥 있을 수 없
게 만들었기 때문이었다. "바다가 허파 가득 부풀렸다 긴 숨을
내뿜는다/짐승처럼 사방에서 다가오는 푸른 언덕들"과 같은 탁
월한 비유와 "섬들이 막 헛소리를 하는군./어, 엇박자도 어울리
네"와 같은 생동하는 어투를 통해 터질 듯 번져 나오는 봄기운은
김영랑의 "암컷이라 쫓길 뿐,/수놈이라 쫓을 뿐"에서 보았던 충
만한 봄기운 바로 그것이었다. "여기 날고 저기 뛰어내린다"란

표현과 "몸속에서 몸들이 터지고 있다"란 표현에서 대지를 가득 채우며 번져가는 봄기운과 이 봄기운 앞에서 참을 수 없다는 듯 몸을 터뜨리는 생명체들의 싱싱한 모습을 느끼면서 필자는 김영랑의 「오월」에 등장하는 "암컷이라 쫓길 뿐/수놈이라 쫓을 뿐"이 의미하는 바를 비로소 올바르게 깨달을 수 있었다. 이렇게 앞의 작품을 다시 재인식하게 만들어주는 황동규의 「봄 나이테」는 법고창신(法古創新)의 말뜻을 일깨워준 경이로 다가왔다.

카스텔리오는 자신의 견해를 다른 사람들에게 강요하는 태도를 두고 이렇게 말했다. "가능한 한 많은 수의 추종자를 강요하는 사람은, 커다란 통에 약간의 포도주를 가진 바보가 포도주를 더 만들려고 통에 물을 붓는 것과 같다. 그런 행동으로는 포도주를 조금도 늘리지 못하고 이미 가지고 있던 좋은 포도주를 망칠 뿐이다"라고. 시에서 하나의 정답만을 학생들에게 가르치는 교육은 그러한 바보의 행동과 동일하다. 나는 이렇게 느꼈다, 내가 그렇게 느낀 이유는 여기에 있다는 설명이 생략된 정답, 한 가지 정답만을 가르치는 시 교육은 인문주의적 시 교육이 아니라 독선적이고 배타적인 인간을 키우는 잘못된 교육이다. 시가 씌어진 시기는 식민지 시대이고 그 시대에는 조국 해방이 지상의 과제였기 때문에 '이 시는 이렇게 읽어야 한다'고 우리나라의 학교에서 가르치는 방식 속에는 그러한 독선적·배타적 태도가 암암리에 내재되어 있다. 거기에는 시에 대한 각자의 자유로운 해석 이전에 이미 외부로부터 정답이 주어져 있다. 그리고 이러한 교육 속에서 성장한 사람들이 지금 광장에서 탄핵의 인용과 기각을 외치고 있다. 이런 현실 앞에서 필자는 이렇게 말하고 싶다. 지금부터라도 우리는 먼저 시 읽기와 같은 사소한 것으로부터, 그것이 코끼리 앞의 모기처럼 작게 보이겠지만, 다른 생각을 가질 권리를 인정하는 연습을 시작하자고. 봄을 노래한 앞의 시들이 이루는 말의 풍요로운 풍경을 음미하면서 자신의 태도가 올바른 인문주의적 태도인지 되돌아보자고.

민족의 시원을 향한 시인의 눈길

─백석의 시

1. 민족의 시원과 백석의 시

시인 백석은 1940년 7월 「북방(北方)에서 ─정현웅(鄭玄雄)에게」란 제목을 붙인 특이한 성격의 시 한 편을 『문장』지에 발표했다. 이 시를 필자가 특이한 성격의 시라고 규정하는 이유는, 백석이 이 시 속에서 '오랑캐'를 우리 민족의 시원을 구성하는 사람들로 생각하기 때문이다. 우리 민족은 오랫동안 우리와 구별되는, 야만적이며 난폭한 무리를 지칭하는 용어로 '오랑캐'란 말을 사용해왔다. 그런데 백석은 문화적인 우리 민족과 관습적으로 구별해온 그 '오랑캐'를 우리 민족의 시원으로 상상하는 흥미있는 발상을 하고 있다. 그렇다면 이 같은 그의 생각은 그야말로 시인의 자유로운 상상/망상에 지나지 않는 것일까? 백석이 우리 민족의 시원을 이루는 것으로 강력히 시사하고 있는 '오랑캐'의 문제는 그러나 간단히 넘겨버릴 수 있는 사안이 아니다.

필자는 이 글에서 그러한 점과 함께 백석의 「북방에서」라는 시가 민족의 시원을 다룸으로써 부분적으로 서사시적 성격을 띠고 있다는 점에도 주목하고 싶다. 이 시는 민족적 자아라 부를 수 있는 '나'를 서술의 주체로 내세움으로써 우리 근대시사상 어떤 작품보다도 그럴듯한 서사시적 출발을 첫머리에서 하고 있다. 그럼에도 이 시는 도중에 서사시적 성격을 버리고 서정시로 전환하는데 그 이유는 어디에 있는 것일까? 이 점 역시 필자가 여기에서 이야기하려는 핵심적 논점의 하나이다. 필자의 견해로는 백석의 「북방에서」야말로 단일민족의 신화를 거부하는 시인의 예지와 함께 서사시와 서정시의 구분을 명료하게 인식할 수 있게 만들어 주는 문제적인 작품이다. 먼저 이 시의 전문을 보기로 하자.

아득한 옛날에 나는 떠났다
扶餘를 肅愼을 渤海를 女眞을 遼를 金을
興安嶺을 陰山을 아무우르를 숭가리를
범과 사슴과 너구리를 배반하고
송어와 메기와 개구리를 속이고 나는 떠났다

나는 그때
자작나무와 이깔나무의 슬퍼하던 것을 기억한다
갈대와 장풍¹의 붙들던 말도 잊지 않았다

<hr />

1   이 말에 대해 이동순은 '멀리서 불어오는 바람(長風)'으로 풀이하고 있으나 유종호의 지적처럼 창포(菖蒲)의 사투리로 보아야 맞을 것이다. 여자들이 머리를 감을 때

오로촌[2]이 멧돌을 잡어 나를 잔치해 보내던 것도
쏠론[3]이 십 리 길을 따라 나와 울던 것도 잊지 않았다

나는 그때
아모 이기지 못할 슬픔도 시름도 없이
다만 게을리 먼 앞대로 떠나 나왔다
그리하여 따사한 햇귀에서 하이얀 옷을 입고 매끄러운 밥을
먹고 단샘을 마시고 낮잠을 잤다
밤에는 먼 개소리에 놀라나고
아침에는 지나가는 사람마다에게 절을 하면서도
나는 나의 부끄러움을 알지 못했다

그동안 돌비는 깨어지고 많은 금은보화는 땅에 묻히고 가마
귀도 긴 족보를 이루었는데
이리하야 또 한 아득한 새 옛날이 비롯하는 때
이제는 참으로 이기지 못할 슬픔과 시름에 쫓겨
나는 나의 옛 한울로 땅으로──나의 胎盤으로 돌아왔으나

사용했던 식물인 창포는 장포, 장푸, 장풍 등으로도 불렸다.
2   오로촌Orochon은 동아시아 북동부의 북방 퉁구스 어계(語系)의 수렵민족을 가리킨
   다. 러시아의 바이칼호 이동(以東)부터 아무르강 유역, 그리고 중국의 내몽고 대싱
   안링(大興安嶺)과 헤이룽장성(黑龍江省)의 소싱안링(小興安嶺) 사이에 살고 있다.
   '어룬춘'이라고도 한다.
3   쏠론Solon은 아무르강의 남쪽에 분포하는 남방 퉁구스족의 한 분파를 가리킨다. 원
   래는 어로·수렵 생활을 했으나 현재는 정착하여 농업·목축에 종사하고 있다. 샤
   머니즘을 신봉하며, 죽은 자를 화장하는 관습이 있다. '어윈크'라고도 한다.

이미 해는 늙고 달은 파리하고 바람은 미치고 보래구름만
혼자 넋없이 떠도는데

아, 나의 조상은 형제는 일가친척은 정다운 이웃은 그리운
것은 사랑하는 것은 우러르는 것은 나의 자랑은 나의 힘은 없
다 바람과 물과 같이 지나가고 없다

　　　　　　　　　　　　　　　　—「북방에서」전문

2. 민족의 시원을 구성하는 오랑캐

아득한 옛날로부터 청나라 건국에 이르는 17세기 사이에 동북
지방에서는 여러 민족들의 흥기와 소멸이 반복되었다. 숙신, 예
맥, 선비, 모용, 말갈, 여진 등의 종족들이 합치고 갈라지면서 민
족과 국가를 형성했다가 흩어졌다. 이를테면 수많은 종족들이 한
때 강성했던 흉노 민족, 부여 민족, 고조선 민족, 선비 민족, 고
구려 민족 등에 흡수되어 국가를 만들었다가 다시 흩어지는 역
사가 전개되었던 것이다. 따라서 우리는 이 같은 동북 지방의 역
사를 통해 국가와 민족은 반드시 일치하는 것이 아니며, 민족과
종족도 반드시 일치하는 것은 아니라는 사실을 확인할 수 있다.
　우리는 한민족(韓民族)의 시원이 동북 지방에 있으며, 우리의
고대 국가 중 수렵과 유목 문화의 전통을 강하게 지닌 고구려와
발해의 경우 여러 종족들이 혼거하는 부족국가적 성격이 강했었
다는 사실을 기억하고 있다. 이들은 요즘 유행하는 말로 표현한

다면 다문화적 성격이 강한 국가였던 셈이다. 그리고 우리 민족사의 이러한 다문화적 성격은 고대에 국한된 것이 아니라 여말 선초 시기까지도 북쪽 변경의 일부 지역에서는 계속되고 있었다. 예컨대 고려시대의 쌍성총관부 지역과 조선 초의 압록강·두만강 일대에서는 한민족과 북방 종족의 이합집산이 계속되고 있었던 것이다. 이런 사실을 상기할 때, 우리는 고려 시기에 북방 민족의 침략을 받으면서 국민 통합의 이념으로 강조되기 시작하여 지금까지도 상당한 정서적 설득력을 지니고 있는 단일민족이란 이데올로기를 재고할 필요가 있다. 우리 모두가 단군의 자손이라는 이데올로기는 비교적 최근인 식민지 시대에 민족사학자들의 애국심에 힘입어 국민들의 마음속에 더욱 확고한 믿음으로 자리 잡았지만 그것을 실제 사실처럼 지나치게 강조하는 것은 사실적인 측면에서 문제가 많을 뿐만 아니라 우리나라를 배타적인 파시즘적 분위기로 몰고 갈 위험성도 있기 때문이다.

그런데 일찍이 백석은 「북방에서」란 시에서 우리의 역사를 단일민족의 역사가 아니라 여러 민족이 뒤섞인 역사로 생각하는 파격적인 상상력을 보여주었다. 그는 이 시에서 동북 지방의 여러 민족을 우리 민족의 시원으로 상정한 것이다. "부여(扶餘)를 숙신(肅愼)을 발해(渤海)를 여진(女眞)을 요(遼)를 금(金)을 [……] 떠났다"란 구절이 그 사실을 말해준다. 이들 민족으로부터 떨어져 나온 사람들이 남하해서 지금의 우리 민족이 만들어졌다고 말하는 셈이다. 그러면서 백석은 이 시에서 구체적으로 '오로촌'과 '쏠론'을 우리 민족의 시원, 우리와 핏줄이 같은 종족으로 지목하고 있다. "나는 그때/자작나무와 이깔나무의 슬퍼하던 것을 기억한다/갈대와 장풍의 붙들던 말도 잊지 않았다/오로촌이 멧돌(멧돼지 — 필자 주)을 잡어 나를 잔치해 보내던 것도/쏠론이 십 리 길을 따라 나와 울던 것도 잊지 않었다"라고 백석은 쓰고 있다. 이처럼 백석은 이 시에서 오로촌(鄂倫春, '어륜춘'의 또 다른 명칭)과 쏠론(索倫, '어윈크'의 또 다른 명칭)을 마치 우리 민족의 직접적 시원을 구성하는 종족인 양 이야기하고 있다.

백석은 「북방에서」란 시에서 우리 민족이 흥안령산맥과 음산산맥에서의 수렵 생활을 벗어나 한반도에 정착한 일을, 민족의 기억 속에 잠긴 아득한 신화적인 일들을 마치 생생한 현재처럼 이야기하고 있다. 백석은 대담하게도 현재 중국의 대싱안링(대흥안령) 일대에 살고 있는 어륜춘(오로촌)과 어윈크(쏠론)를 우리 민족의 발원을 구성하는 주요한 민족의 하나로 상정하면서 신화의 세계와 현재의 세계를 연결시키고 있다. 그럼에도 우리는 백석이 보여주는 이러한 파격적 발상을 허구적인 허무맹랑함으로 쉽게 치부해버릴 수 없다. 그것은 어륜춘족과 어윈크족이 이들 민족의 명칭에서 눈치챌 수 있듯이 '오랑캐'라는 말을 이어받은 민족들이기 때문이다.

지금 우리가 사용하는 '오랑캐'라는 우리말 속에는, "무찌르자 오랑캐 몇백만이냐"라는 구전 노래 가사에서 보이듯 '북쪽의 침략자들'이라는 좋지 않은 이미지가 배어 있다. 그러나 이 말은 그 어원을 따져보면 순수한 우리말이 아닐 뿐만 아니라 부정적 의미를 지닌 말도 아니었다. 이 말은 북위 시절에 우루허우(烏洛侯)라 불리고, 원나라 시기에 우량하(兀良哈)라고 음차한 사람들, 요나라 시기에 깐랑가이(斡朗改), 금나라 시기에 우디가

이(烏底改) 등으로 음차한 바 있는 사람들, 즉 외흥안령 일대 숲
속에 사는 특정한 종족을 가리키던 명칭으로부터 유래했다. 그
리고 이러한 음차의 연속성을 우리는 북위(北魏) 시절에 오로크
국(烏洛侯國) 지역이라고 부른, 대흥안령 일대에 살고 있는 어륜
춘(鄂倫春)족과 어원크(鄂温克)족의 명칭에서도 발견할 수 있다.
이 사실에 도움을 주기 위해 참고로 '어원크'와 '어륜춘'에 대한
설명을 간략히 적어보면 다음과 같다.

① 어원크족: '어원크'란, 그 민족 사람들이 자기 민족을 스스
로 일컫는 말이며, '큰 산림에 사는 사람들'이라는 뜻이다. 역사
적으로 어원크족에게는 퉁구스(通古斯)·쉬룬(索倫)·야쿠트(雅庫
特) 등 세 개의 별칭이 있었다. '퉁구스'는 최초에 돌궐어족(突厥
語族)에 속한 야쿠트 사람을 칭하는 말이었다. 이 어원크 사람들
은 지금의 내몽고(内蒙古) 호륜패얼맹(呼伦贝尔盟) 어원크족자
치기(鄂温克族自治旗) 및 진파이호기(陳巴爾虎旗) 일대에 거주했
으며, 주로 목축업에 종사했다. '쉬룬'은 만족 사람이 눈강(嫩江)
유역에서 농업 및 목축업에 종사하던 어원크족을 가리킬 때 지
칭한 말이다. 쉬룬은 선봉(先鋒)·사수(射手, 화살 쏘는 사람)라는
뜻을 가지고 있다. 한편, 러시아 사람들은 산림에서 순록(馴鹿,
사슴의 한 가지)을 사육하고 사냥을 하는 어원크족을 '야쿠트'라
고도 불렀다. 1957년 그 민족 인민들의 동의를 바탕으로 정식 족
칭을 어원크로 통일시켰다.

② 어륜춘족: '어륜춘'은 그 민족 사람들이 자기 민족을 스스로

일컫는 이름이다. 어륜춘족은 역사가 깊었으나 청(淸)나라 초기에야 역사 문헌에 언급되기 시작했다. 예를 들어『청태조실록(淸太祖實錄)』에 어어툰(俄爾呑)이라고 등장한다. 그 후에는 어러춘(俄樂春)·어루춘(鄂魯春)·어뤄춘(俄羅春)·어룬춘(俄倫春) 등의 이름도 있었다. 어륜춘이라는 이름에는 두 가지 의미가 있다. 하나는 '산에 사는 사람'인데, 이것은 어룬춘족 사람이 오랫동안 사냥을 했기 때문이다. 또 하나는 순록(馴鹿)을 쓰는 사람이라는 뜻이다. 역사적으로 보면 어룬춘족은 순록을 이용했기 때문이다. 신중국(新中國, 즉 중화인민공화국) 성립 후에 그 민족 인민들의 동의를 받아 정식 족칭을 '어륜춘'으로 정했다.[4]

비교적 최근까지 수렵 생활을 하며 살았던 이들 퉁구스계의 어륜춘족과 어윈크족들이 모두 곰을 숭상하고 있고, 이들의 시조들이 동굴에서 생활했던 흔적을 보여주는 알선동(嘎旋洞) 동굴의 자취가 대흥안령산맥 속에서 발견되었다는 사실은, 단군신화로 상징되는, 우리 민족의 시원에 대해 의미있는 유추를 가능하게 만들어준다. 단군 신화는 하늘의 천신족 환웅과 지상의 웅녀가 결합하여 단군을 낳았다는, 동북아시아 지역에 널리 분포되어 있는 천강 신화의 일종이다. 환웅의 하강은 외래 집단의 이주·정착이라는 역사적 사실을 반영하며, 곰과 호랑이로 상징되는 토착 종족 집단 중 곰으로 상징되는 집단과 함께 새로운 질서를 만든 이야기라고 유추해볼 수 있는 것이다.

---

4   宋蜀華·陳克進 편,『中國民族槪論』, 中央民族大學出版社, 2001, pp. 429~30.

3. 오로크국이 시사하는 민족의 시원

우리 민족의 발상지가 어디이며, 어떤 경로를 통해 한반도에 이주하게 되었는지를 구체적으로 밝혀주는 자료는 현재 존재하지 않는다. 그렇지만 북방에서 남방으로 이주했으며, 수렵과 어로 생활을 하던 사람들이 농경 민족으로 바뀌었으리란 것은 고대의 부여와 고구려, 조선 초기 여진 등의 생활상으로 미루어 충분히 짐작할 수 있다. 그런데 최근 대흥안령산맥 속에서 알선동 동굴이 발견됨으로써 북위를 세운 탁발 선비족의 이동에 대한 신비를 말끔히 해소해주었으며, 우리 민족의 이동에 대해서도 설득력 있는 유추를 할 수 있게 만들어주었다. 수렵 생활을 하던 선비족이 몽골 초원으로 내려가 북위를 세우게 된 맥락에 비추어 남쪽으로 내려와 우리 민족으로 편입된 맥락도 짐작할 수 있게 된 것이다. 우리 민족의 시원을 가늠하게 만들어주는, 탁발 선비족의 발원지인 알선동 동굴이 발견되기까지를 간략히 요약하면 다음과 같다.

수 제국과 당 제국의 모태가 되는 북위를 세운 민족은 탁발 부족을 중심으로 한 선비족이다. 이 탁발 선비족은 대흥안령산맥 일대에서 수렵 생활을 하다가 대략 B.C. 22~55년경으로 추정되는 시기에 흉노족이 물러간 비옥한 호륜패얼 초원으로 내려오기 시작했다. 『위서(魏書)』「서기」에 따르면, 유목 민족으로 전신하여 주변 부족을 통합하며 세력을 키우던 탁발 선비족은 성무황제 힐분에 이르러 일족을 인솔하여 다시 음산산맥 부근으로 이동한다. 여기에서 힐분이 천녀(天女)와 동침하여 아들을 낳으니

이 인물이 바로 북위 황제의 시조로 일컬어지는 신원황제 역미(力微)다(탁발부가 쇠퇴하던 흉노의 남은 무리를 흡수한 이 이야기는 단군신화와 유사하다). 그리하여 역미는 재위 39년째에 내몽고 호허호트 근방에서 제천행사를 통해 군장의 위치를 확고히 했으며, 14세 후손인 태조 도무제는 마침내 B.C. 386년에 산서성 대동 일대 평성에서 북위를 건국하여 이후의 중국 역사에 커다란 영향을 미쳤다. 탁발 선비족이 흥안령산맥을 떠난 지 약 350년만의 일이다.

그런데 북위 건국 후 58년이 지난 태무제 시절에 4,500여 리 떨어진 흥안령 일대에 위치한 오로크국에서 북위의 수도 대동(大同)까지 온 조공 사절이 북위 황제의 선조가 살던 옛 터전이 산속에 있다는 사실을 알렸다. 이 이야기를 들은 태무제(태평진군)[5]는 중서시랑 이창을 보내 제사를 지내게 했으며, 이창은 제사를 지낸 후 축문을 석실 벽에 새겨놓고 돌아왔는데 그 축문의 내용은 『위서』「예지(禮志)」에 실려 있다. 수렵 생활을 하던 천여 명 이상의 탁발 선비족이 거주했던 알선동 동굴에 새겨놓은 비문의 내용을 소개하면 다음과 같다.[6]

태평진군 4년 계미 7월 25일 천자 신(탁발) 도는 알자복야 고육관과 중서시랑 이창과 부토를 시켜 마·우·양을 희생물로

5 태평진군(太平眞君)이란 말은 태무제가 도교를 숭상했기 때문에 붙였다.
6 역사적 사실에 대한 기록은 『위서(魏書)』의 『오로크 국전(烏洛候 國傳)』과 같은 책의 「예지(禮志)」에서 찾아볼 수 있다. 그리고 더 자세한 설명은 오가타 이사무의 글에서 읽을 수 있다. 오가타 이사무, 『사진과 그림으로 보는 중국 역사기행』, 이유영 옮김, 시아출판사, 2002, pp. 17~54.

하여 감히 황천의 신에게 명백하게 고하노라.

개벽 초기에 우리(탁발) 황조를 그 토전(알선동 지역 일대)에서 도우셨고, 억년을 거친 후에 마침내(대택, 즉 호륜호로) 남천했다. 많은 복을 받은 덕분에 중원을 널리 안정시킬 수 있었다. 오직 우리 할아버지, 우리 아버지만이 사변을 개척하여 안정시켰던 것이다.

경사로움이 후대에까지 흘러내려 어리석은 저에게 미치게 되어 현풍(도교)을 천양하고 높은 묘당을 더욱 구축하게 되었다. 흉악한 무리들을 이겨 없애니 그 위세가 사방에까지 미쳤다. 유인(즉 오락후국인)이 멀기를 마다 않고 머리를 조아리고 내조하여 칭왕해옴으로써 (조상의) 구허가 그곳에 있다는 것을 처음으로 듣게 되었다. 오랫동안의 역사에 더욱 광영이 있기를 우러러 바라노라.

왕업이 일어남이 황조로부터 시작되어 면면이 이어지기가 오이 덩굴과 같게 되었던 것은 적시에 많은 도움이 있었기 때문이다. 돌아가 감사하는 마음으로 베풀고, (그런 마음을) 밀어서 하늘에 바치는 제사 음식을 차렸다. 자자손손에게 복록이 영원히 이어지기를 바라노라.

위대한 하느님과 위대한 지신에게 (제품을) 진헌한다. 황조 선가한과 황비 선가돈께서는 차린 제사 음식을 맛보기 바라노라.

동작수사 염이 새기다.

후대 사람들은 『위서』의 편찬자인 웨이쇼우(魏收)가 남북

90보, 동서 40보, 높이 90척의 석실이란 구체적 사실까지 기록해 놓고 있음에도 이 내용을 전설 같은 이야기로 간주했다. 그런데 트로이의 전설을 들은 슐레이만처럼 이 이야기를 사실로 믿으며 줄기차게 찾아 헤맨 사람이 있으니, 그가 바로 하이라얼의 지방 신문 기자였던 미원평(米文平)이다. 그리하여 마침내 1980년에 미원평은 대홍안령산맥 속의 알선동 동굴에서 역사서에 기록된 비문을 찾아내는 고고학상의 대발견을 해낸다. 그리고 이로 말미암아 탁발 선비족의 이동한 경로가, 수렵 민족에서 유목 민족으로, 유목 민족에서 농경 민족으로 바뀌는 과정이 선명하게 드러나게 된 것이다.

4. 「북방에서」가 지닌 서사시적 성격의 의미

미하일 바흐친은 서사시를 서사시로 만드는 '구성적 특징'으로 세 가지를 들고 있다. 서사시는 한 민족의 서사적 과거(절대적 과거)를 주제로 사용한다는 점과, 그 원천으로 개인의 경험이 아니라 민족적 전통을 사용한다는 점과, 서사시에는 화자(음유시인, 청중)가 살고 있는 당대로부터 서사시적 세계를 분리시키는 절대적(서사시적) 거리가 존재한다는 점이 바로 그것들이다.[7]

그렇기 때문에 서정시와 서사시는 주어가 서로 다르다. 서정

---

7   미하일 바흐찐, 『장편소설과 민중언어』, 전승희·서경희·박유미 옮김, 창작과비평사, 1988, pp. 29~38.

시를 지배하는 주어는 개인적 화자이지만 서사시를 지배하는 주어는 집단의 운명을 걸머진 민족의 시조 혹은 영웅들이다. 서사시의 세계는 거의 대부분이 민족의 기원과 관련되어 있으며, 주인공들은 민족의 기원을 만들어낸 중요한 인물들이다. 다시 말하지만 서사시는 개인의 주관적 삶을 노래한 것이 아니라 특정 공동체의 구성원들이 신성하게 여기는 인물을 노래한 것이기 때문에 일상적 개인이 시의 주어가 될 수 없다. 그래서 화자가 주어인 서정시와 달리 서사시의 화자는 시의 주인공이 아니라 주어인 주인공에 대한 이야기를 우리에게 들려주는 전달자에 불과하다.

그런데 백석은 「북방에서」란 서정시를 마치 서사시를 쓰듯이 시작한다. 여섯 개의 연으로 이루어진, 한 페이지 남짓한 이 시의 첫머리를 마치 장대한 서사시를 쓰려는 듯이 이렇게 시작하고 있다. "아득한 옛날에 나는 떠났다/扶餘를 肅愼을 渤海를 女眞을 遼를 金을/興安嶺을 陰山을 아무우르를 숭가리를/범과 사슴과 너구리를 배반하고/송어와 메기와 개구리를 속이고 나는 떠났다". 마치 서사시의 주인공이 위험을 겪으며 이곳저곳을 편력하는 것처럼 이 시의 '나'란 화자 역시 오랜 시간에 걸쳐 지금의 우리가 알 수 없는 수많은 장소를 떠났다. 부여와 숙신과 발해와 여진과 요와 금을 떠났으며, 아무르강과 송화강을 떠났다. 숲에서 범과 사슴과 너구리를 쫓던 생활을 청산하고 떠났으며, 강에서 송어와 메기와 개구리를 잡던 생활을 그만두고 떠났다. 그처럼 오랫동안, 그처럼 다양한 공간 속에서 생활할 수 있는 인간이 어디에 있겠는가? 그럼에도 복수로 분리시킬 수 없는 일인칭 '나'를 백석은 화자로 등장시킨다. 그러고는 위의 시에서 열거한 수많은 고유명사와 보통명사 들이 마치 '나'라는 일인칭 화자가 돌아다닌 시간과 공간인 것처럼 서술했다. 동일한 시간과 공간 속에 존재하지 않는 다양한 민족과 그 민족들이 세운 국가들을 '나'라는 인물 속에 집합시키며 시를 쓴 것이다. 이런 점 때문에 유종호는 이 시의 화자에 대해 다음처럼 말했다.

> 백석 시에서 시의 화자와 시인의 일상적 사회적 자아는 대체로 동일하다. 이 작품에서는 화자 '나'의 의도적 혼용(混用)을 통해서 민족사와 개인사를 아우르고 있어서 아주 의외적이다. 겨레와 시인의 동일화를 통해 희한한 의외성을 얻고 있으며 거기서 유례없는 박력과 참신성이 나온다. "아득한 옛날에 우리 조상은 떠났다"고 한다면 시의 충격적인 매력은 맥빠지게 부서지고 말 것이다.[8]

유종호의 지적처럼 백석의 시에서 시인과 시의 화자는 거의 예외 없이 일치한다. 그런데 이 「북방에서」의 첫머리에 등장하는 '나'만은 그렇지 않다. 이 같은 불일치를 가리켜 그는 "겨레와 시인의 동일화"라 말했다. 그러면서 이 동일화가 이 시를 훌륭하게 만드는 데 기여한다고 말한다. 아득한 옛날에 우리 조상이 떠났다고 하는 것보다 내가 그곳을 떠났다고 서술하는 것이 훨씬 박력이 있고 참신하다는 것이다. 틀린 말이 아니다. 그런데 이 시

---

8   유종호, 『다시 읽는 한국 시인』, 문학동네, 2002, p. 240.

가 주는 그 '박력과 참신성'은 동일화에서 나오지만 '서사시적 박력과 참신성'을 제공하는 그 동일화가 바로 이 시를 서사시가 못 되게 만들었다. 다시 말해, 겨레라는 과거적 존재와 시인이라는 현재적 존재와의 혼합이 서사시가 못 되도록 만들었다.

「북방에서」란 작품 속에는 우리 민족의 시원에 관련된 집단적·공동체적 성격을 지닌 '나'라는 인물과, 시인 백석의 분신이라 할 수 있는 개인적 성격을 지닌 '나'가 한 작품 속에 공존하고 있으며, 그 결과 이 작품은 서사시의 모습과 서정시의 모습을 동시에 지니게 되었다. 이 시에 등장하는 아득한 과거적 시간, 이미 완결된 시간 속의 '나'와 시인 자신이 살고 있는 시간, 유동적인 현재적 시간 속의 '나'가 「북방에서」를 그렇게 만들어버린 것이다. 또 그 결과 이 시는 서술된 시적 내용에서도 앞부분과 뒷부분이 뚜렷하게 구분되는 형태가 되었다. 이 시의 전반부라 할 수 있는 1, 2, 3연은 민족적 자아로서의 '나'가 서술의 주체가 되어 민족사의 흐름을 보여주는 반면, 후반부라 할 수 있는 4, 5연은 개인적 자아로서의 '나'가 서술의 주체가 되어 시인 자신의 사적인 감정을 보여주고 있는 것이다.

그럼에도 불구하고 우리는 이 특이한 성격의 시를 서사시가 아니라 서정시로 규정해야 하는데, 그 이유는 이 시 속에 서사시적 거리가 확보되어 있지 못한 까닭이다. 백석은 현재가 틈입할 수 없는 신성한 과거, 현재와 격리된 완결된 과거를 서술하는 것이 아니라 현재 자신이 느끼는 이방인으로서의 외로움을 입증하는 증거로 과거를 사용한다. 이 사실은 이 시의 마지막 두 연에서 분명하게 드러난다.

그동안 돌비는 깨어지고 많은 금은보화는 땅에 묻히고 가마
귀도 긴 족보를 이루었는데
　이리하야 또 한 아득한 새 옛날이 비롯하는 때
　이제는 참으로 이기지 못할 슬픔과 시름에 쫓겨
　나는 나의 옛 한울로 땅으로—나의 胎盤으로 돌아왔으나

　이미 해는 늙고 달은 파리하고 바람은 미치고 보래구름만
혼자 넋없이 떠도는데

　아, 나의 조상은 형제는 일가친척은 정다운 이웃은 그리운
것은 사랑하는 것은 우러르는 것은 나의 자랑은 나의 힘은 없
다 바람과 물과 같이 지나가고 없다
　　　　　　　　　　　　　　　　　　　—「북방에서」 부분

　여기에서 보듯 백석은 민족의 영웅, 서사시적 주인공으로 '나'
를 설정한 것이 아니다. 그가 민족을 시원을 구성하는 '나의 태
반'을 이야기한 이유는 서사시적 사건을 서술하기 위해서가 아니
라 현재의 외로움을 위무해줄 다정한 이웃을 기대해서이다. 그
렇다면 이와 같은 백석의 서사시적 상상력은 우연의 소산인가?
그렇지 않다. 백석의 경우「북방에서」를 만들어낸 상상력의 바
탕은 첫째는 그의 시들이 일반적으로 지니고 있는 고향 회귀 의
식, 태반 회귀 의식이며, 둘째는 장춘을 비롯한 동북 지역을 떠
돌며 강하게 느꼈던 외롭고 쓸쓸한 정서이다. 첫번째 문제의 경

우와 관련해서 서사시를 구성하는 민족적 전통이 아니라 유년의 강력한 체험에서 비롯된 그의 태반 회귀 의식을 우리는 다른 시에서도 쉽게 찾아볼 수 있다. 예컨대 메밀국수를 모티프로 한 다음 두 작품을 보자.

　　나는 이 털도 안 뽑은 도야지고기를 물끄러미 바라보며
　　또 털도 안 뽑은 고기를 시꺼먼 맨메밀국수에 얹어서 한입
　에 꿀꺽 삼키는 사람들을 바라보며
　　나는 문득 가슴에 뜨끈한 것을 느끼며
　　小獸林王을 생각한다 廣開土大王을 생각한다
　　　　　　　　　　　　—「북신(北新)—서행시초(西行詩抄) 2」 부분

　　이것은 그 곰의 잔등에 업혀서 길러났다는 먼 넷적 큰마니가
　　또 그 짚등색이에 서서 자채기를 하면 산넘엣마을까지 들렸
　다는 먼 넷적 큰아바지가 오는 것같이 오는 것이다
　　　　　　　　　　　　　　　　　　　　—「국수」 부분

　위의 시구에서 보듯 민족의 시원을 향해 이처럼 수시로 작동하는 그의 상상력이 「북방에서」와 같은 시를 만들어냈다고 보아야 한다. 그렇기 때문에 「북방에서」에 등장하는 과거는 절대적 과거가 아니며 현재가 만들어낸, 현재를 위한 과거 지향일 따름이다. 백석의 시가 과거 지향적 성격이 강하다는 것은 그의 시에 등장하는 수많은 음식 이름과 어린애들이 하는 각종 장난의 명칭 등에서도 잘 느낄 수 있다. 유년기의 기억이 그의 시를 지배

하고 있는 것이다. 이처럼 그의 시는 과거 지향적 성격을 가지고 있다. 이 과거 지형적 성격이 그로 하여금 서사시적 성격을 지닌 시를 쓰게 만드는 모티프로 작용하면서 동시에 그가 쓴 시가 서사시가 못 되도록 가로막는 근본 원인도 되었던 것이다.

두번째의 문제와 관련해서는 약간의 설명이 필요하다. 백석은 1939년 말 혹은 1940년 초에 창춘(長春)으로 갔다. 그가 창춘으로 간 이유는 명확하게 밝혀져 있지 않지만, 가기 전의 생활로 미루어보건대 몇 차례의 사랑과 결혼이 실패하고 생활고가 겹친 것이 가장 큰 이유였을 거라고 짐작할 수 있다. 백석은 솔가해서 만주로 옮겨간 것이 아니라 혼자 만주로 갔고 이런저런 일에 종사했다. 비교적 자전적 요소를 가장 많이 담고 있는 「귀농(歸農)」이란 시에서 "낮에는 마음 놓고 낮잠도 한잠 자고 싶어서/아전 노릇을 그만두고"라 하고 있듯 1940년에는—시에서 '아전'으로 표현한 것으로 미루어—만주국의 하급 직원 일에 잠시 종사했다. 그리고 1942년부터는 안둥(安東, 현재 단둥의 당시 명칭)에서 세관 일에 종사했다.

백석은 이렇게 만주국과 관련된 일에 종사했고 또 『만선일보』의 내선만(內鮮滿) 문화좌담회에 참석한 적도 있지만 그가 만주국에서 생활하며 쓴 시, 연구자들이 '만주 시편'이라고 부르는 그의 시 속에서 만주국을 중국과 별개의 국가로 생각한 흔적은 전혀 없다. 이 시절 그는 오히려 반대로 자신이 살고 있는 만주국을 당연하게, 아니 스스럼없이 그냥 중국으로 생각하고 있다. 이 점은 백석이 「수박씨, 호박씨」란 시에서 "어진 사람이 많은 나라에서는/오두미(五斗米)를 버리고 버드나무 아래로 돌아온 사람도"라고 쓴 사실과, 「조당(澡塘)에서」란 시에서 "나는 지나(支那) 나라 사람들과 같이 목욕을 한다/무슨 은(殷)이며 상(商)이며 월(越)이며 하는 나라 사람들의 후손들과 같이"라고 쓴 사실과, 「두보(杜甫)나 이백(李白)같이」란 시에서 "옛날 두보(杜甫)나 이백(李白) 같은 이 나라의 시인도"라고 쓴 사실로 미루어 충분히 짐작할 수 있다. 백석은 만주국에 살면서도 자신이 살고 있는 곳을 가리켜 '어진 사람이 많은 나라'라고 지칭하거나, '지나'라고 지칭하거나, 두보나 이백을 가지고 있는 '이 나라'로 지칭하기 때문이다. 백석은 자신이 살고 있는 만주국을 그 같은 명칭으로 칭하면서, 다시 말해 중국의 일부로 당연하게 생각하면서 자신이 느끼는 쓸쓸함, 부러움, 슬픔, 소망 등을 시 속에 담아 놓고 있는 것이다.

백석은 다시 말하지만 이처럼 자신이 살고 있는 만주국을 지극히 자연스럽게 중국의 일부로 생각했다. 그렇지만 그가 그렇게 한 것은, 그의 시로 미루어 짐작건대, 강한 정치적인 의도나 확고한 주관 때문이 아니다. 그보다는 만주국을 그냥 중국으로 생각하는 것이, 한국인으로서 백석이 가진 교양의 측면에서 볼 때, 당연하고 편안했던 까닭에 그렇게 써나간 것이다. 그럼에도 「두보나 이백같이」와 같은 시에서 보이건대, 당시 한국이 일본의 식민지로 전락해 있다는 사실이 전혀 작용하지 않았다고 할 수는 없다.

나는 멀리 고향을 나서 남의 나라 쓸쓸한 객고에 있는 신세로다

옛날 두보나 이백 같은 이 나라의 시인도
먼 타관에 나서 이 날을 맞은 일이 있었을 것이다
—「두보나 이백같이」부분

　일본의 식민지로 전락했기 때문에 만주국에 와 있는 자신의 처지를 안녹산의난 때문에 고향을 떠나 유랑의 길에 올라야 했던 두 시인의 처지에 대비시키고 있는 측면이 분명히 있다. 그러나 그런 점보다 자신이 중국에 와서 떠도는 신세이고, 그러한 쓸쓸한 처지를 드러내는 시를 쓸 때, 가장 편안하게 동원할 수 있는 중국의 시인이 두보와 이백이었다는 사실이 시에서는 더 본질적으로 작용하고 있다. 이 점은 그의 '만주 시편'이 모두 정치적인 유추와 별 상관이 없는, 개인의 잔잔한 슬픔과 쓸쓸함을 드러내는 시들이란 사실과, 이들 시 속에 동원된 중국 사람은 모두 고전적 인물들이란 사실에서도 확인할 수 있다. 중국에 대한 백석의 지식은, 당시의 한국 지식인 대부분이 그랬듯, 과거의 인물들에 치우쳐 있었다. 중국 사람의 어떤 모습을 이야기하면서 백석이 다음과 같은 방식의 시를 남겼기에 그렇게 말할 수 있다.

　　그런데 저기 나무 판장에 반쯤 나가 누워서
　　나주볕을 한없이 바라보며 혼자 무엇을 즐기는 듯한 목이
　긴 사람은
　　도연명(陶淵明)은 저러한 사람이었을 것이고
　　또 여기 더운 물에 뛰어들며
　　무슨 물새처럼 악악 소리를 지르는 뻐뻐 파리한 사람은

양자(揚子)라는 사람은 아모래도 이와 같았을 것만 같다
　　　　　　　　　　　　　　　—「조당에서」부분

　이처럼 백석은 과거를 동원하여 자신의 눈앞에 펼쳐진 중국 사
람의 이런저런 모습을 이해하고 설명하려 한다. 그것은 그가 말
도 사람도 낯선, 풍경도 풍속도 익숙하지 않은 환경 속에서 그렇
게 하는 것이 그가 가장 잘할 수 있는, 자신이 처한 현실에 접근
하는 손쉬운 방법이었던 까닭이다. 다시 말해 모든 것이 낯선 환
경에서 느끼는 소외감, 슬픔, 쓸쓸함을 달랠 수 있는 방식이 과
거를 통한 접근이었던 것이다. 앞에서 살펴보았듯이「북방에서」
란 제목을 붙인 특이한 성격의 시는, 서사시의 주인공이 위험을
겪으며 이곳저곳을 편력하는 것처럼, 이 시의 '나'란 화자 역시
오랜 시간에 걸쳐 수많은 장소를 떠나고 편력하는 것처럼 시작
했다. 그렇게 백석은 아득한 과거 속으로 자신과 우리를 끌고 들
어갔다. 그 결과「북방에서」란 작품에는 시의 첫머리에 등장하
는, 우리 민족의 시원과 관련된 집단적·공동체적 성격을 지닌
'나'라는 인물과 시의 후반에 등장하는, 시인 백석의 개인적 분
신이라 할 '나'가 한 작품 속에 공존하게 되었다. 다시 말해, 과
거적인 '나'와 현재적인 '나'가 동시에 한 작품 속에 존재하게 되
었다. 그렇지만 시「북방에서」의 마지막에서 "아, 나의 조상은
형제는 일가친척은 정다운 이웃은 그리운 것은 사랑하는 것은
우러르는 것은 나의 자랑은 나의 힘은 없다 바람과 물과 같이 지
나가고 없다"란 대목에 이르게 되면 시의 화자인 '나'가 과거 속
의 인물이 아니라 만주국에 와 있는 시인 자신이란 사실이 분명

하게 드러난다.

5. 「북방에서」를 만들어낸 근본 정서

시인 백석이 「북방에서」란 시에서 민족 시원을 구성하는 '나의 태반'을 이야기한 근본적인 이유는 쓸쓸함이다. 어떤 정다움보다는 낯섦으로 다가오는, 외국의 모습으로 다가오는 현실 속에서 그 자신의 외로움을 위무해줄 다정한 이웃을 찾을 수 없다는 것이 근본적인 이유이다. 그래서 그는 자신이 쓸쓸하다는 이야기를 「북방에서」란 시에서 보이듯 특이한 방식으로 거창하게 한 것이다. 우리는 현재가 아니라 과거 속에서 어떤 친연성을 열심히 찾는 사람을 쓸쓸한 사람이라고 말할 수 있을 것이다. 현재가 행복한 사람은 과거를 돌아보지 않는다. 보통 현재가 불행한 사람, 현재 쓸쓸한 삶을 살아가고 있는 사람이 과거를 돌아보게 마련이다. 따라서 우리는 이렇게 말할 수 있다. 시선을 과거로 향해야 했던 처지가 바로 백석이 북방에서 살아가는 방식이었으며, 그의 '만주 시편'들은 그러한 처지와 밀접히 관련되어 있다고. 그리고 「북방에서」란 시는 그러한 '만주 시편들' 중 대표작이라고 말이다.

윤동주 문학과 초월적 상상력의 기반에 대하여

　오늘 저는 윤동주에 대해 지금까지 다른 사람들이 했던 이야기와는 조금 다른 이야기를 해보려고 합니다. 윤동주를 장엄한 독립운동가로 만드는 것도, 한없이 섬세한 서정시를 써낸 사람으로 만드는 것도 마땅치 않게 생각하기 때문에 그렇습니다. 윤동주는 자신이 살았던 시대의 민족 현실을 잘 인식한 사람이었지만, 그가 선택한 길은 민족의 해방을 위해 용감히 투쟁하는 길도, 그것을 외면하거나 팽개치는 길도 아니었습니다. 윤동주가 걸어간 길은 저항이냐 순응이냐 식의 이분법적 선택이 아니라, 적도 동지도 내 민족도 이방인도 슬픔과 연민의 눈길로 바라보며 살아가는 길이었습니다.

　제가 오늘 여기서 하려는 이야기는, 윤동주가 걸어간 이 길이 민족주의와 기독교의 구원사가 튼튼히 결합하고 있었던 간도의 정신적 풍토로부터 어떤 영향을 받았는지, 이러한 상황적인 측면과 관련하여 그의 시를 어떻게 읽을 수 있을지에 대한 것입니다. 그가 걸어간 이 길은 간도라는 특수한 토양 위에서 만들어진 것이며, 이를 올바르게 규명하기 위해서는 윤동주와 관련된 사실들, 특히 기독교와 관련된 문제에 대해 정밀한 해석이 필요하다고 생각해서입니다. 지금까지 나온 수백 편의 윤동주 연구 논문이 소홀하게 다루고 있는 측면이 바로 이 지점이며, 저는 여기서 어설프게나마 그 가능성의 일단을 짚어보도록 하겠습니다.

1934년에 출간된 『재만 기독교 일람』에 의하면 용정의 신도 수는 11,197명, 교회 수는 46개로 나타납니다. 이것은 용정 인근 간도 지방의 기독교 인구를 제외한 숫자입니다. 당시 수십 배나 큰 도시인 봉천의 교회 수가 15개, 신도 수가 2,554명인 것과 비교하면 얼마나 많은 숫자인지 짐작이 갈 것입니다.[1] 간도 지방의 기독교는 외국인 선교사에 의해 전파된 것이 아니라 간도 이주민 자신들이 민족운동의 필요성과 신학문에 대한 교육열에서 자발적으로 받아들인 것이며, 캐나다 선교부가 자리 잡게 되는 것도 간도 이주민들의 요청에 의해서였습니다.

그런데 간도 지방의 이 같은 기독교화를 추진하고 이끌어간 사람은 윤동주의 외삼촌인 김약연 목사와 할아버지인 윤하현 장로였습니다. 이들에게 배우고 자라면서 그리고 평생을 기독교 학교에만 다니면서 윤동주는 기독교 정신과 민족애를 연결 짓고

---

1   서굉일, 「1910년대 북간도의 민족주의 운동」, 『예수 여성 민중』, 이우정 선생 회갑 기념 논문집 출판위원회, 1983, p. 283.

있었던 것입니다. 기독교의 전체적인 흐름은 구원사에 입각해 있으며 이 구원사의 주요한 한 의식이 바로 속죄양 의식입니다. 아벨이 어린 양을 야훼에게 바침으로 말미암아 의인이 되었다는 것에서부터 시작하여 아브라함의 번제, 유월절의 피바름 사건 그리고 드디어 그리스도의 죽음에 이르기까지, 성서에는 여러 가지 속죄양 의식이 기록되어 있습니다. 윤동주 역시 충실한 기독교인으로서 방학이 되면 용정의 북부교회에서 아동 성경학교 일을 맡아 아이들에게 성경을 가르치고 동요와 동화를 읽어주면서, 유대 민족의 수난과 우리 민족의 수난을 비교하고 민족의 죄와 구원의 문제를 생각했을 것입니다. 그러면서 구원사에 입각한 속죄양 의식이 타인에 대한 끝없는 사랑과 이해를 기반으로 하는 것처럼 민족의 구원을 위해서는 자신의 희생이 필요하다는 점도 그는 깨달았을 것입니다. 청소년기의 윤동주에 대한 자료는 많지 않지만, 1934년 열일곱 살의 나이에 쓴 「초 한 대」라는 시는 정신세계의 일단을 짐작할 수 있게 합니다. 윤동주 집안은 간도 지역 기독교의 중심 인물을 배출한 집안인 만큼 우리 민족의 수난을 죄의 대가로 파악한 간도 기독교인들의 의식 세계와 윤동주가 무관하지 않다는 사실을 이 시에서 짐작할 수 있습니다.

초 한 대—
내 방에 풍긴 향내를 맡는다

광명의 제단이 무너지기 전
나는 깨끗한 제물을 보았다.

염소의 갈비뼈 같은 그의 몸,
그리고도 그의 심지(心志)까지

백옥 같은 눈물과 피를 흘려,
불살라버린다.

[······]

매를 본 꿩이 도망가듯이
암흑이 창구멍으로 도망간
나의 방에 풍긴
제물의 위대한 향내를 맛보노라.[2]

　　　　　　　　　—「초 한 대」 부분

　이 시에서 윤동주는 흰색의 초를 '깨끗한 제물'로, 초가 타서
어둠을 밝히는 모양을 "백옥 같은 눈물과 피를 흘려" 암흑을 도
망가게 하는 것으로 인식하는 모습을 보여줍니다. 초를 속죄양
에 비유하며 순결한 희생이 어둠을 내몰고 빛을 가져온다는 기
독교적 발상을 그의 최초의 시 속에 담아놓고 있는 것입니다. 이
시에서 보듯 그는 이미 청소년 시절부터 민족의 수난, 시대의 폭
력을 종식시킬 수 있는 방법은 증오와 분노가 아니라 사랑과 희

2　윤동주, 『정본 윤동주 전집』, 홍장학 엮음, 문학과지성사, 2004, p. 17.

생이라는 것을 깨닫기 시작한 것 같습니다. 세례 요한은 예수를 보고 "이 세상의 죄를 없애시는 하나님의 어린 양이 저기 오신다"라고 말했습니다.[3] 자신을 태우는 초와 같은 삶, 슬픔과 연민의 눈길로 세상을 보면서 자신을 끊임없이 반성하고 채찍질하는 의식 구조는 「초 한 대」에서 보듯 청소년기부터 형성되기 시작했음에 틀림없습니다. 그 결과 이러한 초기의 기독교적 발상은 이후 1930년대와 1940년대에 쓴 시에서 민족의식과 결합한 자기반성적 의식으로 나타나게 됩니다. 어둠 속에 묻힌 세상을 슬픔과 연민의 눈길로 바라보며 희생적인 자기반성에 시달리는 모습을 보여주게 되는 것입니다. 이를테면 「쉽게 씌어진 시」에서는 "등불을 밝혀 어둠을 조금 내몰고,/시대처럼 올 아침을 기다리는 최후의 나.//나는 나에게 작은 손을 내밀어/눈물과 위안으로 잡는 최초의 악수"[4]라는 반성적 연민을, 「투르게네프의 언덕」에서는 "아―얼마나 무서운 가난이 이 어린 소년들을 삼키었느냐!"[5]라는 고통스러운 탄식을, 「바람이 불어」에서는 "바람이 부는데/내 괴로움에는 이유가 없다.//내 괴로움에는 이유가 없을까,//단 한 여자를 사랑한 일도 없다/시대를 슬퍼한 일도 없다"[6]는 가혹한 반성을 보여줍니다.

윤동주가 태어나서 성장한 간도 지방은 일제시대에 민족의식이 가장 드높았던 지역으로 민족교육과 민족독립운동의 중심지

3   「요한의 복음서」 1:29~42.
4   윤동주, 같은 책, p. 129.
5   같은 책, p. 100.
6   같은 책, p. 117.

였습니다. 동시에 국내에 비해 일본의 직접적 영향력이 상대적으로 적게 미쳤기 때문에 기독교인과 민족주의자와 사회주의자와 토비들 사이에 갈등과 폭력이 심했던 곳이기도 합니다. 윤동주가 살았던 시대와 시간적으로 다소 앞서 있기는 하지만 1913년의 간도 풍경을 국사편찬위원회에서는 다음과 같이 기술하고 있습니다.

'간민교육회'에서는 1913년 단오절에 2일간 '연변학생연합대운동회'를 국자가 연길교 모랫벌에서 개최하였는데 명동중학교를 비롯한 4,5십 리 원근 각처의 중소학교 학생과 한인들이 무려 1만 5천 명이나 모였다. 더욱 장관을 이룬 것은 수십 학교의 나팔수와 대소 고수가 동원되어 그 수가 4백여 명이나 되었다. 그리고 한인들은 광복가를 제창하고 [⋯⋯] 이들은 2일간에 걸친 모든 운동 경기 행사를 끝내고 만세 삼창을 하였으며 시가 행진의 시위도 하였다.[7]

위에서 말하는 간민교육회의 회장은 바로 윤동주의 외삼촌이자 당시 간도 사람들이 '동만의 대통령'이라 불렀던 김약연 목사였습니다. 김약연은 윤동주가 다닌 명동학교를 설립하고 교장으로 재직하면서 교육 구국운동을 실천한 분입니다. 그리고 직접 윤동주에게 한학을 가르치고 또 앞으로의 진로를 안내해준 사람

7   국사편찬위원회 편, 「국외 항일운동」, 『한국독립운동사』, 국사편찬위원회, 1965, p. 541.

입니다. 앞에서 인용한 글이 보여주는 민족운동의 분위기와 그 분위기를 실질적으로 창도하고 있던 외삼촌 아래에서 윤동주는 성장한 것입니다. 윤동주는 이처럼 기독교와 민족주의가 자연스럽게 결합할 수 있는 여건 속에 있었습니다.

또한 윤동주는 1930년 1월에서 2월 사이에 간도에서 치열하게 전개되고 있던 광주학생운동에 대한 호응 시위를 직접 목격했을 것입니다. 그 당시 그는 열네 살의 명동학교 학생이었지만 아마도 여러 가지 인상을 받았을 것입니다. 왜냐하면 그가 2년 후에 입학하게 되는 은진중학교는 간도에서도 가장 이름난 민족 학교였으며 광주학생운동 당시 1월 28일 하루 동안에 30명이 구속되는 가두시위를 했었기 때문에 그렇습니다.[8] 그뿐만 아니라 우리말과 우리 역사 교육을 가장 중시하던 이들 학교의 교과 과정으로부터도 윤동주는 상당한 영향을 받았다고 생각되며, 그것이 "시인이란 슬픈 천명인 줄 알면서도 한 줄 시를" 써서 남기는, 시인의 길을 선택한 행위로 나타났을 것입니다. 연희전문학교 재학 시절에 윤동주가 최현배 선생의 『우리말본』 강의와 손진태 선생의 우리 역사 강의에 특별한 관심을 가진 것도 이와 무관하지 않아 보이기 때문에 더욱 그렇습니다.

이와 함께 윤동주는, 로마 치하에서 유대 민족들이 여러 가지로 서로 다른 생각과 행동을 하는 사람들로 분열되어 있었던 것처럼 간도 지방의 우리 민족 역시 민족의 미래를 놓고 갈라져서 반목하고 질시하며 싸우는 모습 역시 또렷하게 경험했음에 틀림

---

8   정세현, 「윤동주 시대의 어둠」, 『나라사랑』 1976년 여름호, pp. 22~35.

없습니다. 윤동주의 가족은 1932년에 명동촌을 떠나 용정으로 이주하게 되는데, 그 직접적 계기는 사회주의자들과의 갈등이었습니다. 물론 만주국 성립기의 어수선한 정치 정세도 작용했겠지만 좀더 직접적인 계기는 지주와 기독교인들에 대한 사회주의자들의 공격이었습니다. 여기에서 주목할 점은, 윤동주 가족이 명동촌의 집과 농토를 소작인에게 맡기고 용정으로 이주하게 만든 이 계기에 대해 윤동주가 어떤 원망 어린 말도 남기지 않고 있다는 사실입니다. 마찬가지로 학창 시절을 보낸 용정에서도 교사들과 학생들이 사회주의자와 민족주의자(혹은 기독교인)로 편을 갈라 상호 반목하고 질시하는 일이 자주 벌어졌지만 윤동주는 이런 문제에 대해 어떤 추상적인 언급도 남기고 있지 않습니다. 윤동주가 몇 편 안 되는 산문에서 언급하고 있는 것은 오직 가난에 대한 문제뿐입니다. 이러한 윤동주의 모습은 아마 어떤 사람도 미워하거나 증오하지 않는 특유의 인간됨과 관련이 있을 것입니다. 적대적인 사람까지도 힘들게 살아가는 사람이라 생각하며 슬픔과 연민의 눈길로 바라보는 윤동주 특유의 이런 인간됨은 우리 민족과 관련된 문제일 경우 더욱 그러했습니다. 그래서 그의 시에는 '흰옷'을 입은 사람에 대한 언급이 자주 나옵니다. 예컨대 「슬픈 족속」에서는 우리 민족에 대해 "흰 수건이 검은 머리를 두르고/흰 고무신이 거친 발에 걸리우다.//흰 저고리 치마가 슬픈 몸집을 가리고/흰 띠가 가는 허리를 질끈 동이다"[9]라고 읊습니다.

9   윤동주, 같은 책, p. 92.

윤동주는 1945년 2월에 후쿠오카 형무소에서 죽었습니다. 멀쩡하게 건강하던 이십대 후반의 젊은이가 일본 경찰에 잡혀간 뒤 1년 6개월도 채 못 되어 죽은 것입니다. 다시 말해, 특정 개인이 아니라 일본 제국주의 말기라는 폭력의 시대가 윤동주를 타살한 것입니다. 그 결과 윤동주의 이 같은 억울한 죽음과, 일본 경찰이 그에게 덮어씌운 '조선인 학생 민족주의 그룹 사건'이란 혐의는 그를 '애국시인' 혹은 '저항시인'으로 간주하는 주요한 근거가 되었습니다.

그러나 저는 윤동주를 '저항시인'이라 부르는 것이 탐탁하지 않습니다. 저는 윤동주가 '저항시인'이란 후세의 칭송을 받을 자격이 없다고 생각하는 사람은 아니지만, 이 명칭은 탐탁하지 않습니다. 그것은 이 명칭이 윤동주의 본질적 모습에 가장 잘 어울리는 말은 아니기 때문에, 이 명칭으로 말미암아 윤동주의 보다 더 본질적인 모습이 가려지거나 무시될 가능성이 있기 때문입니다. 윤동주는 시대의 폭력에 정면으로 맞서 싸운 영웅적인 투사가 아니라 시대의 폭력을 순한 양처럼 받아들인 사람입니다. 그가 쓴 「서시」의 "잎새에 이는 바람에도/나는 괴로워했다"는 구절에서 볼 수 있듯 세상의 폭력 앞에서 마음 아파한 사람이며, 그럼에도 시대의 폭력에 맞서 칼을 든 사람이 아니라 "모든 죽어가는 것을 사랑"하는, 슬픔과 연민의 길을 걸어간 사람입니다.

따라서 이러한 윤동주의 죽음은 그가 민족의 독립을 위해 장엄한 행동을 했다는 사실을 말해주는 것이 아닙니다. 일본 경찰이 그에게 덮어씌운 죄목들은 기껏해야, 윤동주가 "조선인이라는 의식을 잊지 말고, 조선 고유의 문화를 연구"하자는 생각을 가졌다, 또 "조선 민족은 결코 열등민족이 아니고 문화적으로 계몽만 하면 고도한 문화민족이 될 것"[10]이라는 생각을 전파하려 했다는 식에 지나지 않습니다. 이런 정도의 생각을 가진 그를 죽음으로 몰아넣었다는 것은 그가 살았던 시대가—무고한 그의 죽음이 바로 그 증거인데—끔찍하게 폭력적인 시대였다는 사실을 웅변적으로 말해줄 따름입니다. 한없이 선량했던 윤동주의 죽음이 말해주는 것처럼 모든 사람들이 언제 어떻게 죽을지 모르는 폭력적 시대가 그의 시대였다는 사실을 그의 죽음은 다른 어떤 사람의 죽음보다 생생하게 증언합니다. 그래서 윤동주의 죽음은 폭력의 시대를 증언하는 상징이며, 폭력을 미워해야 한다는 상징이며, 더 이상 폭력이 계속되어서는 안 된다는 상징인 것입니다.

증오는 증오를 낳고, 폭력은 폭력을 낳습니다. 폭력의 종식은 폭력에 맞서는 또 다른 폭력에 의해서가 아니라 폭력을 무력하게 만드는 사랑에 의해서만 가능합니다. 저는 기독교인이 아닙니다만 기독교의 위대함은 폭력을 가장 확실하게 종식시킬 수 있는 방법은 사랑이라는 것을, 자신의 고통과 수난을 통해서라는 것을 가르친 데에 있다고 생각합니다. 「마태오의 복음서」와 「루가의 복음서」에 기록되어 있는, 우리가 '산상수훈'으로 기억하고 있는 예수그리스도의 말씀이 폭력에 대한 기독교인의 태도를 가르치는 핵심이라고 저는 생각합니다. 그중 마태오에 기록

10 일본 내무성 경보국 보안과, 『특고월보』, 1943. 12.

된 것을 잠시 인용해보면 이렇습니다. "'눈은 눈으로, 이는 이로' 라고 하신 말씀을 너희는 들었다. 그러나 나는 이렇게 말한다. 앙갚음하지 말라. 누가 오른뺨을 치거든 왼뺨마저 돌려 대고, 또 재판에 걸어 속옷을 가지려고 하거든 겉옷까지도 내주어라"(「마 태오의 복음서」5:38~40). 복음서의 이 대목은 어떤 폭력에 또 다 른 폭력으로 대응하는 것은 폭력의 상승작용에 휘말릴 따름이지 폭력을 종식시킬 수는 없다는 사실을 분명하게 가르치고 있습니 다. 폭력에 대한 폭력적 대응은 폭력을 휘두른 사람의 의도에 휘 말리거나, 강한 힘으로 상대를 제압한 사람의 폭력을 정당화시 키는 결과를 낳습니다. 산상수훈에 나오는 이 대목의 진정한 의 미는 "예수가 가르치는 이런 행동만이 폭력의 상승작용을 그 싹 부터 막을 수 있다"[11]는 사실에 있습니다. 그뿐만 아니라 앞에서 언급한 「마태오의 복음서」에 이어지는 바로 다음 대목은 그러한 태도를 보여주는 사람의 사람됨이 폭력을 휘두르는 사람의 사람 됨보다 더 나은 사람됨이라는 것을 말하고 있습니다. "'네 이웃 을 사랑하고 원수를 미워하여라'고 하시는 말씀을 너희는 들었 다. 그러나 나는 이렇게 말한다. 원수를 사랑하고 너희를 박해하 는 사람을 위하여 기도하여라. [……] 또 너희가 자기 형제들에 게만 인사를 한다면 남보다 나을 것이 무엇이냐? 이방인들도 그 만큼은 하지 않느냐? 하늘에 계신 아버지께서 완전하신 것같이 너희도 완전한 사람이 되어라."

윤동주는 복음서의 이 유명한 가르침에 특별히 주목하고 있었

---

11   르네 지라르, 『그를 통해 스캔들이 왔다』, 김진식 옮김, 문학과지성사, 2007, p. 42.

습니다. 이 가르침을 윤동주가 특별하게 생각했다는 것은 「팔복
(八福)—마태복음 5장 3~12」라는 시를 통해 알 수 있습니다.
산상수훈 첫머리에 놓인, 여덟 가지 참된 행복에 대한 말씀을 변
형시켜 「팔복」이라는 시로 쓸 정도라면 산상수훈이 가르치는 삶,
폭력에 대응하는 기독교인의 올바른 삶이 무엇인지에 대해서도
틀림없이 진지하게 생각했을 것입니다. 정병욱, 장덕순 등 윤동
주와 함께 생활했던 사람들은 모두 그가 보통 사람보다 훨씬 섬
세하고 자상하고 헌신적인 사람이며, 조용히 거닐며 사색하기를
좋아한 사람이었다고 증언하고 있습니다. 그는 복음서의 가르침
처럼 '원수를 사랑하고' '박해하는 사람을 위해 기도하는' 사람,
마태오의 복음서에서 말하는, 하늘에 계신 아버지를 닮은 '완전
한 사람'이 되려고 부단히 반성하며 노력한 사람임에 틀림없습니
다. 그래서 윤동주는 슬픕니다. 손쉽게 미워하고 싸움박질하는
일상적 인간이 아니기 때문에 슬프고, 전신주를 스치는 겨울 바
람 소리를 "전신주가 잉잉 울어/하나님 말씀이 들려온다"[12]고 쓸
정도로 성실한 기독교인이었기 때문에 슬픕니다. 이 세상 속에
서 벌어지고 있는 창씨개명을 요구하는 폭력, 모국어 사용을 금
지하는 폭력, 가난한 살림살이로 말미암은 폭력을 슬퍼하고, 그
런 폭력에 시달리는 사람들을 생각할 때마다 윤동주는 연민의
감정에 사로잡힙니다.

윤동주는 사람의 세상이 아닌 자연의 풍경 속에서 무척 행복
해한 사람입니다. 하늘과 바람과 별의 곁에서 행복해한 사람입

12　윤동주, 같은 책, p. 114.

니다. "나무가 있다. 그는 나의 오랜 이웃이요, 벗이다"[13]라고 말할 때 그는 참으로 즐겁습니다. "단 혼자 꽃들과 풀들과 이야기할 수 있다는 것이 얼마나 다행한 일이겠습니까. 참말 나는 온정으로 이들을 대할 수 있고 그들은 나를 웃음으로 맞아줍니다"[14]라고 쓸 정도로 세상과 떨어져 있을 때 행복해합니다. 반면에 세상에 대해 말할 때는 불행해합니다. 그것은 마주치는 사람들의 얼굴이 "열이면 열이 다 우수(憂愁) 그것이요, 백이면 백이 다 비참(悲慘) 그것"[15]일 정도로 어둡기 때문입니다. "어둠 속에서 깜박깜박 조을며 다닥다닥 나란히 한 초가들"에 대한 시를 쓰고 싶은데 그 아름다운 풍경이 "오늘에 있어서는 다만 말 못 하는 비극의 배경"[16]이 되어버렸기 때문입니다. 이런 현실의 불행함 때문에 사람들 사이에서 사라진 온정을 그리워하며 윤동주는 "나는 이 어둠에서 배태(胚胎)되고 이 어둠에서 생장하여서 아직도 이 어둠 속에 그대로 생존하나 보다"[17]라고 탄식합니다. 그리고 힘들고 괴로운 사람, 가난하고 불행한 사람이 위로 받기를 간절히 바라면서 심지어 이렇게까지 말합니다. "온정의 거리에서 원수를 만나면 손목을 붙잡고 목 놓아 울겠습니다"[18]라고 말입니다.

기독교인 윤동주의 이와 같은 슬픔이 만들어낸 것이 바로「팔복」이라는 시입니다. 그가 애독하던『문장』지와『인문평론』이 폐

---

13 같은 책, p. 151.
14 같은 책, p. 154.
15 같은 책, p. 157.
16 같은 책, p. 151.
17 같은 책, p. 150.
18 같은 책, p. 155.

간되던 1941년 초에 씌어진 것으로 추정되는데, 태평양전쟁을 향해 치달리던 당시의 시대적 분위기를 감지한 탓인지 온통 슬픔이란 말로 작품을 가득 채우고 있습니다.

> 슬퍼하는 자는 복이 있나니
> 슬퍼하는 자는 복이 있나니
> 슬퍼하는 자는 복이 있나니
> 슬퍼하는 자는 복이 있나니
> 슬퍼하는 자는 복이 있나니
> 슬퍼하는 자는 복이 있나니
> 슬퍼하는 자는 복이 있나니
> 슬퍼하는 자는 복이 있나니
>
> 저희가 영원히 슬플 것이오.[19]
>
> ―「팔복」 전문

위에서 보듯 윤동주는 성경에서 '팔복'의 두번째에 나오는 구절로 나머지 일곱 구절을 대치하고 있습니다. 첫번째 '마음이 가난한 사람은'부터 여덟번째 '옳은 일을 하다가 박해받는 사람은' 까지 모두를 '슬퍼하는 자는'으로 바꾸어놓고 있는 것입니다. 그리고 '복이 있나니' 뒤에 따라야 할 '하늘나라가 그들의 것이다' 와 같은 말을 개별 시행에서는 생략한 후 마지막 행 "저희가 영

19 같은 책, p. 105.

원히 슬플 것이오"로 이어지게 만들고 있습니다. 「팔복」은, 윤동주가 혼자만의 외로움과 침울해 보일 정도로 사색에 몰두하던 때라고 사람들이 말하는 시기에 씌어집니다. "저희가 영원히 슬플 것이오"라는 시구에 이중적인 의미가 담겨 있습니다. '영원히 슬플 것'이라는 서술어 그대로의 의미와 함께 '영원히 슬프니까 영원히 복이 있을 것'이라는 축복의 의미가 바로 그것입니다. 이처럼 "슬퍼하는 자는 복이 있나니"를 여덟 번 반복하고 일견 절망적인 느낌마저 들게 만드는 "저희가 영원히 슬플 것이오"로 이 모두를 받게 만든 이유는, 이 시기에 인간 윤동주가 현실의 고통과 슬픔 앞에서 심각한 갈등을 겪은 것과 상관 있다고 생각합니다. 인간 세상의 슬픔이 너무 커서 예수그리스도의 말씀을 위의 시처럼 바꾸어놓을 정도로 갈등을 겪은 것입니다. 이 점은 이 시기에 윤동주가 쓴 시들이 "다들 죽어가는 사람들에게/검은 옷을 입히시오"[20]처럼 어두운 분위기에 사로잡혀 있는 것과도 무관하지 않습니다. 세상의 고통과 슬픔은 증폭되는데 하나님의 역사는 현실로 쉽게 확인하지 못하는 상황 앞에서 인간 윤동주의 고통과 외로움이 절정에 이르렀던 시기와 이 작품은 관련이 있는 것입니다.

윤동주는 그러나 이런 문제로 무신론적 실존주의자들처럼 신앙의 부정을 초래하지 않습니다. 1941년 5월 말에 쓴 「또 태초의 아침」이라는 시에서 시의 제목처럼 다시 새로운 각오로 죄의 대가에 대해 "빨리/봄이 오면" "나는 이마에 땀을 흘려야겠다"고

---

20 같은 책, p. 110.

다짐하는 것으로 보아 갈등의 기간은 길지 않았습니다. 그러나 이 짧은 갈등의 기간을 거치면서 윤동주는 인간의 한계를 겸손하게 자각하고 자신이 감수하며 걸어야 할 슬픔과 연민의 길을 좀더 뚜렷하게 자각한 것 같습니다. 윤동주의 시 「십자가」는 누가 무어라 하지 않았음에도 기독교인 윤동주가 스스로에게 부과한 운명적인 희생의 길, 시대의 폭력 앞에서 자신이 감내해야 할 삶을 예언처럼 보여주고 있습니다.

> 쫓아오던 햇빛인데
> 지금 교회당 꼭대기
> 십자가에 걸리었습니다.
>
> 첨탑이 저렇게도 높은데
> 어떻게 올라갈 수 있을까요.
>
> 종소리도 들려오지 않는데
> 휘파람이나 불며 서성거리다가,
>
> 괴로웠던 사나이,
> 행복한 예수·그리스도에게
> 처럼
> 십자가가 허락된다면
>
> 모가지를 드리우고

꽃처럼 피어나는 피를
어두워가는 하늘 밑에
조용히 흘리겠습니다.[21]

—「십자가」 전문

앞의 시에서 윤동주는 지금까지 '쫓아오던 햇빛'을, 다시 말해
복음서의 가르침들을 인간으로서의 한계 때문에 그대로 실천하
지 못하는 자신을 "첨탑이 저렇게도 높은데/어떻게 올라갈 수 있
을까요"라는 말로 솔직하게 드러냅니다. 또 인간의 몸으로 태어
나 온갖 수난을 겪었지만, 그럼에도 하나님의 아들이었기 때문
에 흔들림 없이 주어진 운명의 길을 걸어간 예수그리스도에 대
해 감히 "괴로웠던 사나이/행복한 예수·그리스도"라 말하며 부
러워합니다. 그러면서 예수그리스도에게 '처럼' 자신에게도 '십
자가가 허락된다면'이라 썼습니다. 여기에서 '처럼'을 독립된 행
으로 강조하고 '허락된다'라는 표현을 사용한 데에는 겸손함과
부러워하는 태도가 동시에 담겨 있습니다. 자신처럼 불완전한
사람, 망설이고 고뇌하는 인간이 어떻게 감히 그리스도처럼 십
자가를 짊어지는 길을 용기 있게 걸어갈 수 있겠느냐고 생각하
는 것입니다. 윤동주는 그럼에도 자신에게 가해진 수난과 폭력
앞에서 예수그리스도'처럼' "어두워가는 하늘 밑에/조용히" 피
를 흘린 사람입니다. 원수를 미워하지 않으면서 죽어간 사람입
니다.

21 같은 책, p. 111.

르네 지라르는 "갈등과 폭력의 진짜 비밀은 바로 욕망하는 모방, 모방적 욕망 그리고 여기서 나오는 맹렬한 경쟁 관계라고 단언"[22]합니다. 우리는 어떤 폭력으로부터 수난을 당했을 때 시원한 복수를 꿈꿉니다. 스스로 더욱 강해져서 통쾌한 복수를 하고 싶어 하며, 이러한 욕망이 상대를 능가하는 폭력을 준비하도록 부추깁니다. 지금 세계는 무한경쟁의 시대에 돌입해 있으며, 동북아시아에는 최근 일본의 행태가 말해주듯 군비 경쟁의 어두운 그림자가 드리워져 있습니다. 상대를 이기고 앞지르기 위한 상호 비방과 여기에서 파생되는 유형 무형의 폭력이 끝없이 펼쳐지고 있습니다. 이런 시대일수록 윤동주, 그의 시를 다시 생각하는 것에 함축된 인문적 가치는 무척 소중하다고 저는 생각합니다. 윤동주로 말미암아, 비록 윤동주의 시대와 그 폭력의 형태가 다를지라도, 우리 시대가 만드는 폭력을 거부할 수 있고, 또 그런 폭력을 종식시킬 수 있는 진정한 방법이 무엇인지 생각할 수 있기 때문에 그렇습니다.

---

22 르네 지라르, 같은 책, p. 24.

아, 청마! 그 의지와 사랑의 열렬함이여!

청마에 대한 개인적 기억을 더듬으며

청마 유치환에 대한 나의 기억은 「깃발」이라는 시에서부터 시작한다. 중학교 때 이어령의 에세이를 읽으며 이 시를 처음 만났다. 그렇지만 이어령이 화려한 수사적 언어로 깃발의 이미지를 분석하는 말에 넋이 빠져서 정작 청마의 시에 대해서는 거의 관심을 가지지 못했다. 내가 청마를 본격적으로 기억하게 된 것은 그가 이영도에게 쓴 편지 때문이다. 고등학교 시절 청마 유치환의 『사랑했으므로 행복하였네라』를 열심히 읽었다. 연애편지를 쓰기 위해서였다. 그 시절 나는 청마 시에 나타난 남성적 기개와 낭만적 외로움을 좋아했고, 그가 여성을 향해 퍼붓던 정열적인 그리움에 매료당했으며, 한 여자에게 5천여 통의 편지를 쓴 정열을 시기했다. 그런 청마를 부러워하며 그가 사랑하는 여자에게

'정향(丁香)'이란 이름을 붙여준 것처럼 거의 매일 연애편지를 쓰던 나도 그래서 상대에게 이름 외에 어떤 호칭을 붙여주고 싶어 하기도 했었다. 청마는 이영도 여사를 왜 '정향'이라고 불렀을까? 책에서는 그저 아호(雅號)라고만 밝히고 있었다. '정향'이란 한자어가 라일락꽃을 뜻한다는 사실을 알게 된 것은 한참의 세월이 흐른 후 다이왕수(戴望舒)의 「우항(雨巷, 비 내리는 골목길)」이란 시를 통해서였다. 청마는 일제 말기에 북만주에서 상당 기간을 살았으니 1928년에 발표된 다이왕수의 「우항」을 읽었던 것일까? 아니면 이영도 여사를 라일락처럼 향기로운 사람이라 생각하며 한자와 중국어에 대한 식견을 발휘한 것일까? 청마에 대한 고등학교 시절의 기억에는 나의 이런 개인사가 얽혀 있다.

청마에 대한 나의 학문적 기억은 대학원 시절로 거슬러 올라간다. 대학원 시절 학위논문에서 방법론을 몹시 강조한 김윤식 선생 때문에 청마에 대해 잠시 관심을 가졌었다. 그러나 그 관심은 청마의 시에 매료되어서가 아니라 이론 공부의 과정에서 생긴 것이었기에 시와 인간에 대한 내면적 공감과는 거리가 멀었다. 나는 그때 표현보다는 정신과 자세를 더 중요하게 생각하는 청마의 시 창작 태도, 자신의 이름과 시를 동일시하는 생각이 한국 고전문학을 관통하는 '재도지기(載道之器)'라는 문학관의 연장이라고 생각했다. 그래서 당시 우리 고전문학의 이론에 대한 탐구가 주목받던 학문적 분위기에 편승하여 청마의 시에 대한 논문을 써볼까 하는 생각을 가졌다.

청마의 시를 본격적으로 정밀하게 읽으면서 그의 시와 삶을 진지하게 생각하기 시작한 것은 2000년에 들어서면서부터였다.

2002년 봄, 나는 중국 교육부 초청 외국인 전문가 자격으로 1년 동안 길림(지린)대학교에 체류하게 되었는데, 그때 정음사에서 간행한 『청마 유치환 전집』(전 3권)을 가지고 갔다. 청마는 일제 말기를 북만주에서 보냈으며 그의 상당수 시들은 북만주의 장소와 풍경을 시적 배경으로 삼고 있었다. 청마의 시를 다시 꼼꼼히 읽어보고 『생명의 서』에 언급된, 그가 가족과 함께 살았던 연수현(옌서우현)의 가신을 비롯해 이곳저곳에 대해 현장 조사를 해볼 계획을 세웠던 것이다. 그래서 나는 그해 여름 청마의 시집을 들고 연수현의 연수와 가신을 비롯해서 하얼빈, 상지, 조주, 조원, 곽리라사 등지를 돌아다녔다. 그러면서 청마의 시가 보여주는 '생명의 윤리'에 대한 치열한 모색을 나름의 방식으로 이해하고자 했었다.

청마의 고향을 찾아가는 여정, 그 기쁨과 슬픔의 의미

이후 나는 청마의 고향 통영과 그의 출생지인 거제를 여러 차례 찾았다. 어떤 때는 혼자였고, 어떤 때는 학생들과 함께였다. 혼자였을 때는 대체로 통영시 혹은 거제시의 초청을 받아서였고, 학생들과 함께일 때는 통영 일대를 답사하기 위해서였다. 돌이켜 보면 청마를 찾아가는 나의 발길은 가벼운 경우도 많았지만 무거운 경우가 더 많았다. 나의 발걸음이 청마에 대한 친일 시비와 관계가 있거나 청마의 출생지 문제를 둘러싸고 통영과 거제 사이에 복잡한 분쟁이 발생한 것과 관계가 있었기 때문이었다. 청마에 대한 나의 개인적인 기억과는 상관없이 현실적인 논란들이 나를 통영으로 끌어들였던 까닭이었다.

청마 유치환은 1908년 7월 14일에 출생했다. 그런데 청마의 출생지에 대해서는 거제와 통영 측의 주장이 첨예하게 맞서 있을 뿐만 아니라 양측이 각자 청마의 근원임을 주장하며 따로따로 기념사업을 진행하고 있다. 통영 측에서는 호적부에 기록된 본적지와 형인 유치진 및 부인인 권재순 등의 증언을 근거로 통영시 태평동 552번지를 출생지라고 강력하게 주장하고 있으며, 거제 측에서는 선대가 세거하던 지역의 기록들을 근거로 거제시 둔덕면 방하리 507-5번지가 출생지라는 주장을 굽히지 않고 있다. 이러한 논란이 일어나게 된 이유는, 청마의 출생이 1910년 경 술국치를 전후한 시기여서 남아 있는 여러 기록에 다소 부정확한 점이 수반된 까닭이다.

그렇지만 분명한 것은, 청마는 아주 어린 시절부터 통영에서 살았으며, 그의 기억 속에는 통영이 고향으로 고착되어 있다는 사실이다. 청마는 「출생기(出生記)」라는 제목의 시에서 이렇게 썼다. "검정 포대기 같은 까마귀 울음소리 고을에 떠나지 않고/ 밤이면 부엉이 괴괴히 울어/남쪽 먼 포구의 백성의 순탄한 마음에도/상서롭지 못한 세대의 어둔 바람이 불어 오던/융희(隆熙) 2년"이라고. 그리고 자작시 해설집 『구름에 그린다』에서 청마는 그가 "난 곳은 노도처럼 밀려 닿던 왜의 세력을 가장 먼저 느낄 수 있던 한반도의 남쪽 끝머리에 있는 바닷가 통영(지금의 충무시)이었습니다"라고 하면서 "내가 자라던 집은 바닷가 비알이며 골작 새로 다닥다닥 초가들이 밀집한 가운데 더욱 어둡고 무거이 보이는 삼도 통제사의 아문들이던 이끼 덮인 옛 청사와 사방의 성문이 남아 있는"(p. 13) 곳이라고 구체적으로 고향 풍경을 묘사하고 있다. 그뿐만이 아니다. 그의 「고향에 가서」라는 글에 등장하는 "전에는 보잘것없이 황폐하고 퇴락해버렸던 세병관(洗兵館)이나 충렬사는 다시 중수되고 단장이 가해져서"라는 구절은 그이의 고향이 통영이라는 사실을 명백하게 말해주고 있다. 더구나 그는 이 글 속에서 자신의 고향과 선대의 세거지를 구분하여 이렇게 쓰고 있다. "내게 이모님이 한 분 남아 계신다. 고향서도 바다 건너 있는 어머님 산소엘 갔다 돌아오는 길에 찾아 뵙고 물러나오려니, 대문 밖까지 나오셔서 나를 보내시는 말씀과는 딴판으로 눈에는 눈물이 글썽한 것이었다"라고. 이처럼 청마는 자신의 고향인 통영과 선대가 살았던 거제도를 구별하고 있다. 이런 점에서 청마를 기념하는 사업이 통영에서 진행되는 것은 지극히 당연한 일이다. 출생지는 출생지일 따름이지 작가의 고향은 아니다. 오로지 출생한 곳이라는 사실만을 근거로 기념사업의 소유권을 주장한다면 외가에서 태어나 잠시 외가에 머물렀던 김소월의 경우처럼 한국의 수많은 문인들의 기념사업 또한 혼란에 빠질 것이다. 그래서 나는 통영에서건 거제에서건 청마에 대한 기념사업의 우선권은 통영에 있다고 일관되게 주장했으며 학생들과 함께 청마의 흔적을 찾아다닐 때도 통영을 주 무대로 삼았었다.

그럼에도 현실의 모습은 나의 생각과 달랐다. 통영시에서는 2000년 2월 통영시 망일1길 82에 아담한 청마문학관을 세웠고 거제시에서는 2008년 1월에 경제력을 배경으로 거제시 둔덕면 방하2길 6에 통영의 문학관을 압도하는 청마기념관을 세웠다. 게다가 청마의 유족들은 청마가 남긴 서적을 비롯한 중요한 유품들을 통영의 문학관이 아니라 거제의 기념관에 보냈다. 청마의 삶과 정신과 시 창작의 뿌리는 통영에 있지만 그를 기념하는 방식은 본말이 전도되어버린 것이다. 지척의 거리에 세워진 이 두 개의 문학관, 일제 강점기에는 한 행정단위였던 곳에서 경쟁적으로 기념사업을 진행하면서 세워진 두 기념관은 청마의 뜻과는 무관하게 통영과 거제의 대립이 만들어낸 결과이며, 경제력의 차이가 빚어낸 결과이다. 그래서 청마의 시와 치열한 삶과 정열적 연애를 기억하며 통영을 찾는 마음은 즐겁지만 기념관을 둘러보는 마음은 안타깝고 무겁다.

청마, 그 의지와 사랑의 열렬함

유치환은 1960년 3월 13일 『동아일보』에 「뜨거운 노래는 땅에 묻는다」라는 시를 발표한다. "아아 나의 이름은 나의 노래/목숨보다 귀하고 높은 것/마침내 비굴한 목숨은/눈을 에이고 땅바닥 옥에/무쇠 연자를 돌릴지라도/나의 노래는/비도(非道)를 치레하기에 앗기지는 않으리." 청마는 이처럼 당시의 타락한 자유당 독재 정권과 그 정권에 아부하는 무리들을 염두에 두면서 자신이 걸어갈 길을 결연히 선언했다. 청마에게 시인이 걸어야 할 길은 '도'의 길, 진실의 길이지 '비도'의 길이 아니었다. '비도'의 길은 자신의 이름을 욕되게 하는 길이며, 그의 다른 말을 빌리면 "진실로 지향하여야만 될 궁극적 인간의 모랄moral에 반역하는 행위"였다. 그래서 유치환에게 시는 그의 인격 자체였으며 목숨과 등가성을 지닌 것이었다. 그 때문에 그는 백범 김구 선생이 피살되었을 때에도 격렬한 분노의 감정을 담은 「죄욕(罪辱)」이라는 시를 발표했었다.

> 보라 여기선
> 도적과 의인을 섞고
> 피의 진한 참과 입에 발린 거짓을 뒤죽하여
> 진실로 원수를 넘겨야 할 칼이
> 창광(猖狂)하여 그 노릴 바를 모르거늘
> 이는 끝내 제도(濟度) 못할 백성의 근본이러뇨
> 이날 이 불의의 저지른 치욕을
> 여기 기틀 삼는 자가 또 있거들랑
> 하늘이여 마땅히 삼천만(三千萬)을 들어 벽력(霹靂)하라
> ──「죄욕」 부분

또 청마는 비슷한 시기에 「조국(祖國)이여 당신은 진정 고아(孤兒)일다」라는 시에서 이데올로기를 빌미로 골육상잔을 일삼는 무리들을 향해 "나의 눈을 뽑아 북악(北岳)의 산성(山城) 위에 높이 걸라/망국의 이리들이여/내 반드시 너희의 그 불의의 끝장을 보리라"고 썼다. 우리는 이런 시 속에서 불의에 맞서는 청마의 모습, 무서운 예언적 목소리로 불의에 맞서는 청마의 강력한 의지를 읽을 수 있다.

내가 청마를 좋아하는 것은 청마가 이 같은 강인한 남성적 의지와 함께 부드럽고 열렬한 서정의 세계를 지녔기 때문이다. 청마는 자신이 사랑한 사람에 대한 가없는 그리움을 「그리움」 같은 시에 담았다. "파도야 어쩌란 말이냐/임은 뭍같이 까딱 않는데/파도야 어쩌란 말이냐/날 어쩌란 말이냐"와 같은 시는 대상에 대한 사랑의 상태를 간단한 말로 명료하고 예리하게 표현하고 있는 명편이다. 청마의 이런 시는 "이것은 소리 없는 아우성"이라 말하고 있는 「깃발」 같은 시와 연결시켜 읽으면 서정적 그리움의 열렬함을 절실하게 느낄 수가 있다. 청마가 이영도 여사에게 맹렬히 5천여 통의 편지를 보낸 것은 이런 시로 미루어볼 때 아마도 내면의 아우성을 잠재우기 위한 방편이었을 것이다.

통영을 찾아 청마의 체취가 어린 바닷가 거리를 걸으면서, 혹은 그의 수많은 편지가 발송된 우체국 앞에 잠시 발걸음을 멈추고 청마의 정열적 사랑을 떠올려보는 것은 즐거운 일이다. 이런 청마의 모습과 함께 흔들림 없는 단정한 모습으로 기다림을 이어가는 이영도 여사의 모습을 겹쳐보는 것은 더더욱 즐거운 일이다. 이영도 여사는 「무제」라는 시조에서 이렇게 노래한 적이 있다. "오면 민망하고 아니 오면 서글프고/행여나 그 음성 귀 기울여 기다리며/때로는 종일을 두고 바라기도 하니라"라고. 그리고 이어지는 연에서는 "정작 마주 앉으면 말은 도로 없어지고"라고 썼다. 그녀의 이러한 시구에는 한 남자를 사랑하는 마음, 남의 남편인 남자를 그리워하는 애절함이 무섭게 절제된 언어 속에 잘 갈무리되어 있다.

청마 유치환은 1967년 2월 13일 밤 9시 30분경에 부산에서 교통사고를 당했다. 2월 17일 자 『경향신문』은 그날 상오 11시에 청마 유치환의 장례식이 부산 남여자상업고등학교에서 5천여 명의 조객이 참여한 가운데 거행되었다는 짤막한 기사를 싣고 있다. 우리나라에서 한 시인의 죽음에 이처럼 자발적으로 5천여 명의 사람들이 모여든 것은 전무후무한 일이다. 그것은 청마의 시와 삶에 대한 존경 탓이기도 했고, 그가 해방 후 걸어간 올곧은 길이 자유당 정권에 아부한 문인들과 선명하게 대비된 탓이기도 했다. 청마가 죽은 후 이영도 여사는 "너는 저만치 가고/나는 여기 섰는데……/손 한 번 흔들지 못한 채/돌아선 하늘과 땅/애모는/사리로 맺혀/푸른 돌로 굳어라"란 시를 남겼다. 두 사람의 사랑은 아마도 이 세상 사람의 눈에는 보이지 않는 사리탑으로 통영 어디에 서 있을 것이다.

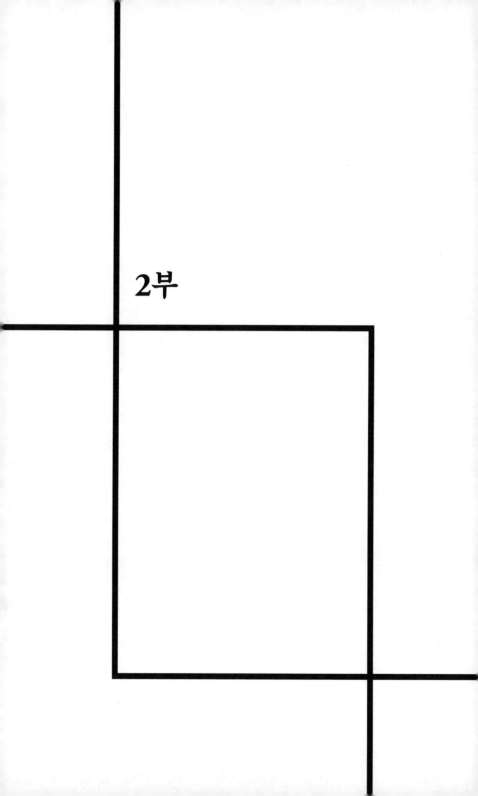

2부

시, 상처를 다스리는 신음 소리
─정일근의 『기다린다는 것에 대하여』

　나는 지금까지 정일근과 한 번도 대면한 적이 없다. 전화로 짤막한 대화를 두어 번 나눈 것이 우리 사이에 있던 인연의 전부이다. 내 기억으로는 『김광섭 전집』의 오자(誤字) 때문에 그가 전화를 걸어온 것이 첫번째 인연이었고, 그의 이번 시집(『기다린다는 것에 대하여』, 문학과지성사, 2009)에 대한 늦어진 해설 때문에 내가 그에게 양해를 구하는 전화를 건 것이 두번째 인연이었다. 이것이 그에 대한 내 기억의 전부이다. 따라서 지금 나는 그에 관한 한 거의 백지나 다름없는 상태에 있다. 나는 그의 성격, 생김새, 음주 습관, 교우 관계 등에 대해 아는 바가 없으며, 성장 과정, 가정 형편, 가족 관계 등에 대해서는 더욱 그러하다.

　『기다린다는 것에 대하여』는 정일근의 열번째 시집이다. 나는 정일근의 시집 중 아홉 권을 읽었다. 그러므로 내가 그에 대해 아는 것은 그가 청천백일하에 발표해놓은, 누구나 알고 있는 시

작품뿐이다. 혹시 내가 그에 대해 이런저런 정보를 얻었다면, 그 정보는 다른 곳에서가 아니라 틀림없이 시에서 얻은 것이다. 시로부터 시인에 대한 정보를 얻다니? 작가로부터 작품 이해에 필요한 정보를 얻는 경우는 주위에서 쉽게 찾아볼 수 있지만, 작품으로부터 작가 이해에 필요한 정보를 얻는 경우는 찾아보기 어렵다. 그것은 신비평처럼 작품과 작가의 동일시를 거부하는 문학 이론이 영향을 미친 탓도 있겠지만 그보다는 작품으로부터 작가를 설명하는 일 그 자체가 너무 위험한 까닭이다. 작가로부터 작품을 설명하는 일의 경우 잘못해도 작품을 다치는 것으로 끝나겠지만, 작품으로부터 작가를 설명하는 일의 경우 잘못하면 사람(작가)이 크게 다친다. 그런 만큼 작품으로부터 작가를 유추하는 일은 조심스럽다. 그러나 나는 이 위험하고 조심스러운 일을 여기서 해보고 싶다. 그것은 다른 무엇보다 우선적으로 그의 시가 지닌 특징이 내 욕망을 부채질하고 있기 때문이다.

나는 초등학교 사학년이었고 봄부터 아버지는 세상에 계시지 않았다

—「바람개비」 부분

나도 알 수 없는 그리움의 방언으로 아버지를 부르고

—「바람개비」 부분

아버지 떠나간 1970년, 새로 이주한 진해시 여좌동 산번지

—「지붕에 오르기」 부분

그해 사월 꽃피우는 큰 나무를 잃은 마당에 나는 작은 뿌리
하나로 남았다.

　　　　　　　　　　　　　　　　　　　　—「사월, 진해」 부분

남편 잃은 어머니에게 아구는 생의 동반자였고
나에게는 달아나고 싶은 부끄러움이었다, 그때

　　　　　　　　　　　　　　　　　　　　　　　—「아구」 부분

　정일근의 여섯번째 시집에서 아버지와 관련된 대목만 눈에 띄
는 대로 뽑아보았다. 그가 아버지와 관련하여 구체적인 시간과
장소를 적시하고 있는 이러한 구절들이 허구가 아니듯, 이번 시
집 속에서 고통스럽게 풀어놓고 있는 실존적 측면 역시 마찬가
지라고 나는 생각한다. 이를테면 앞에 인용한 시구에서 보이듯
그의 아버지는 그가 초등학교 4학년 때인 1970년 4월경에 작고
했으며, 그의 집안은 아버지의 죽음으로 말미암아 "산번지"로
이주해야 할 정도로 가세가 기울었고, 그러한 가정형편이 어머
니로 하여금 아구 요리를 파는 식당을 열게 만들었다는 사실과,
이런 정황 속에서 그는 외로움과 아버지에 대한 그리움을 키우
며 자랐다는 식의, 상당히 개연성 있는 이야기를 유추할 수 있다
고 생각하는 것이다. 시인의 실제 모습과 생활을 상상하게 만들
어주는 바로 이런 점 때문에, 나는 그의 시가 그의 삶이라는 전
제를 설정하고 시로부터 인간을 유추하는 위험한 일을 해보고
싶은 유혹을 떨쳐버릴 수가 없다. 그래야만 시인으로서의 그가

과거의 시집 속에 기록해놓은 외로움과 그리움과 콤플렉스의 뿌리를, 또 이번 시집에 기록하고 있는 고통과 미움과 사랑의 원천을 좀더 그럴듯하게 이해하고 설명할 수 있다고 생각하며 나는 이 글을 쓴다.

감히 말하건대 정일근의 『기다린다는 것에 대하여』는 자신의 상처를 다스리는 작업이 만들어낸 신음 소리이다. 이 시집은 자신의 상처를 쓸고 핥아서 견딜 수 있는 상태로 만들어나가는 과정과 노력의 산물이다. 그래서 나는, 이번 시집을 읽는 내내 그에게 중요한 일은 시를 쓰는 일이 아니라 감정을 제어하고 상처를 치유하는 일이었으리라는 생각을 지울 수가 없었다. 이런 점에서 나는 그의 이번 시집이 이전에 펴낸 시집에 비해 훨씬 강하게 실존적 성격을 띠는 것이 당연한 결과라고 생각한다. 한국 사회의 모순을 특유의 주관적 진솔함으로 드러내면서 그 모순의 피해자들을 따뜻한 서정으로 감싸던 이전 시집들과는 달리, 그의 이번 시집은 개인적인 상처와 그 상처의 고통스런 치유 과정을 선명하게 각인해놓고 있는 까닭이다. 서정시의 본질에 충실하면서도 사회적 관심을 폭넓게 유지하던 기왕의 시력(詩歷)에 비추어볼 때, 그의 이번 시집은 우리가 일종의 시적 변모로 착각할 수 있을 정도로 실존적 측면에 경사되어 있다.

그렇지만 나는 이번 시집이 보여주는 이러한 현상을 정일근의 시적 변모라고 생각하지 않는다. 내가 보기에 이번 시집에 나타난 이 같은 실존적 차원으로의 변화는 기왕의 시 쓰기에 대한 그의 성찰이 만들어낸 것이 아니라 생활의 돌발적 변화가 만들어

낸 것이다. 이전의 시세계를 벗어나려는 시 쓰기 작업이 만들어
낸 것이 아니라 어느 날 갑자기 그에게 찾아온, 지극히 고통스
러운 어떤 사건이 기왕의 생활을 뒤흔들며 연출해놓은 비연속적
변화이다.

　이런 점과 관련하여 정일근의 이번 시집에서 가장 먼저 나의
관심을 끈 것은 「분홍 꽃 팬티」라는 시이다. 이 시는 병든 어머
니를 간호하는 그의 모습을 그린 작품으로 제1부에 배치된 시들
중 세번째 순서를 차지하고 있는데, 이 시에 투영된 어머니에 대
한 각별한 애정은 이 시의 제목으로 제1부 부제목을 삼을 정도이
다. 그럼에도 「분홍 꽃 팬티」라는 시에서 정작 나의 관심을 끈 것
은 그가 병든 어머니의 속옷을 빨면서 나이 든 어머니도 여자라
는 사실을 새삼스럽게 깨닫는 대목, 그럼으로써 어머니에 대한
이해와 애정을 진작시키는 대목이 아니라 이 시의 핵심적 전언
과는 거의 상관이 없는 다음과 같은 대목이었다.

　　　어머니 병원 생활하면서
　　　어머니 빨래 내 손으로 하면서
　　　　　　　　　　　　　　　　　　—「분홍 꽃 팬티」부분

　이런 평범한 구절이 나의 관심을 끈 이유는 정일근이 경상도
에서 태어나 경상도에서 살아온, 1958년생 남자이기 때문이다.
그의 분신으로 보이는 화자는 왜, 비록 칠순 노인이라고 해도 어
머니는 여자인데, 어머니의 내의를 자기 손으로 직접 빨았을까?
50대의 나이면 아내나 과년(過年)한 딸자식이 있을 법하고, 또

1950년대 후반에 태어난 경상도 남자라면 사내가 해야 할 일과 하지 말아야 할 일에 대한 의식이 몸에 밴 세대일 텐데, 무슨 말 못 할 사정이 있어 어머니의 속옷을 직접 빨았을까? 지금 시인은 빨래를 맡길 만한 부인도 자식도 없는 상태에 있는가? 세심한 독자라면 그의 이번 시집 첫머리에 수록된 「분홍 꽃 팬티」를 읽으면서 이 시의 본질적 주제와는 상관없이 이 같은 의문을 자연스럽게 떠올려보았을 것이며, 작품을 읽어나갈수록 아무렇게나 떠올린 이 의문이 점차 심각해지고 중요해지는 것을 깨달았을 것이다.

이러한 의문에 어느 정도 답을 구해가기 위해 나는 먼저 시인의 최근 생활에 대한 최영철의 보고 중 몇 대목을 인용해보겠다. 이 글은 2006년에 출간된 정일근의 시집 『착하게 낡은 것의 영혼』이란 시집 뒤에 최영철이 붙인 「여전히 맑고 깊은 은현리 샘물」이란 제목의 발문인데, 그는 정일근의 시골집을 직접 찾아 작성한 그 글에서 시인의 근황을 이렇게 보고하고 있다.

[……] 이 작은 텃밭을 일굴 엄두를 낸 것은 아마 최근 진해 살림을 정리하고 아들 곁으로 오신 모친의 힘이 컸을 것이다. 시인의 설명 역시 그랬다. 모친과 함께 쓰레기와 돌멩이를 걷어내고 심은 꽃이 60여 종이라고 했다. (p. 100)

시인의 나무집 마당에 퍼질러 앉았다. 시인의 어머니는 텃밭에서 금방 뜯은 푸성귀를 씻고 다듬어 이웃집에 나누어 주고 오시는 길이었다. 우리는 어머니가 차려놓으신 밥상에 앉

아 맛있게 저녁을 먹었다. (p. 105)

저녁을 먹고 시인의 나무집 방을 옮겨 다니며 두서없는 이
야기를 나누었다. 5년 동안 살고 있는 집을 그것도 철따라 놀
러 오는 동무에게 구경시켜줄 만큼 집 안의 분위기가 많이 바
뀌어 있었다. 아들 딸 두 아이가 장성해 나가 살고 있는 집은
그전보다 더 넓어 보였다. (p. 109)

최영철의 위 글에 따르면, 정일근이 현재 살고 있는 시골집은
"5년 동안 살고 있는 집"이고, 얼마 전까지 그는 거기에서 "아들
딸 두 아이"도 함께 살았었지만 그들은 이제 장성해서 집을 나
갔다. 그리고 그가 혼자 살게 되면서 어머니가 "최근 진해 살림
을 정리하고" 그의 곁에 와서 밥을 해주며 함께 살고 있다. 시인
은 그런 어머니와 함께 텃밭을 일구고 꽃도 심으며 이제는 제법
안정된 삶을 살고 있다. 최영철의 이 같은 보고 내용이 틀림없다
면, 시인은 현재 어머니와 단둘이 살고 있다. 시인의 집에는 다
른 식구가 없다. 최영철의 이런한 보고와 정일근이 이번 시집에
서 스스로를 '홀아비'로 지칭하는 맥락으로 짐작해볼 때, 「분홍
꽃 팬티」에 나오는 "어머니 병원 생활하면서/어머니 빨래 내 손
으로 하면서"라는 구절은 어머니와 단둘이 살고 있는 시인의 처
지가 시 속에 자연스럽게 반영된 것이라 볼 수 있다.

그렇다면 그의 가족을 구성하고 있었던 다른 한 사람은 어떻
게 된 것일까? 그 한 사람에 대한 이야기는 무슨 연유에서인지
최영철이 쓴 그 글에서 빠져 있다. 최영철은 "5년 동안 살고 있

는 집을 그것도 철따라 놀러 오는 동무에게 구경시켜줄 만큼 집 안의 분위기가 많이 바뀌어 있었다"는 투의 모호한 말로 얼버무리고 있을 따름이다. 그것은 아마도 그가 글을 쓴 시점이 친구의 집안 이야기를 공개적으로 언급하기에는 부적절한, 무척 조심스럽게 언급하지 않으면 상처가 덧날지도 모르는 시점이었기 때문일 것이다. 그 때문인지 우리의 이러한 의문에 어떤 막연한 단서나마 제공해주는 것은 최영철의 글이 아니라『착하게 낡은 것의 영혼』에 수록된 시인의 시 두세 편이다. 그 두세 편의 시들은 작품의 내용상 이번 시집에 수록되어야 오히려 자연스럽게 느껴질 수 있는 시들로,『착하게 낡은 것의 영혼』에서는 다른 시들과 잘 어울리지 못하고 있다. 그러면서 이번 시집에서 집중적으로 다루어질 문제를 예고해주는 징후로 앞의 시집 속에 박혀 있다. 예컨대, 앞의 시집에 수록되어 있으면서 다른 시들이 보여주는 세계와 별로 잘 어울리지 못하고 있는「황사 오는 날」과 같은 작품이 바로 그러한 경우다.

한 사람을 용서하는 일은 한 사람을 사랑하는 일보다 어렵다

가을걷이 끝난 자리 모두 다 퍼주고 향기롭지만 사람 빠져나간 저 자리 오래 지독한 폐허다

풀꽃 진 자리 다시 풀꽃은 피는데 사람이 진 자리 어떤 사랑의 말 돋지 않는다.

—「황사 오는 날」 부분

여기에 등장하는 '한 사람'이, 시인이 '사랑하는 일'보다 '용서하는 일'이 훨씬 어렵다고 말하는 그 대상이, 그의 가족을 구성했던 바로 그 '한 사람'과 관련되어 있는지 그렇지 않은지 이 작품만으로는 분명하지 않다. 다만 여기에서 우리가 분명히 알 수 있는 것은 그 '한 사람'이 시인의 마음속에 '지독한 폐허'를 남길 정도로 중요했었다는 사실이며, 그 사람이 죽음과 같은 불가피한 일로 그의 곁을 떠난 것이 아니라는 사실이다. 그랬다면 슬퍼해야지 이처럼 분노에 가까운 감정을 간직하고 있을 이유가 없다. 이런 점으로 미루어보아, 또 '사람 빠져나간 저 자리'라는 능동태의 말로 미루어보아 그 사람은 자발적인 의지로 그의 곁을 떠났다. 무엇 때문에? 그 이유에 대해 시인은 이번 시집 어디에서도, 최영철의 글과 마찬가지로, 흔적조차 남기지 않으려 애쓴다. 그 대신 시인은 그 사람이 떠난 후 자신이 어떻게 견디며 살았는지에 대해서만 이야기한다. 편하게 이야기하는 것이 아니라 견딜 수 없어서 자신의 이야기만이라도 털어놓아야 한다는 듯이 이야기한다. 차라리 죽음이 이별을 만들었다면 이해하거나 납득했을 것이라는 태도로 이 사건을 이해하거나 납득하지 못하는 자신의 고통스러움을 털어놓는다. 그렇다면 용서와 관련된, "사람이 진 자리 어떤 사랑의 말 돋지 않는다"고 말하는 이 일이 그의 홀아비 생활과 관련이 있는 것일까? 홀아비 생활에 대한 그의 시적 언급은 이번 시집에서 다음과 같은 방식으로 처음 나타난다.

> 사람 떠나고 침대 방향 바꾸었다
> 내가 할 수 있는 일은 그것뿐
> 이불과 베개 새것으로 바꾸고
> 벽으로 놓던 흰머리 창가로 두고 잔다
>
> ─「그 후」부분

여기서 '그 후'는 "사람 떠나고"란 말로 미루어 어떤 사람이 떠난 이후를 말한다. '그 후'가 어떤 사람이 부재하는 시기를 가리킨다는 것은 「그 후, 늦여름」 「그 후, 겨울밤」 「그 후, 오동꽃 피다」 등 '그 후'라는 말이 들어가는 다른 여러 작품에서도 확인할 수 있다. 이처럼 어떤 사람이 떠났다는 사실은, 여러 편의 시에서 되풀이 '그 후'라는 말이 사용될 정도로 중요한 사건이다. 아니 떠났다는 사실과 시점이 중요하다기보다 그 사람이 떠남으로 말미암아 나에게 일어난 변화, 내가 겪지 않을 수 없는 변화가 중요하다. 떠나기 전의 생활과 떠난 후의 생활이 '그 후'라는 말처럼 확연하게 구별될 정도로 그 사람이 차지하는 비중이 컸다는 사실이 중요하다.

그렇다면 이렇게 중요했던 그 사람은 누구이며, 그 떠남은 무엇 때문에 일어났을까? 그리고 그 떠남은 일시적인 것일까, 항구적인 것일까? 정일근의 시는 이러한 우리들의 의문에 대해 어떤 친절한 대답도 마련해주지 않는다. 그럼에도 우리는 "이불과 베개 새것으로 바꾸고/벽으로 놓던 흰머리 창가로 두고 잔다"는 구절에서 떠난 사람이 오랫동안 잠자리를 함께했던 사람이라는 것 정도는 짐작할 수 있다. 이 시의 화자가 남성이기 때문에 그와 이부자리를 함께 썼던 사람, 잠자는 방향마저 바꾸게 만들 정도로 가까웠던 사람은 부인 혹은 부인에 유사한 어떤 존재라고 짐작해볼 수 있다.

시 속에서 떠남의 원인을 한사코 숨기고 있는 시인의 태도 때문에 사건의 전말에 대해 정확히 알 수 없지만 시인의 홀아비 생활은 「그 후」라는 시처럼 '그 후'에 시작된 것처럼 같다. 그렇게 "사람 떠나고 침대 방향 바꾸"면서 홀아비 생활은 시작된 것 같다.

이로부터, '그 후'부터 시인의 격렬한 고통이 시작된다. 당사자인 시인은 도저히 납득할 수 없는 떠남 앞에서 망연자실하며 괴로워한다.

> 늦여름, 늦더위 탓은 아닌데
> 눈 뜨고 꿈꾸며 눈 뜨고 진저리 치는 나를
> 나는 결코 용서하지 못한다
>
> ―「그 후, 늦여름」 부분

그 사람이 떠난 후의 '늦여름'에 이처럼 정일근은 종종 격렬한 감정의 소용돌이에 휘말리고 있다. 무엇이 한스러워 "눈 뜨고 꿈꾸며 눈 뜨고 진저리 치는" 것일까? 꿈마저 눈을 뜨고 꾸게 만들 정도로 화자의 늦여름을 끔찍하게 만드는 사건은 도대체 무엇이었을까? 이 질문이 부질없다는 사실을, 어떻게 해도 시인이 입을 열지 않으리란 사실을 우리는 이미 앞에서 확인했다. 그 이유는 아마도 사건의 내용이 자신의 입으로는 말하기 어려운, 무척 자존심이 상하는 어떤 일이거나, 시간적으로 아직도 현재형인, 충분히 아물지 않은 상태에 있는 일이기 때문일 것이다. 그러므로 우리는 그 사건이 무엇인지에 대한 정황은 그 사건이 일어난 바로 '그때'와 관련된 「슬픔, 그때」와 같은 시를 통해 상상해볼 수밖에 없다.

> 종일 한 잔의 물로 그 슬픔 견뎠는데
> 밤에는 잠들었다 깨었다 하며
> 열 통의 피오줌을 누었다
>
> 그 하룻밤 사이 내 얼굴 군홧발로 짓밟고
> 세월 천 년이 뚜벅뚜벅 지나갔다
>
> ─「슬픔, 그때」 전문

'그때'라는 말에 대한 우리의 기대에도 불구하고 이 시 역시 앞의 시들과 마찬가지로 슬픔/고통의 구체적 원인보다는 슬픔/고통의 크기와 강도를 말하는 데 더 몰두해 있다. 이 시에서 시인은 그 슬픔/고통이 얼마나 컸었는지 그날 그 하루의 길이가 "열 통의 피오줌을 누"고, "내 얼굴 군홧발로 짓밟고/세월 천 년이 뚜벅뚜벅 지나"간 것으로 느껴질 정도였다고 말하고 있다. 그렇다면 그 사건은 무엇일까? 이후 그의 홀아비 생활을 가져온, 그 하루 동안에 이루어진 일은 도저히 잊어버릴 수 없는 사건이었다. 그에게 눈 뜨고 진저리 치는 '늦여름'에 이어 참혹한 '겨울밤'을 만들어준 사건이었던 만큼 즐거운 사건도 행복한 사건도 기억하고 싶은 사건도 아니었을 것이며, 공개적으로 말하고 싶은 사건은 더더욱 아니었을 것이다. 그래서 그는 이 사건의 핵심적 이유에 대한 설명을, 고통의 핵심에 대한 설명을 독자들의 상상에 맡겨버렸을 것이다. 그러고는 자신이 감당해야 했던 그 사건 '이후'의 시간에 대해서만 이야기했을 것이다.

추운 겨울밤을 너는 아니?
물이 꽝꽝 언다고?
귀가 달아날 것 같다고?
아니야 아니야
꽝꽝 어는 물소리 칼날 되어 생살 속의 생뼈 발라내는
그런 겨울밤을 너는 아니?
——「그 후, 겨울밤」 부분

이렇듯 정일근 시의 화자, 아니 시인은 여름이 가고 겨울이 와도 쉽사리 고통의 세월을 벗어나지 못한다. 그 사람이 그의 마음과 생활에서 차지했던 비중이 얼마나 컸던지 그가 떠난 후 느끼는 고통의 강도는 "생살 속의 생뼈 발라내는" 시간이란 표현에서 보듯 일시적으로는 오히려 커지고 있다. 마치 정상을 향해 발걸음을 옮기는 등산객이 정상 가까이에서 느끼는 힘겨움처럼 고비를 겪기 위해 그의 고통은 커지고 있다. 그런 최악의 겨울밤에 대해 당신들은 모르겠지만 나는 안다고, 이 시의 화자는 말하고 있다.

이런 모습은 정일근이 최영철 시인에게 바친 「상처의 문장」이란 시에 따르면 "지울수록 짓이겨져 더욱 선명해"지는 바로 그런 모습이다. 마음의 상처를 지우기 위해 술을 마시고, 마신 술 때문에 마음의 상처가 더욱 커지는 그런 모습에 방불한 모습이다. 그래서 이번 시집에 수록된 상당수의 시들은 "지울수록 짓이겨진" 감정의 기록, 다시 말해 시인의 신음 소리에 대한 기록이 되고 있다.

유종호의 말을 빌리자면 기억은 "삶의 강제가 안겨준 아픔의 흉터"이다. 그래서 많이 기억한다는 것은 많이 상처받았다는 말이 되고 많이 아팠다는 말이 된다. 정일근이 느끼는 슬픔/고통 역시 기억의 산물이다. 그가 많이 고통스럽다는 것은 잊어야 할 대상에 대해 많은 것을 기억한다는 말과 동일하다. 정일근은 그 일이 일어난 '그 후'에도 한참 동안 많은 것을 기억했다. 그가 '그 후'의 여름과 겨울 동안 지독히도 길게 슬픔/고통을 겪었던 것은 기억의 힘이 너무 컸기 때문이다. 그 기억의 힘 때문에 그는 "눈 뜨고 꿈꾸며 눈 뜨고 진저리 치는" 참혹한 시간을 보내야 했었다. 그리고 자신을 떠난 사람에 대해 다음과 같은 방식으로 말했었다.

행여 당신이 남긴 사랑의 나머지를
내가 애틋하게 기억해주길 바란다면
그건 당신의 검산이 틀렸다.
— 「은현리 홀아비바람꽃」 부분

이처럼 그의 기억은 '당신'을 또렷이 기억하면서도 '당신'에 대한 '애틋한' 기억을 거부한다. 상처의 고통스러움은 상처의 치유를 요구하지만 또렷한 기억이 그 치유를 방해한다. 왜냐하면 시인의 마음이 기억으로부터 자유로워지지 못하는 까닭이다. 그러나 여름이 지나고 겨울도 지나고 봄이 오면서, 시인은 조금씩 자신을 뒤돌아볼 여유를 가지기 시작한다. "이별은 언제나 예고 없이 온다는 것을/어리석은 사람은 어리석어 잊고 산다"는 대목에서 보듯 이별의 원인이 자신의 어리석음에도 있다는 것을 한용운의 「님의 침묵」처럼 인정하기 시작한다. 그러면서 떠난 사람에 대한 원한과 분노의 감정을 조금씩 가라앉히고 있다.

> 지금 가장 멀고 험한 길 걸어
> 너는 너에게로 돌아가고 있다
> 나는 나에게로 돌아가고 있다
>
> 이승에서의 갈림길은 여기부터 시작이다
>
> 이제 이쯤에서 작별하자
>
> ─「갈림길」 부분

위 시에서 보듯 이렇게 상대에 대한 기억으로부터 자신을 조금씩 풀어놓기 시작하면서부터 시인은 조금씩 자신의 새로운 삶, 새로운 길에 대한 의욕을 찾기 시작한다. "운명으로 믿었던 손금 속의 길 지"우는 것, "몸속으로 퍼져 있는 붉은 인연의 길지"(「폭설을 기다리며」)우는 것은 상대를 기억에서 지우는 행위가 아니라 내가 상대에게 고착되어 있던 기억으로부터 풀려나는 행위이다. 이 행위를 통해 그동안 고착되어 있던 기억으로부터 풀려나면서 시인은 자신의 미약하게나마 '새 지도'를 만들어보겠다는 의욕을 키우기 시작하는 것이다. 그리하여 시인은, 이번 시집에 수록된 시들 중 가장 밝은 세계를 보이는, 다음과 같은 상태에까지 자신이 회복되었음을 우리에게 보여주고 있다.

> 바람이 나를 깨끗이 씻어
> 보랏빛 오동꽃으로 활짝
> 활짝 피었다
>
> ──「그 후, 오동꽃 피다」 부분

이런 정일근의 모습을 보면서, 그의 고통스러운 상처가 만들어내는 시의 매력에도 불구하고, 그의 신음 소리가 이번 시집으로 완전히 끝나기를 바란다. 그것은 그의 시를 위해서가 아니라 그의 삶을 위해서이다. 상처를 껴안고 진실된 신음 소리를 터뜨리는 사람도 아름답지만 상처를 치유하여 덧나지 않는 옹이로 만드는 사람의 모습은 더 아름답다. 긴 치유의 과정을 통해 그는 아마 틀림없이, 옹이는 타인을 괴롭힌 결과가 아니라 자신을 괴롭힌 산물이라는 것을 절실히 깨달았을 것이다.

몸과 더불어 사는 기쁨

—황동규의『사는 기쁨』

인간의 경우 정신의 활동 능력이 육체의 활동 능력과 반드시 비례하거나 일치하는 것은 아니다. 일반적으로 육체의 활동 능력은 이십대나 삼십대가 지나면 하강 국면에 진입하지만 비범한 사람들이 특정한 분야에서 보여주는 정신의 활동 능력은 나이가 들수록 오히려 상승한다. 황동규가 시 분야에서 보여주고 있는 탁월한 능력이 바로 그런 경우의 대표적 예라 할 수 있다. 오생근의 말을 빌리면 시인의 길에 들어선 후 그는 줄곧 "삶과 시의 바퀴를 힘차게 굴리"는 길을 걸어왔을 뿐만 아니라 이순의 나이가 지나면서 이전보다 더 정력적으로, 3년에 한 권씩이라 말할 수 있는 양의 시집을 펴냄으로써 "젊은 시인의 힘과 열정을 그대로" 보여주었다. 오생근의 이 말은 시집의 권수만을 이야기하는 것이 아니다. 그것은 그가 사십대 이후에 펴낸『나는 바퀴를 보면 굴리고 싶어진다』(1978),『악어를 조심하라고?』(1986),『몰운

대行』(1991), 『풍장』(1995), 『버클리풍의 사랑노래』(2000), 『겨울 밤 0시 5분』(2009) 등 수많은 뛰어난 시집들의 목록이 말해주듯 시적 모색의 방식과 수준에서 꺾이지 않는 상승의 포물선을 그려 보인 까닭이다.

이처럼 황동규는 화갑의 나이가 지나면서 깊이와 포용력을 갖춘 지성으로 삶을 밝고 즐겁게 통찰해나가는 한편 그 통찰을 정력적으로 언어화함으로써 독자들로 하여금 그의 시적 정점이 언제쯤이 될 것인지를 궁금하게 만들었다. 그런데 칠십대 중반의 나이에 그가 내놓은 시집 『사는 기쁨』(문학과지성사, 2013)은 그의 시적 정점에 대한 독자들의 세속적 호기심을 다시 배반하면서 육체는 늙어가지만 정신은 더욱 투명하게 상승한다는 것을 이전의 어떤 시집에서보다 더욱 또렷하고 원숙하게 입증하고 있다. 그가 이번 시집에서 보여주는, '칠십대 중반이라는 육체적 나이에'가 아니라 '그 나이 때문에 발휘하게 된'이라고 말해야 할, 환하고 따뜻한 상상력과 매너리즘을 거부하는 싱싱한 언어가 그 증거인 것이다. 잠시 그 증거를 구체적으로 확인해보자.

> 느낌과 상상력을 비우고 마감하라는 삶의 끄트머리가
> 어찌 사납지 않으랴!
> 예찬이여, 아픔과 그리움을 부려놓는 게 신선의 길이라면
> 그 길에 한참 못 미치는
> 아이들의 웃음소리 간간이 들리는 곳에서 말을 더듬는다.
> 벗어나려다 벗어나려다 못 벗어난
> 벌레 문 자국같이 조그맣고 가려운 이 사는 기쁨

용서하시게.

　　　　　　　　　　　　　　　　　—「사는 기쁨」 부분

　황동규는 이번 시집의 표제작인 「사는 기쁨」이란 긴 시에서
"삶의 *끄트머리*"에 서기까지의 과정을 돌아본 후 그 시의 마지
막 부분에서 자신의 현재적 삶을 가리키며 "벌레 문 자국같이 조
그맣고 가려운 이 사는 기쁨/용서하시게"라고 썼다. 이번 시집
에 수록된 시들의 마지막 부분에서 즐겁게 자주 마주칠 수 있는
이같이 밝게 빛나는 표현은, 필자 생각으로는 오직 황동규만이
만들어내고, 황동규만이 온전하게 구사할 수 있는 독특한 어법
이다. 작고 겸손한 욕망을 "용서하시게"로 받으며 의미의 진폭
을 언어의 극한까지 넓힌 이 같은 함축적 표현으로 말미암아 그
의 시는 맛있게 읽을 수 있는 싱싱한 작품으로 탄생하고 있다.
또 그래서 그의 시는 육체의 노쇠에 편승하기를 거부하는 시인
정신의 승리가 되고 있다. 이 구절 속에 응축된, 세상과 사물의
이치를 어느 정도 들여다볼 수 있게 된 사람의 성숙함과 지혜로
움, 자신의 분수와 능력을 알고 인정하는 사람의 자족감과 겸손
함, 그리고 무엇보다 "벌레 문 자국같이 조그맣고 가려운"이란
표현과 "용서하시게"란 돌연한 해학적 말투로 그러한 의미를 담
아내는 시인의 능력을 찬찬히 음미해보라! 우리는, 그가 만들어
낸 이런 비유적 표현을 통해 그의 시가 우리에게 얼마나 커다란
'읽는 기쁨'을 선사하는지를 깨닫게 되는 것이다. 그리고 그런
표현과 함께 또 다른 훌륭한 표현인 "짐승처럼 사방에서 다가오
는 푸른 언덕들"(「봄 나이테」)이나 "바다의 감각이 몸부림치며

바위에 몸을 던져/몸부림을 터는,/터는 듯 다시 몸을 던지는 소리"(「물소리」)와 같은 뛰어난 비유적 표현을 만날 때 뛰어난 시는 뛰어난 비유적 이미지 없이는 불가능하다는 사실을 재확인하게 된다.

황동규는 이번 시집의 도처에서 늙은 몸에 대해, 인생의 종점을 눈앞에 둔 처지에 대해 이야기한다. 이를테면 다음과 같은 식으로 자신이 삶과 죽음의 경계에 가까이 와 있다는 것을 말하고 있다.

지금 내 삶의 좌표를 그린다면 고교 수학시간에 익힌
곡사 포탄 낙하지점 상공의 포물선 기울기일 것이다.
망막이 뿌예지는 막막한 하강……

—「혼」 부분

그가 이처럼 자신이 위치한 '삶의 좌표'에 대해 신경을 쓰게 된 것은 나이가 들수록 활동을 제약하는 육체 때문이다. 육체의 노쇠가 그의 행동 반경과 사회적 관계를 위축시키고 삶의 방식을 변화시키는 까닭이다. 우리는 그의 이번 시집『사는 기쁨』의 이곳저곳에서 시적 화자가 감기 때문에, 날씨 때문에, 약해지는 시력과 청력 때문에, 기억력의 감퇴 때문에, 발뒤꿈치 때문에, 치아 때문에, 다친 골반과 척추 근육 때문에 활동에 어려움을 겪는 모습을 발견한다. 그리고 노쇠한 육체로 말미암아 매일 하던 산책을 거르고, 친구들과의 정해진 만남에 빠지고, 반복되던 일상적 생활의 리듬이 깨지는 모습에 마주친다.

감각 반납(返納) 수순인가?
언제부터인가 세상의 수군수군들이
귀 방충망에 걸러지고 있다.
— 「서방 정토」 부분

누구누구 선생이시죠, 넣은 전화
통화 도중 그 이름이 증발했다.
말 얼버무리다가 떠오른 생각
아 이게 바로 막장!
— 「시네마 천국」 부분

장애는 면했군. 오늘 아침 등 꽉꽉 땅기는 바람에 나도 모르
게 헉헉 소리 지르며 의자 등에 붙어 간신히 직립했지. 진땀!
침팬지처럼 상체 엉거주춤하고 살던 유인원들이 320만 년 전
루시네 식구처럼 직립하기로 작정했을 때 척추 근육이 얼마나
땅겼을까. 그 땅김이 그네들을 인간으로 내몰지 않았을까.
— 「허공에 기대게!」 부분

그럼에도 이번 시집에서 노쇠한 육체나 인생의 종점을 화두로
삼아 완성해놓은 그의 시들은 놀라울 정도로 명랑하다. 육체의
노쇠는 어디까지나 시를 시작하는 도입부에 지나지 않을 뿐 한
편의 시 전체를 지배하는 밝고 환한 이미지를 훼손하지 못한다.

그리고 시의 메시지도 명랑성과 낙관성을 잃지 않아서 어둡거나 우울하지 않다. 이번 시집에 수록된 시들 중 비교적 짧은 시 한 편을 예로 들어보겠다.

올더스 헉슬리는 세상 뜰 때
베토벤의 마지막 현악사중주를 연주해달라 했고
아이제이어 벌린은
슈베르트의 마지막 피아노 소나타를 부탁했지만
나는 연주하기 전 조율하는 소리만으로 족하다.
끼잉 깽 끼잉 깽 댕 동, 내 사는 동안
시작보다는 준비 동작이 늘 마음 조이게 했지.
앞이 보이지 않는 빡빡한 갈대숲
꼿꼿한 줄기들이 간간이 길을 터주다가
옆에서 고통스런 해가 불끈 솟곤 했어.
생각보다 늑장 부린 조율 끝나도 내가 숨을 채 거두지 못하면
친구 누군가 우스갯소리 하나 건넸으면 좋겠다.
너 콘돔 가지고 가니?

—「세상 뜰 때」전문

예로 든 「세상 뜰 때」는 이번 시집에 수록된 작품 중 특별히 뛰어난 작품이라 할 수는 없으나 최근 일련의 시집들에서 황동규 시가 보여준 변화, 그러면서 이번 시집에서 더욱 강화되어 나타난 밝고 해학적인 색조로의 변화를 비교적 잘 보여주는 작품이다. 우리 인간에게 죽음은 알 수 없는 어둠의 세계로 넘어가

는 일이며, 그래서 죽는다는 것은 누구에게나 두려운 사건이다. 이 슬프고 두려운 사건인 죽음을 소재로 삼아 황동규는 앞의 시에서 평소 음악을 애호하는 사람답게 "나는 연주하기 전 조율하는 소리만으로 족하다"는 겸손함으로, 일상적인 여행을 떠나듯 "너 콘돔 가지고 가니?"란 우스갯소리로 죽음에 수반된 두려움을 멀리 밀어내고 있다. 그리하여 이 시가 어두운 이미지를 벗어나 밝고 해학적으로 느껴지게끔 만들어놓고 있다. 그렇게 함으로써 그는 우리를 죽음에 대한 공포로부터 자유스럽게 해주고, 죽음은 슬프고 두려운 것이라는 고착된 관념이 주는 억압으로부터 풀려나게 해준다.

친구와의 이별을 다룬 다음 시는 앞의 시와 거의 유사한 수법의 작품이다. 이번 시집에 수록된 작품 중 가장 짧은 작품이지만 발상의 전환을 통해 인생의 종점이란 초조하고 각박한 시간대를 살고 있는 자신을 푸근하고 넉넉하게 만들려는 모습이 무척 흥미로우며, 이번 시집이 담고 있는 '사는 기쁨'을 선명하게 보여주는 작품들을 이해하는 단서가 된다는 점에서 주목해볼 가치가 있다.

늙마에 미국 가는 친구
이메일과 전화에 매달려 서울서처럼 살다가
자식 곁에서 죽겠다고 하지만
늦가을 비 추적추적 내리는 저녁 인사동에서 만나
따끈한 오뎅 안주로
천천히 한잔할 도리는 없겠구나.

허나 같이 살다 누가 먼저 세상 뜨는 것보다
서로의 추억이 반짝일 때 헤어지는 맛도 있겠다.
잘 가거라.
박테리아들도 둘로 갈라질 때 쾌락이 없다면
왜 힘들여 갈라지겠는가?
허허.

　　　　　　　　　　　　　　　　—「이별 없는 시대」 전문

　위에 시에서 보여주는 이별은 고통스런 이별이다. 여기에 등장
하는 친구는 화자와 몹시 가깝게 지낸 친구가 틀림없는데 그런
친구와 살아서 다시 만나기 어려운 이별을 하고 있는 까닭이다.
그런데 황동규는 이 같은 힘든 상황을 발상의 전환을 통해 전복
시킨다. "허나 같이 살다 누가 먼저 세상 뜨는 것보다/서로의 추
억이 반짝일 때 헤어지는 맛도 있겠다"는 생각을 함으로써, 박테
리아가 "쾌락이 없다면/왜 힘들여" 둘로 갈라지겠느냐는 기발한
전복적 상상력을 펼침으로써 고통스러운 이별을 무화시킨다. 따
라서 마지막 행의 "허허"라는 웃음소리는 밝고 환한 목소리라고
말할 수는 없으나 분명히 고통스런 신음의 상태는 벗어나 있다.
황동규 시의 화자는 이렇게 발상의 전환을 통해 친구가 떠나고,
행동거지가 불편해지고, 생활반경이 좁아지는 상황 속에서 스스
로를 위무하는 방식으로 나름대로 '사는 기쁨'을 줍고 획득한다.
　황동규의 이번 시집을 관류하는 커다란 주제는 '사는 기쁨'이
며, 수록된 시들은, 엄격히 말하자면 상당수의 시들이 느슨하게

말하자면 대부분의 시들이 '사는 기쁨'을 이야기하고 있다. 예컨 대 그는 「이 환장하게 환한 가을날」에서는 서걱대는 "화왕산 억새들" 사이를 걷는 기쁨을, 「살구꽃과 한때」에서는 "아 하늘의 기둥들"이라고 감탄한 "구름처럼 피고 있는 살구꽃"을 보는 기쁨을, 「발 없이 걷듯」에서는 자신보다 장애가 심한 젊은 여자가 수화를 하며 짓는 "참을 수 없이 기쁜 표정" 앞에서 발이 아픈 것을 잊어버리는 기쁨을, 「안개의 끝」에서는 안개 낀 바닷가를 걸으며 "다 산 삶도 잠시 더 걸치고 가보자"는 생각을 얻는 기쁨을 우리에게 들려주고 있다.

그렇다면 황동규가 이번 시집을 그처럼 '사는 기쁨'에 충만한 시집으로 만들 수 있었던 이유는 어디에 있는 것일까? 그 이유를 필자는 생각의 전환, 좀더 정확히 말해 선불교적인 발상으로의 전환 때문이라고 생각한다. 눈앞에 보이는 현상, 우리를 둘러싼 상황이 반드시 본질적인 것은 아니며 생각하는 주체의 인식 태도에 따라 그것들과의 관계가 달라질 수 있다는 것을 황동규는 자신의 시를 통해 우리에게 어떤 철학적 이론보다도 더 또렷하게 각인시켜주고 있다. 예컨대 다음 시를 보자.

> 현관문이 열리고
> 눈매 잔잔한 그가 모이 주머니 들고 나오네.
> 부르지도 않았는데 곤줄박인가 검은머리새들
> 여남은 마리 날아들어 재게 걸으며 끝이 흰 뾰족한 부리로
> 연신 모이 쪼기 바쁘고
> 한 마리는 모이 든 손에 날아와 앉아

밤빛 배 슬쩍슬쩍 보라는 듯 회청색 날개 퍼덕이네.
손에 오른 새 앞에 두고 다른 팔은 벌리고
발걸음 길게 짧게 길게
그가 원을 그리며 신명나게 몇 바퀴 돌았네.
삶이 뭐 별거냐?
몸 헐거워져 흥이 죄 빠져나가기 전
사방에 색채들 제 때깔로 타고 있을 때
한 팔 들고 한 팔은 벌리고 근육에 리듬을 주어
춤을 일궈낼 수 있다면!

—「북한강가에서」 부분

황동규는 위의 시에서 "삶이 뭐 별거냐?"는 물음을 던진다. 그리고 우리가 "제 때깔로 타고 있을 때" 자기 나름의 신명을 따라 일궈내는 춤, 그것이 소중한 삶이 아니겠느냐는 생각을 드러낸다. 사람들은 늘 이렇게 사는 것이 더 값지다거나 저렇게 사는 것이 더 의미있다고 끊임없이 판단한다. 그런데 진짜 삶은 그런 것이 아니다. 남루하건 부유하건, 주목받건 주목받지 않건 삶의 주체인 '나' 자신이 흥겹게 신명나게 일구는 삶이 진짜 삶이고 소중한 삶이다. 이 같은 발상을 그는 위의 시에서 보여주고 있다.

그리고 「하루살이」란 시에서는 이렇게 쓴다. "아 하루살이, 자신을 우습게 보며 즐길 내일마저 우습게 보는!"이라고. 이 시에서 화자는 "지난 비에 쓰러진 나무가 길을 막고" "차 돌리려 뒷걸음치다 후미등 하나 깨트리고", 해는 서산으로 뉘엿뉘엿 넘어가는 걱정스런 처지에 있다. 그러나 하루살이는 그런 화자의 모습과 너무나 대조적이다. 시의 화자는 현재의 처지를 난감해하고 내일 해야 할 일을 걱정하며 안절부절못하고 있는데, 하루살이는 자신을 우습게 볼 뿐만 아니라 내일까지도 우습게 보며 즐겁게 팔랑거리고 있다. 물론 여기에서 화자가 '우습게 본다'고 말하는 것은 자신과 미래를 하찮게 여긴다는 뜻을 담고 있는 것은 아니다. 그보다는 자신에 대한 지나친 집착과 초조, 미래에 대한 과도한 기대와 걱정이 삶을 망가뜨리는 행태로부터 자유롭다는 의미일 것이다.

황동규는 이렇듯 자신이 마주치는 인간, 자연, 동물, 식물 등에 대한 특유의 호기심과 깊이 있는 관찰을 통해 늙어가는 육체와 더불어 즐겁게 살아갈 수 있는 지혜, 낡아서 삐걱거리는 육체와 사이좋게 살아갈 수 있는 발상의 전환을 획득한다. 그 모습을 우리는 「돌담길」이란 시에서 화자가 오래된 돌담길을 걸으며 "슬픔도 기쁨도 어처구니없음도/생각 속에 구겨 넣었던 노기(怒氣)도/그냥 느낌들이 되어 마음의 가장자리 쪽으로 녹아 흐"르는 상태를 경험하는 장면에서 읽을 수 있다. 또 "생각이 있다는 것 자체가 유머러스해" 보이는 상황에서도 읽을 수 있다.

필자가 보기에 황동규가 '사는 기쁨'을 온전하게 구가하기 위해서는 앞에서와 같은 발상의 전환뿐만 아니라 「소년행(行)」의 첫머리에서 보여준, "힘들게 들쳐보다 서둘러 닫게 되는," 유년기의 상처들을 다스려서 치유하는 과정, 피난 시절의 어두운 기억으로부터 해방되기 위한 발상의 전환 역시 필요했던 것 같다. 그의 시에 나오는 소년은 생존을 위해 신문 뭉치를 끼고 대구 거리를 달려야 했던 소년이며, 단속에 걸어차이면서 담배와 껌과 초콜릿을 팔아야 했던 소년이다. 그런 점에서 황동규의 「소년행(行)」은 호사스런 생활을 그린 이백의 「소년행(少年行)」보다는 고통스런 생활 속에서 자아를 모색하는 김남천의 「소년행(行)」에 가깝다. 그 피난 시절에 대해 황동규는 다음처럼 힘들고 두려운 기억을 가지고 있다.

> 상처 입은 짐승들처럼 과거가 웅크리고 있는 무대에
> 점점 더 무겁게 처지는 막
> 힘들게 들쳐보다 서둘러 닫게 되는,
> 들쳐지면 무엇엔가 걸려 잘 닫기지 않는.
>
> ─「소년행(行)」 부분

그러나 황동규가 어떤 절차나 방식을 통해 과거와 화해를 했는지, 어떻게 두려움 없이 과거를 직시하게 되었는지 이번 시집은 분명히 말해주고 있지 않다. 그렇지만 이번 시집에 수록된 밝고 환한 수많은 시편들로 미루어 과거의 상처를 덧나지 않게 다스릴 수 있는 상태, 혼자서도 두려움 없이 자신을 유지하고 감당할 수 있는 상태에 도달한 것만은 틀림없어 보인다. 이 문제를 두고 쓴 것은 아니겠지만 그는 어쨌건 「산돌림」이란 시에서 "다음 날 텅 빈 세상 만나게 돼도 그만 견뎌낼 것 같다./이제야 간신히/무엇에 기대지 않고 기댈 수 있는 자가 되었지 싶다"고 오랜 친구인 마종기에게 고백하고 있기 때문이다.

황동규의 이번 시집에 수록된 가장 뛰어난 시들의 상당수는 앞에서 말한 발상의 전환을 통해 자신과 인간과 사물의 모습에 대해, 있는 그대로의 상태에 대해 따뜻한 이해와 공감의 눈길을 보내는 지혜, 노쇠한 육체와 함께 불평 없이 사는 방식을 보여주는 시들이다. 황동규 특유의 어투와 해학을 유감없이 과시하며 늙어가는 육체 때문에 일상생활에서 일어난 착오를 짜증스러움 없이 재미있게 들려주는 「뒷북」은 그런 경우의 대표적 예이다.

> 방에 돌아와 컴퓨터 모니터 앞에 앉으니
> 시행들이 먼저 춤추며 나서는구나.
> 이거 금요일 밤 홍대 앞인가,
> 젊은이들 노는 데 잘못 들어온 거 아냐?
> 허나 몇 달 묵은 시도 춤추려 나서는데
> 잘못 들어왔더라도 그냥 나갈 수야,
> 뒷북이라도 치자꾸나.
> *둥둥, 2미터 아래로 떨어진 건 꿈꾸듯 세상 뛰어내리기.*
> *둥둥, 뛰어내려 보니 언뜻 몸 낮춘 세상*
> *막혔던 시의 불빛 보이누나, 둥둥,*
> *하, 0미터 높이서도 뛰어내리자, 둥둥둥.*
>
> ―「뒷북」 부분

이 시는 "9시를 11시로 술 마시고 멋대로 잠을 불렀구나"란 구절에서 보듯 규칙적 생활에 일어난 사소한 착오를 모티프로 한 시이다. 그러나 그 사소한 착오는 "등어리도 등어리지만 요새 나 정말 왜 이러지?"란 구절로 보아 한 가지 사건만 우연히 발생한 것이 아니다. 육체가 늙어가면서 이런저런 착오와 사건들이 겹쳐서 일어났기 때문에 그렇게 썼을 것이다. 그렇지만 황동규는 그것을 위의 시에서 보듯 불평하며 짜증스럽게 보고하는 것이 아니라 참으로 흥겹게 해학적으로 한 편의 시로 만든다. 불평과 짜증이 왜 없겠으리요마는 그런 것들이 늙어가는 육체가 발생시키는 착오를 교정해줄 가능성은 크지 않다. 이 사실을 잘 알고 있는 황동규는 늙어가는 육체가 만든 상황과 대립하기보다는 그런 상황과 "둥둥둥" 더불어 사는 즐거움의 세계 속으로 들어간다.

이번 시집에서 「사는 기쁨」 「허공에 기대게!」 「뒷북」 등의 작품과 함께 가장 주목할 만한 작품으로 꼽고 싶은 「봄 나이테」는 황동규가 보는 기쁨에 한껏 도취해 있는 모습을 보여주는 빼어난 시이다.

> 가까이서 누군가 놀란 듯 속삭이고
> 바다가 허파 가득 부풀렸다 긴 숨을 내뿜는다.
> 짐승처럼 사방에서 다가오는 푸른 언덕들
> 나비들 새들 바람자락들이
> 여기 날고 저기 뛰어내린다.
> 누군가 중얼댄다.
> '나이테들이 터지네.'
> 그래, 그냥은 못 살겠다고
> 몸속에서 몸들이 터지고 있다.
>
> —「봄 나이테」 부분

필자가 이 시를 빼어나다고 말하는 것은 첫머리에서 지적했듯 "바다가 허파 가득 부풀렸다 긴 숨을 내뿜는다./짐승처럼 사방에서 다가오는 푸른 언덕들"과 같은 탁월한 비유적 이미지를 구사하고 있어서이기도 하고, 황동규의 전매특허라 할 수 있는 "섬들이 막 헛소리를 하는군./어, 엇박자도 어울리네"와 같은 생동하는 어투를 적절히 배치하고 있어서이기도 하지만, 그것들보다는 위에 인용한 부분에서 무럭무럭 번져 나오는 명랑하고 충만한 봄기운 때문이다. 지금까지 약동하는 봄기운을 그린 가장 뛰어난 시는 김영랑의 「오월」이라고 생각해온 필자에게 「봄 나이테」는 또 하나의 경이이다. 대지를 가득 채우며 번져가는 봄기운과, 이 봄기운 앞에서 참을 수 없다는 듯 몸을 터뜨리는 생명체들의 모습이 "여기 날고 저기 뛰어내린다"란 표현과 "몸속에서 몸들이 터지고 있다"란 표현 속에 너무나 여실하게 살아 있다. 이 시가 그려내는 약동하는 생명의 흥겨움이 읽는 사람마저 봄 신령이 지핀 듯 못 견디게 만들고 있다.

황동규의 이번 시집을 읽는 것은 필자에게는 무서운 즐거움이다. 칠십대 중반이란 노년의 나이에도 이처럼 뛰어난 발상을 보여주는 시, 싱싱하게 살아 있는 비유적 이미지를 구사한다는 사실은 인간의 정신에 대한 무섭고 즐거운 존경을 불러일으킨다. 그와 함께 황동규의 시는 어디까지 상승할 것인가란 의문을 떨칠 수 없게 만든다. 그의 육체는 착지점을 찾는 곡사포의 포탄처럼 땅을 향해 하강하고 있을지 모르나 그의 정신은 하강 곡선을 망각한 채 여전히 상승의 포물선을 그리고 있다. 그렇다면 그의 시는 정점이 곧 종점이 될 것인가! 이번 시집은 이 같은 의문으로부터 필자 역시 벗어날 수 없게 만든다. 그렇지만 정점을 종점으로 삼는 시인이 있다면 그것은 시를 사랑하는 우리 모두에게 무섭고도 즐거운 모범이 될 것임에 틀림없다. 그런 점에서 이번 시집에서 인생의 종점을 향해가는 황동규가 생산한 신선하고도 해학적인, 그래서 빛나는 표현의 한 구절을 다시 예로 들면서 이 글을 마친다.

> 이 세상에서 나갈 때
> 아직 술맛과 시(詩)맛이 남아 있는 곳에 혀나 간 신장 같은 걸
> 슬쩍 두고 내리지 뭐.
> 땅기는 등어리는 등에 붙이고 나가더라도.
> ─「장기(臟器) 기증」 부분

'나'라는 이상함, 혹은 불편하게 살아가기
―김경미의 『밤의 입국 심사』

김경미는 불편하게 살아가는 것을 자발적으로 받아들인 사람이며, 그것을 시적 모색의 대상으로 삼은 시인이다. 세상과의 관계에서, 타인과의 관계에서, 내면적 자아와의 관계에서 불편함을 스스로의 운명으로 만든 보기 드문 시인이다. 그것도 하나의 불편한 관계만이 아니라―여기에 무슨 욕심이 필요하겠는가!―셋 모두를 차례로 선택하여 자신의 일생을 참으로 힘들게 만들고 있는 독특하고 예민한 시인이다. 이런 점에서 김경미는 쉽게 즐거운 시를 생산하는 상당수 시인들보다 좋은 시를 쓸 가능성이 훨씬 큰 시인이다. 그것은 김경미가 대상과 손쉽게 화해하며 시를 쓰는 사람보다 대상을 예민한 촉수로 심도 있게 파고드는 시를 쓸 가능성이 높기 때문이다. 또 불편한 관계로 말미암아 안이하게 언어를 선택하는 시인들보다 세상의 복잡함에 대응하는 적절한 언어를 예민하게 포착할 가능성이 크기 때문이다.

김경미의 시는, 1983년 데뷔 이후 30여 년의 시작 생활 동안, 한 번은 크게 한 번은 작게 변화했다. 이 변화를 통해 김경미는 세상과의 불편함으로부터 타인과의 불편함으로, 타인과의 불편함으로부터 자신과의 불편함으로 옮겨가는 시세계를 보여주었다. 그중 김경미 시의 첫번째 변화, 세상과의 불편함으로부터 타인과의 불편함으로 옮겨가는 변화는 첫 시집 『쓰다 만 편지인들 다시 못 쓰랴』(실천문학사, 1989)를 간행하면서 이루어졌다. 첫 시집을 낸 후 그녀의 시는 사회현실에 대한 문제로부터 개인의 삶과 정서에 대한 문제로 전회하는 커다란 변화를 겪는다. 다시 말해 이른바 민중시 계열의 시를 쓰던 시기, 외부로부터 들려오는 목소리, 이성적 당위의 목소리를 따라가며 자신이 살던 시대를 직접적·적극적으로 비판하던 시기를 첫 시집을 펴내는 것으로 마감하고 자신의 예민한 촉각과 내면의 목소리에 귀를 기울이는 시기로 넘어간 것이다. 그리하여 김경미는 두번째 시집 『이 기적인 슬픔들을 위하여』(창비, 1995)에서는 첫번째 시집과는 확연히 구별되는 시세계, 한 여성이 타인에 대한 복잡한 감정 속에서 자신의 정체성을 지키기 위해 고통스럽게 몸부림치는 시세계를 도발적 어투로 선명하게 보여주었다.

김경미 시의 두번째 변화는 첫번째 변화의 테두리 안에서 일어난 변화이며 점진적으로 진행된 변화여서 두번째와 세번째 시집에서는 지각하기가 쉽지 않다. 네번째 시집 『고통을 달래는 순서』(창비, 2008)에서 어느 정도 뚜렷하게 모습을 드러내는 이 변화는, 필자의 생각으로는, 그녀의 시가 두번째 시집 이후 자기 정체성의 모색이라는 일관된 주제를 변함없이 유지하고 있다는 점에서는 작은 변화이지만, 그럼에도 특유의 예민한 감각으로 모색의 대상과 방법을 조금씩 바꾸어왔다는 점에서는 중요한 변화이다. 그 결과 네번째 시집에 이르러 김경미의 시는, 시적 대상의 경우, 타인과의 불편함이 아니라 시인의 분신으로 여겨지는 '나'와의 불편함을 본격적 모색의 대상으로 삼는 변화를 보여주게 되고, 시적 방법의 경우, 타인에 대한 태도와 목소리에서 배어 나오던 불편함을 안정적인 수준으로 축소시키는 변화를 보인다.

우리는 점진적으로 진행된 이러한 변화를 두번째 시집 『이기적인 슬픔들을 위하여』와 세번째 시집 『쉿, 나의 세컨드는』(문학동네, 2001)에서 드러나는 감정 표현의 차이에서 감지할 수 있다. 김경미는 두번째 시집에서 타인에 대한 사랑의 감정, 행복함과는 거리가 먼 불편한 감정을 격렬하게 드러내고 있지만 세번째 시집에서는 그러한 감정이 반성적 태도를 통해 어느 정도 가라앉은 모습을 보여주고 있다. 우리는 이 두 시집의 그 같은 차이를 감정을 표출하는 몇 가지 어투에서 확인할 수 있는데, 세번째 시집에서는 두번째 시집에서 자주 마주쳤던 직접적이고 격렬한 감정적 어투와는 사뭇 다른, 이를테면 타인을 존중하는 경어체 어투를 드물지 않게 마주칠 수 있는 것이다. 이처럼 세번째 시집에서 가라앉은 어투를 통해 안정성을 획득하기 시작한 김경미의 시는 네번째 시집 『고통을 달래는 순서』에 이르면 좀더 빈번해진 경어체 어투로 대상에 대한 불편한 감정 표출을 더욱 자제하면서 시적 관심을 타인에서 자신으로 바꾸는 단계에까지 도달하게 된다. 이런 점에서 김경미의 이번 다섯번째 시집 『밤의 입국 심사』(문학과지성사, 2014)는 네번째 시집에서 강화되기 시작한, 자신에 대한 관심/반성의 연장선상에 놓여 있는 시집이라고 할 수 있다.

이와 같은 김경미 시의 변화 과정에서 볼 때 『밤의 입국 심사』는 네번째 시집과 같으면서도 다르다. 이 시집은 자신에 대한 반성적 성찰이 주조를 이루고 있다는 점에서는 네번째 시집의 연장선상에 있지만 '나'에 대한 성찰이 앞의 경우보다 훨씬 집중적으로 치열하게 이루어진다는 점에서 네번째 시집과 구별되는 까닭이다. 예컨대 우리는 두 시집이 가진 그러한 차이를 다음과 같은 시가 보여주는 자기반성적 방식으로부터 손쉽게 확인할 수 있다.

> 모든 게 영화세트장의 시늉 같건만 오지 않는 잠은
> 짐짓 해보는 연기가 아니다 과오들 또한 늘 그렇듯
> 멜로영화 속 추억의 회상 장면이 아니다
>
> ――「사람 시늉」 부분

『고통을 달래는 순서』에 들어 있는 위의 시는 자신이 저지른 과오로 인해 잠을 이루지 못하는 불편한 화자를 보여준다. 결코 "멜로영화 속 추억의 회상 장면"처럼 달콤하지 않은 과오, 잠시 흉내를 내본 연기로 끝나지 않는 과오로 인해 잠들지 못하는 예민한 반성적 화자를 보여주지만 그러한 반성적 모습을 드러내는 시적 서술은 비유적이고 간접적이다. '나'라는 시적 주체를 추궁하듯 겨냥하지는 않고 있다. 그런데 이와 같은 자기반성의 방식은 이번 시집에서는 좀더 직접적으로 자신을 향하는 형태로 바뀌어 다음과 같은 모습으로 나타난다.

나는 무엇을 하고
세상은 무엇을 하는가
세상이 무엇을 할 때 나는 무엇을 하는가
　　　　　　　　　　　　　　　─「밤, 기차, 그림자」 부분

　그렇다면 김경미가 이번 시집에서 이처럼 자신을 향해 강도 높
은 반성적 질문을 되풀이하는 이유는 어디에 있을까? 그것은 자
신의 모습이 불편하고 불안하기 때문이다. 자신의 예민한 촉수에
자신의 이런저런 모습이 자꾸만 어색하고 이상하게 포착되기 때
문이다. 밤에도 낮에도, 익숙한 자리에서도 낯선 자리에서도, 혼
자 있어도 함께 있어도, 사람들 속에서도 사물들 속에서도 자주
불편하고 불안하다. 그래서 '나'를 향해 질문을 던진다. 나의 자리
와, 모습과, 상태와, 행동에 대한 질문을 지속적으로 던진다. 자신
이 왜 그 자리에 그렇게 있는지 자신을 향해 불편하게 질문한다.
김경미는 이국의 낯선 자리에서 느끼는 불편함을 이렇게 쓴다.

이것은 내 옷이 아니며
이 사람은 내가 아니며
이 생은 내가 원하던 모습이 아니라고

허리 속에서 풀려버린 차가운 황금빛 옷핀이
자꾸 살을 찌른다
　　　　　　　　　　　　　　　　─「오늘의 철학」 부분

이처럼 김경미는 "황금빛 옷핀"이란 부제를 붙인 위의 시에서 이국의 낯선 장소를 찾아가서 낯선 풍경 속에 놓여 있었을 때 겪었던 어색함과 불편함을 "허리 속에서 풀려버린 차가운 황금빛 옷핀이/자꾸 살을 찌른다"라는 말로 표현한다. 그리고 그 어색함에서 비롯된 불편함이 얼마나 컸었는지를 "이것은 내 옷이 아니며/이 사람은 내가 아니며/이 생은 내가 원하던 모습이 아니라고"라는 말로 드러내고 있다. 김경미의 이러한 말을 통해 처음에는 입고 있던 '노출 드레스'가 어색해서 불편해지기 시작한 것이 옷을 입고 있는 자신마저 낯설고 어색하게 느껴지도록 만들고, 자신이 다른 사람처럼 느껴지기 시작하니까 마침내는 자신의 삶까지 부정할 정도로 어색한 불편함이 강화되는 모습을 확인할 수 있다.

그런데 김경미의 경우 이런 어색한 불편함은 우연적이거나 일회적이 아니다. 어느 날 잠시 찾아왔다가 금방 사라지는 것이 아니라 자주 도지는 증상처럼 때를 기다리며 그녀 속에 잠복해 있다. 그래서 김경미가 겪는 이 어색한 불편함은 심각한 문제이다. 이 사실을 김경미는 「오늘의 괴팍」이란 시에서 다소 자조적인 어투로 그렇지만 분명하고 간결하게 말한다.

> 내가 있는 곳은 내가 있기에 혹은 내가 있어서
> 항상 적당치 않다
>
> ─「오늘의 괴팍」부분

김경미는 불편함이 생기는 모든 이유가 '나'에게 있다고 말한다. 문제는 다른 무엇으로 인해 생기는 것이 아니라 자신으로 인해 생기는 것이라고 생각한다. 그래서 "내가 있는 곳은 내가 있기에 혹은 내가 있어서/항상 적당치 않다"고 썼다. 그렇지만 세상에 "내가 있어서 항상 적당치 않"은 곳이란 없다. 이 말은 그러므로 그런 곳이 있는 것이 아니라 그렇게 생각하는 '나'가 있을 따름이라는 말의 김경미식 표현이다. 이처럼 김경미는 자신이 느끼는 불편함의 근원은 외부에 있는 것이 아니라 자신의 내부에 있다는 사실을 잘 알고 있다. 그렇게 생각하는 '나'의 태도와 사고방식이 문제의 근원이라는 것을 그녀 역시 잘 알고 있다.

이렇듯 김경미가 문제의 근원을 '나'라고 생각하는 이유는, 이번 시집에 수록된 시들로 미루어보건대, 자기 삶을 실패의 연속으로 생각하는 태도와 관련이 있다. 김경미에게 있어서 실패하는 '나'는, 우연적이거나 일회적이 아니므로, 나름대로 역사적이다. "항상 적당치 않다"고 말하는 데에는 그 책임을 타인에게 전가할 수 없는—실제로 전가할 수 없는지는 의심스럽지만—자기 실패의 연속, 반드시 자신의 책임으로 돌리지 않아도 될 것까지 이런저런 자기 실패의 연속으로 생각하는 민감한 태도가 작용하고 있는 것이다. 이런 점에서 김경미가 되돌아보는 자신의 삶에는 지나칠 정도의 예민함과 섬세함으로 말미암아 늘 귀책사유가 '나'에게 있다고 판단하는 실패들이 즐비하다. 이 사실을 우리는 「실패들」이란 시에서 어느 정도 짐작해볼 수 있다.

　　이슬비 흉내에도 실패했다

소의 눈망울도 흉내내지 못했다
바닷가 모래밭에 엎드려 자는 데에도 실패했다
공연장 계단을 오르다 발목을 찧은 할머니
무섭게 피가 쏟아지는데
늘 갖고 다니던 일회용 반창고가 그날따라 없었다

그날따라 없는 것들
귀여운 금요일 오후
성가심을 깎아낼 손톱깎이와
태풍을 묶을 머리끈
실패를 조그맣게 만들 안경

머루나무처럼 크는 데 실패했다
「알함브라 궁전의 추억」 연주에도 실패했다
얼굴 검은 고양이를 끝까지 책임지지 못했다
골목과 서재를 가진 집에서
수녀가 되는 데 실패했다

만사 제치고 달려와줄 친구가 있을까
언제고 달려가주겠다
손 내밀 손이 손에 있을까

언젠가 여의도 근처 새벽 술집에서
혼자 울던 신사복 남자

낯선 나라 골목 끝 등불 켜진 선술집에서
그 남자 흉내 내는 데도 실패했다

페인트 갓 칠한 문에 손자국이 크게 나 있다

　　　　　　　　　　　　　　　　　　—「실패들」 전문

　김경미는 위의 시에서 수많은 실패들을 열거하고 있다. "이
슬비 흉내에도 실패했"고, "바닷가 모래밭에 엎드려 자는 데에
도 실패했"고, "머루나무처럼 크는 데 실패했"고, "「알함브라 궁
전의 추억」 연주에도 실패했"고, "그 남자 흉내 내는 데도 실패
했다"는 식으로 실패의 목록을 길게 나열한다. 그뿐만이 아니
다. 여기에 "소의 눈망울도 흉내 내지 못했"고, "늘 갖고 다니던
일회용 반창고가 그날따라 없"어서 할머니를 돌봐주지 못했고,
"얼굴 검은 고양이를 끝까지 책임지지 못했"다는 식으로 또 다
른 실패의 목록까지 장황하게 추가하고 있다. 이 실패의 목록들
은 그러나 언뜻 보기에도 반드시 실패로 분류해야 할 일이나 사
건인 것도, 반드시 시인 자신이 궁극적 책임을 져야 할 내용인
것도 아니다. 키가 크지 않은 것이나 일회용 반창고가 없는 것이
왜 실패의 목록에 들어가는가! 그럼에도 김경미는 이것들을 자
기 실패의 목록 속에 집어넣는다. 사소한 욕망의 좌절이건, 스쳐
지나가는 생각으로 끝나버린 욕망이건, 안타까움만 남긴 연민이
건, 가리지 않고 자신과 스치는 인연이라도 있었던 모든 것을 자
신의 실패 목록에 포함시켜놓고 있다. 이런 예민한 태도와 사고
방식이 김경미로 하여금 "내가 있는 곳은 내가 있기에 혹은 내가

있어서/항상 적당치 않다"고 말하게 한다.

앞에서 시인이 문제의 근원을 '나'라고 생각하는 이유는 자기 삶을 실패의 연속으로 생각하는 태도와 관련 있으며, 그런 점에서 실패하는 '나'는 나름대로 역사적이라고 했다. 다음 시에서 "이제 더는 못하겠다 나는 완전히 틀려먹었다"며 팽개치듯 단정하는 말을 하거나 "나를 망치는 건 항상 나다 낯선 보라색 들판들"이라고 다소 격렬하게 말하는 것도 같은 맥락에서라고 볼 수 있다.

보라색 라벤더꽃은 본 적도 없던 시절
검은색의 시절
나는 젊었고 꽤 순했고 마음이 자주 아팠고
지하도 계단을 동정했고 불행을 믿었다

검정 속에는 늘 석탄 같은 불꽃이 가득했다
검정에 모든 게 다 있는 게 틀림없었다
보라색도 좋지만 탄광 속에서 캘 수 있는 건
검은색뿐이었고 성냥불에도 즉시 폭발하던
무지갯빛을 가진 검은색뿐이었는데

이제 더는 못하겠다 나는 완전히 틀려먹었다
탄광이 비었을까 봐 더는 검은 지하 갱도로
내려가지 않는다 여기 어둠을 발견했다고 기뻐 소리치지
않는다 그토록 자주 소리치던 검정이었는데
　　　　　　　　　　　　　　　—「탄광과 라벤더」 부분

이 시에서 김경미는 자신의 과거와 현재를 선명하게 대비시키고 있다. 그러면서 현재의 처지에서 "이제 더는 못하겠다 나는 완전히 틀려먹었다"고 말한다. 그것은 이미 「실패들」이란 작품에서 "이슬비 흉내에도 실패했다/소의 눈망울도 흉내 내지 못했다/바닷가 모래밭에 엎드려 자는 데에도 실패했다"고 말한 데에서 잠작할 수 있었듯 자신의 삶이 실패의 연속이며, 그 실패의 축적을 통해 지금의 자신이 과거와 너무 달라졌다고 생각하기 때문이다. 과거에 "나는 젊었고 꽤 순했고 마음이 자주 아팠고/지하도 계단을 동정했고 불행을 믿었다". 그런데 지금의 나는 그런 꿈과 자세를 잃어버렸다. 무채색의 검정 속에서도 무지갯빛을 발견하던 과거의 '나'는 지금 라벤더의 아름다운 모습에서도 어떤 꿈을 찾지 못하는 현재의 '나'로 바뀌었다. 이런 현재의 '나'를 두고 김경미는 "나를 망치는 건 항상 나다 낯선 보라색 들판들"이라고 말한다. 과거의 '검은색의 시절'은 무채색의 색깔과는 달리 아늑하고 신비하고 따뜻했는데 현재의 '보라색 들판'은 화려한 색깔에도 불구하고 삭막하고 단순하고 차갑다고 김경미는 생각한다. 그 때문에 김경미는 과거 속에서는 안온하고 현재 속에서는 불편하다. 아늑한 정서를 아름답게 그리고 있는 「어떤 여름 저녁에」라는 시는 과거에 대한 김경미의 그러한 생각이 밑바닥에 깔려 있는 작품이다.

어떤 여름 저녁,
그 모든 것들 한꺼번에 밀려나와

더위보다 큰 녹색 수박의 무수한 조각배들
잊을 수 없는

석양의 출항을 시작할 때가 있다.
　　　　　　　　　　　　　—「어떤 여름 저녁에」부분

　순수한 동경과 설렘으로 가득 차 있는 이런 시 속에는 어색함
과 불편함이 없다. 반면에 현재의 모습을 보여주는 「자세와 방
식」이란 시에서는 "내 등은 매일/소라와 나사와 달팽이와 커튼
과 건전지와/발바닥을 업고 다닌다"라고 쓴다. 일이 꼬이고 앞날
이 캄캄하고 방향을 예측할 수 없다고 생각한다. 그럼에도 실패
의 연속이 과거처럼 살 수 없게 한다. 「탄광과 라벤더」의 마지막
연에서 참으로 불편하게 "더는 못하겠다/더는 내려가지 않겠다
고/손을 뗀다"고 외치도록 만든다. 이렇듯 김경미가 현재의 자신
을 그리는 구절 속에는 불편함이 선명하게 각인되어 있으며, 그
렇기 때문에 김경미의 이번 시집은 과거에 대비된, 현재의 자기
모습에 대한 성실하고 힘겨운 진단이고 성찰이다.
　김경미의 「나,라는 이상함」은 시의 제목에서부터 자신의 이러
한 문제들이 '나의 이상함'에서 비롯한다는 인식을 보여주고 있
다. 자신이 느끼는 참을 수 없는 어색함과 불편함이 '나의 이상
함'에서 비롯한다는 것을 알고 있기 때문에 「여행의 리얼리티 1」
에서는 "나라는 이상함을 메고 끌고 들고/길을 걷다가 멈춰 서서
울어도 창피하지 않은 것"이라고 쓴다. 그렇지만 '나의 이상함'
에 대한 김경미의 인식은 아직은 양날의 칼이다. '나'만을 향해

있는 것이 아니라 대상도 향하고 있다.

> 사실 더 이상한 자들이 있으니
> 배와 비행기야말로
> 제정신들인가
> 어디든 가고 싶다고
> 쇳덩이가
> 엽서가 되다니
>
> 한술 더 뜨는 존재는 물론 그 아래 물고기들
> 익사하지 않는 코는
> 장식품일까
> 대부분의 내 날짜들처럼
>
> ──「나,라는 이상함」 부분

　김경미는 위에서 예로 든 「나,라는 이상함」의 첫머리를 "새소리가 싫은 것/날개를 얻으려 뼛속이 텅 비다니!"라는 말로 시작한다. 놀라운 상상력을 발동해낸 대목이다. 여기에는 새의 날개가 "뼛속이 텅 비"는 희생을 치르고 얻을 만큼 가치 있는 것인가라는 의문이 들어 있다. 그런데 이런 의문은 보통 사람들의 경우 김경미와 같은 상상력이 없기 때문에, 가질 수도 없고 가지지도 않는 의문이며, 따라서 이상한 의문이다. 시인은 「나,라는 이상함」이란 작품을 '나'와 대상에 대한, 무수히 많은 이런 이상한 의문으로 점철해놓고 있다. 앞의 인용 부분에서 배와 비행기에 대한 의문이 좋은 예다. 쇳덩이가 물 위를 떠다니고 그 아래에서 물고기가 유유히 노닐며 살고 있는 것은 이상한 일이다. 아무리 생각해도 '제정신'이라고 할 수 없는 모습이다. 이런 식으로 김경미는 「나,라는 이상함」에서 이상함의 초점을 '나'에게만 맞추는 것이 아니라 대상을 향해 맞추기도 한다. 나의 이상함을 넘어 대상의 이상함으로 상상력을 전개시키는 이러한 모습은 김경미가 '나의 이상함'을 전제하면서도 아직은 대상의 이상함에 대한 사유 역시 멈추지 않고 있다는 사실을 말해준다. '나'의 이상함에 모든 잘못이 있다고 전면적으로 승인하는 것이 아니라 대상의 이상함으로도 눈을 돌리고 있다는 것을 말해준다. 이런 점에서 이 작품의 마지막 부분에서 김경미가 던지는 "다들 정말이지 이래도 될까/이렇게 이상해도 되는 걸까"라는 질문은 세상을 향한 질문이면서 "나만 이상한 것이 아니잖아요"라는 조용한 항의인 셈이다.

다시 말하지만 이번 시집에서 김경미가 보여주는 '나의 이상함'에 대한 의식은 오로지 '나'를 향하면서도 외부를 향한 날카로운 의문을 포기하지 않고 있는 반성적 의식, 흔쾌히 '나'의 탓이라고 승인하지 못하는 반성적 의식이다. 그래서 시인은 자주 불편하고 머리가 아프다. '나'의 이상함에 문제가 있다고 생각하면서도 세상 역시 이상하다는 생각을 완전히 포기할 수가 없어서 자주 머리가 아프다. 시인이 「맨드라미와 나」에서 "화단의 맨드라미는 더 심하다/온통 붉다 못해 검다"고 말하는 것은 그런 까닭에서이다. 머리가 자주 아픈 '나'는, 붉은 맨드라미가 '나'보다 두통이 더 심할 것이라고 상상하면서 동병상련의 정서를 느끼고 있다. 체할 때 바늘로 손톱 밑을 따주던 어머니의 말을 기억하며 "바늘을 들고 맨드라미 곁에 가"는 것은 그런 정서의 표현이다. 그리고 혼자 감당해야 하는 두통의 크기에 비례하여 자신의 실패에 대한 이해와 공감의 열망 또한 커지는 모습을 "가을은 떠나고/오늘 밤 우리는 함께 울 것이다"라는 구절 속에 담아 놓고 있다.

　지금까지 살펴보았듯이 김경미의 이번 시집은 '나'라는 이상함에 대한 고백과 그 이상함이 주는 불편함을 성찰하는 모습으로 가득 차 있다. 안정적이고 편안한 '나'에 대한 성찰이 아니라 항상 낯설고 이상하고 불편한 현재의 '나'에 대한 성찰이 중심을 이룬다. 불편함의 근원을 타인이나 세상에 먼저 전가하는 것이 아니라 마치 마음먹고 자신을 닦달하려는 듯이 '나'의 문제에서부터 꼼꼼하게 파헤치고 있는 것이 이번 시집의 특징이다. 모든 성찰 속에는 새롭고 더 나은 상태에 대한 열망이 숨어 있다는 점에서 이번 시집은 현재의 '나'에 대한 기록이며 미래의 '나'에 대한 씨앗이다. 필자가 이번 시집에 수록된 「오늘의 결심」을 이번 김경미 시집의 결론이자 다음 시집의 서론으로 보는 것은 그 때문이다. 김경미는 「오늘의 철학」에서 자조 섞인 목소리로 "나는 슬픔이 더 안전할 것이며/초라함이 일상의 무대의상일 것이며/발은 주로 한 박자 늦을 것이며/심장은 소규모를 떠나지 못할 것"이라고 탄식했었다. 그 같은 탄식을 김경미는 더 이상 하고 싶지 않다. 현재의 탄식을 벗어나고 싶어서, 실패의 연속이라고 생각되는 자신의 모습을 되풀이하고 싶지 않아서 내일의 결심이 아니라 오늘의 결심을 한다.

라일락이나 은행나무보다 높은 곳에 살지 않겠다
초저녁 별빛보다 많은 등을 켜지 않겠다
여행용 트렁크가 나의 서재
지구 끝까지 들고 가겠다
썩은 치아 같은 실망들
오후에는 꼭 치과엘 가겠다

밤하늘에 노랗게 불 켜진 보름달을
신호등으로 알고 급히 행단보도를 건넜으되
다치지 않았다

생각하면 티끌 같은 월요일에
생각할수록 티끌 같은 금요일까지
창틀 먼지에 다치거나
내 어금니에 혀 물린 날 더 많았으되

함부로 상처받지 않겠다

목차들 재미없어도
크게 서운해하지 않겠다
너무 재미있어도 고단하다
잦은 서운함도 고단하다

한계를 알지만
제 발목보다 가는 담벼락 위를 걷는
갈색의 고양이처럼

비관 없는 애정의 습관도 길러보겠다
— 「오늘의 결심」 전문

그런데 김경미가 위의 시에서 보여주는 결심에서 우리가 읽을 수 있는 것은 현재의 불편함을 벗어나려는 적극적이고 능동적인 태도가 아니라 소극적이고 수동적인 태도이다. 실패를 근원적으로 치유하려는 의지가 아니라 그 횟수를 줄이려는 생각이다. "목차들 재미없어도/크게 서운해하지 않겠다/너무 재미있어도 고단하다"는 말이 전해주는 이미지는 포기와 체념을 통해 "함부로 상처받지 않겠다"는 모습인 것이다. 이러한 모습은 실패를 두려워하지 않으면서 치유에 나서는 모습이 아니라 상처받지 않으려고 껍질 속으로 움츠러드는 모습이다. 그리고 "비관 없는 애정의 습관도 길러보겠다"는 말에는 열정이 없는 삶에 적응해보겠다는 생각, 일상성을 수용하면서 살아가겠다는 생각도 들어 있다.

김경미의 「오늘의 결심」은 중요한 의미를 가진 시일 수도 있고, 스스로 실패의 연속이라고 생각하는 삶 앞에서 일시적으로 다짐해본, 중요하지 않은 시일 수도 있다. 그래도 이 작품을 볼 때 김경미가 이번 시집에서 보여준 어색하고도 불편한 세계는 금세 사라지지 않을 것이란 예감이 든다. 현재의 시간 속에서 느

끼는 불편함과 김경미는 당분간 더 씨름할 것이란 생각을 떨쳐
버릴 수 없다.

상흔의 세월과 홀로 당당해지려는 의지

―류근의 『어떻게든 이별』

　류근의 시는 쉽고 재미있다. 류근의 시는 우리의 손쉬운 접근을 거부하는 상당수 젊은 사람들의 작품과 확실히 다르다. 류근은 그들처럼 직접 경험과 무관한 추상적 상상이나, 소통이 어려울 정도로 개인적 색채에 물든 이미지나, 시니피에와 시니피앙의 일상적 연결을 차단하는 언어 등을 자주 구사하지 않는다. 또 류근은 지난 시절의 많은 시인들처럼 은폐된 내면의 세계를 모호한 이미지로 암시하거나 이 세계에 대한 막중한 윤리적 책임감을 드러내는 일도 하지 않는다. 자아와 세계에 대한 모호하고 거창한 탐구, 관념적이고 아카데믹한 탐구에 류근은 관심이 없다. 우리의 일상성을 넘어서는 문제, 지나치게 진지하고 고매하여 우리를 무겁게 만드는 문제는 류근의 관심사가 아니다. 류근의 관심사는 그런 것들이 아니라 우리 모두에게 익숙한 연애, 추억, 음주, 가족, 육체 등과 관련된 일상적 사건이나 생각들이다.

류근은 그런 것들을 입가에 웃음기가 피어오르게 만드는 어법으로, 객쩍은 사람이란 생각이 들게 만들 정도의 솔직함으로 우리 앞에 털어놓는다. 그래서 류근의 시는 철조망이 쳐진 개인의 사유지처럼 우리의 접근을 거부하는 느낌이 아니라 사방이 트인 공원처럼 우리의 산책을 반기는 느낌을 준다. 다시 말하지만 류근의 시는 쉽고도 재미있다. 이 사실을 먼저 그의 「이빨論」(『어떻게든 이별』, 문학과지성사, 2016. 이하 특별한 명시가 없는 한, 같은 시집에서 인용)이란 시를 통해 확인해보도록 하자.

> 놈들이 도열해 있을 땐
> 도무지 존재감이란 게 없는 것이다
> 먹잇감 떼로 모여 작살내고
> 한 욕조의 거품으로 목욕하고
> 처음부터 한 놈 한 놈은 뵈지도 않는 것이다
> 일사불란하게 꼭 이열횡대로 도열해 있어야 폼이 나는 놈들
> 그러다 한 놈 탈영하고 나면 그 자리 너무나 거대해져서
> 비로소 한 놈 한 놈 공손하게
> 출석을 부르게 만드는 것이다
> 어쩌다 한 놈이 아프면 된통 아파서
> 뼈다귀만 있는 놈들이니 뼈가 갈리도록 아파서
> 함부로 만만히 봤던 놈에게 본때를 보여주는 것이다.
>
> ─「이빨論」 부분

이 시는 누구나 어려움 없이 읽을 수 있는 쉬운 작품이지만 그

렇다고 서울 지하철역의 스크린 도어에 인쇄된, 시 이전의 시들처럼 아무나 쓸 수 있는 시는 아니다. 친숙한 느낌을 주는 비유적 이미지를 능란하게 구사하는 수법과 그러한 수법을 통해 교훈적 메시지를 은연중에 느끼도록 만드는 장치가 예사롭지 않은 까닭이다. 예컨대 우리가 건강한 이빨을 자랑할 때의 모습, 상한 이빨이 없어서 건강한 이빨의 소중함에 대한 자각을 미처 가지지 못할 때의 모습을 "먹잇감 떼로 모여 작살내고/한 욕조의 거품으로 목욕하고/처음부터 한 놈 한 놈은 뵈지도 않는 것이다"라고 표현하고 있는 방식을 보라. 그리고 언제나 뒤늦게 건강한 이빨의 소중함을 깨닫는 우리들의 모습을 "그러다 한 놈 탈영하고 나면 그 자리 너무나 거대해져서/비로소 한 놈 한 놈 공손하게/출석을 부르게 만드는 것이다"라고 쓰고 있는 구절을 보라. 류근이 보여주는 이런 비유적 구절들은 너무나 쉽고 친숙한 언어들로 이루어져 있지만 막상 발상의 시작은 어려운 것이어서 콜럼버스의 달걀 세우기에 대한 일화를 떠올리게 만들 정도다.

이렇듯 류근의 「이빨論」은 쉬운 언어를 통해 무리 없이 교훈적메시지를 전달하는 능력과 미덕을 우리에게 보여준다. 이미 문학개론서에서 수많은 사람들이 이야기했던 바이지만, 문학은 윤리가 아니다. 드러내놓고 독자에게 설교하는 시, 폼 잡는 자세로독자를 가르치려 드는 시는 결코 좋은 시가 아니다. 그런 시는독자를 즐겁게 만들기보다 윤리 시간의 답답함을 재현하고 있을따름이다. 문학의 전면에서 문학다움을 보장해주는 것은 메시지가 아니라 사물을 즐겁고 새롭게 인식하도록 만드는 형상화이다. 이런 점에서 류근의 시는 독자를 즐겁게 만드는 표현 방법을 통해 뛰어난 형상화를 자랑한다. 「이빨論」에서 "먹잇감 떼로 모여 작살내고" "일사불란하게 꼭 이열횡대로 도열해 있어야 폼이 나는 놈들" "뼈다귀만 있는 놈들이니 뼈가 갈리도록 아파서"에서 볼 수 있듯이 '작살내고' '폼이 나는 놈들' '뼈다귀만 있는 놈들이니 뼈가 갈리도록' 등과 같은 구어체 어법이 주는 친숙함과, 이 친숙함을 바탕으로 자연스럽게 우러나는 웃음과, 그리고 웃음 뒤에 건강한 치아의 소중함에 대한 깨달음까지 얻게 만드는 표현 방식이 바로 그렇다. 이렇듯 류근은 아무렇지도 않은 이야기를 재미있게 할 줄 아는 시인, 자칫하면 초등학교 선생이 이빨 잘 닦으라고 훈계하는 것으로 전락할 수 있는 메시지를 즐겁게 받아들이도록 표현하는 방법을 체득하고 있는 시인인 것이다.

*

나는 류근의 나이가 몇이나 되는지 모른다. 류근의 나이 이야기를 꺼낸 것은 이 시집 때문이다. 류근의 시를 읽으며 세월을 되돌아보기에는 너무 젊은 나이가 아닐까 하는 생각이 설핏 든 까닭이며, 그런 생각은 곧 어떤 이유가 그로 하여금 이런 시를 쓰게 만들까 하는 호기심으로 전환했기 때문이다. 류근의 이번 시집에는 지나간 세월 속의 일들에 대한 이야기가 유달리 많다. 류근은 이번 시집에서 어머니에 대해서, 자신의 한심한 행태에 대해서, 직업과 실업에 대해서, 술 마신 일에 대해서, 그리고 떠나가버린 사랑에 대해서 자주 이야기한다. 그렇다면 류근을 이렇게 옛날에 대한 기억 속으로 몰아넣는 것은 무엇일까? 이제 나이가 과거를 되돌아볼 만큼 찼다는 것일까? 아니면 그의 시구처럼 "숨기고 싶은 과거가 아직 조금 남아 있"거나 "지나갔다는 것 때문에 퍽 안심이 되"는(「영화로운 나날」) 과거가 내면에 있어서일까? 여기에 대한 섣부른 판단은 삼가기로 하자. 그 대신 그가 이야기하는 지난 세월의 모습을 차근차근 따라가보기로 하자.

> 아버지는 위독했고 나는 군인이었다
> 북으로 행군 중일 때 갑자기 휴가증이 나와서
> 어리둥절 시외버스를 타고 애인 만나러
> 신림시장 순댓집에 가서 앉았다
>
> ──「휴가병」 부분

류근은 이렇게 젊은 시절의 한 이야기를 끄집어낸다. 이 시에서 아버지가 위독해서 휴가를 나온 화자는, 무엇이 두려워서인지 바로 아버지를 만나러 가는 게 아니라 먼저 술을 마시고 애인을 만나 섹스를 한다. 이 사실을 류근은 "내게 벌어진 일이 무엇인지 알 수 없어서/애인과의 섹스에 좀더 집중할 수 있었다 애인은/그새 많은 것에 깊어진 사람처럼 나를 대했다"라고 쓰고 있다. 한 보잘것없는 휴가병의 처지로는 상황을 바꾸어놓을 수 없는 어떤 일이 자신에게 일어나고 있지만 여기에 대해 화자는 대처할 능력이 없으며, 그런 자기 모습에 대한 인식은 파행적 행태를 낳는다. 그래서 "그새 많은 것에 깊어진" 애인의 위로는 위로이자 슬픔이고 방향 모를 분노이다. 그러했던 옛날의 한 부끄러운 모습을 류근은 "장례식은 끝났고, 그때, 나는 행군 중이었다"

는, 감정이 억제된 말로 우리 앞에 제시한다. 그리고 장면을 바꾸어 아버지가 돌아가신 이후 실업자로 떠돌던 자신과 가족들의 생활을 이렇게 이야기한다.

> 어머니는 시집간 누이 집에 간신히 얹혀살고
> 나는 자취하는 애인 집에 안간힘을 쓰며
> 매달려 산다 그러므로 어머니와 나는 살아 있는 자세가
> 근본적으로 다르다 세상의 그 무엇과도
> ─「1991년, 통속적인, 너무나 통속적인」 부분

위의 시에서 류근은 경제적인 사정 때문에, 이상(李箱)식으로 말해 "생활이 부족해서" 흩어져 사는 어머니와 화자의 모습을 '얹혀살고'라는 단어와 '매달려 산다'는 말로 재미있게 표현한다. 그러면서 얹혀사는 어머니와 매달려 사는 자신은 "살아 있는 자세가/근본적으로 다르다"고 억지를 부림으로써 한심한 모습과 안타까운 심리 상태를 더욱 강하게 부각시키고 있다. 류근이 시의 제목에서 '1991년'이라고 연도까지 밝히면서, 또 '통속적'이란 부정적인 단어까지 사용하면서 우리 앞에 끄집어내 보이는 이런 실업자 생활에는, 그가 신춘문예를 통해 데뷔한 것이 1992년이고 첫 시집을 간행한 것이 2010년이니까, 데뷔 이후의 20년 가까운 세월에 대한, 시로부터 도망다닌 것처럼 보이는 세월에 대한 비밀이 숨어 있을 법도 하다. 위의 시가 보여주는 맥락으로 짐작할 때, 그리고 다른 시에서 "어디까지 흘러가면 아버지 없이 눈부신 저 무화과나무의 나라에 가 닿을 수 있을까 어디까지 흘러

가면 내가 아버지를 낳아 종려나무 끝까지 키울 수 있을까"(「세월 저편」)라고 탄식하는 것으로 미루어볼 때, 류근은 아마도 가장의 책무를 거역할 수 없는 현실로 수락하며 이 세월을 살았을 것이다. 여기에 대해서는, 다소 빗나간 생각일지도 모르지만, 「시인들」이란 시가 그 답을 제공해주는 것처럼 보인다.

> 시인들과 어울려 어쩌다 술을 마시면
> 독립군과 빨치산과 선생과 정치꾼이
> 실업자가 슬픔이 과거가 영수증이
> 탁자 하나를 마주한 채 끄덕이고 있는 것 같아
> 천장에 매달린 전구 알조차 비현실적으로 흔들리고
> 빨리 어떻게든 사막으로 돌아가
> 뼈를 말려야 할 것 같다 이게 뭐냐고
> 물어야 할 것 같다
>
> 울어야 할 것 같다
>
> ─「시인들」 부분

류근은 「시인들」에서 "실업자가 슬픔이 과거가 영수증이"라고 쓰고 있다. 여기에 등장하는 '과거'라는 단어가 명백히 말해주는 것처럼 화자는 이 시에서 타인을 통해 자신의 옛날 모습을 들여다보고 있다. 시인을 실업자로 분류하는 것에 동의할 수밖에 없게 된 류근은 가족들에게 생활인의 모습을 보여주기 위해, "내가 다닌 대학을/얕잡아보는 버릇이 있"는(「1991년, 통속적인, 너무나 통속적인」) 애인의 어머니 앞에서 당당해지기 위해 오랫동안 시인의 길에서 비켜나 있었을 것이다. 가장의 책무를 수용하며 주위의 따가운 시선과 자신의 궁색한 변명에 신물이 나 마침내 생활인의 길과 시인의 길이 일치하지 않는다고 생각하고 오랫동안 시인의 길을 벗어나 있었을 것이다. 위의 시는 류근이 눈앞의 시인들을 통해 지난 시절의 자기 모습을 발견하는 방식, 그의 내면에서 살아 있는 상처로 여전히 기능하고 있는 어떤 요소를 보여준다. 그렇게 선택한 생활인의 길은 그것을 되돌아보는 화자의 눈길 앞에서 자랑거리가 아니라 겸연쩍고 가슴 아린 상처인 까닭이다. 누가 빗나간 길을 걸어왔는지 걸어가고 있는지를 말할 수 없는 자신의 처지를 이 시에서 류근은 "울어야 할 것 같다"는 짤막한 구절로 명확하게 표현하고 있다.

　　가끔은 조조영화를 보러 갔다
　　갈 곳 없는 아침이었다
　　　　　　　　　　　　　　　—「영화로운 나날」 부분

　다시 앞의 이야기로 돌아가면, 류근은 이번 시집에서 이처럼 실업자 생활에 대해 여러 차례 이야기한다. 위의 시에서 류근은 영화관으로 도피하여 시간을 죽여야 했던 젊은 날의 실업자 생활을 "나 또한/팔리지 않으나 너무 많이 상영돼버린 영화였다"라는 자조 섞인 어투로 떠올리면서 '영화로운 나날'이라는 어구로 시니컬하게 표현하고 있다. 그것은 실업자였던 자신의 모습이 여러 가지 이유에서 뼈아픈 상처로 남아 있는 까닭일 것이다.

예컨대 그 시절은 "영화가 끝나도 여전히 갈 곳이 생각나지 않아서/혼자 순댓국집 같은 데 앉아 낮술 마시는 일"로 끝없이 '스스로를 시무룩하게' 만들던 시절이었다. 또 "일없이 취해서 날마다 취해서/숙취와 악취를 지병처럼 앓고 살 때"(「1991년, 통속적인, 너무나 통속적인」)에서 드러나듯 자신을 망가뜨리던 시절이었다. 이처럼 류근에게 실업자 생활은 끝없이 상처받고 상처를 만들어내던 모습으로 기억 속에 아프게 남아 있다. 그래서일까. 류근은 「나쁜 시절」이란 시에서 그런 시절에 대해서는 "10년씩 배경을 뛰어넘는 드라마처럼/시간이 그렇게 지나갔으면 좋겠네"라는 안타까운 희망까지 드러낸다. 그럼에도 이번 시집에 따르면 류근은 실업자 생활 다음의 직장 생활을 오래 지속하지 못했다. 그것은 실업자 생활 동안에 익숙해진 술이 이번에는 그를 익숙한 실업자 생활로 돌려보낸 까닭이다.

> 술김에 사표를 던지고
> 두어 달 술로 시간을 헹구다 보니까
> 술 마시는 행위가 점점 부끄러워지기 시작한다
> ―「술 마시는 행위」 부분

그러면서도 류근은, 이번 시집에 가장 많이 등장하는 소재 가운데 하나가 술이라는 사실이 증언하듯, 술을 멀리하지 못한다. 이런 상태를 그는 "술을 빌려 스스로 세상과의 격리를 실천해왔으니/오늘은 부끄럽지 않게 술 마실 일이로다"라고 쓴다. 그러고는 이번 시집에서 다시 실업자가 된 이후의 생활문제에 대해

서는 더 이상 언급하지 않는다. 이후의 삶이 어떤 행로를 밟았
기에 언급을 회피하는 것일까? 그것은 우리의 호기심일 뿐 시인
이 답해야 할 의무는 아니다. 어쨌건 류근의 시들은 다시 실업자
로 돌아온 이후의 시간을 건너뛰어 현재만을 이야기하기 시작한
다. 그 이후에 대해서는 언급을 자제하고 회피하면서 현재의 시
점에서 과거의 기억들과 힘들게 씨름하는 모습만을 열심히 보여
준다.

> 옛 생각 몸에 해롭다
> 멀고 흐린 것들로 집을 지은 여자와
> 아무렇게나 뒤엉켜 꽃을 피우던 정원이여
> 악취만이 정직하게
> 햇빛을 가리던 우물이여
> 뒷길에서만 비로소 이름이 들려왔으니
> 나날이여
> 다시 응답처럼 몸이 흘러서
> 죄의 구멍에 머리를 박고 울었다
>
> ―「나날」 전문

위의 시에서 화자는 "옛 생각 몸에 해롭다"고 하면서도 옛 생
각을 그만두지 못한다. 기억은 미화되기 마련이고 뼈저린 가난
도 그리운 추억으로 바뀌기 마련인데 왜 류근은 옛 생각을 할 때
마다 "죄의 구멍에 머리를 박고 울었다"고 쓰고 있는 것일까?
"너무 아픈 사랑은 사랑이 아니"라는 어법이 여기에도 적용되고

있는 것일까? 위의 시는 이런 상상에 "악취만이 정직하게/햇빛을 가리던 우물이여"라는, 자신의 좋지 못한 행적을 암시하는 말로 애매모호하게 답할 따름이다. 다른 시들도 마찬가지이다. "추억의 배후는 고단한 것 흘러간 안개도 불러 모으면 상처가 된다. 그러나 내가 할 수 있는 일은 늘 바라보는 것"(「세월 저편」)이란 식으로 자신의 과거는 사소한 것들까지 지속적으로 덧나는 상처라는 사실만을 알려주고 있을 뿐이다.

내가 버린 한 여자

가진 게 사전 한 권밖에 없고
그 안에 내 이름 하나밖에 없어서
그것만으론 세상의 자물쇠가 열리지 않는다는 것을
가르쳐줄 수조차 없었던,

말도 아니고 몸도 아닌 한 눈빛으로만
저물도록 버려
버릴 수밖에 없었던 한 여자

어머니,

—「낱말 하나 사전」 전문

그럼에도 『어떻게든 이별』에 수록된 이런 시들은 지난 세월에 대한 되풀이되는 회오가 무엇과 연관이 있는지를 어렴풋하게나

마 짐작하게 만들어준다. 이 시에서 화자는 어머니를 "내가 버린 한 여자"라고 말하고 있다. "말도 아니고 몸도 아닌 한 눈빛으로만/저물도록 버려/버릴 수밖에 없었던 한 여자"라고 표현하고 있다. 바쁘게 살아가는 우리 모두의 지금 삶이 그러한데도, 우리의 성숙이라는 것이 그러한 삶의 행로인데도 이 시의 화자는 죄의식을 동반하지 않고는 '어머니'란 단어를 떠올리지 못한다. 그 이유가 앞서 살펴본 실업자 생활과 관련된 것인지, 누이 집에 '간신히 얹혀' 살았던 일 때문인지, 아니면 어머니처럼 끝없는 사랑을 베풀어주는 존재가 달리 없다는 일반적 사실에 기인하는 것인지는 알 수 없다. 분명한 것은, 이 시로 미루어 돌아가실 때까지 어머니를 제대로 모시지 못한 일을 시인은 커다란 상처로 기억한다는 사실이다.

사랑이라 불러 아름다웠던 날들도 있었다
봄날을 어루만지며 피는 작은 꽃나무처럼
그런 날들은 내게도 오래가지 않았다
사랑한 깊이만큼
사랑의 날들이 오래 머물러주지는 않는 거다

다만 사랑 아닌 것으로
사랑을 견디고자 했던 날들이 아프고

그런 상처들로 모든 추억이 무거워진다
———「나에게 주는 시」 부분

위의 시는 지난 시절에 대한 류근의 회오가 무엇과 관련된 것인지를 알려주는 또 다른 종류의 시이다. 류근은 이번 시집에서 지금의 아내처럼 보이는 애인과 그렇지 않은 것처럼 보이는 애인들에 대해 많은 이야기를 하고 있다. 이를테면 "우리가 살아서 서로의 옛날이 되고/옛날의 사람이 되어서 결국 옛날 애인이 될 것을/그날 하루 전에만 알았던들"(「옛날 애인」)에 등장하는 애인은 지금의 아내이다. 반면에 "아내 몰래 7년을 끌어온 연애가 끝이 났을 때"(「아슬아슬한 내부」)나 "술에 취해 옛 애인들에게/까맣게 기억 끊긴 전화질을 해대고 나서/이튿날 쪼그려 앉아 회개하는 나에게"(「좋은 아침」)에 등장하는 애인은 아내가 아닌 애인이다. 류근은 이런 애인들에 대해 여러 가지 방식으로 애틋하고 흥미 있고 적나라한 이야기를 하고 있지만, 그런 것들은 『어떻게든 이별』의 핵심적 주제가 아니다. 그런 만큼 이 시집 전체를 관류하는 상처와 죄의식과 외로움의 측면에서 우리가 주목해야 할 것은 앞에서 언급한 "다만 사랑 아닌 것으로/사랑을 견디고자 했던 날들이 아프고"라는 구절이며, 그 구절과 관련된 다음과 같은 서술적 시구들이다.

아내는 그동안 내 연애를 눈치채고 있는 것이 분명해 보였으나
내가 새삼 각성해야 할 만큼 문제를 삼지는 않았다
나는 그것이 지혜로운 무관심이거나 참을성 또는
나에 대한 깊은 신뢰에서 비롯된 것이라고

믿지는 않는다

〔……〕

아내에게도 무엇인가를 지키고자 하는 의지가

자존심보다 더 소중하게 지켜내야 할 무엇인가가 있었으리

라고

짐작할 뿐이다

—「아슬아슬한 내부」 부분

류근은 이 같은 깨달음 때문에 아프고 쓸쓸하다. 이 깨달음 앞
에서 이제 과거의 모든 애인과 사랑은 배신이고 상처이다. 원래
진정한 사랑이란 교환이나 대치가 불가능한 법이어서, 한 여자
를 사랑하면 다른 모든 여자는 무가치하게 변해버린다. 애인을
사랑했다면 아내에게, 아내를 사랑했다면 애인에게 아픈 상처
만 남기는 시간을 함께했을 뿐이다. "옛날은 누구에게나 다 지나
간 것이다//책임지지 않는다는 것은 자유롭다는 뜻이다 나는 자
유롭기 위해 얼마나 많은 모국어들을 버리었던가"(「옛날 애인의
기념일을 기념하다」)라는 말은 그러므로 깨달음의 역설적 표현이
다. 사랑하지 않으면서도 사랑을 붙들고 사는 일은 어떤 경우는
치욕스럽고 어떤 경우는 성스럽다. 이렇게 아내가 "사랑 아닌 것
으로/사랑을 견디"며 살았다는 것을 문득 깨달았을 때 지난 세월
은 치욕스러워지고 자신은 혼자 남겨진 쓸쓸함을 견뎌야 한다.
그래서 류근은 「나에게 주는 시」에서 "그런 상처들로 모든 추억
이 무거워진다"고 썼을 것이다.

*

　류근은 첫번째 시집 『상처적 체질』과 두번째 시집 『어떻게든 이별』을 통해 자신이 상처투성이의 인간이라는 인식을 보여주고 있다. 류근이 '상처는 나의 체질'이라 말했던 것처럼 화자에게 상처 아닌 것이 없다. 가족도, 친구도, 애인도, 심지어 자기 자신조차 화자에게는 상처이다. 돌이켜 보면 가족에게 비겁했고, 가족 때문에 비겁했다. 애인에게 비겁했고 애인 때문에 비겁했다. 시 때문에 비겁했고 시에게 비겁했다. 그래서 세월은, 옛날은 온통 상처의 기록이다. 이 같은 점에서 류근의 두 시집은 시세계의 측면에서 연속선을 이루고 있지만 상처를 다스리려는 열망에서는 일정한 차이가 있다.

　　그러나 나는 또 이름 없이
　　다친다
　　상처는 나의 체질
　　어떤 달콤한 절망으로도
　　나를 아주 쓰러뜨리지는 못하였으므로
　　　　　　　　　　　　　　　　　　　　　　　—「상처적 체질」 부분

　류근의 첫번째 시집에서는 이처럼 사소한 일에도 '이름 없이' 다친다고 말했었다. 그러면서 상처는 상처일 뿐 죽음이 아니며, 죽음이 아니기 때문에 삶은 계속 이어지고 자신은 다시 다친다고 말했었다. 그 때문에 화자는 이번 시집에서 옛날의 상처에 대

한 많은 시편들을 생산하는 한편 그 상처와 '어떻게든' 이별하려
는 열망을 드러낸다.

어제 나는 많은 것들과 이별했다 작정하고 이별했다 맘먹고
이별했고 이를 악물고 이별했다 〔······〕 아무런 상처 없이 나
는 오늘과 또 오늘의 약속들과 마주쳤으나 또 아무런 상처 없
이 그것들과 이별을 결심, 하였다

아아, 그럴 수 있을까 〔······〕

그러니 나의 이별을 애인들에게 알리지 마라 너 **빼놓곤** 나
조차 다 애인이다 부디, 이별하자
　　　　　　　　　　　　　　　　　—「어떻게든 이별」 부분

그 이별의 열망을 류근은 위의 시에서 "작정하고 이별했다 맘
먹고 이별했고 이를 악물고 이별했다"라고 쓴다. 또 「겨울나무」
에서는 "그러니 잘 지나간 것들은 거듭 잘 지나가라/나는 이제
헛된 발자국 같은 것과 동행하지 않는다"고 다짐하면서 "아주
튼튼하게 혼자여서" "다시 이 삶은 혼자 서 있는 시간으로 충만
할 것"이라고 예언하는 자세까지 보인다. 그렇지만 이렇게 옛날
과 이별하고 홀로 당당하려는 의지는 온전한 과거형이 아니다.
"아무런 상처 없이 그것들과 이별을 결심"하지만 그럴 수가 없
다. 류근에게 상처와의 이별은 새로운 상처이다. 이 사실을 그
는 잘 알고 있다. 그래서 류근은 「어떻게든 이별」이란 시의 마지

막을, 이 시집의 결론을 "그러니 나의 이별을 애인들에게 알리지 마라 너 빼놓곤 나조차 다 애인이 다 부디, 이별하자"라는 말로 맺고 있다.

시집의 해설은 끝났지만 류근의 시에 대해 사족으로 몇 마디 보태고 싶은 말이 있다. 류근은 시를 재미있게 만드는 탁월한 재능/미덕을 가지고 있다. 그런데 이러한 재능은 지나치게 대중의 흥미에 대한 관심을 의식하게 되면 「풀옵션 딩동댕 원룸텔」처럼 통속성을 띤 작품으로 나아갈 가능성이 있다. 그리고 시인이 언어에 대한 긴장을 늦추게 되면 "마누라가 준 용돈으로 용돈 준 여자가/다른 남자랑 공항버스 타고 사라지는 뒷모습 보고 와서"(「사랑은 아직도 끝나지 않았네」)처럼 가십성을 띤 구절을 생산할 가능성이 있다. 나는 류근이 쓰는 시를 오랫동안 재미있게 읽고 싶어 하는 독자이기 때문에, 시인 김광규가 사회 비판의 정신으로 자기 시의 대중성이 통속성으로 바뀌는 것을 제어했듯이, 류근도 자신의 시가 지닌 건강한 대중성을 오랫동안 올곧게 유지할 수 있는 그 무엇을 확실하게 갖기를 간절히 바라고 있다. 어쩌면 그 답은 「이빨論」이나 「불현듯,」처럼 일상적 사물과 사건을 비유적 이미지로 새롭고 재미있게 바라보게 만들어놓는 방법 속에 이미 들어 있을 것이다.

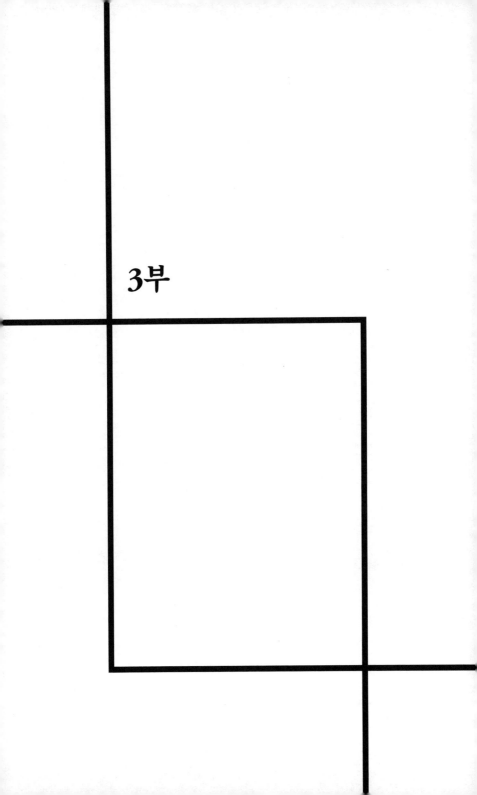

3부

시대에 대한 통찰과 내면세계의 확장
─ 염상섭의 「만세전」과 『삼대』 읽기

1. 「만세전」에서 『삼대』에 이르는 도정

염상섭의 「만세전」과 『삼대』는 별개의 작품이면서도 별개의 작품이 아닙니다. 「만세전」이 「묘지」란 이름으로 『신생활』에 처음 발표된 것은 1922년 7월이고, 『삼대』가 『조선일보』에 연재되기 시작한 것은 1931년 1월이니까 두 작품 사이에는 8년 6개월이라는 시간적 거리가 있습니다. 그렇지만 이 시간적 거리가 두 작품이 서로 이질적인 작품이라는 것을 말해주는 것은 아닙니다. 이 기간 동안에 염상섭은 결과적으로 『삼대』의 예행연습처럼 된 소설을 무수히 썼습니다. 장편소설의 경우만 해도 무려 일곱 편이나 썼으니까 말입니다. 이 기간 동안에 염상섭은 상당 부분 삭제당한 채로 발표해야 했던, 『신생활』 폐간으로 말미암아 미완의 상태로 남겨두었던 「묘지」를 개작하여 「만세전」으로 완성하는 한편, 이 작품과 긴밀한 연속성을 지닌 『너희들은 무엇을 얻었느냐』『진주는 주었으나』『사랑과 죄』『광분』『이심』 등의 장편소설을 정력적으로 썼습니다. 그러면서 『만세전』에 가볍게 등장했던 등장인물을 다시 끄집어내 발전시키고, 스쳐 지나간 연애 문제를 본격적으로 다루고, 암울한 당대 풍경을 여러 가지 각도에서 고찰하고, '주의자'의 이념과 생활 문제를 심화된 방식으로 그려 보이고 있습니다. 이런 점에서 「만세전」에서 『삼대』에 이르는 소설적 도정은 단선적인 도정이 아니라 이 시기 그의 모든 소설이 그물망처럼 얽혀 있는 도정이라고 할 수 있겠습니다.

물론 「만세전」에서 『삼대』에 이르는 소설적 도정이 일방적인 발전의 과정이거나 반드시 성공적인 형상화의 과정만은 아닙니다. 「만세전」과 『삼대』 사이에 위치한 대부분의 소설이 「만세전」보다 우수하지 않다는 사실이 이 점을 말해주고 있습니다. 그렇기 때문에 우리가 이 소설적 도정에서 눈여겨보아야 할 것은 시간적 발전의 관계가 아니라 공간적 확산의 관계입니다. 염상섭이 이 시기 소설에서 집중적으로 관심을 가졌던 두 가지 주제는 우리 민족을 옥죄고 있는 식민지 현실이란 문제와 그런 현실일수록 더욱 인간들을 사로잡고 타락시키는 돈과 애욕의 문제였습니다. 염상섭은 『삼대』에서 이것들을 통합시켜 뛰어난 소설로 만들었는데, 이 관계를 눈여겨볼 때 우리는 좀더 큰 소득을 얻을 수 있는 것입니다. 이런 점에서 우리는 「만세전」으로부터 『삼대』에 이르는 도정에서 시대에 대한 통찰과 등장인물들의 내면세계에 관심을 가져야 하며, 그것들이 이후에 돈과 애욕의 문제와 결합하면서 다양한 방식으로 확대되고 변주되는 방식에 주목해야 하며, 그것들이 마침내 『삼대』라는 뛰어난 소설로 귀결되는 사실에 주목해야 하는 것입니다. 주지하다시피 염상섭의 대표작으로 알려진 작품은 「표본실의 청개구리」「만세전」『삼대』이며, 이 대표적인 소설들은 모두 시대에 대한 날카로운 통찰과 등장인물의 내면세계에 대한 심화된 서술이란 특징을 가지고 있습니다. 우리 소설사에서 이 작품들처럼 식민지 시대의 모습을 '객관적'으로 형상화하면서 동시에 인물의 내면세계를 확대시킨 작품은 찾기가 쉽지 않습니다. 또 『삼대』처럼 돈과 애욕이, 그중에서 특히 돈이 인간을 움직이는 근본적인 힘이라는 사실을 의미있게 천착해 보여준 작품은 거의 찾아볼 수가 없습니다. 이 같은 점에서 염상섭의 「만세전」과 『삼대』는 기념비적이라 할 수 있습니다.

2. 시대에 대한 기록으로서의 소설

염상섭의 「만세전」과 『삼대』는 식민지 시대에 대한 '객관적 기록'입니다. 식민지 시대에 출간된 다른 어떤 소설보다도 단연 뛰어난 '객관적 기록'입니다. 염상섭은 이 두 편의 소설에 식민지 시대의 우리나라 모습을 압축적으로 재현해놓았습니다. 특정한 당파적 입장에 서서가 아니라 비교적 편견 없이 당대의 한국 사회를 그려놓았습니다. 이러한 주장에 대해 이를테면 비슷한 시기에 활동한 최서해나 이기영의 경우를 들어 불만을 토로하는 사람들이 있을 수도 있겠습니다. 물론 최서해의 소설에도 당시의 프로문학 비평가들이 '자연 발생적'이란 말을 사용한 사실에서 드러나듯 당대의 빈곤상에 대한 '객관적 기록'이라 할 수 있는 측면이 있습니다. 그렇지만 최서해의 소설이 그려내는 당대 한국 사회의 모습은 염상섭에 비해 묘사의 폭이 훨씬 제한적일 뿐만 아니라 과장된 단순성에 함몰되어 있다는 한계가 있습니다. 극단적 가난에 시달리는 사람들을 소재로 삼으면서 소설의 결말이 살인이나 방화와 같은 과격한 행위로 도식화되어 있는 모습이 그 사실을 말해줍니다. 그리고 이기영의 경우는 주지하다시피 이념형 인물을 그려야 한다는 강박관념이 그의 소설을 '객관적 기록'과 멀어지게 만들고 있습니다. 이기영은 프롤레타리아 계급의 궁극적 승리라는 시각에 서서 당위로서의 인물, 이념이 요구하는 인물을 등장시켰기 때문에 이 글에서 사용하는 '객관적'이란 말과는 거리가 있습니다. 이기영의 대표작인 『고향』 속의 주인공 희준과 그를 따르는 농민들은 프로문학 소설의 주요 인물들이 대체로 그렇듯이 지나치게 강인한 의지로 미래를 향해 전진하고 있는 이념형 인물들이어서 현실 속의 일상적 인간들과는 다르게 보입니다. 마치 이광수 소설의 인물들이 지나친 이상주의에 사로잡혀 있어서 실제적인 인물과는 달리 보이는 것처럼 말입니다. 리얼리즘을 외치면서도 영웅적이거나 비현실적으로 느껴지는 인물을 만들어놓고 있는 것입니다.

뤼시앵 골드만은 『소설 사회학을 위하여』에서 이런 요지의 이야기를 한 적이 있습니다. 우리가 중요하게 생각하는 작품치고 순전히 개인적인 경험의 표현이라고 할 수 있는 작품은 없다. 소설이란 장르는 개념화되지 않은 감정적 불만과 질적인 가치를 추구하려는 감정적 욕구가 사회의 모든 계층에 누적되어 있거나 소설가가 속한 중간 계층에서만이라도 상당량이 누적되어 있을 경우에만 발견될 수 있다.[1] 그의 이 같은 이야기는 발생론적 차원에서 '소설Novel'이란 장르의 출현을 설명하는 맥락이긴 합니다만, 염상섭의 소설이 당대 사회에 팽배해 있던 불만에 소설적 표현이란 형식을 부여함으로써 중요한 소설이 되었다는 사실과 그 소설적 표현의 형식이 현실의 모습을 '객관적'으로 드러내 보여주는 방식이었다는 사실을 이해할 수 있게 해줍니다. 이 점과 관련하여 염상섭 자신이 소설가가 된 이유를 어떻게 이야기하는지 잠시 보겠습니다.

기성 문단이란 것이 없는 처녀지이었고, 정치 사회와 같은 각축과 견제가 없느니만치 작가로 나오기가 쉬웠기도 하였겠지마는 정치·경제·산업·사회·문화 등 모든 분야에 있어 활동의 여지도 없고 사방이 막혔으니 재분이니 역량이니 생활 방도이니 하는 고려 여부 없이 이 길로 용이히 도피하여 버리거나 일제 밑에 억압된 생활력의 한 배설구로 문학에 몰리는 경향도 없지 않았으니, 자기도 그 사품에 한몫 본 것이었다.[2]

아직 중학 2·3년의 어린 생각에 한편으로는 민족의 운명·조국의 광복은 물론이요, 개인적으로 정치적 관심이란다든지, 장래에 입신할 방도와 생계를 생각지 않을 수 없으니, 다른 실학을 선택하려는 교계(較計)가 없지는 않았고, 또 처음으로 근

1   김현, 『프랑스 비평사』, 문학과지성사, 1981, p. 246.
2   염상섭, 「나의 소설과 문학관」, 김윤식 엮음, 『염상섭』, 문학과지성사, 1977, p. 193.

대 문명에 놀란 눈은, 한국 사람의 살길은 첫째가 과학의 연구와 기술의 습득에 있다고 주장하면서, 동양류의 개결(介潔)하겠다는 일면을 택하여서인지, 즉 문학을 하면야 일본 놈과 아랑곳이 무어랴 하는 생각으로, 제 딴에는 초연·염연한 생각으로 다소의 촉망(囑望)을 가지고 주위에서 말리는 것도 물리치고, 급기야는 문학에 끌리고 만 것이다. 그러기 때문에 문학을 하면서도 여기에만 전심하고 정진하지 못한 것은 그때나 이때나 한가지인 것이다.[3]

앞에 인용한 두 글은 염상섭이 1950년대 초반에 자신이 문학을 하게 된 경위를 회상하며 쓴 글입니다. 먼저 첫번째 인용문에서는 자신이 소설가가 된 것은 자발적 선택이 아니라 당시의 대세를 마지못해 따라간 것이라는 투로 "모든 분야에 있어 활동의 여지도 없고 사방이 막혔으니" 그럴 수밖에 없었고, "일제 밑에 억압된 생활력의 한 배설구로 몰리는 경향"이 있어서 그렇게 따라갔다는 식으로 이야기하고 있습니다. 그런데 두번째 글에서는 "문학을 하면야 일본 놈과 아랑곳이 무어랴 하는 생각으로, 제 딴에는 초연·염연한 생각으로 다소의 촉망(囑望)을 가지고 주위에서 말리는 것도 물리치고, 급기야는 문학에 끌리고 만 것이다"라고 말하고 있습니다. 소설가가 된 것은 자발적 선택이었다는 이야기를 하고 있는 것입니다. 그렇지만 이 두 가지 이야기는 상반된 것이 아닙니다. 선택은 자발적으로 이루어졌지만 그 이면

3   염상섭, 「문학 소년 시대의 회상」, 같은 책, p. 199.

에는 "문학을 하면야 일본 놈과 아랑곳이 무어랴 하는 생각"이 들어 있기 때문입니다. 그래서 염상섭은 같은 글의 앞부분에 "당시의 우리나라 사정이 청소년으로 하여금 소위 청운의 지(志)를 펼 만한 야심과 희망을 갖게 할 여지가 있었더라면 아마 십중팔구는 문학으로 달려들지 않고, 이것은 한 취미로, 여기로 여겼을지 모른다"[4]라는 말을 덧붙여놓았던 것입니다. 또 뒷부분에 "그러기 때문에 문학을 하면서도 여기에만 전심하고 정진하지 못한 것은 그때나 이때나 한가지인 것이다"란 말도 덧붙여놓았던 것입니다. 자신이 소설가가 된 것은 비록 자발적 선택이긴 하지만 자신이 살았던 시대가 다른 선택을 할 수 없게 만들었기 때문이라는 이야기인 셈입니다. 「만세전」을 발표하기 직전의 시기, 『동아일보』 기자로 갓 입사했던 시기에 염상섭이 다음과 같은 글을 썼다는 사실에도 주목할 필요가 있습니다.

일체의 긍정이 아니면 일체의 부정, 이 이외에 어떠한 다른 입각지를 예상하는 것은 사람의 견딜 수 없는 고통이며 자기가 자기 스스로에게도 용허할 수 없는 자기 학대요 또 큰 범죄이올시다. 서로 모순되는 자기 분열, 참담한 내적 고투, 이 모든 비극은 여기서 발효하는 것일까 합니다.[5]

염상섭은 소설가로 첫 발걸음 떼기 시작하려던 시기의 우리

---

4   같은 글, p. 199.
5   염상섭, 「생활의 성찰」, 『동아일보』 1920년 4월 6일 자.

현실을 '일체의 긍정이 아니면 일체의 부정'이란 길밖에 선택할 수 없는 시대라고 말합니다. 분명히 흑백논리로 판단하지 않아도 될 다른 선택의 길이 있어야 하는데 그런 선택이 보이지 않는 시대라고 말입니다. 그래서 그는 다른 선택을 생각할 수 없게 만드는 이런 시대적 분위기를 '견딜 수 없는 고통'으로 받아들이고 있습니다. 그런 흑백의 선택을 할 수밖에 없다는 것은 "스스로에게도 용허할 수 없는 자기 학대요 또 큰 범죄"라는 말까지 하고 있습니다. 여기에서 우리는 인문주의자로서의 염상섭의 면모를 생생하게 느끼고 발견할 수 있습니다. '일체의 긍정이 아니면 일체의 부정'밖에 허용하지 않는 시대는 불행하고, 그렇게 살아가야 하는 사람은 더욱 불행하다는 것을 소설가 염상섭은 『만세전』을 쓰던 시기에 잘 알고 있었던 것입니다. 그래서 자신의 소설적 도정을 불행한 시대를 불행하게 살아가는 인간들의 모습을 기록한 이야기인 「표본실의 청개구리」 「암야」 「제야」 등으로 시작했던 것입니다. 그러면서 「만세전」에 다음과 같은 구절을 남겨놓았습니다.

하고 보면 결국 사람은, 소위 영리하고 교양이 있으면 있을수록(정도의 차는 있을지 모르나), 허위를 반복하면서 자기 이외의 일체에 대해, 동의와 타협 없이는, 손 하나도 움직이지 못하는 이기적 동물이다. 물적 자기라는 좌안(左岸)과 물적 타인이라는 우안(右岸)에, 한 발씩 걸쳐놓고, 빙글빙글 뛰며 도는 것이, 소위 근대인의 생활이요, 그렇게 하는 어릿광대가 사람이라는 동물이다. 만일에 아무 편에든지 두 발을 모으고 선다면, 위선 어떠한 표준하에, 선인이나 악인이 될 것이요, 한 층 더 철저히 그 양안의 사이로 흐르는 진정한 생활이라는 청류에, 용감히 뛰어들어가서 전아적(全我的)으로 몰입한다면, 거기에는 세속적으로는 낙오자에 자적(自適)하겠다는 각오를 필요조건으로 한다……[6]

그렇다면 3·1운동을 전후한 암울한 시기에 청년기를 보냈던 염상섭이, 그의 말처럼 긍정이 아니면 부정이라는 식의 선택만이 강요되던 시기에 '구구한 타협'이 싫어서, 일본에 대한 긍정처럼 보이는 직업을 선택할 수 없어서 '자적'의 방식으로 소설 쓰기란 직업을 가지게 된 염상섭이 그럼에도 불구하고 개인적 감정을 자제하며 식민지 현실을 '객관적'으로 그려냈다는 것은 놀라운 일입니다. 특히 일본 사람들에 대한 일방적 분노를 억제하면서 우리 자신의 부정적 모습까지 냉정하게 그려냈다는 점은 놀라운 일입니다. 바로 여기에서 우리는 염상섭이 당대의 다른 소설가들보다 훨씬 뛰어난 소설가적 자질을 가졌다는 것을 발견할 수 있는 동시에 그의 소설이 지닌 우수함도 발견할 수 있습니다.

염상섭은 「만세전」에서—이 작품의 발표 당시 제목이 '묘지'였다는 사실에서 짐작할 수 있듯—식민지 현실의 참담하고 부정적인 측면을 차근차근 그려나갔습니다. 주인공인 이인화가 동경에서 서울로 이동하면서 겪는 여러 사건을 통해 식민지 사회

6 염상섭, 『만세전』, 문학과지성사, 2005, p. 27.

의 다양한 부정적 풍경을 생생하게 점층적으로 제시했습니다. 이런 점에서 「만세전」이 가지고 있는 여로라는 소설적 구조는 식민지 사회의 이런저런 풍경을 소설 속에서 순차적으로 소개해 나갈 수 있는 적절한 구조, 식민지 지식인이 일본과 조선에서 마주치는 다양한 부정적 풍경을 효과적으로 제시할 수 있는 구조라 말할 수 있습니다.

이 소설의 주인공 이인화는 동경의 하숙집이나 정자가 일하는 카페에서 자신이 조선인이란 사실을 그다지 의식하지 않습니다. 신호(고베)에서 여자 친구 을라를 만나 돌아다녀도 주위 상황으로부터 조선인이란 사실을 의식하지 않습니다. 그런데 하관(시모노세키)에서부터 사정은 달라지기 시작합니다. 형사에게 끌려가 짐 수색을 당하고 심문을 받기 시작하면서 자신이 조선인이란 사실을 불가피하게 느끼기 시작하는 것입니다. 이를테면 염상섭은 주인공이 부산행 연락선의 목욕탕에서 마주친 일본인들로부터 민족적 모멸감을 느끼게 되는 장면을 이렇게 묘사해놓고 있습니다.

"요보 말씀이에요? 젊은 놈들은 그래도 제법들이지마는, 촌에 들어가면 대만(臺灣)의 생번(生蕃)보다는 낫다면 나을까. 인제 가서 보슈…… 하하하."

'대만의 생번'이란 말에, 그 욕탕 속에 들어앉았던 사람들이, 나만 빼놓고는 모두 킥킥 웃었다. 나는 가만히 앉았다가, 무심코 입술을 악물고 쳐다보았으나, 더운 김에 가려서, 궐자들에게는 자세히 보이지 않은 모양이었다.[7]

이 소설의 주인공은 "일본으로 건너간 뒤에는 〔……〕 그리 적개심이나 반항심을 일으킬 기회가 적었었다"라고 말한 적이 있습니다. 그런데 조선으로 돌아오는 하관에서부터 자신이 조선인이란 사실을 일깨워주는 일들이 연이어 벌어집니다. 하관의 연락선 부두 입구에서는 임의 동행을 요구당했으며, 그래서 불쾌한 기분으로 승선한 배 안에서는, 위의 인용문에서 보듯, 조선인을 비하하여 부르는 '요보'라는 말과 조선인을 무지한 야만인으로 간주하는 '대만의 생번'이란 말에 마주칩니다. 이처럼 자신이 조선인이란 사실을 뼈저리게 자각하지 않을 수 없게 만드는 모멸적 풍경에 빈번하게 마주치는 것입니다. 그런데 『만세전』의 뛰어난 점은 그럼에도 작가가 이러한 민족적 모멸감을 곧장 상대에 대한 분노나 적개심으로 연결시키지 않는다는 점에 있습니다. 염상섭은 상대에 대한 분노의 감정은 감정의 형태로 간직하면서 과연 우리 민족이 그러한 모멸과 부당한 대우를 부정할 수 있는, 당당하게 자신의 존엄을 지키며 살아가는 사람들인지를 생각하게 합니다. 그리고 우리 민족이 보여주는 자존심과는 거리가 먼 사건들을 기록하며 은연중에 반성을 촉구합니다. 예컨대 「만세전」에는 김천에서 만난, 초등학교 교원인 형님의 옷차림과 헌병 보조원 앞에서 보이는 행태를 다음과 같이 묘사합니다.

    "네, 네!"

7   같은 책, p. 48.

하고 거의 기계적으로 오른손이 모자의 챙에 올라가 붙었다. 그 모양이 나에게는 우습게 보이면서도 가엾었다. 어떻든 형님 덕에 나는 별로 승강이를 안 당하고 무사히 빠져나왔다.

형님은 망토 밑으로 들여다보이는 도금을 물린 검정 환도 끝이 다리에 터덜거리며 부딪는 것을 왼손으로 꼭 붙들고 땅이 꺼질 듯이 살금살금 걸어 나오다가, 천천히 그동안 경과를 이야기하여 들려준다.[8]

우리는 이러한 사실적 묘사, 인물의 모습이 정확하게 느껴지는 객관적 묘사를 통해 식민지 사회의 말단 공무원으로 살아가는 인물의 모순적 삶을 생생하게 읽을 수 있습니다. 이 모순적 삶은 먼저 일본도를 차고 근엄하게 위세를 과시하는 형의 외모와 하잘것없는 헌병 보조원 앞에서마저 굽실거리는 행동 사이의 코미디 같은 부조화에서 드러납니다. 다음으로 "땅이 꺼질 듯이 살금살금" 걷는다는 묘사에서 여실하게 알 수 있습니다. 우리는 이 대목에서 "문학을 하면야 일본 놈과 아랑곳이 무어랴"라고 염상섭이 말했던 것을 다시 의미있게 떠올릴 수 있습니다. 민족의 자존심을 버리고 식민지 지배 구조의 말단 조직원으로 살아가는 조선 사람이 보여주는 행태의 이중성에 대해 염상섭은 이 같은 묘사를 통해 비판적 눈길을 간접적이지만 날카롭게 드러내고 있습니다. 이러한 형이 보여주는 또 다른 모순적 삶은 고향 지인의 어린 딸을 첩실로 들어앉히는 모습이나 비싸게 팔아먹기 위해

헌 집을 고의적으로 방치하는 모습에서도 드러납니다. 교원인 형은 도덕과 윤리를 내세워 동생을 훈계하고 있지만 축첩과 축재에 더 관심이 많은 비도덕적 인물이란 것을 작가가 말하지 않아도 우리는 자연스럽게 느낄 수 있습니다.

이렇듯 형님과의 조우에서 우울한 풍경을 접한 주인공은 김천을 떠난 기차 안에서 헌병 보조원들의 고압적인 말소리와 조선인들의 비굴한 대답 소리에 신경이 예민해지고, 딱딱거리는 발소리로 자신에게 다가올 때는 죄 없이 가슴이 뜨끔해지는 기분을 맛봅니다. 또 "천대를 받아도 얻어맞는 것보다는 낫다"라고 생각하며 '목전에 닥쳐오는 핍박을 피하기 위해' 망건을 쓰고 무식함을 장기로 내세우는 갓 장수의 생존 방식에서 무척 곤혹스러움을 맛봅니다. 그러다가 기차가 잠시 정거한 대전 근처에서 더욱 비참하고 울분이 치솟고 자존심이 붕괴되는 민족 현실에 마주침으로써 주인공의 이런 기분은 인내의 한계점에 도달하게 됩니다. 주인공은, 등 뒤에 아이를 업고 "머리를 파발을 하고 땟덩이가 된 치마저고리의 매무시까지 흘러내린 젊은 여편네도"[9] 포승줄에 결박을 당해 묶여 있는 풍경 앞에서는 흉악한 꿈을 꾼 것처럼 가위에 눌리고 마침내 견딜 수가 없어서 다음처럼 마음속으로 비명을 지르게 되는 것입니다.

모든 기억이 꿈같고 눈에 띄는 것마다 가엾어 보였다. 눈물이 스며 나올 것 같았다. 나는, 승강대로 올라서며, 속에서 분

9   같은 책, p. 125.

노가 치밀어 올라와서 이렇게 부르짖었다.

"이것이 생활이라는 것인가? 모두 뒈져버려라!"

찻간 안으로 들어오며,

"무덤이다! 구더기가 끓는 무덤이다!"[10]

이 대목에서 염상섭은 그가 파악한 식민지 현실의 모습을 '구더기가 끓는 무덤'이라는, 상당히 과격한 말로 드러내고 있습니다. 자제해왔던 감정을 "에잇! 뒈져라! 움도 싹도 없이 스러져버려라! 망할 대로 망해버려라!"라는 비명 같은 외침으로 폭발시키고 있습니다. 이런 염상섭의 외침 속에는 한편으로는 그의 초기 소설을 물들이고 있는, 암담한 현실로부터 오는 비관주의가 자리 잡고 있고, 다른 한편으로는 군림하는 일본에 대한 분노의 감정과 함께 구태와 악습으로 살아가는 조선 민족은 구제 불능일지도 모른다는 탄식의 감정이 자리 잡고 있습니다. 물론 젊은 날의 염상섭이 「만세전」에서 보여준 이러한 반항적·자폭적 감정, 일종의 과격한 비관주의라 부를 수 있는 감정은 『삼대』에 이르면 훨씬 부드러워지긴 합니다만 그런 비관적 감정의 상태였기 때문에 1920년대 초의 염상섭은 1930년대의 염상섭에 비해 신생에 대한 정서적 열망을 훨씬 더 강력하게 가지고 있었다고도 말할 수 있습니다. 당시의 부정적 민족 현실이 부정되고 새로운 민족 현실이 도래하기를 바라는 그 열망을 염상섭은 『만세전』에서 "사태가 나든지 망해버리든지 양단간에 끝장이 나고 보면 그중

10 같은 책, p. 126.

에서 혹은 조금이라도 쓸모 있는 나은 놈이 생길지도 모를 것이다"[11]란 말로 드러내고 있기 때문입니다.

3. 당대 사회를 대변하는 다양한 인간 유형

염상섭은 『삼대』에서 식민지 사회의 모습을 당시의 어떤 소설보다도 입체적으로 보여주는 다양한 인물을 그려냅니다. 가족사 소설을 연상시키는 '삼대'라는 제목에도 불구하고 이 소설은 구한말 세대와 개화기 세대와 식민지 세대의 가족사를 순차적으로 그리지 않습니다. 염상섭은 장시간에 걸친 가족사가 아니라 세 세대가 동시적으로 함께 살아가는 공간 속에서 몇 달 동안에 벌어지는 일들을 인물과 사건을 중심으로 그리고 있습니다. 따라서 이 소설에서 시간적 흐름은 별다른 의미를 가지지 못한 반면 인물들의 긍정적 혹은 부정적 성격은 두드러져 보입니다. 이 점과 관련하여 유종호는 『삼대』가 가족사 소설이 아니라는 사실을 다음처럼 지적한 적이 있습니다.

『삼대』는 그 표제만으로는 언뜻 가족사 소설을 연상시킨다. 그러나 실상은 '조의관'에 의해서 사당과 금고의 승계권자로 지목된 덕기를 중심으로 해서 '조의관'의 죽음을 전후한 약 1년간의 시간을 안고 있을 뿐이다. 가족사 소설과 거리가 멀

---

11 같은 책, p. 127.

다는 것은 1년간이란 짧막한 시간에서뿐만 아니라 조씨 일가
의 가부장이요, '덕기'로 하여금 동경과 서울, 바커스 술집에
서 병화 하숙집까지의 사회 공간의 향유를 가능케 하는 경제
력의 원천인 조의관의 내력이 분명치 않다는 점에서도 드러난
다. 그가 만석꾼이며 정총대(町總代)를 지냈다는 이력이 희미
하게 암시되어 있을 뿐이다.[12]

    유종호의 지적처럼 『삼대』에는 '삼대'에 해당하는 시간의 흐름
이 없을 뿐만 아니라 '삼대'를 구성하는 첫 인물인 조의관의 개
인사와 그가 이룩한 축재의 내력이 대단히 불투명합니다. 『삼대』
에서 두드러져 보이는 것은 가족의 역사가 아니라 삼대를 구성
하는 조의관, 조상훈, 조덕기, 이 세 인물의 긍정적 혹은 부정적
행태와 이들과 관련된 여러 인물이 보여주는 마찬가지 행태들입
니다. 이 소설에서 덕기의 친구 병화가 '삼대'의 한 인물인 아버
지 조상훈보다 훨씬 핵심적인 인물로 등장하고 있다는 사실은
『삼대』가 가족사를 구성하는 세 명의 시간을 중심으로 전개되지
않고 있다는 사실을 말해줍니다. 또 보조적 인물로 등장하는 여
러 사람의 경우도 가족과 생활을 함께하는 사람들 쪽보다 가족
밖에서 사회의 모습을 보여주는 홍경애와 필순이 같은 인물 쪽
이 상대적으로 더 큰 비중을 차지하며 등장하고 있다는 사실도
『삼대』가 통시적인 가족사를 그리는 소설이 아니란 사실을 말해

12   유종호, 「염상섭에 있어서의 삶」, 권영민 엮음, 『염상섭 문학 연구』, 민음사, 1987,
      pp. 336~37.

주고 있습니다. 『삼대』에서 세 명의 인물이 동시적 공간 속에 존재하게 만든 이유는 이들이 건설해놓은 가족의 내력을 차근차근 들려주기 위해서가 아니라, 그렇게 할 때 세 세대 사이에서 벌어지는 온갖 긍정적 행태와 부정적 행태들이 상호 대비를 통해 더욱 잘 드러나는 까닭입니다. 『삼대』는 다양한 가치관을 지닌 인간군이 뒤엉켜 있는 당대 사회의 축소판이라고 생각하는 것이 소설의 실상에 어울리는 적절한 판단일 것입니다.

염상섭의 「만세전」은 이전에 씌어진 소설들과 그물망처럼 얽혀 있다는 이야기를 첫머리에서 했습니다만, 그렇기 때문에 『삼대』에서 생생하게 살아 있는 인물들은 대체로 작가 자신이 『만세전』을 비롯한 여러 소설 속에서 발전시켜온 인물들입니다. 일본 유학생 신분인 조덕기, 타락한 기독교인인 조상훈, 유부남과의 연애 사건을 일으키는 홍경애와 김의경 같은 주요 인물의 경우 우리는 유사한 방식으로 행동하는 인물들을 이전의 다른 소설 속에서 여러 명 찾아낼 수 있습니다. 이런 사실, 특히 부정적이고 타락한 인물을 생동감 있게 그리고 있다는 사실이 말해주는 것은 『삼대』의 인물들이 하루아침에 태어나지 않았다는 것과 이 소설의 성공에는 이유가 있다는 것입니다.

염상섭의 『삼대』에서 가장 중요한 역할을 하는 두 인물은 주인공인 조덕기와 그의 친구인 사회주의자 김병화입니다. 조덕기는 김병화의 눈길을 통해 인물의 성격이 뚜렷하게 규정되고, 김병화는 조덕기의 눈길을 통해 성격이 분명하게 드러나는 상호 조명적 관계를 만들어놓았습니다. 이 사실은 당시의 정치적 흐름이 민족주의와 사회주의로 크게 나뉘어 있었다는 사실과 일치하는 것이라 할 수 있습니다. 염상섭은 1920년대 후반에 발표한 몇 편의 비평적 글에서 당시의 정치적 흐름에 대해 입장을 밝힌 바가 있습니다. 그 글 속에서 염상섭은 민족주의와 사회주의에 대해 이렇게 이야기합니다. "민족운동은 〔……〕 민족혼의 고취와 대의명분적 정신에 입각하려" 하기 때문에 '유심적 경향'을 가질 것이다. 또 "경제 방면으로는 민족 대 민족의 노자 관계를 인식함으로 자민족의 내국적 자본주의를 긍정 또는 장려"하는 까닭에 '사회운동'에 대해 소극적 태도를 취할 것이다. 반면에 "사회운동은 〔……〕 일체의 전통을 부인"하면서 "반동의 대상을 자기 민족에 대한 압박 민족에 국한하는 것"이 아니라 '전 세계의 부르주아 계급'을 그 대상으로 삼고 있다. 이렇게 말하면서 전통문화에 대한 두 이데올로기의 태도를 다음처럼 요약합니다.

그리고 정신문화상으로 보면 민족주의를 자민족의 개성에 중심을 둔 문화—국민 문학의 수립을 기도하는 반면에 사회운동 측에서는 보편성적으로 프롤레타리아 문화—계급문학의 고조로서 전통적 관념의 파기 및 개조에 분망하게 될 것도 필연의 이세(理勢)일 것이다.[13]

염상섭의 이러한 이야기가 민족주의와 사회주의에 대해 깊이 있는 식견을 보여주는 것은 아닙니다만 우리는 이 같은 이야기를 통해 염상섭이 조덕기라는 인물과 김병화라는 인물에게 부여

13   염상섭, 「민족·사회운동의 유심적 고찰」, 『조선일보』 1927년 1월 1~15일 자.

해놓은 생각과 성격을 이해할 수 있습니다. 염상섭은, 전면적으로는 아닙니다만, 민족주의를 옹호하는 입장이기 때문에 할아버지의 유지를 받들어 가장의 자리를 잇고 돈의 가치를 긍정하는 인물, 사회주의에 대해 비판적 거리를 유지하는 조덕기란 인물을 『삼대』의 가장 핵심적인 인물로 만들었습니다. 그러면서도 민족주의에 대한 일방적 지지자가 아니었기 때문에 사회주의자인 김병화에 대해서도 일정한 공감을 가지는 인물로―염상섭은 이를 '심퍼사이즈sympathize'라 말합니다―만들어놓았습니다. 그것은 염상섭이, 사회주의가 부정적 전통을 파괴하는 작업에서는 민족주의보다 훨씬 낫다고 생각했기 때문입니다. 염상섭식의 구별에 따르면, 전통에는 민족, 환경, 언어에 의해 형성된 '평면적 전통'과 인간과 물질의 관계에 의해 만들어진 '입체적 전통'이 있는데 봉건적 계급 관계나 악습과 같은 부정적 전통은 후자에 속합니다. 염상섭은 후자인 부정적 전통은 빠르게 청산해야 한다고 생각했습니다. 이런 나름의 인식을 바탕으로 염상섭은 민족주의와 사회주의의 악수를 주장하고 있는데, 그의 이 같은 생각은 『삼대』에서 조덕기와 김병화의 우정 관계 속에 투영되고 있습니다. 예컨대 김병화가 조덕기에게 보낸 편지가 그렇다고 할 수 있습니다.

필순이가 앞서 오고 자네가 뒤쳐져 올지 그것은 모르겠지만 자네들이 시대의 꼬리를 붙들고 늘어지는 자네의 조부는 미구 불원하여 돌아가시지 않나. 그이의 지키시던 모든 범절과 가규와 법도는 그 유산 목록에 함께 끼어서 자네에게 상속할 모양일세마는, 자네로 생각하면 땅문서만이 필요한 것일세. 그러나 그 땅문서까지가 대수롭지 않게 생각될 날이 올 것일세. 자네에게는 시대에 대한 민감과 양심이 있는 것을 내가 잘 아니까 말일세.[14]

여기에서 사회주의자인 김병화는 자신의 친구가 봉건적 악습을 유지하는 가장의 자리와 함께 그것을 뒷받침해주는 지주의 자리를 고스란히 이어받을 것이라고 예견하면서 먼저 악습을 철폐하고 이어서 빠른 시간 내에 지주의 자리도 내놓으라고 충고하고 있습니다. 이러한 김병화의 충고는 물론 『삼대』에서 결말이 난 것은 아니지만 조덕기란 인물의 면면으로 보아 전면적으로 수용될 것으로 보이지는 않습니다. 조덕기가 할아버지 조의관처럼 가난한 사람에게는 인색하면서도 그럴듯한 가계를 만들기 위해 족보를 새로 꾸미고 봉분을 새롭게 단장하는 일에 막대한 돈을 낭비하는 인물이 되지 않을 것은 분명합니다. 주인공인 조덕기는 잘못된 욕망이 빚어낸 축첩과 가식적인 봉제사 등의 인습은 답습하지 않을 각오가 확실한 인물이어서, 병화와 필순이네 가족에 대한 물질적 후원에서 보듯 자신의 재부를 조의관처럼 이기적으로 사용하지도, 조상훈처럼 애욕과 도박에 탕진하지도 않을 것이기 때문입니다. 반면에 조덕기가 김병화에게 보낸 편지는 이렇습니다.

14　염상섭, 『삼대』, 문학과지성사, 2004, p. 403.

자네는 투쟁 의욕—이라느니보다도 습관적으로 굳어버린 조그만 감정 속에 자네의 그 큰 몸집을 가두어버리고 쇠를 채운 것이, 나 보기에는 가엾으이. 의붓자식이나 계모 시하에서 자라난 사람처럼 빙퉁그러진 것도 이유 없는 것이 아니요 동정은 하네마는 그런 융통성 없는 조그만 투쟁 감정을 가지고 큰 그릇 큰일을 경륜한다는 것은 나는 믿을 수 없네. 그건 고사하고 내게까지 그 소위 계급 투쟁적 소감정으로 대하는 것이 옳은 일일까?[15]

염상섭은 『삼대』에서 사회주의 이념 자체에 대해서는 어떤 논리적인 비판도 표명하지 않습니다. 그것은 새로운 시대의 탄생을 위해서는 구시대의 잔재들을 청산해야 하고 그러한 청산 작업에는 사회주의가 민족주의보다 더 효과적이라고 생각했던 까닭입니다. 그래서 위의 글에서 보듯 사회주의자가 자신의 신념을 관철하는 투쟁 방식과 생활 태도를 비판하면서 이어지는 대목에서 좀더 넓은 마음으로 아버지와 화해하고 귀가할 것을 종용합니다. 또 나이 어린 필순이를 사회주의자로 만들려는 시도에 대해서도, 그녀에게 자발적으로 선택할 기회를 주어야 한다고 충고합니다. "앞서 산 사람이 자기의 뒤틀린 경험과 사상과 습관 속에 뒤에 오는 사람을 가두어 넣으려 하는 데서" '비극의 씨'가 뿌려진다면서 그런 비극을 반복해서는 안 된다는 것이 그 이유입니다.

<hr />

15 같은 책, pp. 295~96.

이렇듯 조덕기와 김병화의 면모에는 염상섭이 파악한 당대의 정치적 흐름과 그 흐름에 대한 그의 입장이 개입되어 있습니다. 그렇지만 인물의 형상화란 측면에서 볼 때 사회주의자인 김병화보다도 민족주의자인 조덕기가 훨씬 더 생동감 있게 그려진 것은 작가의 애정과 관심이 조덕기 쪽에 기울어져 있었기 때문입니다. 사회주의자의 이념과 행동 방식에는 작가가 익숙하지 못한 여러 측면이 있었다는 이유도 작용했겠지만 근본적인 이유는 역시 자신이 다른 입장에 서 있었기 때문이라 판단하는 것이 올바른 이야기라고 생각합니다.

염상섭이 『삼대』에서 가장 부정적으로 그려놓은 인물은 아버지 조상훈입니다. 주인공이 "봉건시대에서 지금 시대로 건너오는 외나무다리의 중턱에 선 것 같다"[16]라고 생각하는 아버지의 행태는 위태롭기 짝이 없을 뿐만 아니라 타락해 있습니다. 조상훈은 마땅히 집안을 물려받아야 할 위치에 있는 아들이지만 기독교인임을 내세워 제사를 거부하고 그러면서도 여자와 노름에 빠져 있어서 조의관으로부터 자식 취급을 받지 못하는 인물입니다. 조의관이 생각하기에 그런 아들은 재산을 관리하며 일가를 이끌어나가야 하는 자리에 대단히 부적절한 인물입니다. 아들인 조덕기의 눈에도 아버지의 모습은 대단히 한심합니다. 애욕에 사로잡혀 축첩을 일삼고 도박에 빠져 재산을 탕진하면서 할아버지의 돈만 호시탐탐 노리고 있는 아버지의 모습은 인습에 얽매인 할아버지보다도 훨씬 더 부정적으로 간주됩니다.

16 같은 책, p. 50.

염상섭이 기독교인을 부정적으로 그린 것은 『삼대』가 처음이 아닙니다. 이미 이전에 발표한 「제야」 「E선생」 「너희들은 무엇을 얻었느냐」 등의 작품에서 조상훈의 모델이 되는 부정적 기독교인의 모습을 여러 차례 그렸습니다. 이런 점에서 기독교인에 대한 염상섭의 부정적 묘사는 상당히 뿌리가 깊은 셈입니다. 그렇다면 그 이유가 무엇일까요? 그 답을 『삼대』에서 찾아본다면 이렇습니다.

> 이삼십 년 전 시대의 신청년이 봉건 사회를 뒷발길로 차 버리고 나서려고 허비적거릴 때에 누구나 그리 했던 것과 같이, 그도 젊은 지사(志士)로 나섰던 것이요, 또 그러느라면 정치적으로는 길이 막힌 그들이 모여드는 교단(敎壇) 아래 밀려가서 무릎을 꿇었던 것이 오늘날의 종교 생활의 첫출발이었던 것이다.[17]

이와 같은 서술에 따른다면, 아버지 조상훈은 제대로 된 우국지사도 올바른 믿음을 가진 신앙인도 못 된 사람입니다. 그의 경우 봉건사회를 타파하겠다는 지사의 길은 식민지가 되면서 막혀 버렸고 올바른 신앙인의 길은 애초부터 믿음에서 시작하지 않았기 때문에 실천할 수가 없습니다. 그것이 타락의 근원적 이유입니다. 조상훈은 조의관의 돈을 등에 업고 교회의 교육 사업에 뛰어들어 한때 명망 있는 교육자의 이미지를 구축하기도 했지만

---

17 같은 책, p. 49.

그의 내면세계는 성실한 신앙인이 아니어서 빠르게 타락의 길로 치달립니다. 이런 아버지의 모습에 대해 아들인 조덕기는 어머니에게 이렇게 말하고 있습니다. "밤 10시까지는 설교를 하시고, 그리고 10시가 지나면 술집으로 여기저기 갈 데 안 갈 데 돌아다니시니 그러면 세상이 모르나요, 언제든지 알리고 말 것이오……"[18]라고 말입니다. 우리는 여기에서도 조상훈이란 인물에 투영된 염상섭의 생각을 읽을 수가 있습니다. 미국 유학을 다녀온 기독교인 조상훈이 제사를 거부하는 일에서 볼 수 있듯, 염상섭은 급진적으로 전통을 부정하는 방식에 동의하지 않습니다. 자신의 능력과 자질이 미치지 못하는 변화에 대해 염상섭은 곱지 않은 눈길을 보냅니다. 그러면서 전통의 선택적 부정과 수용을 통해 점진적으로 세상을 바꾸어나가려는 조덕기를 바람직한 인물로 내세우고 있는 것에서 혁명이 아니라 개혁을 선호하는 염상섭의 모습을 읽을 수 있습니다.

염상섭의 『삼대』에서 가장 빛나는 부분은 죽어가는 조의관이 손자인 조덕기를 불러 앉혀놓고 금고 열쇠를 물려주며 열쇠와 사당에 대해 유언을 하는 장면입니다. 이 장면에 대해서는 이미 많은 사람이 논했지만 중요한 대목인 만큼 다시 살펴보겠습니다.

"공부가 중하냐? 집안일이 중하냐? 그것도 네가 없어도 상관없는 일이면 모르겠지만 나만 눈감으면 이 집 속이 어떻게

18 같은 책, p. 41.

될지 너도 아무리 어린애다만 생각해봐라. 졸업이고 무엇이고 다 단념하고 그 열쇠를 맡아야 한다. 그 열쇠 하나에 네 평생의 운명이 달렸고 이 집안 가운이 달렸다. 너는 열쇠를 붙들고 사당을 지켜야 한다. 네게 맡기고 가는 것은 사당과 그 열쇠—두 가지뿐이다. 그 외에는 유언이고 뭐고 다 쓸데없다. 이때까지 공부를 시킨 것도 그 두 가지를 잘 모시고 지키게 하자는 것이니까 그 두 가지를 버리고도 공부를 한다면 그것은 송장 내놓고 장사 지내는 것이다. 또 공부도 그만큼 했으면 지금 세상에 행세도 넉넉히 할 게 아니냐."[19]

이 장면은 조의관이란 인물의 됨됨이를 우리 앞에 선명하게 전달하고 있습니다. 평생 동안 어떤 생각으로 살아온 사람인지를 또렷하게 보여줍니다. "너는 열쇠를 붙들고 사당을 지켜야 한다"라는 말속에 조의관이 살아온 모든 의미가 집약되어 있습니다. 조의관은 이 말처럼 악착같이 돈을 모으고 남 앞에 내놓을 수 있는 가계를 꾸리는 일에 평생을 바친 사람입니다. 이러한 조의관의 모습은 우리에게 식민지 사회에서 개인이 추구해야 할 가치에 대한 문제를 의미있게 제기해주고 있습니다. 신분제가 철폐되고 과거를 통한 출세가 막혀버린 식민지 사회에서 개인과 가문의 존엄을 지킬 수 있는 가장 확실한 수단, 타인들로부터 존경과 복종을 이끌어낼 수 있는 가장 확실한 수단은 돈입니다. 조선 시대와 같은 봉건적인 사회에서는 출세한 사람이라는 신분이

19 같은 책, p. 423.

표면적으로 더욱 존경을 받았지만 식민지 사회는 그런 신분을 소멸시켰습니다. 그렇지만 돈이 개인과 가문에 대한 내면적 존경까지 보장해주는 것은 아닙니다. 이 점을 조의관은 잘 알고 있습니다. 식민지 사회에서 양반 제도는 없어졌지만 가문의 전통을 자랑으로 삼는 문화마저 사라지지는 않았습니다. 식민지 사회에서는 개인과 가족의 영예를 보장해주는 새로운 문화가 정착되지 못했기 때문에 미천한 신분의 사람들이 돈을 벌 경우 전통사회의 가문에 더 열심히 매달리며 족보를 새롭게 꾸미는 그릇된 풍조가 만연하는 경향이 있었습니다. 조의관이 악착같이 돈을 모아서 그 돈으로 조상의 봉분을 단장하고 족보를 꾸미는 것은, 자신의 집안에 대한 사회적 존경을 이끌어내기 위해서인 것입니다. 이런 점에서 본다면 조의관의 모습은 합법적으로 돈을 번 사람에 대한 존경, 품위 있는 부르주아에 대한 존경의 전통 없이 근대사회로 이행하고 있는 식민지 사회의 흥미 있는 한 단면이라 할 수 있겠습니다.

4. 인간의 내면세계에 대한 관심의 확대

염상섭이 한국소설의 발전에 기여한 가장 큰 공적 중의 하나는 개인의 내면세계를 소설의 주요한 관심사로 끌어들여서 이에 대한 묘사를 발전시켰다는 사실입니다. 우리는 염상섭의 데뷔작인 「표본실의 청개구리」가 우울증 환자의 내면 고백 형식을 띠고 있다는 사실을 알고 있습니다. 그리고 『만세전』의 주인공 이인화도 아내와의 애정 없는 관계에 대한 번민 등으로 말미암아 우울증 비슷한 증세에 시달리는 모습을 봅니다. 이런 점과 관련하여 김우창은 다음과 같은 요지의 말을 한 적이 있습니다. 이광수의 『무정』이나 『재생』에서는 "도덕이나 사회의 문제가 내면에서 파악되지 못하고 또 이러한 문제를 삶의 내면적인 원리로서 지닌 인물이 빚어지지 못"하고 있다. 그런데 염상섭의 경우는 다르다. "염상섭의 『만세전』을 이해하는 알맹이는 바로 주인공의 여행을 부르는 개인적인 사건과 사회 전체의 모습이 어떻게 맺어지는지를 이해하는 일이다"[20]라고 말입니다.

염상섭이 소설을 쓰기 시작한 1920년대는 새로운 의미의 사회에 대한 발견, 다시 말해 근대적인 의미의 사회에 대한 인식이 빠르게 이루어지던 시기였습니다. 특히 사회주의사상의 대두로 인해 우리가 살고 있는 사회가 단일한 것이 아니라 다양한 집단과 계급 사이에 대립과 갈등이 야기되는 어떤 것이란 이해가 이루어지고 있었습니다. 그러나 사회에 대응하는 개인의 의미, 사회적 삶과 대등한 의미를 지니면서도 사회와 분리할 수 없는 얼크러짐 속에 묶여 있는 개인의 의미를 질문하는 일은 드물었습니다. 특히 사회적 삶이 내면화된 양상과 모습에 대한 학문적 탐구와 소설적 탐구는 거의 없었습니다. 그런데 염상섭은 「표본실의 청개구리」에서, 이 소설이 탁월한 작품은 아닙니다만, 꽉 막힌 식민지 사회가 지식인에게 어떤 내면적 고통과 증상을 앓게 만드는지를 보여주었으며, 이후의 소설에서도 그러한 진지한 탐

---

20   김우창, 「비범한 삶과 나날의 삶」, 권영민 엮음, 같은 책, pp. 350~51.

구를 계속 이어나갔습니다.

> 과연 지금 나는 정자를 내 처에게 대하는 것처럼 냉연히 내
> 버려둘 수는 없으나, 내 아내를 사랑하지 않으니만치, 또 다른
> 의미로 정자를 사랑할 수는 없다. 결국 나는, 한 여자도 사랑
> 하지 못할 위인이다.[21]

위의 인용문은 『만세전』에서 주인공 이인화가 아내가 위독하
다는 전보를 받고서도 무사태평인 자신의 태도를 반성하면서 정
자라는 일본 여성을 생각하는 장면입니다. 아내에게 냉담한 것
은 다른 여자, 정자에게 반해서인가? 반드시 그런 것은 아닌 것
같다. 사랑이 없어서인가? 그렇다면 정자도 사랑할 수 없을 것이
아닌가? 이런 식의 내면적 문답을 주인공은 거듭하고 있는 것입
니다. 그의 이런 모습은 소설에서 이후의 전개 과정을 통해 점진
적으로 그 사유가 밝혀집니다만 식민지 사회의 여러 전통과 문
화에 관련되어 있습니다. 좀더 구체적으로 말해 축첩과 조혼 제
도, 전통적인 가족 관계 등과 얽혀 있을 뿐만 아니라, 자유연애
가 확산되고 주인공 자신이 그러한 문화적 세례를 받은 식민지
지식인이라는 사실과도 얽혀 있습니다. 『만세전』의 주인공은 그
래서 정자에게 쉽게 접근하지 못할 뿐만 아니라 김천에서 만난
형이 축첩한 사실도 탐탁하게 여기지 않습니다. 이런 점에서 염
상섭은 한 개인의 내면세계에 개입해 들어온 여러 가지 사회적

---

21 염상섭, 『만세전』, p. 13.

문제를 진지하게 소설적 탐구의 대상으로 삼은 사람입니다.

염상섭의 소설이 보여준 내면세계의 확장은 그가 반성적 지식인으로서 균형 잡힌 시각을 지닌 소설가였다는 사실과도 깊은 관계가 있습니다. 이런 염상섭의 태도는『삼대』에서 수원댁이 저지른 비소 중독 사건과 아버지가 저지른 유언장 위조 사건을 이성적으로 처리하는 데에서 볼 수 있습니다.

다음에 또 한 장 내놓았다.

"이럼 이것은?"

덕기는 대답할 수 없었다. 처음 것과 같은 날짜로 정미소를 상훈이에게 준다는 역시 조부의 유서이다. 물론 필적도 같다.

"조부의 필적입니다."[22]

주인공이 이처럼 거짓말로 아버지의 행위를 합리화해주는 데에는, 물론 부자 관계라는 인륜적 측면도 작용하고 있지만, 진실을 밝혔을 경우에 야기될 엄청난 파장을 고려하고 있다는 측면이 더 크게 작용하고 있습니다. 조덕기라는 인물은 염상섭과 마찬가지로 어떤 일의 표면만이 아니라 이면까지 통찰하고 고려하면서 신중하게 행동하는 인물입니다. 염상섭은『삼대』에서 돈의 문제, 인간에 대한 판단, 풍속과 이념에 대한 호오, 민족 현실에 대한 인식 등 거의 모든 문제에서 상대방의 입장을 고려하며 일방적 긍정이나 부정을 절제하는 조덕기란 인물을 만들어놓았습

22   염상섭,『삼대』, p. 667.

니다. 그는 특정한 방향으로 쉽게 경도되지 않는, 균형 잡힌 시각을 보여주는 인물입니다. 상당수의 사람들은 주인공 조덕기가 균형 잡힌 시각을 보여주는 것은 염상섭이 지녔던 일종의 '절충적 시각' '중간파적 시각' 때문이라 설명하고 있습니다만 저는 약간 다르게 생각할 필요가 있다고 보는 입장입니다. 염상섭이 균형 잡힌 시각을 보여주는 것은 애매한 입장 때문에 생겨난 것이 아니라, 상대의 입장에 서서 사건의 양면성을 고려하는 데에서 생겨난 것이라고 생각하기 때문입니다. 많이 알게 되면 쉽게 결정하지 못한다는 말이 있는 것처럼 염상섭은 이런 균형 잡힌 시각으로 인해 쉽게 결단을 내리지 못하며 망설이고 번뇌하는 인물을 그리는 측면이 있습니다. 이를테면『삼대』의 마지막 장면에 묘사된 주인공 조덕기의 내면세계를 우리는 그러한 맥락에서 이야기할 수 있습니다.

　덕기는 병원 문 안으로 들어서며, 아까 보낸 부의가 적었다는 생각이 들자 나올 제 돈을 좀 가지고 올걸! 하는 후회가 났다. 그것은 필순에게 대한 향의로만이 아니었다.
　"구차한 사람, 고생하는 사람은 그 구차, 그 고생만으로도 인생의 큰 노역이니까, 그 노역에 대한 당연한 보수를 받아야 할 것이 아닌가?"
　이런 도의적 이념이 머리에 떠오르는 덕기는 필순이 모녀를 자기가 맡는 것이 당연한 의무나 책임이라는 생각도 드는 것이었다.[23]

여기에 묘사된 주인공의 내면세계에는 일차적으로는 부자가 가난한 사람을 돕는 게 당연하다고 생각하는 조덕기의 휴머니즘과 그런 생각이 혹시라도 필순에게 쏠리는 자신의 어떤 감정 때문이 아닌가 하는 반성적 의식이 작용하고 있습니다. 또 주인공이 "자기 부친이 경애 부친의 장사를 지내주던 생각을 하며 자기네들도 그와 같은 운명에 지배되는가 하는 이상한 생각"[24]에 사로잡히는 모습이 이 점을 말해줍니다. 아버지와 홍경애의 관계처럼 되는 것을 두려워하고 있으며, 필순이 문제를 자신이 책임지겠다고 병화에게 언급했던 사실과 사회주의자인 병화가 부잣집 자식인 주인공을 바라보는 시선에도 그런 감정은 작용하고 있습니다. 조덕기가 돈을 더 가지고 나오지 않은 것은 생각이 없어서가 아니라 이처럼 그의 머릿속이 복잡한 까닭입니다. 필순에 대한 불투명한 연정과 그런 자신을 바라보는 가족과 친구 등의 시선을 생각하면서 머리가 복잡해졌기 때문입니다. 필순이 모녀를 맡을까 말까 망설이는 것도 주인공의 그런 복잡한 심리와 관련되어 있습니다. 파산한 집안의 처녀를 첩실로 들여앉히는 것으로 비칠 가능성 때문에 일방적으로 판단하지 못하고 있는 것입니다. 이처럼 조덕기의 내면세계는 순수하게 개인적인 의식으로 채워져 있지 않습니다. 그의 내면세계는 사회와의 관계 속에 복잡하게 얽혀 있습니다. 염상섭은 이렇게 자신의 소설

---

23 염상섭, 『삼대 · 하』, 창작과비평사, 1993, p. 322. 필자의 이 글에서는 문학과지성사판 『삼대』를 주 텍스트로 사용했는데 이 부분에서만은 논의의 필요상 창작과비평사판 『삼대』를 인용했다. 창작과비평사판의 결말 부분이 1930년대 출간된 소설의 원형에 더 가깝기 때문이다.

24 염상섭, 『삼대』, p. 680.

속에 개인의 내면세계라는 영토를 개척함으로써 우리 소설의 지
평을 넓혔습니다.

이청준 문학의 근원을 찾아서
─소설의 원형, 원형의 소설 형식에 대한 고찰

1

　자서전은 '말하는 행위'의 주체와 '말하는 내용'의 주체를 동일
인물로 간주해도 좋다는 약속을 내포한 형식이어서 어떤 경우이
건 일인칭으로 환원되어야만 성립될 수 있는 이야기라고 할 수
있다. 1969년에 발표된 이청준의 『씌어지지 않은 자서전』은 '나'
라는 일인칭 주인공이 등장하는 소설이면서 '자서전'이란 제목
까지 달고 있다. 이런 점들은 이 소설이 '그'라는 삼인칭으로 환
원시킬 수 없는 자서전의 서술 형식, 다시 말해 자기 자신에 대
해 이야기하는 방식을 선택함으로써 원초적으로 삼인칭 화자를
거부할 수밖에 없는 서술 형식을 가지게 되었다는 사실을 말해
주고 있다. 이처럼 이청준의 『씌어지지 않은 자서전』은 자기 자
신에 대해 이야기하는 형식을 취함으로써 모든 소설은 자전적이

라고 말하는 경우보다. 삼인칭소설과 작가와의 동일시를 염두에
둔 일반적 경우보다 훨씬 강도 높은 동일시 현상을 허용하고 있
다. 더구나 이청준의『씌어지지 않은 자서전』은 그의 초기작이면
서 이제 막 소설가의 길에 들어선 일인칭 화자를 주인공으로 등
장시키고 있기 때문에 소설가 이청준과 이 소설에 등장하는 '나'
란 인물의 유추적 동일시를 부추기는 측면도 없지 않다. 그렇기
때문에 이청준의『씌어지지 않은 자서전』은 '자서전'이란 제목을
붙이게 만든 특별한 자전적 성격에 대한 우리의 특별한 호기심
을 자극하고 있다.

그럼에도 이청준의『씌어지지 않은 자서전』은 자서전이 아니
다.『씌어지지 않은 자서전』은 소설의 제목으로 '자서전'이란 명
칭을 달고 있고 일인칭 화자를 등장시키고 있지만, 서술의 방식
과 서술된 내용은 자서전의 약속을 따르지 않고 있다. 이 사실
을 우리는 이 소설이, 자서전이 일반적으로 가지고 있는 통시적
인 서술 시각, 출생에서부터 현재에 이르기까지의 '나의 생애'를
순차적으로 서술하는 기본 구조로 이루어져 있지 않다는 점에서
쉽게 확인할 수 있다.『씌어지지 않은 자서전』은 이를테면 유년
기의 가난으로부터 시작하여 온갖 역경을 불굴의 의지로 이겨내
면서 마침내 지금의 성공에 도달하는 식의 생애사가 아닌 것이
다.『씌어지지 않은 자서전』은 유년기의 허기로부터 시작하여 화
자 자신의 삶에 대한 이야기를 순차적으로 전개하는 서술 방식
을 부분적으로 지니고 있지만 전체적으로는 전기적 서술 방식과
현저히 다르다. 그리고 현재의 시점에서 과거를 되돌아보며 '나
의 생애'를 진술하는 부분마저도 항상 개인적인 이야기를 넘어

사회의 문제로 확산되고 있다. 이 사실을 우리는 왕이란 인물에 대한 나의 관찰과 분석, 시인 윤일과 여자 친구가 겪는 각박한 삶에 대한 진술 등에서 손쉽게 확인할 수 있다.

그렇다면 『씌어지지 않은 자서전』이란 소설이 가지고 있는 범상하지 않은 자전적 요소를 우리는 어떻게 이해하는 것이 좋을까? 다시 말해 작가가 제목에 붙여놓은 '자서전'이란 단어의 의미를 소설 속에서 전개되는 자전적 이야기와 관련하여 어떻게 이해하는 것이 바람직할까? 이 같은 의문을 해소하기 위해서는 이 소설이 지닌, 이청준의 소설의 미래를 예고해주는 측면, 이후 소설의 원형 혹은 근원으로 기능하는 측면에 주목할 필요가 있다고 생각한다. 이청준의 『씌어지지 않은 자서전』에서 '씌어지지 않은'이란 말은, 그가 '앞으로 써나갈' 혹은 '앞으로 걸어가게 될'이란 의미를 가지고 있으며, '자서전'이란 '소설'에 다름 아니라는 의미를 지니고 있는 까닭이다. 그래서 우리는 이 소설을 읽을 때 '씌어지지 않은 자서전'이란 말속에 녹아 있는 의미 변용, "모든 소설은 자전적이다"라는 일반적 명제를 넘어서는 이청준 특유의 의미 변용을 발견할 필요가 있는 것이다.

2

이청준은 『씌어지지 않은 자서전』을 1969년 세상에 처음 내놓았다. 그리고 한참의 세월이 지난 후 이 소설에 대한 자신의 짧은 소회를 '작가의 말'이란 제목을 붙인 글로 '1985년 10월'과

'1994년 초가을', 두 차례에 걸쳐 풀어놓았다. 그중 첫번째 글은
『씌어지지 않은 자서전』 첫머리의 모든 문장 속에 빠짐없이 '쑥
스럽다'는 단어를 등장시켜 "세느의 동네는 모든 것이 여전히 쑥
스러웠다"라고 시작하고 있다. 그리고 "아 이 동네 이 거리 이
다방에서는 모든 것이 언제까지나 이렇게 쑥스럽기만 할 것인
가. 아니 나 혼자만 이토록 언제까지나 쑥스러울 것인가. 여전
히 쑥스러울 것인가"[1]라는 말로 마치고 있다.『씌어지지 않은 자
서전』의 첫머리가 "다방 세느 부근에서는 쑥스럽지 않은 일이 없
다. 거리의 풍경이나 사람들의 거동이나 다방 안의 대화나 일대
에 진을 치고 있는 하숙가의 풍속이나 쑥스럽지 않은 것이 한 가
지도 없다"라는 말로 시작한다는 사실을 염두에 둘 때, 그로부터
17년 후인 1985년에, 이청준이 이처럼 소설의 시작 부분과 의도
적으로 유사하게 「작가의 말」을 쓴 이유는 무엇일까? 그 이유를
우리는 "모든 것이 여전히 쑥스러웠다"라는 말의 '여전히'란 단
어에서 짐작할 수 있다. 17년 가까운 세월이 흘렀음에도 그를 불
편하고 부자연스럽게 만들었던 것들이 여전히 그대로라는 생각,
그가 변화하거나 사라지기를 바랐던 것들이 변함없이 그대로 있
다는 생각이 그러한 소회를 쓰게 만든 것이다. 다시 말해 『씌어
지지 않은 자서전』에서 집요하게 되물은 소설 쓰기에 대한 의미,
소설 쓰기에 부여한 개인적·사회적 의미가 17년 후에도 그 의
미를 거의 그대로 유지하고 있다는 이야기를 '쑥스럽다'는 말을
되풀이하는 방식 속에 담아놓고 있는 것이다. 이 사실을 우리는

1   이청준,『씌어지지 않은 자서전』, 장락, 1994, pp. 252~53.

"아 이 동네 이 거리 이 다방에서는 모든 것이 언제까지나 이렇게 쑥스럽기만 할 것인가"란 탄식에서 충분히 짐작할 수 있다.

그런데 그가 1994년에 또다시 이 소설의 뒤에 붙인 두번째 「작가의 말」은 1985년의 경우와는 상당히 다르다. 먼저 이 글은 '쑥스럽다'는 모호하고 상징적인 단어를 전혀 사용하지 않고 있다. 그리고 비록 비유적인 말을 통해서이지만 이전과는 달리 『씌어지지 않은 자서전』이 어떤 문제에 대한 이야기이며 그 이야기를 통해 자신이 희망했던 것이 무엇인지를 비교적 분명하게 밝히고 있다.

1968년을 전후해 씌어진 이 『씌어지지 않은 자서전』 역시나 자신을 포함한 그 시절 젊은이들의 삶과 얼룩과 상처에 대한 이야기다. 애초에 상처의 흉터를 안고 나온 소설인 셈이다.

그러나 그것이 비록 아픈 상처의 이야기일망정, 소설작품으로서도 이런저런 홈과 흉터가 많은 졸작일망정, 나는 그를 통해 그 시절 우리 삶의 참모습과 거기 숨은 속뜻을 온전히 다 보여줄 수 있게 되기를 간절히 바랐을 것이다.

그 흉한 상처와 흉터들로 해서나마 나름대로 제 값을 지녔음직한 말그릇으로 여겨지기를 바라기는 그로부터 이십 년이 훨씬 지난 지금에도 물론 마찬가지다.[2]

이처럼 두번째 글에서 이청준은 『씌어지지 않은 자서전』은

---

2   같은 책, pp. 254~55.

"나 자신을 포함한 그 시절 젊은이들의 삶과 얼룩과 상처에 대한 이야기"라고 고백하면서, 이 소설을 통해 "그 시절 우리 삶의 참모습과 거기 숨은 속뜻을 온전히 다 보여줄 수 있게 되기를 간절히 바랐"었다고 말하고 있다. 이러한 그의 말을 참고 삼아 여기서 잠시 '쑥스럽다'는 단어에 담긴 구체적 의미를 추적해보면 이렇다. 1968년을 전후한 시기에 그에게는 '쑥스럽다'는 말이 함축한 의미처럼 자신을 몹시 불편하고 부자연스럽게 만드는 어떤 '아픈 상처'가 있었으며, 그 상처는, "나 자신을 포함한 그 시절 젊은이들의 삶과 얼룩"에 관련된 것이었다. 그래서 그는 "그 시절 우리 삶의 참모습과 거기 숨은 속뜻을 온전히 다 보여줄 수 있게 되기를" 간절히 바라면서 『씌어지지 않은 자서전』이란 소설을 썼다.

그렇다면 이청준이 말하는 '아픈 상처'에 관한 내막은 무엇일까? 그것은 『씌어지지 않은 자서전』을 조심스럽게 읽어보면 어느 정도 짐작할 수 있다. 『씌어지지 않은 자서전』 속에 담겨 있는 이야기는 크게 나누어 세 가지 정도로 구분할 수 있는데, 첫째는 신문관(혹은 심문관) 사내와 '나'와의 대화로 이루어지는 이야기이며, 둘째는 '나'의 직장 생활에 대한 이야기이며, 셋째는 '세느'라는 다방에 자주 드나들면서 만난 왕이라는 인물과 윤일이란 시인과 윤일의 애인 정은숙에 대한 이야기이다. 이 세 가지 이야기의 핵심 인물인 '나' '갈태' '왕' '윤일' '정은숙'은 모두 동시대를 살고 있는 젊은이들이며 하루하루를 힘들게 살고 있다는 공통점을 가지고 있다. 극심한 고통을 견디며 단식을 진행하고 있는 왕, 가난에 못 이겨 사랑마저 저버리고 자살하는 정은숙, 신문관으로 상징되는 타인/사회의 시선 앞에서 힘겨운 진술을 거듭하고 있는 '나' 등에서 보듯, 이들 모두는 생존의 문제로부터, 혹은 타인과 세계로부터 치유하기 어려운 상처를 입은 사람들이다. 이런 인물들의 모습에서 우리는 이청준이 『씌어지지 않은 자서전』에 대해 "나 자신을 포함한 그 시절 젊은이들의 삶과 얼룩과 상처에 대한 이야기다"라고 말한 이유가 무엇인지를 짐작할 수 있다.

동시에 우리는 『씌어지지 않은 자서전』의 '제3일' 부분에서 일인칭 화자인 '나'가 신문관 사내의 물음에 대답하는 형태로 4·19와 5·16에 대해 이야기하는 것을 통해 '아픈 상처'의 내막을 짐작해 볼 수 있다. 이청준은 먼저 "한 사건이 어떤 세대를 형성시킬 수 있는 경험 시기"를 사람의 의식 발달 과정에서 말한다면 대학 초기쯤이라고 전제한다. 그 이유는 이 시기가 "소극적인 경험 세계에서 비로소 현실 세계에 대한 능동적인 이해와 판단의 의지가 형성되기 시작"하는 중요한 시기이기 때문이다. 자신들의 세대는 바로 이 시기에 가능성을 의미하는 4·19와 좌절을 의미하는 5·16을 동시에 겪었고, 그래서 이 두 사건이 "판단 의지의 형성에 결정적인 작용"[3]을 했다고 말한다. 다시 말해 "경험 세계에 최초의 판단을 가하고 그 판단을 통해 의지의 틀이 지어지려는 바로 그 대학 초입기의 1년 동안에 가능성과 좌절을 의미하는 두 개의 사건"[4]을 연이어 겪었고 그 결과 언제나 선택을 망

---

3 이청준, 『씌어지지 않은 자서전』, 문학과지성사, 2014, p. 133.
4 같은 책, p. 135.

설이며 방황하는 자기 세대/4·19 세대의 의식구조가 만들어졌다는 것이다. "엄숙한가 하면 그걸 거꾸로 비웃고, 선택하여 싸우려는가 하면 단념하고 적응하려 하며, 뭔가를 좀 진지하게 읽어보려 했다가도 금세 그것이 역겨워지고 마는, 그래서 늘 허둥대"[5]는 자기 세대의 모습이 만들어졌다고 이청준은 말하는 것이다. 이런 점에서 우리는 이청준이 『씌어지지 않은 자서전』을 가리켜 동시대 젊은이들의 '삶과 얼룩과 상처에 대한 이야기'라고 말한 이유, 특히 '얼룩'이란 단어를 사용한 이유를 짐작해볼 수 있다.

세번째로 당시의 권위주의적인 권력이 '아픈 상처'를 만들어낸 중요한 원인의 하나라고 생각할 수 있다. 이 사실은 『씌어지지 않은 자서전』의 소설 구조가 10일 동안 '나'란 주인공이 신문관 사내 앞에서 진술하는 형태로 만들어져 있기 때문이며, 그러한 신문과 대답의 구조를 만들어낸 근본적인 이유가 당시의 권위주의적 권력에 있기 때문이다. 이 소설이 지닌 이 같은 구조에 관해 이청준이 말하는 것을 잠시 살펴보자.

그런데 소설을 쓰면서 피의자 의식으로 전환된 것은 그 시대가 국가 권력과의 관계에서 볼 때 국민들 모두를 피의자로 몰아넣는 시대인 것같이 여겨졌기 때문이지요. 당시의 현실은 신문자, 혹은 수사관과 피의자밖에 없는 것이라고 생각될 정도였으니까요. 사람들 모두가 자기도 모르게 역사의 피의자가 되어버린 것이지요. 사실 이런 상상력은 카프카가 이미 보여

5   같은 책, p. 140.

준 것인데, 이런 상상력이 발동되면서 소설이나 삶 자체가 강제되는 것이다, 진술을 강요당하는 것이다,라는 생각이 강하게 들었던 것이죠. 그러니까 삶 자체가 혐의인 데다 겹쳐서 역사의 피의자까지 되었던 셈이랄까요? '삶이 억압당하고 고통받을 때 너는 역사의 바른 자리에 있었느냐?'라는 물음에서 벗어날 수 없었던 것이지요.[6]

이청준의 『씌어지지 않은 자서전』은 '피의자'가 되어 있는 소설가의 모습을 소설의 서술 방식과 외형적 짜임새에서부터 두드러지게 보여주는 소설이다. 10일 동안 신문관의 질문에 대답하는 방식으로 전개되는 이 소설의 외형적 형태야말로 자신의 소설 쓰기가 감시당하고 있다는 생각의 선명한 표현인 것이다. 위에서 이청준이 한 말을 빌린다면 "소설이나 삶 자체가 강제되는 것이다, 진술을 강요당하는 것이다"라는 생각의 반영인 것이다. 이 같은 점에서 1970년대를 전후한 시기에 발표한 『씌어지지 않은 자서전』『소문의 벽』『조율사』 등에서 집중적으로 나타나고 이후에도 지속적으로 이어지는 이러한 '감시당하고 있다는 의식'은, 소설에 국한해서 살필 때, 『씌어지지 않은 자서전』의 중요한 초기 단서의 하나라고 할 수 있다. 이청준은 『씌어지지 않은 자서전』에서 "문학예술 활동은 당사자 자신의 자기 검열 과정을 제외하고서도 늘상 다른 두 부류의 감시자들로부터 시달림을 당해

---

6 이청준·권오룡 대담, 「시대의 고통에서 영혼의 비상까지」, 『이청준 깊이 읽기』, 문학과지성사, 1999, p. 26.

오고 있었다"고 말했다. 그러면서 감시자의 "하나는 거의 언제나 그것을 달갑게 생각지 않는 정치권력이었고, 다른 하나는 의식이 오염된 소시민 대중의 자의적 일방적 간섭과 퇴영적 무관심"[7]이라고 구체적으로 적시한 바 있다. 이런 점에서 『씌어지지 않은 자서전』에 등장하는 모든 핵심적인 인물들의 모습, 신문관에게 시달리는 '나', 생활인으로 정착하지 못한 채 부유하며 시를 쓰는 '윤일', 단식을 하며 조각을 하고 있는 '왕', 전공과는 동떨어진 아르바이트로 살아가는 '정은숙', 제복에 적응하지 못해 회사에 사표를 던지는 '갈태'의 모습 등은 모두 '아픈 상처'를 안고 살아가는 동시대 젊은이들의 압축적 표현이라고 할 수 있을 것이다.

다시 되풀이하지만 이청준은 "1968년을 전후해 씌어진 이 『씌어지지 않은 자서전』 역시 나 자신을 포함한 그 시절 젊은이들의 삶과 얼룩과 상처에 대한 이야기다"라고 말했었다. 여기에서 필자는 '나 자신을 포함한 그 시절 젊은이'라는 이청준의 표현에 특별히 주목하고 싶다. 앞에서 보았듯이 이청준은 '자서전'이란 말을 소설의 제목으로 삼았지만 『씌어지지 않은 자서전』에 기록해놓은 것은 '나의 삶'이 아니라 '나 자신을 포함한 그 시절 젊은이'들의 삶이었다. 이런 점으로 미루어볼 때도 '자서전'이란 말은 소설의 제목으로 사용되었을 따름이고 이 소설에 서술된 실제 내용은 4·19세대의 상처투성이 삶과 의식 구조에 관한 것이라 할 수 있다. 그럼에도 이청준이 구태여 '씌어지지 않은 자서전'이란 말을 사용한 것에 대해서는 두 가지 이유를 생각해볼 수

7   이청준, 『씌어지지 않은 자서전』, 문학과지성사, 2014, pp. 232~33.

있다.

그 두 이유 중 작은 이유는 『씌어지지 않은 자서전』에 등장하는 '나' 이외의 인물들에 대한 이야기도 결국은 '나'와 관련된 이야기로 수렴된다는 사실과 관련이 있다. 이를테면 왕의 단식은 주인공으로 하여금 허기와 전짓불에 대한 유년기의 기억을 상기하게 만들면서 신문관 앞에서 단식 데모에 대한 문제를 진술하는 것으로 연결될 뿐만 아니라 앞으로 주인공이 살아갈 삶을 선택하는 것과도 밀접하게 관련되어 있다. 이 사실을 우리는 주인공이 왕의 단식이 언제 어떻게 끝날 것인가를 조바심치며 알고 싶어 하는 것에서 짐작할 수 있다. 기실 주인공은 왕의 단식이 진행되는 모습과 자신이 앞으로의 삶에 대한 선택을 유예하고 있는 모습을 동일시하고 있는 것이다. 그리고 윤일과 정은숙의 가난한 연애는 직장을 가지지 못한, 생활인이 되지 못한 사람들의 고통스런 모습으로 주인공의 선택에 압박을 가하고 있다. 이 점을 우리는 직접적으로는 직장을 그만두겠다는 주인공의 생각을 윤일이 강하게 만류하는 방식을 통해, 간접적으로는 주인공 자신이 매일처럼 직장 동료인 갈태로부터 어떤 소식이 오기를 초조하게 기다리는 태도에서 읽을 수 있다. 또 소설의 마지막에서 제복 입기를 거부한 갈태가 회사에 사표를 던지고 주인공 앞에 나타나는 모습은 친구의 이야기가 아니라 주인공 자신이 절실하게 선택하고 싶었던 행동을 보여주는 이야기라고 볼 수 있다. 이렇듯 '나' 이외의 인물들에 대한 이야기는 4·19 세대인 젊은이들에 대한 이야기이면서 주인공 자신의 어떤 모습에 깊이 관련된 이야기라는 점에서 이청준은 아마도 '자서전'이란 말을 사용했을 것이다.

다음으로 좀더 큰 이유는 '씌어지지 않은'이란 말과 관련이 있다. 이청준의 『씌어지지 않은 자서전』은 주인공의 현재를 중심으로 전개되는 이야기이면서 미래에 초점을 맞추고 있는 이야기이다. 『씌어지지 않은 자서전』은 10일간에 걸친 나의 사유와 행적으로 구성되어 있지만, 그럼에도 앞으로 '나'의 글쓰기가 어떻게 전개될 것인지에 대한 스스로의 예측이자 독자를 향한 예고의 성격을 강하게 지니고 있다. 다시 말해 '씌어지지 않은'이란 단서를 달고 있는 이 자서전이 목표로 하고 있는 것은 이청준 자신이 앞으로 살아갈 소설가로서의 삶에 대한 가늠인 동시에 그가 쓰게 될 소설의 모습에 대한 예고인 것이다. 이미 씌어진 자신의 삶이 이러한 것이라면 앞으로 자신이 써나갈 삶/소설의 모습은 어떤 모습이 될 것인지를 이청준은 『씌어지지 않은 자서전』이란 소설로 용의주도하게 가늠해가며 선보이는 셈이라 할 수 있다. 이런 점에서 이 소설은 이청준이 앞으로 쓰게 될 소설의 근원이자 원형이다. 이청준은 이 점과 관련하여 신문관 사내와의 마지막 대화를 이렇게 결말 짓고 있다.

소설을 계속한다면 당신에 대한 새 선고는 필요한 시기까지 미루어질 것입니다. 각하께서 확실한 심증을 얻으실 때까지 말입니다. 그리고 그때까진 내가 다시 당신 앞에 나타나는 일도 없을 것입니다. 하지만 이 점을 잊지 마십시오. 내가 당신에게 나타나지 않는 동안—, 그것은 언제까지나 당신에 대한 선고의 유예 상태가 계속되고 있는 상황이라는 점을 말입

니다.[8]

이청준은 이렇게 『씌어지지 않은 자서전』을 통해 직장 생활을 그만두고 전업 소설가의 길로 들어서게 되는 주인공의 모습을 우리에게 보여주었다. 그러면서 위에서 보듯 앞으로의 소설 쓰기를 "선고유예 상태가 계속되어지는 상황"으로 규정했다. 그러면서 소설의 성격에 대해 이렇게 말했다. "소설 역시 사내의 말대로 자기 진술의 일종이었다. 그리고 물론 가장 정직하고 성실한 진술의 형식이었다"[9]라고. 이청준에게 소설은 선고 유예 상태에서의 진술이다. 위기를 모면할 수 있는 그저 그런 진술이 아니라 반드시 가장 성실한 자기진술이어야만 목숨을 연장할 수 있는 진술이다. 이런 점에서 이청준의 경우 그가 걸어갈 소설가의 길은 '씌어지지 않은 자서전'을 써나가는 길이 된다. 그래서 이청준은 두렵다. 그 두려움은 이를테면 '나'와 신문관의 대화에서 보았듯이 그에게 소설은 '가장 성실한 자기진술'이기 때문에 빚어지는 두려움이다. 소설 속의 화자가 되풀이 허기에 대한 이야기를 하는 것에 대한 신문관의 불만에서 보았듯이 양자 사이에는 무엇을 어떻게 말하는 것이 성실하고 진실한지에 대한 커다란 견해 차이가 있다. 예컨대 주인공은 왕의 얼굴에서 허기를 읽고, 그 허기는 슬픔과 외로움의 이미지를 지닌 그 자신의 연 날리기로 이어지지만 이 같은 추상적 이야기는 신문관에게 진실된 이

8   같은 책, p. 289.
9   같은 책, p. 290.

야기로 받아들여지지 않는다. 신문관이 알고 싶어 하는 것은 화자의 내면적/본질적 진실이 아니라 사건의 구체적인 의도와 목적이다. "그런 식의 진술은 당신의 형량이나 형질을 변경시키는 데 도움이 될 수 없어요. 차라리 당신은 그 단식 사건의 사실적인 면을 진술했더라면 좋을 뻔했어요. 가령 그 단식 데모의 목적이라든가 그때의 당국에 대한 감정"[10] 같은 것이라고 신문관은 말한다. 그렇지만 소설은 '가장 성실한 자기진술'이기 때문에『씌어지지 않은 자서전』에서 주인공이 신문관 앞에서 되풀이 허기에 대한 이야기를 했던 것처럼 앞으로의 "소설 속에서도 역시 허기만을 되풀이 진술하게 될 것"이란 생각으로부터 이청준은 자유롭지 않다. 이청준은 '자기 성실성'을 지닌 자신의 소설 쓰기가 지나치게 관념적이거나 추상적인 이야기라는 추궁 앞에서 미래에도 위태롭다는 것을 스스로 잘 알고 있었던 것이다.

3

이청준의『씌어지지 않은 자서전』은 많은 점에서 자전적이다. 이 소설에는 그가 1966년경『사상계』사에 다니다가 신념에 대한 내밀한 차이 때문에 1967년에『여원』사로 옮긴 이유라든가, 이어서 곧 지나치게 세속적인『여원』사를 그만둔 이유 같은 것들이 거의 고스란히 들어 있다. 그리고 주인공이 유년기의 체험으로

<hr>

10   같은 책, p. 49.

진술하고 있는 허기와 전짓불과 홀어머니와의 생활에 대한 이야기도, 이후 그의 다른 소설에 여러 가지 모습으로 변주되어 끈덕지게 등장하는 것으로 보아, 유년기의 특별한 기억/상처와 직접적 관련이 있음에 틀림없다. 그럼에도 『씌어지지 않은 자서전』은 앞에서 자세히 살폈듯이 '자서전'은 아니다. 자서전이라기보다는 소설로 씌어진, 소설을 쓰는 이유이며, 소설가 이청준의 특별한 진실성을 담고 있는 소설이다. 그래서 당시의 시점에서 이청준 소설의 현재를 통해 미래를 예측하고 있는 이 소설은 그 자전적 성격으로 말미암아 앞으로 씌어질 '소설의 원형'이며 '원형의 소설'이 되고 있다. 이 소설은 이청준이 이후에 쓸 소설의 모범을 보여주었다는 점에서는 소설의 원형이며, 그가 이후에 쓸 거의 모든 소설이 이 소설을 발원지로 삼고 있는 것처럼 보인다는 점에서 원형의 소설이다. 이 사실은 소설이 씌어진 시기와 작품의 내용에서 『씌어지지 않은 자서전』과 직접적 형제 관계라는 사실을 쉽게 확인할 수 있는 『소문의 벽』『조율사』와 같은 작품의 경우는 물론이고 간접적인 관계를 가지고 있는 『당신들의 천국』이나 『비화밀교』 같은 작품의 경우도 그렇다고 할 수 있다. 이청준의 다음과 같은 말을 읽으면 우리는 『씌어지지 않은 자서전』이 가지고 있는 '원형의 소설'이란 측면이 『당신들의 천국』에서 어떻게 발전적 변화를 거듭하고 있는지에 대해 어느 정도 부분적인 이해를 얻을 수 있다.

요컨대 저는 그로부터 그 원장님의 순교자적 사랑과 용기가 일방적 독선에 흐르지 않고 서로 조화롭게 화동하여 그 섬 안에 '강요된 환자들의 천국'이 아니라 그들 스스로 선택하고 함께 건설해갈 공동 운명의 '보편적 인간 천국'을 실현해가는 과정, 감히 말하자면 그 과정 속의 원장님과 낙원의 숨은 향배를 짜증스럽도록 세심하게 관찰하고 되새겨보는 소설을 썼던 셈입니다. 그리고 그 소설 속에 원장님은 시종 실천적 사랑의 순교자상과, 보이지 않는 독선 속에 뭇사람들 위에 은밀히 군림해가는 독재 지배자의 개연성을 함께한 이중적인 모습으로 끊임없이 감시를 받고 계셨던 격이구요.[11]

여기에서 우리는 자신의 소설 쓰기가 보이지 않는 어떤 시선으로부터 감시 받고 있다는 생각 앞에서 이청준이 추구하는 무서운 자기 성실성이, 이번에는 거꾸로 이 세상의 정직성과 올곧음을 향해 자신의 소설이 감시의 기능을 수행하게 만들고 있는 것을 볼 수 있다. 이와 같은 점에서 이청준의『쓰어지지 않은 자서전』은 소설 자체로서도 주목할 만한 작품이지만 '소설의 원형이자 원형의 소설'이기 때문에 우리가 다른 작품을 분석하고 이해하기 위해 반드시 읽어야 할 소설이다. 정과리는 이청준의 소설을 가리켜 "하나의 이야기는 다른 하나의 이야기를 분화시키고 그 분화된 이야기는 자신을 배태한 이야기를 감싸면서 넓어진다. 그 넓어진 이야기는 또 다른 이야기를 분화시키고 그것에 감싸여서 더욱 넓어질 것이다"[12]라고 말했다. 정과리의 지적처럼

---

11   이청준, 「당신들의 천국—살아 있는 주인공 조창원 원장님께」, 『이청준 깊이 읽기』, p. 363.
12   정과리, 「용서, 그 타인됨의 세계」, 『이청준 깊이 읽기』, p. 283.

이청준의 소설은 한 작품이 다른 작품의 원인이 되면서 끊임없이 확장되는 모습을 보여주었다. 그러나 그러한 관계를 앞의 작품과 뒤의 작품이 선적으로 순차적 관계를 이루는 그런 계기적 관계로 이해해서는 안 된다. 그보다는 『씌어지지 않은 자서전』을 원천으로 동심원을 그리며 넓어지고 깊어지는 관계라고 말하는 것이 더 정확할 것이다. 이청준의 소설은 『씌어지지 않은 자서전』을 근원/모태로 삼으면서 여기에서 파생된 여러 작품이 유기적으로 긴밀한 관계를 맺는 방식으로 끊임없이 발전적 확대를 거듭한 것이다. 그래서 이청준의 소설만큼 다른 소설처럼 보이면서도 내밀한 인척 관계에 있는 소설은 많지 않다. 이청준의 소설을 『씌어지지 않은 자서전』에서부터 시작하여 주의 깊게 읽은 사람들은 그의 거의 모든 소설이 "나는 왜 소설을 쓰는가?"란 자기 질문에 대한 가장 성실한 자기진술이란 사실을 감지할 수 있는 까닭이다.

유년기의 한스러움과 고향으로 가는 힘든 여정

─이청준의 경우

1. 이청준의 부재를 되짚으며

이청준이 이 세상을 떠난 지도 어언 10년이 훌쩍 넘었습니다. 그렇지만 우리들은 이청준을 떠나보내지 못했습니다. 그것은 남다른 고결함으로 문필 활동에 종사한 이청준 선생님의 인품과 자세가 우리의 기억에 생생하기 때문이기도 하지만 그보다는 그가 남겨놓은 작품들이 지닌, 살아 있는 의미에 더 큰 이유가 있습니다. 이청준의 소설들이 과거화되기는커녕 날로 현재적 생동감을 더해가는 현실 앞에서 우리가 어찌 그를 쉽게 잊어버릴 수 있겠습니까! 이청준은 『당신들의 천국』에 대한 후일의 회고에서 보듯, 만해와 마찬가지로, 자신의 소설이 빛깔과 향기를 잃고 마른 국화꽃을 코끝에 비비는 것처럼 되어버린 시대, 그런 세상이 오기를 마음속 깊이 갈망했습니다. 그렇지만 그의 바람과는 달리 지금 우리가 살고 있는 세상은 그의 소설이 여전히 빛깔과 향기를 잃지 않고 있는 시대입니다. 그가 자신의 소설 속에서 천착해 보인, 진정한 자유에 대한 집요한 탐색과, 우리의 삶과 문화에 어울리는 해원(解冤)의 과정과, 화해와 용서를 향한 지난한 몸부림 등이 더욱 소중한 꿈과 희망으로 떠오르는 불행한 시대를 우리는 살고 있습니다.

2. 세상의 길과 소설가의 길

이청준은 '세상의 길'과 '소설가의 길'을 구분하며, 가혹할 정도로 엄격하게 '소설가의 길'을 걸어가신 분입니다. 그것은 그가 '소설가의 길'은 곧 진실의 길이며, 양심의 길이라고 규정한 탓이었습니다. 이 사실은 그가 소설가의 길을 걷기 시작하며 우리 앞에 내놓은 『씌어지지 않은 자서전』이란 소설 속에 잘 나타나 있습니다. 이 소설에서 그는 자신이 앞으로 쓰게 될 소설을 '씌어지지 않은 자서전'이라고 정의했습니다. 소설은 보이지 않는 신문관 앞에서의 자기진술이며, 그 진술에는 어떤 거짓도 끼어들어서는 안 된다, 거짓이 끼어들게 되면 소설가로서의 생명에 언제든지 사형선고가 내려질 것이라는 무서운 예언을 미리 해놓고 소설을 쓰기 시작한 까닭입니다.

이청준은 청소년기에 발군의 학업적 성취를 보였고 그로 인해 가족과 주위 사람들이 그에게 품게 되었던 기대를 저버리고 '소설가의 길'을 선택했습니다. 이청준은 가족과 친지와 이웃들이 자신에게 가졌던 기대, 다시 말해 '세상의 길', 출세의 길을 따라 주기를 바라던 모습을 『조율사』라는 소설 속에서 이렇게 기록하고 있습니다. "방학 때 집으로 내려가면 나는 어리둥절할 만큼 치켜세워졌고, 어머니와 형은 민망스러울 만큼 기대에 들떠 있었다. 그러나 나는 판사나 경찰서장이 되리라는 마을 사람들과 어머니와 형의 기대를 외면하고 대학 진학을 문학부로 작심하고 말았었다." 이청준은 미래의 출세를 보장하는 것처럼 보이는 서울대학교 법과대학에 손쉽게 합격할 수 있는 성적을 지속적으로 유지한 사람이었습니다. 그럼에도 이청준은 주위의 기대를 무시하고 독문학과를 선택했습니다. 자신의 재능과 능력으로 쉽게 얻을 수 있었던, 성공으로 뻗은 '세상의 길'을 외면했습니다.

이청준은 자신의 그러한 결정을 자신에게 거는 "기대의 중압감에서 해방"되고 싶어서였다고 소설 속에서 겸손하게 이야기하고 있습니다. 그렇지만 저는 이 겸손한 말에, 그것은 진실의 길, 양심의 길이 아니었던 까닭이란 이유를 덧붙이고 싶습니다. 우리는 사실과 진실이 반드시 일치하지 않는다는 것을 잘 알고 있습니다. 굶주린 자식을 위해 빵을 훔친 어머니는 법적으로는 유죄이지만 양심적으로는 무죄입니다. 그래서 남다른 총명함으로 이 세상의 그러한 복잡한 진실을 예리하게 뚫어 보고 있던 이청준은 일반적인 다른 사람들처럼 타인 위에 군림하며 권력을 행사하는 자리, 성공을 향한 '세상의 길'을 선택할 수 없었던 것입니다.

'소설가의 길'에서 이청준이 내린 두번째 선택은 소설가로서 자신이 걸어야 할 진정한 길에 대한 자기 나름의 심오한 모색 속에서 이루어졌습니다. 이청준은 글을 써서 오히려 세상을 어지럽히는, 거리에 이름을 내다팔아 돈과 명성을 획득하거나, 재빨리 유리한 정치적 파당에 끼어들어 자신의 이익을 도모하는 그런 부류의 소설가들과는 전혀 다른 사람이었습니다. 이 점과 관련하여 이청준은 후일 「내 허위의식과의 싸움」이란 글에서 다음처럼 자신의 생각을 밝힌 바가 있습니다.

소설질은 자기 바깥의 사람들이나 잘못된 세상과의 싸움의 양식을 취할 수도 있지만, 그렇지 못할 때는 그 자신이나 자신 속의 갈등, 허위의식 같은 것들과의 반성적 양식을 취할 수도 있을 터이기 때문이다. 그리고 전자의 경우가 더없이 투철하고 힘 있는 용기를 필요로 하는 소설의 길이라면, 후자의 경우 또한 그에 못지않게 중요한 우리 삶의 덕목으로서의 깊은 자기 성찰력, 그리고 그 허위의식과 같은 내면의 적을 향한 참된 고뇌와 정직한 투쟁이 요구되는 또 하나의 소설의 값진 길인 때문이다.

이청준은 '소설가의 길'을 걷기 시작하며 전자가 아니라 후자의 길을 선택했습니다. 그는 세상과 싸울 투철한 용기가 없어서가 아니라 타인의 눈에 끼어 있는 티는 보면서도 자기 눈의 들보는 보지 못하는 사람이 되기 싫어서 자신과 세상의 허위의식과 치열하게 싸우는 후자의 길을 선택했습니다. 그러면서 이 세상의 불의를 용납한 것이 아니라 이 세상의 불의를 근원적으로 제거하기 위해서 우리가 무엇을 해야 하는지를 깊이 있게 사유하고 천착하는 길을 걸었습니다. 거리의 함성에 목소리를 보태던 수많은 유명 작가들이 뒤바뀌는 세상 앞에서 그 수명을 다할 때, 이청준의 소설이 더욱 찬란하게 그 빛을 더 하고 있는 것은 이처럼 그가 현실 정치에 종속된 소설을 쓴 것이 아니라 현실 정치를 넘어서는 탁월한 소설을 썼기 때문입니다.

3. '우리들의 천국'에 대한 간절한 소망

이청준의 가까운 친구이자 탁월한 문학비평가였던 김현은 "문학은 비체제적이다"라는 말로 문학의 목표, 문학의 본질을 말한 적이 있습니다. 김현이 문학의 본질을 이렇게 말한 것은 당시의 우리 문학이 '반체제'를 문학의 목표로 삼았기 때문입니다. 대다수의 문학이 당대의 정치권력을 비판하고 투쟁하는 방향으로 달려가고 있을 때, 김현은 상당한 비난을 감수하며 문학의 목표는 '반체제'가 아니라 '비체제'가 되어야 한다고 말했습니다. 그 이유는 김현이 반체제 문학의 목표가 달성되었을 때 변질될 수 있는 위험성을 경계했기 때문이며, 반체제를 목표로 했던 문학이 거꾸로 체제적으로 바뀌는 것을 경계했기 때문입니다. 이 세상에는 언제나 수많은 모순이 있게 마련이고 그런 한 문학은 모순이 없는 세상에 대한 꿈을 포기해서는 안 된다, 따라서 문학은 영원히 현실과 불화하는 비체제의 길을 걸을 수밖에 없다는 것이 김현의 생각이었던 것입니다. 문학의 본질에 대한 김현의 이같은 생각을 소설 작품으로 가장 훌륭하게 구현해 보인 이는 바로 이청준입니다. 그리고 그가 의도하며 쓴 것은 아니겠지만, 『당신들의 천국』은 우리가 추구해야 할 문학의 본질에 대한 뛰어난 귀감이 되고 있습니다.

이청준은 우리가 살고 있는 이 나라가 '당신들의 천국'이 아니라 '우리들의 천국'이 되기를 간절히 소망하며 이 소설을 썼습니다. 이 소설을 쓸 당시 개발독재를 이끌어가던 사람들이 보여준 미래상을 '당신들의 천국'이라고 시사적으로 표현하면서 그 '당신들의 천국'이 궁극적으로는 '우리들의 천국'이 되기를 바라는 꿈을 이 소설 속에 담았습니다. 그리고 이 소설을 펴낸 지 14년 후에 이런 말을 덧붙이고 있습니다.

"나는 우리가 소망하던 '우리들의 천국'이 이 땅에 도래해서 사람들이 이 소설을 읽으며 더 나은 세상에 대한 꿈과 희망을 가지는 일이 없기를 바랐다. 그런데 아직도 여전히 이 소설은 사람들에게 의미있게 읽히고 있다. 개발독재의 주역들이 물러가고 새로운 정치 주역들이 등장했지만 더 나아진 것이 없다. 정치 만능의 힘겨루기 판으로 흘러가는 이 현실은 인간의 고유한 가치와 덕목에 대한 도외시라는 점에서 이전의 권력과 아무런 차이가 없다. 그래서 내 소설의 의미는 아직도 끝나지 않았다"라고 말입니다.

이청준의 '당신들의 천국'에 대한 비판과 '우리들의 천국'에 대한 소망은 개발독재 시대, 권위주의 시대에 대한 한정된 비판이 아닙니다. 그랬다면 이청준의 이 소설은 그 흔한 반체제 소설 중 하나가 되었을 것이고, 개발독재 시대의 종말 혹은 민주화의 달성과 함께 그 의미가 소멸되었을 것입니다. 이청준의 이 소설은 개발독재 시대를 배경으로 태어났지만 특정 정치 집단에 대한 비판과 부정을 목표로 한 소설이 아닙니다. 그보다는 우리 인간 관계를 구성하는 지배와 피지배, 사회의 의미와 개인의 의미, 지도자의 책임과 개인의 자유 문제에 대한 심도 있는 탐색이자 천착입니다.

이청준이 꿈꾼 '우리들의 천국'은, 제 생각으로는, 우리 인간의 역사 속에서는 쉽게 달성되지 않을 것입니다. 우리는 선 그 자체인 신이 아니라 선악을 동시에 지닌 인간이기 때문입니다. 인간의 역사가 지속되는 한 모순은 영원히 있을 것이기 때문입니다. 그리고 바로 그렇기 때문에, 이 소설은 문학이 영원히 비체제적이어야 한다는 명제와 나란히 살아갈 것입니다. 이청준의 『당신들의 천국』에 담긴 간절한 소망은 문학의 본질을 되새기게 만드는 의미를 다하지 않을 것입니다.

4. '나'의 고향을 '우리'의 고향으로 만드는 여정

이청준은 자신의 고향 장흥을 우리 모두의 고향으로 만들어 놓은 걸출한 소설가입니다. 그가 태어나서 자란, 장흥의 회진이란 바닷가 마을은, 그의 기억과 소설 속에서는 물론 특별한 장소라 할 수 있겠습니다만, 굶주림이 뒤덮고 있던 당시의 우리나라 여건에서 볼 때 다른 지역보다 유별난 장소는 아니었습니다. 해방과 전쟁을 거치면서 굶주림이 전 국토를 뒤덮고 있던 시기에 이청준이 유년기에 장흥에서 겪은 허기는 그만이 겪은 수난은 아니었습니다. 그렇지만 다른 지역 사람들의 굶주림은 기억에서 사라진 반면 이청준이 장흥에서 겪은 허기와 굶주림은 그의 탁월한 소설적 표현을 통해 영원히 잊어버릴 수 없는 공감을 얻었습니다. 「눈길」과 「서편제」를 비롯한 그의 수많은 소설에 기록된 남도 사람들의 삶 역시 마찬가지입니다. 이렇게 장흥은 이청준을 낳았기 때문에 우리 모두가 도저히 잊어버릴 수 없는 장소, 즉 우리의 고향이 되었습니다. 장흥은 이청준이란 소설가에게 고향을 주었고, 우리는 이청준으로 말미암아 장흥을 우리 모두의 고향으로 기억하게 되었습니다.

이청준은 자신을 키워준 고향에 대한 면면한 애정을 일종의 원죄라고 고백하면서 자신의 소설이 그러한 원죄의식의 소산이라고 말한 적이 있습니다. 그래서 "내 삶과 문학에 대한 은혜를 따지자면야 그 삶을 주고 길러준 고향과 그 고향의 얼굴이라 할 '어머니'를 앞설 자리가 있으랴"라고 여러 차례 썼습니다. 이처럼 이청준의 의식 속에서 고향은 특별한 장소였습니다. 그 특별한 장소인 고향에 대한 원죄의식을 이청준은 "삶의 출발이 남루해서"라는 말로 간단하게 요약한 적이 있습니다.

그리고 나는 그 고향을 가난하고 남루하게 떠났습니다. 하고 보니 나는 늘 가난한 고향이 부끄러웠고 그 고향에서 쫓겨난 꼴이 된 자신이 부끄러웠습니다. 그때 심하게도 나도 그 고향을 버리고 나온 것이라고까지 생각하게 됐습니다. 나이가 좀 들고 난 뒤 그 고향과 화해를 하고 그곳을 다시 찾고 싶어졌을 때 그 옛날의 일들은 나를 더욱 부끄럽게 했습니다. 쫓겨

난 자가 그를 쫓아낸 땅을 다시 찾아들 때, 스스로도 그것을
버렸다고 생각한 일, 그곳으로 다시 돌아가는 일들이 부끄럽
게 여겨지지 않을 수 없었습니다. 나는 지금도 고향을 찾을 때
면 공연히 무언가 떳떳지가 못한 느낌 때문에 될수록 날이 어
두운 때를 타서 들고나곤 합니다. 그 부끄러움이 내 소설을 쓰
게 하는 것 같은 느낌이 들 때도 있습니다.

이청준이 "그 부끄러움이 내 소설을 쓰게 하는 것 같은 느낌
이 들 때도 있습니다"라 말한 것처럼, 그의 소설 곁에는 늘 고향
이 있었습니다. 이청준이 초기에 쓴 『소문의 벽』 『조율사』 『씌어
지지 않은 자서전』 등 뛰어난 소설들은, 바로 그의 고향인 장흥
에서 비롯된 원죄의식의 발전이었습니다. 이청준이란 걸출한 소
설가의 내면에 도사린 원죄의식의 발전이자 변형이었습니다. 이
청준은 유년기와 청소년기에 여러 차례 고향에 대한 부끄러움과
죄의식에 시달리는 체험을 했습니다. 가난이 주는 여러 가지 불
편함으로부터 그랬고, 광주와 서울 생활에서 부딪힌 수많은 사
람들의 눈길 앞에서 그랬습니다. 그의 남루한 고향은 아득히 먼
거리에 있었지만 그가 살아가는 일상적 삶은 시도 때도 없이 사
람들 앞에서 부끄러움으로 다가왔습니다.

그런데, 수많은 청소년들이 느꼈을 이러한 죄의식과 부끄러움
을 이청준은 한 개인의 소극적 체험 속에 가두어놓지 않았습니
다. 자신의 그러한 의식을 진화시켜 당시 유신체제 시기에 살았
던 지식인들이라면 누구나 느꼈던 강요된 죄의식으로 전화시켰
습니다. 구체적으로 예를 든다면 이청준은 고향 사람들이 어떤

허물을 자신의 탓으로 돌리던 태도, 자신의 출생이 남루한 데에서 비롯된 "내 탓입니다"로 돌리던 그 태도를 당시의 우리나라 상황에 대한 보편적 '피의자 의식'으로 바꾸어놓은 것입니다. 이렇게 하여 이청준의 초기 대표작인 『소문의 벽』『조율사』『씌어지지 않은 자서전』 등이 탄생했습니다. 가난이 원죄처럼 따라다니며 소설가를 '피의자'로 만드는 모습을 소설의 서술 방식과 주인공의 의식에서 보여주는 작품들이 탄생했습니다. 그리고 이 소설들은 우리나라 국민 모두를 일종의 잠재적 범죄자로 취급하던 당시의 권력자에 대한 날카로운 비판이자, 까닭 없이 스스로를 죄인으로 간주하며 살아야 하는 폭력적 시대에 대한 용기 있는 항의로 자리 잡았습니다. 이렇게 이청준이 장흥에서 체험했던 가난과, 허기와, 죄의식과 부끄러움은 여느 지역의 사람들이 체험했던 동일한 체험과는 달리 우리 모두가 공감하고 기억하는 보편성을 획득했습니다.

이청준은 '한'이란 말을 자기 나름의 방식으로 "나는 비정상적인 힘에 의해 자기가 있어야 할 자리에서 누릴 것을 누리지 못하는 삶의 아픔"이라 정의했습니다. 그러면서 한을 내면에서 응어리지는 수동적 개념으로 인식한 것이 아니라 스스로 내면에서 삭이고 풀어나가야 할 해원의 방식으로 이해했습니다. 이청준이 태어나서 성장한 시대는 우리 민족사에서 고난의 시대였습니다. 그는 태평양전쟁과, 6·25전쟁, 자유당의 독재와 유신 체제, 그리고 5월의 광주에 이르는 고난의 시대를 경험하며 살았습니다. 그러면서 내면에 응어리진 어머니의 한과 고향 동네 사람들의 한과 광주 시민들의 한을 경험했습니다. 그럼에도 그는 "사람의 삶에서 한이란 어차피 어떻게든 생길 수밖에 없는 것인데, 문제는 그것을 어떻게 푸느냐 하는 것"이라는, 보통 사람들이 갖기 힘든 이해와 포용의 경지를 보여주었습니다. 아니, 그러한 인식을 보여주는 탁월한 소설 작품을 우리 앞에 내놓았습니다. 이를테면 5월의 광주를 보며 역사에 대한 절망을 이야기하거나 권위주의 권력에 대한 분노를 직접적으로 표출하는 소설이 아니라 개인과 공동체의 화해와 용서를 모색하는 『시간의 문』 『비화밀교』 『벌레 이야기』와 같은 뛰어난 소설을 썼습니다. "고향에 대한 원죄의식과 같은 부끄러움이 무서운 투지로, 혹은 견딜 수 없는 굴레로, 힘찬 창조성과 무력한 체념기로" 자신을 압박해 들어오는 것을 느끼면서 이 소설들을 썼습니다. 분노와 저항을 어떤 방식으로 이어가거나 풀어야 하는 것을 생각하면서, 그 무엇도 일을 저지른 사람의 죄를 쉽사리 망각하게 만들지 못할 것을 생각하면서, 그럼에도 우리는 공존의 의식을 모색하고 만들어나갈 수밖에 없다는 것을 생각하면서 이청준은 이러한 훌륭한 소설들을 썼습니다. 현장 부재에 대한 자신의 죄의식을 『시간의 문』에서 드러내고, 용서가 불가능한 상황에서 어떻게 행동해야 하는지를 『벌레 이야기』에서 화두로 삼고, 신이 침묵하는 이 세상에서 결국 우리들끼리 용서하며 살 수밖에 없을 것이란 생각을 드러낸 『비화밀교』라는 소설을 썼습니다.

5. 한과 해원, 그리고 화해와 포용의 귀향길

돌이켜 보면 당시에 이청준이 보여준 이러한 소설들은 놀라운 용기의 소산이었습니다. 집단적 분노가 휩쓸던 1980년대에, 민중적 분노 혹은 계급적 분노가 한국 문단을 휩쓸던 1980년대에 이청준은 이미 용서와 화해의 방식을 이야기하는 놀라운 용기를 보여주었고, 그 때문에 적지 않은 불편까지 겪어야 했습니다. 그런데 당시의 현실에 직접적으로 대응하던 일회용 소설들은 현재 그 생명을 다한 반면, 이청준의 상징적이고 비유적인 소설들은 여전히 뜨거운 감동으로 생명력을 유지하고 있습니다. 그 이유의 일단을 저는 이청준의 "어렸을 적 어느 날 형과 함께 배를 타고 먼바다를 나가다가 내가 사는 집과 동네와 뒷산들이 조그맣게 멀어지면서 그 뒤로 끝없이 드넓은 세상이 열려나가는 것을 보았을 때의 절망적인 각성"이란 말에서 찾고 싶습니다. 이청준은 자신을 사로잡고 있는 눈앞의 문제만이 모든 것이 아니란 것을 이미 유년기에 고향에서 절실하게 체험했던 것입니다. 자신의 고향이 무엇보다 중요하지만 그 고향을 넘어서는 안목을 가져야 한다는 '절망적 각성'을 그는 소설을 쓸 때마다 곱씹었을 것이라고 저는 생각합니다. 그래서 우리는 이청준이 5월 광주에 집약된 남도의 한에 대해 자신의 소설에서 보여주는 해원의 방식에 대해 공감하고 수긍하며 함께 죄책감을 느낄 수 있었습니다.

이청준의 소설적 여정은 추상적인 고향의 이미지에서 구체적인 고향의 이미지로 돌아오는 과정이라고도 할 수 있습니다. 이청준은 고향의 구체적인 이미지를 담은 소설을 주로 40대 이후에 썼습니다. 이러한 작업을 그는 고향과 화해하는 과정이라고 생각했습니다. 그리고 그것을 이청준은 '나이가 길러준 마음의 눈 덕'이란 말로 표현했습니다. 이청준은 고향과의 내면적 불화를 극복하고 고향인 장흥의 진목리를 불편하지 않게 드나들 수 있게 되면서 우리 앞에 『남도(南道) 사람』이란 소설집을 선물했습니다. 운명처럼 따라다니는 한, 내면에 단단한 응어리로 응고된 한을 우리 고유의 판소리의 가락으로 풀어내는 『서편제』와 『선학동 나그네』, 가족의 역사에 똬리를 틀고 있는 불화와 섭섭함을 모두가 함께하는 장례의식을 통해 화해와 용서의 장으로 바꾸어나가는 『축제』 등을 우리에게 선물했습니다. 이 세상에 충만한 온갖 억압과 폭력, 거기에서 비롯된 우리 인간들의 분노와 섭섭함과 한스러움을 따뜻하게 이해하고 포용하는 아름다운 넉넉함을 우리는 「눈길」의 마지막 장면에서 선명하게 읽을 수 있습니다.

"그런디 이것만은 네가 좀 잘못 안 것 같구나. 그때 내가 뒷산 잿등에서 동네를 바로 들어가지 못하고 있었던 일 말이다. 그건 내가 갈 데가 없어 그랬던 건 아니란다. 산 사람 목숨인데 설마 그때라고 누구네 문간방 한 칸이라도 산 몸뚱이 깃들일 데 마련이 안 됐겠냐. 갈 데가 없어서가 아니라 아침 햇살이 활짝 퍼져 들어 있는디, 눈에 덮인 그 우리 집 지붕까지도 햇살 때문에 볼 수가 없더구나. 더구나 동네에선 아침 짓는 연기가 한창인디 그렇게 시린 눈을 해갖고는 그 햇살이 부끄러워 차마 어떻게 동네 골목을 들어설 수가 있더냐. 그놈의 말간 햇살이 부끄러워져서 그럴 엄두가 안 생겨나더구나. 시린 눈이라도 좀 가라앉히자고, 그래 그러고 앉아 있었더니라⋯⋯"

이청준이 한국문학사와 우리나라 사람들에게 선사해놓은 이 아름다운 장면은 그의 고향 풍경이 밑바탕이 되어 탄생했습니다. 고향을 떠날 때 이청준을 뒤따라 뒷산을 오르던 어머니의 모습과 자연 풍경이 어우러져서 만들어진 깊은 이해와 화해의 장면입니다. 이런 점에서도 이청준의 소설 쓰기는 자신의 고향을 우리의 고향으로 만들어나간 소설적 여정이라고 할 수 있습니다.

역사에 대한 회의와 '기록'으로서의 소설
──이병주의 경우

이병주의 소설은 대단히 독특합니다. 이병주의 소설은 방대한 지식과 정보가 자유자재로 활용되는 소설이라는 점에서 독특하고, 계산된 플롯을 거의 사용하지 않음에도 재미있는 소설이라는 점에서 독특하고, 김동인 이후 가장 전지전능한 화자/오만한 이야기꾼이 때때로 등장하는 소설이라는 점에서 독특하고, 물 흐르듯 흘러가는 이야기가 주도하는 소설이라는 점에서 독특하고, 근대소설의 주인공인 일상적 개인들과는 일정한 거리가 있는 인물들이 등장하는 소설이라는 점에서 독특하고, 그리고 무엇보다 역사를 강렬하게 의식하고 있는 소설이라는 점에서 독특합니다. 저는 이 글에서 이병주의 소설이 지니고 있는 이와 같은 여러 가지 성격 중 역사와의 관계에 대한 이야기만 해보도록 하겠습니다.

이병주의 소설 속에는 늘 어떤 형태로든 역사가 어른거리고 있습니다. 그는 역사는 믿을 것이 못 된다고 말하면서도 역사에 대한 관심을 끊어버리지 못합니다. 역사는 그의 소설을 있게 만드는 원동력이라고 해도 좋을 정도로 그의 소설 옆에 늘 어른거리고 있습니다. 그래서 우리가 이병주의 소설에 대해 언급할 때 역사에 대한 그의 인식과 태도를 피해나가는 것이 거의 불가능합니다.

이병주의 소설이 역사와 맺고 있는 관계를 논의하기 위해, 먼저 문제 제기를 하기 위한 방편으로, 문학과 역사의 관계를 잠시 검토해보겠습니다. 문학에서 역사적 사건이나 인물을 사용하는 일은 호메로스의 『일리아드, 오디세이』나 나관중의 『삼국지연의』 등의 경우에서 볼 수 있듯 동서고금을 통해 빈번하게 있었던 일이기 때문에 문학과 역사의 관계 문제에 대한 논란 또한 수없이 많았습니다. 그렇지만 그러한 논란의 핵심에는 항상 "작가는 역사에 대해 어떤 자유 혹은 의무를 가지고 있는가?"라는 문제가 있었습니다. 다르게 말하면 이 말은 작가가 작품을 쓸 때 "역사적 사실에 충실해야 하는가, 아니면 이미 확인된 사실까지 다르게 변경할 수 있는가"[1]라는 의미라고 할 수 있겠습니다.

소설가들은 역사적 사건이나 인물을 다룬 소설을 쓰면서 역사의 해석자를 자처하거나 기왕의 역사 서술에 대한 비판자의 입장에 서는 경우가 종종 있습니다. 소설을 쓰는 현재의 시점에서 역사적 사건이나 서술이 나타난 과거에 개입하는 것입니다. 이병주는 자신의 소설을 통해 기왕의 역사에 대한 회의나 불만을

---

1   호르스트 슈타인메츠, 『문학과 역사』, 서정일 옮김, 예림기획, 2000, pp. 10~11.

자주 표시하면서 새로운 해석이나 보완을 자주 시도했습니다. 그렇다면 우리는 이병주와 그의 소설이 보여주는 이런 모습을 어떻게 받아들여야 할까요? 여기에서 문학과 역사의 관계에 대한 여러 가지 문제가 발생합니다. 소설가의 자유와 의무에 대한 수많은 논란들이 생겨납니다. 근원적인 측면에서, 정도와 방식의 문제를 따지는 측면에서, 목적과 효과를 거론하는 측면에서 수많은 문제들이 제기되는 것입니다. 문학과 역사의 경계를 어떻게 그어야 할지 난감해지고, 문학의 이론으로 다루어야 할 것인지 역사의 이론으로 다루어야 할 것인지 난감해지고, 문학과 역사 어느 쪽의 입장에서 작품을 판단해야 할지 난감해지는 것입니다.

소설가 이병주는 대표작 중 하나인 『변명』의 첫머리에서 프랑스의 역사학자 마르크 블로크에 대한 이야기를 당혹스러울 정도로 길게 늘어놓고 있습니다. 마르크 블로크의 생애와 그의 미완의 저작인 『역사를 위한 변명』에 대한 이야기를 소설의 상도를 벗어날 정도로 늘어놓으면서 역사에 대한 마르크 블로크의 생각과 그 생각에 동의하지 않는 이병주 자신의 태도를 밝히고 있습니다. 역사를, 과거에 대한 단순한 기록 차원이 아니라 '시간 속의 인간들에 관한 학문'으로 자리매김하고자 했던 마르크 블로크에 대해 설명하는 한편, 그의 비극적 죽음은 "역사를 위한 변명의 불모성을 스스로 증명하고 만 셈이다"라는 말로 거기에 동의하지 않는 자신의 생각을 밝혀놓고 있습니다. 도저히 소설적 이야기라고 간주할 수 없는, 역사에 대한 이병주 자신의 입장으로 읽을 수밖에 없는 다음과 같은 내용의 이야기로 소설의 첫머리를 장식해놓고 있는 것입니다.

> 내가 마르크 블로크의 책을 언제나 되풀이해 읽는 것은 그의 물음의 진지함에 있는 것이지 그의 논증이 훌륭한 탓은 아니다. 내가 그를 존경하고 사랑하는 것은 불신하면서도 역사를 외면하지 못하고 회의하면서도 역사 속에서 답을 찾고자 하는 마음을 지워버릴 수 없는 탓이며 "역사가 우리를 기만하고 있다고 생각해야 할 것이 아닌가" 하는 질문을 그와 더불어 나누고 있는 시간이 내겐 그지없이 소중한 시간이 되기 때문이다.[2]

물론 이병주가 『변명』의 첫머리를 이렇게 장식하는 데에는 '인간학으로서의 역사'를 내세운 마르크 블로크를 빌려 이병주 자신의 소설 쓰기 방식을 정당화한다는 의미가 숨어 있습니다. 『변명』이란 소설을 쓰는 자신의 행위가 진실을 기록하여 역사의 결락 부분을 보완하는 것이고, '역사를 위한 변명'이라는 의미가 숨어 있습니다. 탁인수란 인물의 억울한 죽음에서 보듯 역사가 선악의 판단을 제대로 하지 않고 선량한 개인을 어둠 속에 묻어버리기 때문에 자신의 소설이 필요하다는 말일 수도 있겠습니다. 따라서 『변명』의 첫머리는 역사가 해주지 못하는 것을 소설로 하는 것에 대한 '변명'의 장치라 할 수 있습니다. 이 사실을

---

2   이병주, 『변명』, 김윤식 · 김종회 엮음, 바이북스, 2010, pp. 11~12.

이병주는 『변명』의 끝부분에서 분명하게 보여줍니다. 마르크 블로크가 소설의 화자에게 충고하는 형태로 이렇게 적어놓고 있습니다.

> "서둘지 말아라. 자네는 아직 젊다. 자네는 역사를 변명하기 위해서라도 소설을 써라. 역사가 생명을 얻자면 섭리의 힘을 빌릴 것이 아니라 소설의 힘, 문학의 힘을 빌려야 된다."[3]

이처럼 이병주는 자신의 소설 쓰기에 대해 '역사를 변명하기 위해서'라는, 일견 오만한 자부심으로 느껴질 수도 있는 무거운 책무를 부과하고 있습니다. 비록 화자의 자문자답이란 방식을 취하고 있지만 이런 모습이 이병주 자신의 모습이란 사실은 누구나 알 수 있습니다. 소설가의 노골적 개입이란 방식까지 동원하며 이병주는 자신의 소설에 '역사를 변명하기 위해서'라는 무거운 역할을 부여하고 있습니다. 그렇다면 이병주가 생각하는 소설 쓰기란 무엇이고 또 역사에 대한 '변명'이란 무엇일까요? 이병주는 「글을 쓴다는 것」이란 에세이에서 프랑스의 사르트르와 중국의 사마천에 대해 이야기한 적이 있습니다. 자신의 소설이 아무렇게나 만들어진 것이 아니라 "각오에 있어선 사마천을 배우고 방법과 정신에 있어선 사르트르를 배운다"[4]는 자세의 소산이란 말을 한 적이 있습니다.

---

3   같은 책, p. 38.
4   이병주, 『문학을 위한 변명』, 김윤식 · 김종회 엮음, 바이북스, 2010, p. 191.

글을 쓰는 사람은 '방법과 정신'에서 사르트르를 배워야 한다고 말할 때의 의미는, 자신이 쓰는 글의 무력함에 대한 인식과 관련이 있습니다. 이병주는 사르트르가 『말』의 마지막 부분에서 토로한 "나는 나의 펜을 오랫동안 칼인 양 생각해왔다. 이제 와서 나는 우리의 무력함을 알았다"는 말을 인용하면서, 모름지기 글을 쓰는 사람은 무력함에서 오는 외로움을 견딜 수 있는 오만함을 가져야 한다는 이야기를 하고 있습니다. 마치 이병주 소설의 주인공들이 감옥에 갇혀 있으면서도 자신이 세상을 가두고 있다고 자부하며 황제를 자처하는 것처럼 말입니다. 이병주의 논리에 따르면, 펜이 칼이 되자면, 사상이 어떤 보람을 가지려면 특정한 당파나 권력에 봉사해야 하는데, 그런 글쓰기는 이미 탄력과 진실성을 잃어버린 글쓰기입니다. 그러니까 진실을 '기록'하는 글쓰기를 하고 싶다면 "고립한 채 무원한 채 그 비애를 노래해야 하는 운명의 길을"[5] 감수할 자세를 가져야 한다는 것입니다.

그리고 이병주가 "각오에 있어선 사마천을 배우고"라 말하는 것은 글을 쓰는 사람이 가져야 할 '기록자의 태도와 각오'와 관련이 있습니다. 글을 쓰는 사람이 가져야 할 자세를 이병주는 사마천을 예로 들어 이렇게 피력합니다.

죽간에 한 자씩 새겨 넣고 있는 사마천의 모습을 상상하고 그 심중을 추측하면 실로 처절하다고도 할 수 있는 기록자의

5 같은 책, p. 190.

태도와 각오에 부딪힌다. 현실의 독자와는 상관도 않고 아득한 후대의 독자를 대상으로 심혈을 기울인 그 각오와 노력은 인간을 넘는 박력이라고 아니할 수 없다. 나는 『사기』의 역사적 또는 문화적 가치 이상으로 그 태도와 각오에 경복하고 도도한 활자의 대해에 표랑하고 있는 지경이면서도 글을 쓰는 태도와 그 각오에 있어서 사마천을 배워야 한다고 생각한다. 생각하면 오늘날 우리는 너무나 쉽게 글을 쓰고 있는 것이다.[6]

주지하다시피 사마천은 궁형의 수난을 견디며 진실을 기록하겠다는 의지를 다진 사람이며, 혼신의 힘을 기울여 『사기』를 남김으로써 역사의 준엄한 심판을 보여준 사람입니다. 이병주가 『변명』을 비롯한 그의 일련의 소설에서 거론하는 역사, 그가 염두에 두고 있는 역사는 아마도 사마천이 보여준 역사 기록과 깊이 관계되어 있을 것입니다. 그래서 이병주는 소설을 쓰는 사람이면서도 "글을 쓰는 태도와 그 각오에 있어서 사마천을 배워야 한다"고 말했을 것입니다. 그래서 또 5·16군사혁명을 배경으로 하는 『그해 5월』이라는 소설에 자신의 분신인 '이사마'란 인물을 주인공으로 등장시켰을 것입니다. 자신의 성에 사마천의 '사마'를 붙인 '이사마'란 인물을 등장시켜 기록으로서의 소설을 만들고자 한 것입니다.

이처럼 자신이 가진 생각/문학관을 앞세워 작가에게 자신이 산 시대에 대해 책임을 지는 지식인의 태도를 요구하는 것, 20세

---

6 같은 책, p. 191.

기 후반 소설가에게 사마천적인 '기록자의 태도와 각오'를 요구하는 것에는 문제가 있습니다. 문학과 역사가 서로의 영역을 분명히 한 시기, 작가는 지식인이 아니라 왜소한 예술가라는 인식이 확립된 시기에 소설가에게 전통적인 지식인의 태도를 요구하는 것은 무리가 있습니다. 그렇지만 이병주가 그렇게 한 것은 몰라서가 아닙니다. 그는, 소설이 픽션이란 사실을 잘 알면서도, 소설은 진실의 '기록'이며 소설가는 역사가에 버금가는 '기록자'라는 자부심을 포기하지 않았습니다.

이병주가 소설에 대해 이처럼 막중한 역할을 부여하고 있는 데에는 '역사란 무엇인가'에 대한 그의 관점이 작용하고 있습니다. 이병주는 우리가 역사를 신뢰할 수 있게 만들려면 역사가 정의의 방향, 진리의 방향으로 흘러가야 한다는 관점을 쉽사리 포기하지 못하고 있습니다. 아널드 토인비는 우리가 역사를 읽는 이유, 역사를 공부하는 이유는 교훈성에 있다고 했습니다. 역사의 존재 이유는 과거를 통해 현재를 반성하고 미래를 예견하며 더 나은 길을 선택하는 데 있다고 생각했습니다. 역사의 이러한 기능은 그러나 눈앞의 현실 속에서 실감 있게 실현되지 못하는 경우가 많습니다. 그 때문에 "역사가 인생에 유익한 것이 되자면 그 교훈이 살아, 보람있게 작용을 해야 한다. 그런데도 눈앞엔 패리(悖理)의 상황이 펼쳐지고 불의의 경향으로 역사가 전개되지 않는가"라는 이병주의 탄식과 회의가 생겨납니다. 우리 인간들이 역사에 대해 가지는 일반적 불신으로부터 소설가 이병주 역시 자유롭지 못한 것입니다.

이병주가 역사에 대한 회의, 역사의 정의로움에 대한 조급한 불신에 휘말리는 데에는 인간의 시간과 역사적 시간은 다르다는 생각도 작용하고 있습니다. 이병주는 『소설·알렉산드리아』에서 그 생각을 이렇게 드러냅니다.

> 인간은 절대적인 삶을 절대적인 시간 속에 절대적으로 살고 있는 것이다. 그럴 때 어떻게 해서 절대적 진리가 없다고 말할 수 있는가. 역사의 눈을 빌려 모든 가치를 상대적으로 관찰할 수는 있을지 모른다. 그러나 동시에 거기에도 있고 이곳에도 있을 수는 없는 것이다. 같은 시간에 그 길도 가고 이 길도 갈 수는 없는 것이다.[7]

이러한 이병주의 말에는 우리 인간의 짧고 유한한 생명에 대한 강력한 변호가 숨어 있습니다. 인간 개개인의 생명을 절대적 가치로 상정하는 태도가 우리 자신이 살아 있는 동안에 보상받을 수 없는 역사라면 그 의미를 온전하게 승인할 수 있겠느냐는 회의를 만들어내고 있는 것입니다. 그래서 이병주는 "인과의 섭리가 행해지지 않고 악인(惡因)을 쌓은 인간들이 아직도 히틀러처럼, 무솔리니처럼 설치고 있다면, 그런 상황을 그대로 허용할 수밖에 없다면 역사를 위한 변명이 무슨 소용이 있겠습니까"라고 말합니다. "역사가 인생에 유익하려면 악의 원인을 철저히 캐내어 그것을 근절하는 방법을 만들어내야" 한다고 이병주가 말하는 것도 같은 맥락입니다. 이렇듯 역사에 대한 이병주의 회의는

---

7   이병주, 『소설·알렉산드리아』, 김윤식·김종회 엮음, 바이북스, 2010, p. 83.

우리가 살아 있는 동안에 진실을 밝히지 못하는 역사, 정의를 실현시키지 못하는 역사에 대한 불만으로부터 파생된 것입니다.[8]

역사에 대한 이병주의 이러한 회의는 그렇지만 역사에 대한 부정이 아닙니다. 이병주의 회의는 역사의 기능과 의미를 부정하는 데서가 아니라 과도하게 기대한 데서 생겨난 것이라 할 수 있습니다. 마치 부모가 온갖 희생을 무릅쓰며 공들여 키워놓은 자식에게 어떤 보상을 기대하는 것처럼, 이병주는 자신이 각별한 관심과 애정을 가지고 있는 역사에 대해 많은 것을 기대하고 있습니다. 역사 역시 문학처럼 현재의 시점에 위치한 역사가가 과거를 나름의 관점으로 해석하여 기술한 것임에도 역사에는 어떤 필연성과 객관성이 있는 것처럼 생각하며, 그 필연성과 객관성이 진실과 정의를 제때에 실현하지 못하는 데 불만을 드러내는 것입니다. 이병주가 자신의 소설에서 역사에 대한 이야기를 할 때 자주 '섭리'라는 말을 사용하는 것도 그 때문입니다. 이를테면 "섭리의 힘을 빌릴 것이 아니라 소설의 힘, 문학의 힘을 빌려야 된다"라고 말할 때가 그렇습니다. 이병주의 이런 말에는 손쉽게 그 모습을 드러내지 않는 역사의 필연성과 객관성을 보완하기 위해, 역사의 시간이 아니라 인간의 시간 속에서 역사를 불신하지 않기 위해 소설의 역할이 필요하다는 의미가 들어 있습니다.

그렇기 때문에 이병주의 상당수 소설은 역사가 제대로 밝히지 못하고 있는 진실을 밝히려는 시도, 역사가 종종 놓쳐버리거나 잊어버리는 문제적인 인물의 삶을 소설로 보완해놓으려는 시

---

8   이병주, 『변명』, p. 37.

도라 할 수 있습니다. 이병주의 소설이 식민지 시대의 버림받은 인물들과 해방 이후 좌우 이데올로기의 갈등 속에 묻혀버린 인물들에 대해 많은 관심을 가지는 것은 그러한 이유에서입니다. 역사에 대한 이병주의 독특한 회의—저는 이 회의를 애정 어린 회의라 부르겠습니다만—가 만들어낸 여러 작품 중 저는 특별히 주목할 만한 소설이 『그 테러리스트를 위한 만사』라고 생각합니다.

이병주의 『그 테러리스트를 위한 만사』는, 김종회가 이 작품을 가리켜 "그의 문학세계 패턴을 여러모로 함축하고 있다"고 지적했듯이 이병주 소설의 모범입니다. 이병주 소설이 지닌 강력한 서사성을 보여준다는 점에서, 주인공들이 보잘것없는 삶을 살고 있음에도 비범한 재능과 이력의 소유자라는 점에서, 그들의 삶이 역사적 삶이라 할 수 있는 낭만적 영웅의 드라마라는 점에서, 그리고 작가는 화자의 모습으로 소설을 '기록'하는 형태를 취하고 있다는 점에서 그렇다고 할 수 있습니다.

이병주의 『그 테러리스트를 위한 만사』에는 역사를 회의하면서 소설로 역사에 대한 회의를 보완하려는 소설가 이병주의 태도가 고스란히 들어 있다고 생각합니다. 이런 점에서 우리는 이 소설의 '만사'라는 제목에 특별한 주목할 필요가 있습니다. 이병주는 자신의 이 소설이 역사가 저버린, 혹은 망각해버린 사람에게 바치는 때늦은 '기록'이란 의미에서 소설 제목에 '만사'란 말을 사용한 까닭입니다. 이 소설 속에 등장하는 인물들이 실제 인물이건 그렇지 않건 그 문제는 상관없습니다. 국권을 상실한 시대에 참으로 어려운 길을 한 점 오점 없이 꿋꿋하게 살았던 사람

들이 있고, 해방 이후 우리나라가 그런 인물들에게 어떤 보상을
해주기보다는 오히려 핍박한 역사가 있는 한 이병주의 '만사'라
는 말과 '기록'으로서의 소설은 의미를 상실하지 않을 것입니다.

　이 자리에서 역사적 사건에 대한 이병주의 문학적 개입에 대
해 '문학과 역사의 본질을 훼손하지 않는 수준에서'란 원론적 잣
대로 이런저런 판단을 내리는 것은 별 의미가 없을 것입니다. 이
병주는 자신의 소설이 역사를 대치할 수 있다고 생각하지 않았
습니다. 역사가 조명해주지 않는 개인들에 대해, 역사의 전체적
인 더미에 묻혀서 왜곡되어버린 부분적 진실에 대해 소설로 보
완하겠다는 생각을 가졌을 따름입니다. 그러면서 이병주는 자신
의 소설에 대해 역사의 '기록'에 빠진 것들을 기록한다는 자부심
을 가졌으며, 이 자부심이 그의 소설 쓰기를 지탱해주었습니다.
　이병주는 스스로 '섭리'의 주재자가 되어 정의와 불의를 심판
하는 방식으로 소설을 쓰지 않았습니다. 그는 자신이 할 수 있는
일은 공의가 강물처럼 흐르게 만드는 것이 아니라 개인의 작은
진실을 증언하는 역할에 있다는 것을 잘 알고 있었습니다. 그래
서 거대한 파도로 다가오는 역사, 주류적 흐름에 눈길을 주는 역
사에 대응해서 구체성에 눈길을 돌리는 소설, 개인의 진실이 주
목 받을 수 있는 소설을 역사에 대비시키려 했다고 저는 생각합
니다. 이런 점에서 이병주의 역사에 대한 회의는 소설을 통해 역
사에 부피와 실감을 부여하는 '기록'으로서 결실을 맺었다고 할
수 있겠습니다.

소설가의 성숙과 주인공의 성장

—김원일의 『늘푸른 소나무』

1

김원일의 가족사 소설에 익숙한 독자들에게 장편 『늘푸른 소나무』는 낯선, 혹은 예외적인 작품처럼 느껴진다. 김원일의 소설 중 독자들에게 비교적 널리 알려진 소설들은 대체로 가족사에 각인된 분단의 상처를 그려낸 소설들이었기 때문이다. 이를테면 독자들로 하여금 소설가 김원일을 본격적으로 주목하게 만든, 1973년에 발표된 「어둠의 혼」을 비롯해서, 그의 소설 중 가장 완성도가 높은 소설로 평가되는, 1978년에 발표된 『노을』과 1982년에 발표된 「미망」, 그의 실제 가족사를 배경으로 하면서 가장 많은 판매고를 기록한 『마당 깊은 집』(1988) 등이 모두 그러한 소설이었던 것이다. 이처럼 독자들에게 김원일이란 이름을 각인시킨 소설들은 공산주의자 아버지를 둔 가족이 분단 체제하에서 겪어야 했던 고통스러운 생활을 유년의 시점 혹은 자식의 시점에서 증언하거나 회상하는 방식으로 씌어진 작품들이었으며, 그 결과 사람들은 김원일의 소설을 분단 소설, 가족사 소설 등으로 받아들이게 되었다. 이런 관습에 익숙한 사람들에게 소설가 자신이 '교양소설'이란 서구적 명칭을 부여한, 자기 완성을 향한 주인공의 도정을 그리고 있는 장편『늘푸른 소나무』는 김원일이란 소설가의 본질에서 비켜 서 있는, 그의 작품 목록과 작품 세계에서 볼 때 상당히 이질적인 작품처럼 느껴진다. 그런데『늘푸른 소나무』는 과연 느낌처럼 그런 작품인 것일까? 김원일은 장편『늘푸른 소나무』의 집필 동기를 초판 서문에서 이렇게 밝히고 있다.

> 문학의 길로 들어서서 손에 닿는 대로 소설책을 열심히 읽던 무렵, 성향 탓이겠지만 왠지 그런 쪽 소설에 마음이 끌려, 나도 언제인가 좋은 교양소설 한 편을 써보아야지 하는 소망을 가졌더랬습니다.[1]
>
> ─초간본「책 머리에」

위에서 보듯 김원일은 장편『늘푸른 소나무』를 '교양소설'로 규정하면서 이 같은 소설을 쓰고 싶다는 소망이 소설가로 입신하기 전에 열심히 읽었던, 그가 '그런 쪽 소설'이라 지칭한, 서구 소설에서 비롯되었음을 밝히고 있다. 그가 말하는 '그런 쪽 소

---

1   김원일, 「책 머리에」, 『늘푸른 소나무』 1권, 문학과지성사, 1990, p. iv.

설'은 짐작건대 습작기에 그를 사로잡았던 독일의 교양소설들, 이를테면 괴테의『빌헬름 마이스터』, 토마스 만의『마의 산』, 헤르만 헤세의『데미안』같은 고전적 작품을 가리키고 있겠지만, 여기에서 우리가 주목해야 할 것은 그 점이 아니라 '교양소설'을 쓰겠다는 생각이 이미 습작기에 그의 머릿속에 강하게 각인되었다는 사실이다. 그가 '스무 살 전후'라고 말하는 그 시기, 작가 자신이 소설가에 대한 꿈을 키우고 있었던 그 시기에까지『늘푸른 소나무』의 소설적 뿌리는 소급될 수 있다는 것을 위의 인용문은 강하게 암시하고 있다. 소설가 자신의 이 같은 말에 따른다면 『늘푸른 소나무』는 어느 날 갑자기 나타난, 그의 소설사에서 예외적인 소설이 아니라 한국의 대표적 리얼리즘 소설가라는 명성을 그에게 안겨준 분단 소설/가족사 소설 들에 못지않게 깊은 소설적 뿌리를 가진 작품일 수 있는 셈이다.

2

　김원일의 장편『늘푸른 소나무』는 어느 날 갑자기 씌어진 작품이 아니다. 무엇보다 습작기 때부터 가졌던 '교양소설'에 대한 작가의 야심이 한 사람의 뛰어난 소설가로 성숙하면서 그 모습을 드러낸 작품이『늘푸른 소나무』라는 점에서 그렇거니와, 이 소설에 등장하는 인물들과 시대적 배경의 단초가 될 단편「절명」과 장편『바람과 강』을 이 작품을 발표하기 전에 이미 썼었다는 점에서도 그렇다. 이 두 가지 사실을 좀더 구체적으로 이야기해

보면 이렇다.

　김원일의 『늘푸른 소나무』는 소설가로서의 성숙이 주인공의 성장 과정을 충분히 감당할 수 있다고 판단했을 때 내놓은 작품이다. 주지하다시피 뛰어난 소설가는 소설을 쓰면서 성장한다. 그는 소설을 쓰면서 앎의 범주를 넓히고 소설적 테크닉을 발전시키며, 인간과 세계에 대한 자신의 관점을 확립해나간다. 그것은 소설이라는 양식 자체가 본질적으로 세계와 맞서거나 타협하며 살아가는 인물들에 대한 이야기로 이루어지기 때문이다. 그렇기 때문에 뛰어난 소설가는 인물들의 성장과 좌절과 타협에 대한 이야기를 만들면서 동시에 자기 계몽의 과정 역시 성실하게 밟아나가는 사람이다. 그는 세계와 대립하거나 불화하는 인물의 이야기를 만들면서 세계를 분석하고 이해하게 되며, 세계와 화해하거나 타협하는 인물의 이야기를 만들면서 자아와 세계의 관계를 수용하게 된다. 세계의 복잡성과 거기에 대응하는 다양한 인물들의 의식 세계를 창조하면서 자신의 의식 역시 발전시켜나가는 것이다. 그래서 뛰어난 소설가가 소설을 써나가는 과정은 자신과 인간에 대해, 역사와 사회에 대해 끊임없이 고뇌하는 과정이자 앎의 범주를 넓혀가는 과정이다. 김원일이 습작기에 '교양소설'이란 막연한 형태로 『늘푸른 소나무』의 씨앗을 구상했던 시점과 그것을 현재 우리가 읽을 수 있는 『늘푸른 소나무』란 작품으로 실현시킨 시점 사이에는 긴 시간적 거리가 있으며, 그 거리를 수많은 뛰어난 소설을 창작하는 것으로 메웠다는 사실을 우리는 알고 있다. 이 사실은, 그가 두 시점 사이의 기간 동안에 『늘푸른 소나무』를 쓸 수 있을 만큼 소설가로서의 성숙 과정을 충실히 밟아왔다는 것을 말해주고 있다. 우리는 김원일이란 소설가의 이러한 성숙을 『늘푸른 소나무』속에서 자신과 세계에 대한 주인공 석주율의 앎이 깊어지고 넓어져가는 과정을 통해 구체적으로 확인해볼 수 있는데, 이 점에 대해서는 뒤에 작품을 분석하면서 좀더 상세하게 이야기하겠다.

김원일의 대하장편 『늘푸른 소나무』는 되풀이 말하지만 어느날 갑자기 출현한 소설이 아니다. 이 사실을 우리는 실증적 차원에서 이 소설과 밀접한 관련을 맺고 있는, 1978년에 발표한 단편 「절명」과 1985년 말에 간행한 장편 『바람과 강』이라는 작품을 통해 확인할 수 있다. 이 두 소설 중 작가 자신이 『늘푸른 소나무』의 '모태'라고 말했던 「절명」이 『늘푸른 소나무』와 맺는 관계를 먼저 간단히 살펴보자.

"천지가 암흑이로다. 억조창생의 갈 길이 어둡다. 갑갑하구나. 누가 문, 문 좀 열어라."
백하명이 감았던 눈을 겨우 뜨며 꺼져가는 목소리로 말했다. 그의 말은 머리맡에 앉은 몇 사람의 귀에밖에 들리지 않았다. (단편 「절명」 시작 부분)[2]

"천지가 암흑이로다. 이 나라 백성의 갈 길이 캄캄하구나. 갑갑하다. 누구 없느냐? 무, 문을 열어라." 은곡 백하명이 눈을 뜨며 꺼져가는 목소리로 말했다. 그의 말은 기력이 까라져

2   김원일, 『오늘 부는 바람, 연 외』, 강, 2013, p. 411.

머리맡에 앉은 몇 사람의 귀에만 들렸다. (장편 『늘푸른 소나
무』 시작 부분)

앞에 인용한 글에서 보듯 단편 「절명」의 시작 장면과 장편 『늘
푸른 소나무』의 시작 장면은 거의 동일하다. 장편 『늘푸른 소나
무』는 소설의 시작 부분과 시대 배경과 백상충과 조익겸을 비롯
한 일부 등장인물의 행동에서 단편 「절명」의 모습을 그대로 이어
받고 있으며, 아마도 이러한 사정 때문에 김원일은 「절명」을 가
리켜 장편 『늘푸른 소나무』의 '모태'라고 말했을 것이다. 그렇지
만 우리는 여기서 그가 사용한 '모태'라는 말을 제한적으로 이해
할 필요가 있다. 두 소설이 보이는 이러한 동일성은 부분적이다.
단편 「절명」이 그리고 있는, 위정척사의 길을 걷는 양반들의 세
계가 장편 『늘푸른 소나무』에서 소설의 중심 줄기를 차지하는 것
은 아니다. 단편 「절명」의 주인공은 양반인 백상충이지만 장편
『늘푸른 소나무』의 주인공은 양반인 백상충이 아니라 그의 집에
서 종 노릇을 하던 석주율이다. 또 단편 「절명」이 그려 보이는 것
이 조선이 일본에 강제 합병되던 시기를 배경으로 한 지조 있는
양반의 모습이라면, 장편 『늘푸른 소나무』가 그려 보이는 것은
반대로 종의 신분으로 태어난 인물이 질곡의 역사를 견디며 뛰
어난 인물로 자립하는 모습이다. 따라서 단편 「절명」은 장편 『늘
푸른 소나무』의 구상이 일찍부터 시작되었다는 것을 보여주는
증거이면서 동시에 그 역할이 제한적이라는 것을 보여주는 증거
이다. 단편 「절명」의 세계가 『늘푸른 소나무』에서 어디까지나 석
주율의 유년기를 둘러싼 환경을 구성하는 것에 지나지 않는 사

실에서 알 수 있듯 이 소설은 모태적 성격보다는 배경적 성격을 강하게 지니고 있다.

김원일의 『바람과 강』이 『늘푸른 소나무』와 맺는 관계는 앞의 경우에 비해 더욱 제한적이다. 김원일이 이 소설에 대해 '변절자의 반성적인 삶'을 써보고 싶었다고 말했던 것처럼 이 소설은 주인공 이인태라는 인물이 해방 후에 어떤 궤적의 삶을 살았는가에 초점이 맞추어져 있다. 이 점과 관련하여 김원일은 『늘푸른 소나무』의 초간본 「책 머리에」에서 이렇게 말했다.

> 『늘푸른 소나무』의 시대적 배경은 일본의 조선 강제 점령 전반기에 해당되는 1910년대에서 20년대를 관통하고 있습니다. 그러므로 제국주의 압제 아래서의 민족해방운동과 피압박 민족의 참담한 정황이 그 배경을 이루고 있습니다. 그 암울했던 시대의 곤고한 실체를 드러냄에는 평소에는 관심을 가져 장편 『바람과 江』에 원용하기도 했더랬습니다. 한편, 그 형극의 시대야말로 '나는 누구인가'란 질문에서부터 출발한 한 인간의 성장 과정을 추적하는 데 적당한 토양임도 아울러 판단하였습니다.[3]

김원일이 위에서 우리에게 말해주고 있는 『늘푸른 소나무』와 『바람과 강』의 상관관계는 두 가지이다. 하나는 그가 '비극적 시대의 곤고한 실체'라고 말하는 시대적 배경의 동일성이고,

3   김원일, 「책 머리에」, 『늘푸른 소나무』 1권, p. v.

다른 하나는 '나는 누구인가'란 질문이 『바람과 강』에서 시작되었을지도 모른다는 가능성의 애매한 암시이다. 우리는 김원일이 말하는 배경적 동일성의 경우 『바람과 강』이 주인공 이인태가 살고 있는 현재적 시간 속에서가 아니라 그가 고백하고 회고하는 반성적 삶/과거적 삶이라는 제한적 국면에서만 『늘푸른 소나무』와 관련을 맺기 때문에 쉽게 확인할 수 있다. 예컨대 『바람과 강』에서 주인공 이인태가 회령의 일본 헌병대에 끌려가 고문당하는 장면과 『늘푸른 소나무』에 빈번하게 등장하는 가혹한 고문 장면의 유사성이라든가, 이인태의 변절이 낳은 비극적 행로와 『늘푸른 소나무』에 등장하는 변절자들이 걷게 되는 다양한 행로 사이의 유사성 등에서 그 관계를 찾아볼 수 있는 것이다. 그렇지만 후자의 경우는 직접적 확인이 쉽지 않다. 대부분의 인간은 가혹한 고문 앞에서 육체의 고통이 의지의 나약함을 빚어내는 결과에 마주치게 되며, 인간성이 파괴되고 자아가 붕괴되는 절망적 상황을 경험한다. 따라서 이러한 과정 속에서 예외적 강인함을 지닌 사람들은 '나는 누구인가'라는 질문을 더욱 근원적으로 던지겠지만 대다수의 사람들은 그러한 질문 자체를 포기한다. 육체의 나약함에 굴복하는 이인태와 의지의 강인함을 초인적으로 보여주는 석주율이 바로 그 예들이다. 그러므로 김원일의 이 이야기는 이인태가 석주율이란 인물의 원형일지도 모른다는 암시가 아니라 석주율이란 인물이 자라나는 환경/토양은 『바람과 강』에서 가져왔다는 이야기 정도로 이해하는 것이 옳을 것이다. 다시 말해 장편 『바람과 강』은 시대적 배경과 보조적 인물들의 모습에서 『늘푸른 소나무』의 연습의 성격을 일부 가지고 있다고 보는 것이 옳다.

3

김원일은『늘푸른 소나무』에 대해 스스로 '교양소설'이란 명칭
을 붙였다. 그리고 필자는 앞에서 김원일의『늘푸른 소나무』는
소설가로서의 성숙이 주인공의 성장 과정을 충분히 감당할 수
있다고 판단했을 때 쓴 작품이라고 말했다. '교양소설'이란 말은
독일 문학의 전통에서 발생한 용어로, 한 개인이 자아를 형성해
나가는 과정과 그러면서 사회에 통합되어가는 모습을 그리는 소
설을 가리킨다. 기왕의 지식과 기술, 기성 사회의 질서와 규범을
회의하고 거부하면서 인간으로서 갖추어야 할 자아를 스스로 형
성하는 가운데 사회적 인간으로 성장하는 모습을 그려내는 소설
인 것이다. 그렇다면『늘푸른 소나무』에서 주인공 석주율이 성장
하는 과정과 소설가 김원일의 성숙은 소설 속에서 어떤 내적 관
계를 이루고 있는 것일까? 필자는 이 지점과 관련하여 "소설가
로서의 성숙이 주인공의 성장 과정을 충분히 감당할 수 있다고
판단했을 때"라고 말함으로써 소설가의 성숙이 주인공의 성숙
보다 앞질러 이루어졌음을 이미 언급한 셈이다. 이제 그 관계를
『늘푸른 소나무』에 그려진 석주율이란 인물의 행적을 통해 추적
해보기로 하자.

　『늘푸른 소나무』에 등장하는 주인공 석주율의 성장 과정은 크
게 세 시기로 구분할 수 있다. 백상충의 집에서 '어진이'라고 불

리면서 종 노릇을 하던 시기와, 석주율이란 이름을 얻고 부지런히 지식을 습득하는 가운데 자아와 민족에 대한 독자적 안목을 획득하는 시기, 자아의 정체성을 확립하고 석송농장 건설과 구영글방 운영에 매진하는 시기, 이렇게 세 시기로 구분해볼 수 있다. 그리고 이 세 시기와 소설가 김원일의 관계는, 각각 세계의 복잡성을 이미 이해하고 있는 소설가가 그렇지 못한 '어진이'란 인물을 그려내고 있는 단계, 소설가 자신의 의식 상태에 대응할 수 있는 인물로 석주율을 성장시키는 단계, 세계에 대한 소설가 자신의 생각과 주인공 석주율의 생각이 일치해서 나타나는 단계로 규정할 수 있다.

『늘푸른 소나무』에서 주인공 석주율이 어진이로 살고 있는 첫 번째 단계에서 소설가 김원일의 의식은 주인공의 의식을 훨씬 앞서 있다. 그것은 앞에서도 말했지만 김원일이 『늘푸른 소나무』라는 교양소설에 대한 야심을 가진 후 오랫동안 자아와 세계에 대한 인식의 깊이와 넓이를 확대해왔기 때문이다. 그는 수많은 소설을 부지런히 쓰면서 앎의 범주를 넓히고 소설적 테크닉을 발전시키며, 인간과 세계에 대한 자신의 관점을 확립하는 과정을 거쳤다. 한국의 근현대사를 학습하면서, 분단 문제가 투영된 가족사 소설을 쓰면서, 이데올로기가 개인과 사회에 어떤 영향을 미치는지를 직간접적으로 생생하게 체험하면서, 그는 자아와 세계의 관계에 대한 인식의 지평을 확대해왔다. 그랬기 때문에 소설가 김원일이 석주율이란 소설적 인물을 형상화하기 시작했을 때 그의 의식이 주인공의 의식을 앞서 있게 된 것은 당연한 일이라 할 수 있다. 세계의 복잡성을 이해할 수 없는 주인공

'어진이'의 협소한 의식과 세계의 복잡성을 이미 이해하는 소설가 사이의 간극은 이렇게 해서 만들어진 것이다. 그 구체적 모습을 우리는 『늘푸른 소나무』의 다음과 같은 대목에서 마주칠 수 있다.

어진이 물목전을 흘끗거리며 생각하니 서방님 의중을 짐작할 수 없었다. 조선인이라면 형살을 똑똑히 봐둬야 한다니. 그 말은 헌병대나 주재소 일본인이 해야 할 말이었다. 그래서 저들은 사람이 많이 꾀는 장날에 그 수작을 벌이려는 게 아닌가. 주인 어르신 장례날도 그랬다. 꽃상여를 언양 선산으로 운구할 때, 근래 울산 읍내서는 보기 힘든 성대한 예장(禮葬)이라고 구경꾼들이 쑤군거렸다. 그때 헌병 셋이 들이닥쳐 작은 서방님을 끌어내고 뭇사람 앞에서 보란 듯 매질을 놓았다. 어진이는 형장을 보지 않고 달아나고 싶었다. 아버지가 따라나서라 했다면 당장 남사당패 놀이마당으로 내뺐을 터였다.[4]

위의 대목은 어진이의 머릿속 생각을 묘사한 부분이다. 그렇지만 여기에서 어진이의 머릿속 생각을 이끌어나가고 있는 것은 어진이 자신이 아니라 소설가 김원일이다. 어진이는 아직 세상에서 벌어지고 있는 이런저런 일을 체계적으로 이해할 능력이 없다. "짐작할 수 없었다" "달아나고 싶었다" "내뺐을 터였다"라는 말이 시사하는 것처럼 어진이는 세계의 복잡성을 이해하거

4   김원일, 『늘푸른 소나무』 1권, 강, 2015, p. 61.

나 거기에 직면할 수 없는 혼란스러운 상태에 있다. 어진이는 이 성적·논리적 인간으로 성장하지 못한 상태, 미성숙한 유년의 상태에 있는 것이다. 따라서 그러한 어진이의 모습을 생생하게 묘사해서 논리적으로 우리에게 보여주는 것은 어진이 자신이 아니라 소설가 김원일이다. 소설가의 성숙한 의식이 미성숙한 주인공을 일정한 높이에서 내려다보며 관찰하고 있는 모습인 셈이다.

당연한 귀결이겠지만 그래서 『늘푸른 소나무』에서 이 시기의 '어진이'는 독자적으로 사고하거나 행동하는 인물로 나타날 수가 없다. 이 시기의 어진이가 자신을 드러내는 중요한 방식은 자신이 모시는 상전 백상충에 대한 한없는 성실성이다. 자신의 직분이라고 생각하는 가사 일과 주인 백상충을 모시는 일과 주인의 심부름을 하는 일에서 우직하다는 말로는 표현이 부족할 정도로 분골쇄신하는 것이 이 시기 어진이의 모습이다. 그리고 그러한 성실성으로 말미암아 어진이는 사회적 지위와 습득한 지식의 양에서 훨씬 자신보다 앞서 있는 사람들로부터 '석주율'이란 인간으로 대접받을 수 있게 된다. 타인들로부터 믿을 수 있는 인간이란 신뢰를 획득함으로써 석주율이란 인격체로 재탄생하게 되는 것이다.

『늘푸른 소나무』에서 주인공 석주율의 두번째 성장 단계는 어진이가 석주율로 바뀌어 부지런히 지식을 습득하는 가운데 자아와 민족에 대한 독자적 안목을 획득하는 단계이다. 이 단계에서 소설가는 오랫동안의 소설 쓰기를 통해 성숙시킨 자신의 풍요로운 의식을 거침없이 펼쳐놓으며, 소설의 주인공은 게걸스럽게 다양한 인물과 만나고, 종교에 접하고, 사건에 직면하면서 소설가의 의식에 버금가는 성숙한 인물로서의 면모를 확립해나간다. 그래서 『늘푸른 소나무』에서 소설가가 끝없이 펼쳐놓는 다양한 앎의 세계와 그것을 지칠 줄 모르는 에너지로 쫓아가며 학습하는 주인공 사이에 벌어지는 경쟁은, 독자들에게는 한편 풍요롭고 다른 한편으로는 지루하다.

> 석주율이, 내가 누구이며 어디에 서 있나를 캐다 자연스럽게 마주치게 된 처소가 절집〔佛家〕이었고, 출가 결심을 굳히게 되기는 집으로 내려와 농사일에 싫증을 내게 될 무렵이었다. 〔……〕 어쩌면 그 모든 이유가 촉매 작용을 함으로써 그로 하여금 뜻을 굳히게 했을 수 있었다. 그러나 주율은 무엇보다 석가 설법의 본질인 사성평등(四姓平等), 즉 사람은 모두 평등하다는 주장과 살생, 폭력을 멀리한 평화주의(平和主義)와 그 어디에도 치우치지 않고 극단을 피한 중도주의(中道主義)가 마음에 들었다.[5]

이 인용문은 주인공 석주율이 자신에 세계에 대한 나름의 인식 체계를 빠르게 형성해가고 있는 모습을 보여준다. 그는 출가를 결심하기 전에 백상충이 건네준 책들을 통해 자아와 세계에 대한 이해를 확대해왔다. 자신을 인격체로 정립해나가는 짧은 기간 동안 그 같은 학습 다음에 그는 위에서 보듯 자신이 선호하는

5 같은 책, pp. 336~38.

종교, 자신이 바람직하다고 생각하는 삶을 선택하면서 하늘처럼 모시던 상전에게 독자적인 길을 걷겠다는 결심을 밝힌다. 그런데 이렇게 성장해나가는 주인공의 의식은 소설 속에서는 자립의 길이자 성숙의 과정이지만 결과적으로는 소설가가 형성한 세계관의 구현이란 범주를 벗어나지 않는다. 아니, 주인공의 의식이 성숙해가는 과정은 작가의 세계관과 일치해가는 과정이다. 우리는 이 사실을 주인공이 잠시 불교에 매료되는 이유인 사성평등, 평화주의, 중도주의에서 알 수 있는데, 이 점은 세번째 시기에서 이야기하도록 하겠다.

『천부경』 해설에 따르면, 환웅천왕이 썼다는 『천부경』이 고려시대 이후 최치원의 글에서 발견되고, 『삼국유사』 등을 통해 그 이름만 전할 뿐 원문이 전해지지 않았는데, 원문을 발견한 이가 운초 계연수 선생이라 했다. 그는 태백산(묘향산)에 들어가 10여 년 수도하며 약초를 캐다 어느 바위에 긴 이끼를 쓰니 『천부경』 여든한 자 자획이 풍우에 깎인 채 희미하게 나타났다 했다. 글자를 발견한 해가 병오년(1906) 가을이었고, 이듬해 정월 단군 교당에 원문과 발견 내력을 서신으로 보내옴으로써 세상에 알려지게 되었다는 것이다.[6]

『늘푸른 소나무』에는 위와 같은 방식으로 민족 현실에 대해, 사회 정세에 대해, 종교 교리에 대해 지식을 열거하는 대목이 자

6   같은 책, pp. 514~15.

주 등장한다. 이러한 대목들은 물론 소설 속에서는 주인공 석주율이 세상을 이해하고 삶의 태도를 정립하기 위해 직면하는 새로운 지식들의 모습이지만, 기실 소설가 자신이 습득한 지식 혹은 세계 인식의 체계들이다. 그런 지식과 체계가 주인공이 깊이 고뇌하며 체험하는 형태를 통해서가 아니라 주인공을 스쳐가는 방식 또는 소설가가 주인공의 의식 밖에서 펼쳐 보이는 방식으로 자주 등장하기에, 이런 대목들에서『늘푸른 소나무』는 풍요로우면서도 가끔 지루하다.

『늘푸른 소나무』에서 주인공의 의식 성장이 도달한 세번째 단계는 자아의 정체성을 확립한 석주율이 석송농장 건설과 구영글방 운영에 매진하는 단계이다. 이 단계에서 주인공 석주율의 행위는 더 이상 현실에 대한 학습이나 각종 종교에 대한 탐구나 다양한 형태의 모험적 여행으로 나타나지 않는다. 세계의 복잡성에 대한 학습과 분석은 이제 끝났고 주인공의 인생관은 평화주의, 비폭력 무저항주의라는 방향을 정립했으며, 그의 길은 힘들고 어려운 사람들을 자립하게 만드는 계몽과 헌신으로 결정되었다. 그렇기 때문에 이 단계에서는 성숙의 과정을 거친 주인공의 의식과 이미 성숙해 있는 소설가의 의식이 구별할 수 없을 정도로 근접해 있다. 그 예가 석송농장과 구영글방이다. 주인공이 혼신의 노력을 기울여서 건설해나가는 석송농장과 온갖 박해에도 불구하고 운영을 포기하지 않는 구영글방이 소설 속에서는 주인공의 목적처럼 보이지만 사실은 소설가의 이상/세계관을 구체적으로 실현해 보이는 매개물인 까닭이다. 이 사실은 김원일이『늘푸른 소나무』라는 소설을 쓰게 된 이유, 석주율이란 인물을 만들어낸 이유를 읽으면 분명해진다.

> 삶으로서의 실천, 또는 소설로서의 성취점이 사람과 사람이
> 호혜하여 평화스러운 공동체의 사회를 만들어나가는 데도 희
> 망의 줄기가 닿아 있다면, 작가는 그런 사회를 만들기 위해 자
> 신을 헌신적으로 내던진 인물을 형상화해보고 싶은 간절함을
> 누구나 품게 마련입니다.[7]

필자는 앞의 두번째 단계에서 주인공 석주율이 불교의 사성평
등, 평화주의, 중도주의에 잠시 매료당하는 모습을 이야기하면
서 이 같은 매료가 주인공 자신의 성격에서 비롯된 매료일 뿐만
아니라 소설가가 지닌 세계관의 표현이란 이야기를 했었다. 이
제 우리는 그 사실을 김원일이 『늘푸른 소나무』를 쓴 이유를 밝
히는 위 대목에서 좀더 확실하게 확인할 수 있다. 김원일은 위에
서 소설로서 성취하는 것과 삶에서 실천하는 것이 다르다고 이
야기하지 않는다. 이 두 가지는 다른 것이 아니라 리얼리즘 소설
가답게 "평화스러운 공동체의 사회를 만들어나가는 데"에서 일
치하는 것이라고 이야기한다. 그러면서 그러한 일치에 대한 소
망을 담아본 것이 바로 『늘푸른 소나무』라고 밝히고 있다.

7   김원일, 「책 머리에」, 『늘푸른 소나무』 1권, 문학과지성사, 1990, p. v.

4

한국 소설사에서 성장소설이라 부를 수 있는 소설은 적지 않다. 이태준의 『사상의 월야』, 이문열의 『젊은 날의 초상』, 박완서의 『그 많던 싱아는 누가 다 먹었을까』 등, 많은 작품들이 개인의 성장과 그에 따른 번뇌와 갈등을 담고 있다. 그러나 본격적인 의미에서 '교양소설'이라 부를 수 있는 소설은 많지 않다. 그것은 한 개인이 우리 사회의 모순과 사적인 청춘의 번뇌 차원에서가 아니라 상징적이고 문화적인 차원에서 맞서는 모습을 제대로 그려내지 못했기 때문이다. 이런 점에서 김원일의 『늘푸른 소나무』는 우리 한국에서 가장 도전적이고 모험적인 교양소설이다.

한국에서 성장소설이라고 꼽을 수 있는 소설들은 대부분이 나이 어린 일인칭 화자를 등장시키고 있다. 이를테면 윤흥길의 「장마」, 이문열의 「그해 겨울」, 박완서의 『엄마의 말뚝』 등이 그 예이다. 이 같은 소설들은 유년의 시점을 통해 어른들이 지닌 세계의 모순을 더욱 예리하게 부각시키는 효과와 함께 유년으로부터의 탈출 혹은 성장이란 결과를 획득한다. 또 일인칭 화자는 현재 성인 상태인 자신이 과거를 회상하는 방식으로 소설을 서술할 수 있게끔 만들어주는 데에도 유리하다. 그렇지만 이러한 서술 방식은 이야기하는 자아와 이야기되는 자아가 분리될 수밖에 없다는 문제점과 주인공의 성장하는 시간이 자연의 시간과 일치하지 않는다는 점, 세계의 특정한 모순만을 지나치게 부각시키게 된다는 문제점을 가지고 있다. 그래서 삼인칭인 석주율이 자연스러운 시간의 흐름 속에서 성장하여 죽음(?)으로서 소설이 끝나는 김원일의 『늘푸른 소나무』가 훨씬 더 본격적인 교양소설에 가까워 보인다.

김원일의 『늘푸른 소나무』에는 수많은 인물들의 다양한 삶이 펼쳐져 있다. 지사적인 삶을 끝까지 고수하는 백상충, 일제시대를 오히려 호기로 삼아 즐겁게 살아가는 조익겸, 지나칠 정도로 재빠르고 총명하게 현실을 이용하다가 나락에 떨어지는 김기조, 민족해방을 위한 무장투쟁의 길을 굳건하게 걸어가는 곽돌 등, 셀 수 없을 정도로 많은 인물들이 자신의 독자적인 삶을 펼쳐 보인다. 그럼에도 이 글에서는 그러한 인물들에 대한 논의를 거의 하지 못했다는 한계가 있다. 이 글의 성격상 불가피한 점이 있었다고 자위하지만 아쉬움이 따른다.

낯설고 위험한 소설 앞에서

──박상우의 『비밀 문장』

박상우는 지금 아프다. 그동안 지나치게 많이 마신 술 때문에 아프고, 지난 10여 년간 엄청난 공력을 쏟아부은 소설 때문에 아프다. 얼마 전 박상우가 나에게 전화를 걸어, 뜨거운 물에 담갔다 건진 배추 같은 목소리로 "형, 나 이번 한중작가회의에 참석 못 할 거 같애"라 말했을 때, 나는 표면적으로는 명랑한 목소리로 "걱정 말고 몸조리나 잘해라"고 위로했지만 속으로는 뜨끔했다. 그것은 박상우가 담도에 이상이 생긴 것에도, 이번 『비밀 문장』이란 소설에 지나칠 정도로 심혈을 기울인 데에도 내가 책임져야 할 몫이 있을지 모른다는 생각이 불현듯 떠올랐기 때문이다.

나는 지난 10년 동안 박상우와 자주 만났다. 박상우는 내가 실무적인 일을 책임지고 있는 '한중작가회의'의 고정 멤버로 해마다 몸을 아끼지 않고 술상무 노릇을 해주었다. 또 박상우는 나와 함께 김주영 선생을 기리기 위해 세운 객주문학관의 핵심 운영위원이어서 청송과 진보의 술집을 자주 누볐다. 박상우가 7년쯤 전에 『비밀 문장』의 출간을, 당시 내가 대표로 있던 문학과지성사와 계약하고, 나의 보이지 않는 독촉에 시달리다가 드디어 완성시킨 것은 이 같은 과정의 산물이다. 그래서 나는 박상우의 피폐해진 몸과 마음에 대해 다소간 책임을 느끼는 처지에 놓여 있다.

박상우는 나를 '형'이라 부른다. 평소 전화를 걸 때는 무척 예의 바르게, 술이 어느 정도 들어가면 그냥 친구를 대하듯이 그렇게 '형'이란 말을 사용한다. 이 사실은 나와 박상우가 함께 있는 술자리에 참석해보면 금방 알 수 있다. 박상우는 술이 약간 오르면 나를 종종 술안줏감으로 삼아 "형은 비겁하게 빠지고, 술은 나한테만 먹인단 말이야. 그게 형이 인간의 탈을 쓰고 할 도리야", 이런 식의, 비난인지 푸념인지 분간이 잘 안 되는 이야기를 한다. 나는 박상우가 나를 앞에 두고 너무나 편안하게 이런 이야기를 시작할 때 처음에는 여기서 사용되는 '형'이란 말의 시니피앙과 시니피에 사이에 약간의 거북함을 느꼈지만 세월이 흐르는 사이에 '형'이란 말의 박상우식 사용법에 어느덧 길들여진 상태에 도달하고 말았다.

박상우가 나에 대해 이런 식으로 이야기를 시작하는 것은 우리가 여러 차례 중국 여행을 함께했고, 여행 기간 동안 많은 양의 술을 마셨고, 그러는 사이에 수많은 에피소드를 만들어놓은 까닭이다. 가장 최근에 나와 박상우가 함께 만든 에피소드를 하나 소개해보면 이렇다. 지난해 봄, 한중작가회의 일로 중국 쓰촨성의 청두(成都)에 갔을 때였다. 작가협회의 주석인 아라이와 부

주석인 량핑은 쓰촨성의 명주인 랑주(郎酒)를 박스째 쌓아놓고 '간뻬이'를 외치며 한국과 중국 어느 쪽이 먼저 즐겁게 혼절하는지 결판내자는 태세였다. 첫날은 김주영, 박상우, 홍정선이 활약한 한국 쪽의 완승이었다. 중국을 대표하여 최전선에서 맹활약을 하던 량핑이 다음 날 쓰러져서 누워 있다는 소식을 듣고, 나와 박상우는 쾌재를 불렀다. 그런데 우리는 마지막 날 만찬에서 전혀 예상하지 못했던 비밀병기를 만나 곤혹을 치러야 했다.

중국 측의 비밀병기는 갓 스무 살을 넘은 이족(彝族) 아가씨였는데, 우리는 이 아가씨가 비밀병기란 사실을 전혀 눈치채지 못했다. 이 아가씨가 맥주잔에 랑주를 채워서 우리에게 차례로 술을 권할 때 김주영 선생과 나는 여행의 피로와 밤 12시에 타야 할 비행기를 생각하며 '간뻬이'를 자제했다. 그리고 나는 악의에서가 아니라, 평소 박상우가 나보다는 훨씬 술이 세기 때문에 박상우를 가리키며 그 아가씨에게 '저 친구가 하오한(好漢)'이라고 말해주었을 따름이었다. 그랬더니 알코올 분해 능력이 특출한 이 아가씨는 누구를 쓰러뜨려야 자신들이 승리하는지를 확실하게 간파한 듯 이족의 사랑가를 부르며 집요하게 박상우를 공격했다. 쓰러져서 비행기를 못 타게 되면 자신의 고향으로 함께 가게 되어 더 좋다고까지 말하며 술잔을 권하는 이 아가씨 앞에서 강철 심장의 소유자인 박상우라 해도 어쩌겠는가! 박상우는 백만 대군 속을 돌파하는 조자룡처럼 고군분투하며 50도의 랑주를 맥주잔으로 7, 8잔이나 '간뻬이'했다. 그러고도 대한민국를 대표하여 싸운 사내답게 꿋꿋이 그 자리를 버틴 후 호텔 방에 돌아와 기절하는 영웅적인 투혼을 보여주었다. 이렇게 쓰러진 박상우를 그날 밤 비행기에 태워 한국까지 데려오기 위해 호텔과 공항에서 겪어야 했던 고생쯤은 박상우의 빛나는 낭만적 투혼에 비하면 조족지혈에 지나지 않는다. 어쨌건 이리하여 박상우는 나를 술자리에서 의리 없다고 씹어대게 되었고, 나는 쓸개에 문제가 생긴 박상우를 두고 착한 사람이 되고 있는 중이라고 말하게 되었다. 미안하다, 상우야.

그래도 나의 판단으로는 박상우가 지금 뜨거운 물에 담근 배추 잎처럼 늘어진 진짜 이유는 술 때문이 아니다. 술이 상관이 없다는 이야기가 아니라 본질적인 이유는 아니라는 이야기이다. 박상우를 이렇게 잠시 동안의 허탈감에 빠지게 만든 진짜 이유는 술이 아니라 10년 동안 매달렸던 소설에 있다. 소설가로서 박상우는, 혼신의 힘을 다해 그의 소설 역정에서 최대 고비가 될 『비밀 문장』을 완성한 후, 그야말로 이 우주의 비밀을 폭로하는 위험한 소설을 탈고한 후 지금 기진맥진해 있는 것이다. 벌레가 나방으로 변신하듯 이전의 소설과는 다른 새로운 소설의 세계를 만들어놓은 후 비상을 위한 휴지기 속에 놓여 있다는 것이 내 생각이다.

내가 아는 한 소설가 박상우는 자신의 소설에 대한 내면적 자부심과 책임감을 누구보다 강하게 가지고 있는 사람이다. 그에게 소설 쓰기는 여기나 방법이 아니라 자신이 선택한 삶이며 운명이다. 이런 점에서 평론가들이 박상우의 소설을 가리켜 '환멸의 낭만주의'나 '숭고와 환멸 사이의 변증법적 긴장'이라고 말할 때 나는 이런 용어나 구절에 소설가 박상우의 모습이 가려지는 것을 경계한다. 나는 박상우의 소설에 들어 있는 비관적 색채나 회한 어린 목소리에만 지나치게 주목하는 것은 표면적 현상에 매몰될 우려가 있다고 생각하는 사람이다. 그보다는 그것들의 이면에서 우리의 세상을 직시하며 그러한 색깔과 목소리를 만들어내는 작가의 윤리성과 반성의 자세를 읽어내야 박상우 소설의 본질에 접근할 수 있다고 생각하는 사람이다. 다시 말해 우리는 그의 소설에는 매 편마다 나름의 자부심과 책임감이 숨어서 작동하고 있다는 것을 읽어내야 진짜 모습에 접근할 수 있는 것이다.

박상우는 이번 장편소설 『비밀 문장』(문학과지성사, 2016)을 통해 소설에 대한 자신의 지나친 책임감, 다른 말로 표현하면 얽매임이라고 할 수 있는 상태로부터 벗어나려 하고 있다. 소설이 자신의 모든 것이라고 생각했던 상태를 '스토리 코스모스'의 개념을 도입하여 벗어나려는 시도를 보여주고 있다. 소설과 그 자신을 별개라고 생각하며 소설에 대한 전적인 책임을 작가인 자신에게 부과하던 방식을 탈피하여, 소설 쓰기라는 것이 작가 자신과 별개의 영역이 아니라는 것을 정교하게 이론화해놓은 것이 이 소설이다. 그러기 위해, 새롭게 해탈하는 이 소설을 쓰기 위해, 소설의 말미에 지금까지 여느 소설에서 볼 수 없었던 참고 문헌이 말미에 붙어 있는 사실에서 알 수 있듯, 박상우는 엄청난 학습을 하면서 『비밀 문장』을 썼다. 그리고 "스토리는 너에게서 나와 나에게로 흐른다./그것이 궁극이다./스토리 코스모스로 가는 길./네가 뜻하면 내가 답하리니/닫혔던 문이 열리고, 막혔던 가슴이 열리리라"(p. 283)라는 오도송을, 그 깨달음의 과정을 말해주는 소설을, 새로운 인식을 제시하기 때문에 무서운 『비밀 문장』이란 가설/소설을 상재했다.

박상우가 이번 소설에서 제시하는 가설, "지구인의 경험은 프로그램상 진행되는 일종의 시뮬레이션이고 인간의 뇌가 만들어내는 변조된 시스템이 인간으로 하여금 시뮬레이션의 환경—속이 텅 빈 분자들이 만들어내는 3차원적 형상—을 실재라고 믿게 한다"(p. 201)는 가설에 나는 아직 충분히 동의할 준비가 되어 있지 않다. 그것은 양자역학 등 우주의 비밀을 밝히는 여러 이론에 내가 박상우보다 훨씬 무지몽매한 상태에 있는 까닭이다. 그렇지만 나는 소설가 박상우의 새로운 변모/탄생을 예고하는 이 소설이 무척 위험한 소설이라는 사실 정도는 감지하고 있다. 그가 이 소설에서 만들어놓은 "우주 만물의 변화를 스토리 전개 과정"(p. 322)으로 간주하면서 '스토리 코스모스'를 만들어놓은 이유가 바로 자신의 소설에 대한 그 자신의 무거운 책임감으로 읽히기 때문이다. 최근 양산되고 있는 소설들에 대한 불만, 자신의 이전 소설과 다르면서 새로운 세계를 보여주는 소설에 대한 박상우의 줄기찬 집념과 노력이 『비밀 문장』 속에 숨어 있다는 것을 나는 알기 때문이다. 이 같은 점들을 생각하면서 나는 『비밀 문장』이 이 소설의 전개 과정이 말해주듯 '스토리 코스모스'라고 부르는 새로운 깨달음으로 "소설가 박상우를 자유롭게 만들어줄 것인가, 아니면 자신의 소설에 대한 그의 지나칠 정도로 진지한 윤리적 책임을 더욱 확실하게 해주는 소설이 될 것인가?"라는 질문을 다시 떠올린다. 소설가 박상우의 엄청난 에너지가 담긴 『비밀문장』을 읽으며 나는 이 질문을 버릴 수가 없어 무섭다.

어쨌건 박상우의 『비밀 문장』은 그의 소설사에서 분수령이 될 것만은 틀림없다. 그러니 상우야, 마음 가볍게 앞으로 너 앞에

도래할 새로운 소설을 생각하며 이 6월의 식물적 성장처럼 빠르게 새살을 만들거라. 나 홀로 '간뻬이'하게 두는 너도 마음이 편치 않으리니.

4부

비평의 숙명으로서의 작품 읽기

1. 비평의 위기에 대한 진단

비평이 위기에 처해 있다. 비평이 위기에 처해 있다는 사실
은 비평이 있어야 할 자리에 없는 모습, 있어도 올바르게 서 있
지 못한 모습으로부터 쉽게 확인할 수 있다. 예컨대 2016년도와
2017년도에 간행된 『창작과비평』 『문학과사회』 『문학동네』를 한
번 살펴보라. 한국 문단을 대표하는 이 세 권의 대표적인 계간지
에서, 과연 비평은 있어야 할 자리에 있으면서 자기 역할을 제대
로 수행하고 있는가? 자기 잡지의 성격과 방향을 정립하면서 거
기에 어울리는 작품을 발굴하고 평가하고 옹호하는 일을 부지런
히 하고 있는가? 세 잡지가 제대로 된 차이점을 보여주지 못하면
서 잡지의 특집 속에 인색하게 끼워 넣고 있는 한두 편의 평문이
나 의례적 언어로 점철된, 그래서 구색 맞추기처럼 보이는 계간

평을 우리는 비평의 올바른 모습이라 할 수 없다. 주어진 작품에 대한 수동적 해설로 만족하는 짧은 글과 표절 사건이나 성추행 사건에서 보듯, 뒤처리에 급급한 글들을 우리는 비평의 올바른 모습이라 할 수 없다. 문학 비평의 이런 모습에서 우리는 비평이 잡지의 키를 잡고 당대의 의미있는 작품을 발굴하고 평가하는 모습도, 당대의 작품과 문학 현상에 대해 책임의식을 느끼며 당당하게 자기 목소리를 내는 모습도 읽을 수가 없다. 비평가들이 편집을 책임지고 있는 잡지가 보여주는 이 같은 모습에서 읽을 수 있는 것은 '비평무용론'의 확인이며 비평의 위기일 따름이다. 우리나라의 대표적인 잡지에서 비평이 하는 역할이 이렇다면 비평은 분명히 위기에 처해 있다. 책임 있는 자리에 있는 비평가들이 책임을 방기하고 독자와 대중과 출판사의 눈치를 보는 원고 청탁자 정도로 자리매김하고 있다면 비평은 분명히 병들어 있다. 그럼에도 비평의 이러한 위기를 진지하게 진단하며 활로를 모색하려는 노력은 어디에도 보이지 않는다. 오늘의 비평은 위기를 위기로 인식할 수 있는 최소한의 자기반성적 기능마저 발휘하지 못하고 있다.

그렇다면 이러한 비평의 위기는 어디에서 비롯된 것인가? 비평의 위기를 초래한 진정한 원인은 무엇인가? 그 이유를 일부 젊은 비평가들은 새로운 목소리를 수용하는 공적인 장의 부재와 젊은 비평가를 착취하는 출판 제도와 관행에서 찾고 있다. 일견 타당성을 지닌 이야기처럼 들리지만 책임의 소재를 외부로 돌리는 비겁한 이야기이다. 그러한 견해는 작품 읽기를 전제로 하는 비평의 본질을 고려할 때 부차적이거나 2차적인 이유를 지적한 것에 불과하며, 그 같은 제도나 관행과 공생 관계를 이루며 살아온 비평가들의 태도를 고려할 때 책임 회피적인 언급에 지나지 않는다. 작금의 비평적 위기를 만들어낸 본질적인 이유는 비평의 밖에 있는 것이 아니라 비평의 안에 있다. 과감히 말하건대 비평의 위기는 작품을 적당히 읽어버리는 안이한 태도, 자기 마음대로 읽어버리는 오만한 태도, 정치적 수사로 만드는 이해 관계적 태도에 그 본질적 이유가 있다. 비평의 기본적 출발점인 성실하고 부지런한 작품 읽기라는 원칙을 제대로 지키지 않는 풍토에 그 원인이 있다.

2. 작품 읽기라는 숙명과 동시대 문학에 대한 책임

비평의 출발점은, 너무나 당연한 말이지만, 성실하고 부지런한 작품 읽기이다. 비평은 동시대의 독자들로 하여금 작품에 대해 더 명백하게 이해할 수 있도록 만들어줄 책임이 있으며, 자기 행위의 가치와 의미를 동시대의 작품 속에서 입증해야 할 의무가 있다. 그 책임과 의무를 다하기 위해 비평가는 작품을 성실하고 부지런하게 읽어야 한다. 그리고 어떤 작품에 대해 공감의 시각이나 비판의 시각을 드러내기 전에 먼저 냉혹하고 잔인한 눈길로 작품을 뚫어 보는 태도를 가져야 한다. 이 글을 쓰기 위해 노파심에 들여다본 이상섭의 『문학비평 용어사전』에서는 실제비평practical criticism이란 말을 이렇게 정의하고 있었다. "실천비평 또는 응용비평이라고도 할 수 있다. 실제로 구체적인 작품이나 작가에 대한 논의를 말한다"라고. 그러면서 "실제비평의 주안점은 비평가가 실제 작품 또는 작가에 대하여 어떤 이해와 평가를 보이느냐 하는 것이다"라는 말을 덧붙이고 있었다. 너무나 당연한 이야기이다. "구체적인 작품이나 작가에 대한 논의"로서의 비평, '실제 작품 또는 작가'에 대한 '이해와 평가'로서의 비평(=실제비평)은 작품 읽기를 전제하지 않고서는 성립될 수 없는 장르이다. 우리가 비평을 1차 언어가 아니라 2차 언어, 혹은 메타언어라고 부르는 것은 그 때문이다. 이런 점에서 우리는 비평은 성실하고 부지런한 작품 읽기를 숙명으로 안고 있는 장르라 규정할 수 있다.

비평은, 이 글에서 '비평'이란 말이 가리키는 실제비평은, 동시대의 의미있는 작품을 발굴하고 평가하는 행위이며 동시대의 문학적 흐름을 읽어내는 행위이다. 따라서 비평의 본질적 시제는 과거완료형이 아니라 현재진행형이다. 비평을 지배하는 시간은 과거가 아니라 현재이며, 비평과 문학 연구의 차이는 바로 여기에서 생긴다. 비평은, 과거의 작품을 대상으로 문학사적인 평가와 의미 부여를 하는 연구 작업이 아니라 현재의 작품을 대상으로 분석하고 해석하는 작업이다. 양자가 가진 이러한 본질적인 시제 차이 때문에 문학 연구는 과거의 문학에 개입할 수 없지만 비평은 현재의 문학에 개입할 수 있다. 비평은 현재의 문학적 흐름에 개입하면서 미래의 문학 건설에 일정한 영향을 미칠 수 있는 것이다. 또 그 때문에 상대적으로 보수적이고 정태적인 문학연구와는 달리 비평은 모험적이고 역동적일 수 있다. 비평이 생생한 현실감을 느낄 수 있는 즐거운 글쓰기인 동시에 안정감이 떨어지는 위험한 글쓰기인 이유가 여기에 있는 것이다.

그래서 당대의 비평가는 다른 무엇보다도 당대의 작품을 부지런히 성실하게 읽어야 한다. 동시대의 작품 속에서 비평 행위의 즐거움을 발견하기 위해, 동시대의 작품을 올바르게 자리매김하기 위해, 동시대의 의미있는 작가들을 발굴하고 옹호하기 위해 당대 작품을 부지런히, 성실하게 읽어야 한다. 그리하여 세련된 수사적 표현을 구사하는 것보다도, 철학에 대해, 역사에 대해, 정치에 대해 자기 식견을 과시하는 것보다도 정확하고 올바른 작품 이해부터 보여주어야 한다. 그런데 작금의 비평은 이 같은 성실한 작품 읽기와는 거리가 멀다. 성실한 작품 읽기가 작품에 대한 올바른 이해와 평가로 이어지는 선순환 구조와는 거리가 멀다. 최근에 만연된 비평에 대한 불신, 비평의 역할과 의미에 대한 자기 부정은 여기에서 비롯된다.

3. 최근 비평이 보여주는 작품 읽기의 모습

우리나라에서 1년 동안에 간행되는 비평집의 총 권수는 대략 50권 정도이다. 2016년에 발간된 평론집과 2017년도에 발간된 비평집의 총 권수가 51권이었다는 사실이 이 같은 수치의 추정을 가능하게 만들어준다. 이 수치로서, 1권의 비평집에 약 20편 정도의 글이 수록된다고 가정할 때 1년에 1천 편 정도의 비평문이 발표된다는 것, 현장에서 비교적 왕성하게 활동하는 비평가들의 수가 50명 정도일 것이라는 대강의 짐작을 할 수 있다. 비평집

간행과 관련된 이와 같은 수치들은 총 권수가 30권에서 40권 사이를 오르내리던 10년 전이나 20년 전의 상황과 비교할 때 양적인 측면에서는 위축되기보다는 늘어났다는 사실을 말해주고 있다. 그런데 왜 비평이 위기에 처해 있다고 이야기하는 것일까? 이 물음에 대해 필자는 비평이 질적인 측면에서 문제를 일으켰기 때문이며, 결과적으로 독자로부터의 유리를 스스로 초래했기 때문이라고 답하고 싶다. 작금에 연출되는 비평의 위기는 그 이유의 대부분이 비평 자체에 있다고 진단하는 까닭이다.

비평의 위기가 비평 자체에 있다고 진단할 때 위기의 근원은 현장에서 생산되는 작품론이다. 현장비평의 절대 다수를 차지하는, 출판사에서 작품집을 간행할 때나 잡지에서 어떤 작가를 특별하게 다룰 때 덧붙이는 작품론이 바로 위기의 근원이다. 다른 어떤 비평문보다도 성실한 작품 읽기를 통해 씌어져야 할 작품론이 비평의 위기를 자초하는 주범인 것이다. 여기에 대해 작가나 출판사의 청탁에 따라 썼기 때문에, 혹은 그야말로 작가와의 '인간적' 관계 때문에 작품에 대한 정확한 분석과 올바른 평가를 할 수 없었다고 변명할지 모르지만 그 같은 변명이 상쇄할 수 없는 수많은 문제들이 현재의 작품론 속에는 들어 있다. 이 사실을 우리는 잡지나 작품집을 통해서도 확인할 수 있지만 비평가들이 평론집에 다시 수록해놓은 글을 통해 좀더 쉽게 확인할 수 있다. 그 문제의 일단을 다음에서 짚어보겠다.

작품 읽기와 관련하여 우리나라의 작품론이 보여주는 가장 흔한, 그래서 일반적이라고 할 수 있는 부정적 사례는 한 편의 글을 온통 평이한 해설로 채워놓은 경우이다. 일견 성실하게 작품을 읽은 것처럼 보이지만 사실은 작품을 전혀 성실하게 읽지 않은 것이 바로 이 경우이다. 현장에서 정력적으로 글을 쓰고 있는 한 비평가가 쓴 다음과 같은 대목을 잠시 살펴보도록 하자(이 글에서 인용하는 예문들은 상당한 영향력을 지닌 잡지나 일정한 권위를 구축하고 있는 비평가의 글에서 뽑았음을 밝힌다. 논의의 대상으로 삼기에 미흡한 수준 이하의 비평문이 아니라, 상당한 수준을 자랑하는 비평가들의 글에서 뽑아야 이 글의 신뢰성을 확보할 수 있다고 판단했기 때문이다. 그렇지만 의도적으로 고른 것이 아니라 손에 잡히는 대로 뽑았다는 미안함 때문에 출전은 밝히지 않는다).

뇌 속에, 아직 내 절규의 메아리로 그 위치를 알아내는,
미로 속에 육신으로 살아 있는 널 잡아먹은 육식의 밤새로
계속 변신해도
아아, 거기 울컥울컥 토해진 사랑의 토사물로 끈끈이 대나
물 꽃이 피어도
벌 받은, 썩은 짐승 고기 영원히 먹는 검은 까마귀가 나이니
뇌성마비로 잘못 걸어 들어가는 내 다리로
나는 이미 배낭에 든 귀신의 울음이니 그리고 너는
天魔산의 악귀로 변신하니 내게 살해를 꿈꾸게 만드니
내가 더 추해지기 전에 내 손에 피를 묻히기 전에
이제는 널 묻어야 할 것 같다
　　　　　　　　　　　　　　─「기억의 시체를 붙들고」

시인의 하늘에 '기억의 시체'를 쪼아 먹는 '검은 까마귀'가

날아 오른다. 까마귀는 시체를 먹는 새로 널리 알려져 있다. 부정적인 이미지로 낙인 찍힌 이 까마귀는 전쟁, 죽음, 고립, 악, 불운의 상징물이다. 이 시에서 '검은 까마귀'는 썩은 짐승 고기를 먹고 '귀신의 울음'을 운다. '검은 까마귀'는 벌 받은 존재인데, 시인은 분명하게 "썩은 짐승 고기 영원히 먹는 검은 까마귀가 나"라고 말한다. 시인은 자신의 시적 표상으로 '생쥐'를 떠올리고 무의식적 아이콘으로 '검은 까마귀'를 상상한다. 시인의 시는 실존의 한계 상황에 갇힌 '생쥐'의 비명이고, '검은 까마귀'가 천형에서 벗어나지 못한 채 내뱉는 울부짖음이다. 시인의 어둡고 음산한 시편들에서 절망과 고독으로 찢겨진 자의식의 폭주를 확인하는 것은 어렵지 않다.

앞의 인용문은 한 편의 시 작품과 그에 대한 설명 전체를 옮겨 본 것이다. 언뜻 보기에 이와 같은 설명에는 아무런 문제도 없는 것처럼 보인다. 문제가 있다기보다는 시를 열심히 읽고 성실하게 설명하고 있다는 인상마저 준다. 그렇지만 이 비평문은 첫째, 작품에 대해 어떤 평가나 의미 부여도 하지 않고 있다는 점에서 문제가 있다. 우리가 한 작품을 분석하고 해석하는 것은 그 작품의 어떤 점이 우리를 감동시키는지, 다른 작품에서 볼 수 없는 의미를 가지고 있는지 등을 판단하기 위해서이다. 다시 말해 좋은 작품과 나쁜 작품을 가리기 위해서이다. 둘째, 어느 정도 주의 깊게 읽어보면 우리는 앞의 시가 사랑의 기억으로 보이는, 고통스러운 기억에 시달리는 모습을 그리고 있으며 화자는 그러한 상태로부터 이제 벗어나고 싶어 한다는 사실을 어렵지 않게 알

수 있다. 그런데 앞의 비평문은 지나칠 정도로 '까마귀'가 지닌
부정적 이미지의 설명에만 몰두하면서 앞의 시가 무엇을 어떻게
말하고 있는지에 대해서는 아무것도 말해주지 않고 있다. 중요
한 것은, 이러한 부정적 이미지를 통해 우리가 지닌 기억의 어떤
점을 새롭게 표현하고 혹은 인식하게 만들어주는 것이다. 그것
으로 이 시의 의미와 가치를 평가해야 하는데 그러한 이야기가
전혀 없는 것이다.

그래서 우리는 이런 비평이 성실한 작품 읽기를 바탕에 깔고
있는지 의문을 갖게 된다. 작품이 지닌 의미와 가치를 올바르게
읽어내는 비평인지 의문이 든다.

작품 읽기와 관련하여 최근 비평, 특히 젊은 비평가들이 생산
하는 비평이 보여주는 대표적인 부정적 사례는 글의 첫머리에
혹은 이곳저곳에 지나치게 해외 석학들의 글을 남용한 것이다.
그래서 종종 그러한 글들은 작품에 대한 원초적 감동과 그 감동
의 이유에 대한 치밀한 분석을 보여주는 흥미있는 글이 못 되고
자신의 비평문에 권위를 부여하기 바쁜, 읽기 어렵고 재미없는
글이 되고 있다.

만일 우리가 경험하고 있는 불행이 일차적으로 '객관적 결
핍Derobjektive Mangel'에 한정되어 있다면, 이러한 반성에는
일리가 있을 법하다. 장 지글러가 마르크스에게서 참조했다고
말하는 이 용어는, 지구상의 물질재가 가장 기본적인 인간의
욕구를 충족시키기에는 객관적으로 불충분한 상황을 가리킨
다. 그러나 분명한 사실은, 우리가 직면하고 있는 어려움은 생

존에 필요한 재화의 양이 절대적으로 부족하기 때문이 아니라
는 점이다. 특히 20세기 이후에 비약적으로 발전한 산업, 기
술, 과학 덕분에 오늘날 지구상에 존재하는 재화와 부는 증산
에 증산을 거듭하여 넘쳐날 지경에 이르렀다. 그런데 그것들
은 다 어디로 갔으며 지금 누구의 손에 있다는 말인가? 우리
의 불행은 가난하기 때문에 발생한 것이 아니라 누군가 부당
한 방법으로 그것을 빼앗고 나누지 않는 데서 비롯된다.

　우리나라의 대표적인 계간지에 수록된 한 비평문의 서두이다.
이 비평문은 약 4페이지에 걸쳐 이러한 빈곤의 문제에 대해, 인
간의 본질에 대해 이야기할 뿐만 아니라 중간중간 사회철학적인
문제를 자주 제기한다. 그러면서 황정은, 김미월, 김애란, 김연
수의 소설을 자신이 전개하는 논리적 맥락 속에 끼워 넣는다. 그
런데 위와 같은 어렵지 않은 이야기를 한 편의 비평문에서 반드
시, 그것도 반드시 장 지글러를 인용하면서까지 해야만 권위가
생기는 것일까? 재화의 불공정한 배분이라는 추상적 문제의 경
우 이와 관련이 없는 작품도 없지만 직접적이고 구체적인 관련
성을 내세울 수 있는 작품도 많지 않다. 그래서 좋은 비평은 연
역적으로 어떤 도식을 만들고 작품을 그 도식에 맞추는 것이 아
니라 작품이 먼저 말하게 한 후 그 말의 의미에 따라 도식을 만
든다. 그리고 꼭 필요한 어떤 권위가 있을 경우 귀납적으로 사용
한다. 위의 비평은 그 때문에 성실한 작품 읽기로부터의 비평이
라기보다 자신이 지닌 지식으로부터의 비평이라는 느낌을 준다.
　작품 읽기와 관련하여 세번째로 지적하고 싶은 부정적 사례는

비평가 자신의 생각, 자신의 신념을 작품에 과도하게 덮어씌우는 경우이다. 비평이 서야 할 자리는 작품의 앞이 아니라 작품의 뒤이다. 비평가가 전면에 내세워야 할 얼굴은 작품이지 비평가 자신의 얼굴이 아니다. 독자들이 비평을 읽으며 "이 작품은 이런 모습이구나, 혹은 이렇게 읽어야 하는구나"라는 느낌을 가질 때 비평가의 얼굴은 비로소 의미있게 모습을 드러내는 법이며, 그러한 비평이 좋은 비평이다.

그럼에도 시인은 그와 같은 자신의 상황을 시로 씀으로써 "쳇바퀴만 돌고 있다"는 삶에 틈을 내어 이탈하는 장치들을 심어놓는다. 그중 하나는 "자괴감만 들고 있다"는 표현이다. 시인은 실제로 자신의 삶에서 '자괴감'을 느끼지만 그에 매몰되는 대신 '자괴감'이라는, 한때 이 나라 권력의 중심에 있던 인물의 말을 전유함으로써 유희적인 것으로 만든다. 나아가 시인은 "이러려고 대통령이 되었나"라는 말을 비틀어 "블랙리스트나 되고 있다"고 말하며 자신이 속한 현실을 풍자적인 것으로 만든다. 이는 쳇바퀴의 축을 탈구시킴으로써 반복되는 일상에 이탈을 가져오는 생활형 게릴라의 움직임이다. 안현미 시인은 어느 특정한 당파가 아닌 삶의 편에 서서, 삶을 매몰시키는 보이지 않는 손에 저항하는 것이다.

위의 인용문은 최근 잡지에 수록된 작품론의 일부이다. 이러한 설명이 작품에 충실한 적절한 설명인지를 가늠하기 위해 비평 대상이 된 시 작품의 일부를 인용해보겠다.

백석 같은 시를 쓰고 싶은데 공문서 같은 시를 쓰고 있다
주인공이 되고 싶었는데 진행자 같은 멘트나 하고 있다

오락가락만 하고 있다
쳇바퀴만 돌고 있다
복사하듯 붙여넣기만 하고 있다
이러려고 내가 시인이 됐나 자괴감만 들고 있다
블랙리스트나 되고 있다

〔……〕

백석 같은 시를 쓰고 싶은데 민원 응답문 같은 시를 쓰고 있다
예술가가 되고 싶었는데 행정가나 하고 있다

위의 시는 시인의 자기반성을 보여준다. 첫머리의 "백석 같은
시를 쓰고 싶은데 공문서 같은 시를 쓰고 있다"는 말과 마지막
연에서 다시 되풀이하는 "백석 같은 시를 쓰고 싶은데 민원 응답
문 같은 시를 쓰고 있다"는 말이 그 사실을 잘 보여주고 있다. 이
시가 전달하는 핵심적인 메시지는 좋은 시를 쓰지 못하는 자기
모습에 대한 반성이지 정치적인 풍자나 비판이 아닌 것이다. 다
시 말해 "블랙리스트나 되고 있다"라는 말이 이 시의 핵심적 메
시지가 아닌 것이다. 그럼에도 이 비평문은 시국에 대한 비평가
의 생각과 의식을 과도할 정도로 작품 설명에 개입시킨다. "'자

괴감'이라는, 한때 이 나라 권력의 중심에 있던 인물의 말을 전유함으로써 유희적인 것으로 만든다"라는 구절이나 "나아가 시인은 '이러려고 대통령이 되었나'라는 말을 비틀어 '블랙리스트나 되고 있다'고 말하며 자신이 속한 현실을 풍자적인 것으로 만든다"는 구절에서 보이듯 마치 이 시가 정치 현실에 대한 풍자시인 듯한 설명을 하고 있다. "블랙리스트나 되고 있다"는 말이 그같은 풍자적 의도를 가진 것인지도 의심스럽지만 설령 그렇다하더라도 그것은 이 시의 부수적 효과에 지나지 않는다. 그래서위의 비평문은 작품을 성실하고 정확하게 읽는 비평이라기보다는 자신의 생각을 드러내는 비평이라는 인상을 주고 있다.

4. 다시 작품으로 돌아가자

다시 한번 강조하지만 문학작품에 대한 올바른 평가는 부지런하고 성실한 작품 읽기 없이는 이루어질 수가 없다. 동시대의 작품들을 비교할 수 있는 능력, 현재의 작품과 과거의 작품을 비교할 수 있는 능력 없이는 이루어질 수 없다. 이런 점에서 작품 읽기를 소홀히 하는 비평은 출발점이 잘못된 비평이다. 우리나라의 대표적인 비평가라 할 수 있는 김윤식과 김현은 독서광이었다. 김현의 독서 일기가 말해주듯, 지금도 계속되는 김윤식의 월평 쓰기가 말해주듯, 이들은 누구보다도 부지런히 성실하게 지금 이곳의 문학작품을 읽었다. 그리고 눈에 띄는 좋은 작품을 옹호하려는 노력을 멈추지 않았다. 그들은 그러한 작업을 비평가의 기본적인 책무라고 생각했다. 이들의 삶이 말해주듯, 비평은 동시대의 작품을 통해 자신의 존재 이유를 발견하는 장르고 동시대의 작품에 대한 의미 부여를 통해 자신의 족적을 남기는 장르이다. 그런데 최근의 비평은 작품 읽기를 소홀히 하고 있다. 자신이 소속된 출판사 혹은 잡지사의 테두리에 안주하며 동시대의 작품 전체에 대한 조망을 획득하지 못하고 있을 뿐만 아니라 문학작품보다 문학작품을 둘러싼, 혹은 그 바깥의 이야기에 더 몰두하고 있다. 비평의 위기, 비평의 불신은 바로 여기에서 비롯한다. 그래서 우리는, 다시 작품으로 돌아가자는 지극히 당연한 말을 새삼스럽게 강조해야 하는 국면에 있다.

문학 교과서와 친일 문제, 그 해결점을 찾아서

1998년 2월 말, 김대중 대통령이 제15대 대통령으로 취임했을
때 한일 관계는 몹시 불편한 상태에 있었다. 한일 관계는 양국의
정치 지도자들이 독도와 과거사 문제를 두고 남발한 수많은 막
말들과, 조선총독부 건물 철거에서 자신감을 얻어 "버르장머리
를 고쳐놓겠다"는 말투로까지 나간 김영삼 대통령의 고압적 태
도로 말미암아 감정적 대립이 한껏 고조된 상태에 놓여 있었다.
그래서 일본 우익의 정치 행태와 역사 인식에 대해 김영삼 대통
령보다 훨씬 비판적인 김대중 대통령이 등장했을 때 많은 사람들
은 기왕의 불편한 한일 관계가 더욱 불편해질 것이라 예상했다.

그런데 그해 10월 초 일본을 방문한 김대중 대통령이 보여준
행보는 사람들의 일반적인 예상을 뛰어넘는 것이었다. 그는 우
리의 핵심 명분을 포기하지 않으면서도 과거의 우리 정치 지도
자들이 보여준 방식과는 사뭇 다른 방식으로 행동했다. 그는 수

난과 고통을 당한 피해자의 입장에서 소리 높여 가해자의 사과와 책임을 요구한 것이 아니라 새로운 미래를 향해 편견 없이 이해와 포용의 길을 걸어가는 파격적 행보를 조용히 선보였다. 주목 받는 정치적 이벤트를 통해서가 아니라 자신의 사소한 행보를 통해 "우리 한국 사람은 언제까지나 피해자의 원한에 사로잡혀 있는 그런 사람들이 아닙니다"라는 메시지를 일본 사람들의 가슴에 심어나갔다. 개인적인 일처럼 보이는 사소한 행동을 통해 자신이 발하는 화해와 포용의 메시지를 일본 사람들이 생생하게 느끼게끔 조심스럽게 행동하고 있었다.

당시의 보도에 따르면, 김대중 대통령은 목포상고 시절의 은사인 모쿠모토 이사부로 선생을 59년 만에 다시 찾아 가르침에 대한 감사의 인사를 표했다. 귀가 잘 들리지 않는 연로한 선생에게 한국어가 아니라 "센세이 와타시데쓰, 아노 다이주데쓰요.(선생님 접니다. 그 대중입니다)"라고 직접 일본어로 말하는 성의있는 모습을 보여주었다. 한국의 대통령이 식민지 시절의 일본인 선생을 찾아 일본어로 감사 인사를 전하면서 과거의 아픈 기억이 아로새겨진 이름, '도요다 다이주(豊田大中)'라는 창씨개명한 일본식 이름까지 언급했다는 것은 분명히 놀라운 일이다. 김대중 대통령은 이렇게 자신을 일본식 이름으로 기억하고 있을 80대의 은사에게 일본어로 인사하는 속깊은 인간적 면모를 보여줌으로써 우리 한국인은 고마운 일을 고맙게 여길 줄 아는 예의 바른 사람이란 이미지를 일본 사람들에게 전달했다. 아니, 일본 사람들이 지닌 뿌리 깊은 혐한의 감정과 불신의 마음을 수정하는 작업을 이렇게 자연스럽게 시작했다. 그저 개인이 아니라 한국의 대통령인 그가, 일본의 식민지 지배에 대한 우리 한국인의 다양한 감정을 잘 알고 있는 그가, 자신의 사소한 행동 하나가 반대파들에 의해 엄청난 친일적 행태로 증폭될 수 있다는 것 정도는 충분히 예상하고 있는 그가 참으로 자연스럽게 일본인들의 마음속에 우리 한국에 대한 신뢰의 감정을 구축해나가고 있었던 것이다.

돌이켜 보면 1945년 해방 이후의 한일 관계는 순탄할 때보다는 불편할 때가 훨씬 더 많았다. 국교 정상화가 이뤄지지 못해서 불편했고, 평화선 문제로 불편했고, 조총련 문제로 불편했고, 재일교포 지문 날인 문제로 불편했고, 독도 영유권 문제로 불편했다. 임나일본부 문제로 불편했고, 식민지 지배와 사과 문제로 불편했고, 위안부 문제로 불편했고, 일본의 역사 교과서 문제로 불편했고, 기생관광 문제로 불편했고, 일본 자본의 노동 수탈 문제로 불편했고, 친일 잔재 청산 문제로 불편했다. 그리고 우리는 이런 불편함의 목록에 다시 현재의 한국 정치를 주도하고 있는 '해방전후사의 인식' 세대들의 등장을 추가할 필요가 있다. 이들은 미국과 결탁한 이승만 반공 세력과 해방 직후 제대로 정리하지 못한 친일파 문제로 말미암아 한국 현대사의 왜곡과 파행이 만들어졌다고 스스로를 교육한 세대들이기 때문이며 최근 이곳저곳에서 불거지고 있는, 한일 관계를 불편하게 만드는 사건들의 든든한 배후이기 때문이다. 이를테면 현재 진행형인, 친일 혐의가 있는 사람이 작곡한 교가와 공공기관의 노래를 폐지하자는 운동이 그렇고, 얼마 전 경기도 의회 일부 의원들이 발의한, "대한민국은 이제라도 제대로 된 문제의식을 통해 역사적 자주권을 찾아와야" 한다며 초·중·고교가 보유한 일본 '전범기업' 제품에 스티커를 붙이자는 조례안을 발의한 사건이 그렇고, 문재인 정권이 3·1운동과 임시정부 수립 100주년을 특별하게 강조하면서 TV 방송이 일제의 잔혹함을 보여주는 프로그램을 여러 편 내보낸 일이 그렇고, 금년 신학기부터 사용하기 시작한 대부분의 국어와 문학 교과서들이 이전에 비해 친일파 배제를 강도 높게 시행하고 있는 사실이 그렇다. 왜냐하면 이러한 일련의 사건들 배후에는 과거의 잘못을 바로잡기 위한 행위, 적폐를 청산하는 정의로운 작업을 하는 것이란 시각이 숨어 있는 까닭이다.

일본은 오랫동안 한일 관계를 불편하게 만드는 요인의 하나가 한국의 교육 현장에서 조직적으로 이루어지는 반일 감정 주입이라고 주장해왔다. 그러면서 한국의 교과서와 교육 정책에 대해 의심의 눈초리를 거두지 않았다. 일본의 이러한 주장은 과연 근거가 있는 것일까? 우리의 문학 교육에는 궁극적으로 우리를 국제 사회에서 고립시킬 배타적 민족주의가 음험하게 작동하고 있는 것일까? 이번에 새로 개편된 국어와 문학 교과서를 중심으로 이 문제의 일단을 잠시 검토해보자.

2019년 3월부터 사용하기 시작한 고등학교 문학 교과서와 국정에서 검인정으로 바뀐 국어 교과서에는 친일파 문인들의 작품을 철저하게 배제하고 있다. 최남선, 이광수, 김억, 김동인, 주요한, 임화, 서정주 등이 바로 그러한 경우인데, 금성출판사에서 펴낸 문학 교과서에 서정주의 시 「신선 재곤이」가 수록된 경우를 제외하고는 모든 교과서가 본문에서 이들의 작품을 배제하고 있다. 개편된 교과서가 보여주는, 이전과 놀랍게 달라진 이런 모습은 분명히 자연스러운 결과가 아니다. 교과서의 집필진들이 이들의 작품이 수준 미달이라서 배제한 것이라기보다는 교육부에서 친일파 배제라는 편찬의 지침을 정했기 때문이라고 생각하는 것이 훨씬 정확할 것이다. 아마도 교육부가 이들을 민족 정기를 바로 세우는 데 방해가 되는 문인, 학생들에게 가르치기에는 그 행적이 올바르지 못한 문인으로 규정했기 때문에 이 같은 결과가 빚어졌을 것이다.

주지하다시피 우리의 문학 교육은 이데올로기 문제로 말미암아 오랫동안 KAPF 계열의 작품과 문인들을 제외했으며, 그 결과 학교에서 이루어지는 문학 교육은 실상과 거리가 있는 교육, 불구가 된 교육이 될 수밖에 없었다. 1970년대 이후 민주화를 외친 세대들이 KAPF 계열의 문인들의 해금과 복권을 주장한 것은, 이들을 배제한 우리의 문학 교육은 허구가 될 수밖에 없다는 사실 때문이었다. 그런데 놀랍게도 민주화가 이루어진 지금, 그러한 왜곡을 바로잡아야 한다고 외친 사람들이 현실 정치의 주역이 된 지금, 이들이 다시 우리의 문학 교과를 불구의 교과서로 만들어놓고 있다. 육당 최남선을 배제하면서 근대 자유시의 형성에 대해 이야기하고, 춘원 이광수를 배제하면서 한국 근대소설의 시작을 이야기하는 교육, 미당 서정주를 배제하면서 식민지 시대 한국 시의 발전과 성취를 가르치는 교육으로 몰아가고 있는 것이다. 친일 혐의가 있는 문인들을 교과서에서 배제함으로써 우리의 문학교육을 KAPF 계열의 문인들을 배제했던 시절과 마찬가지 상태의 교육으로 만들고 있는 것이다.

우리의 근대문학은 문자 그대로의 의미에서 태생적으로 친일
적이었다. 일본과 가까운 것을 '친일'이라 한다면, 우리 근대문
학은 친일을 원죄로 안고 태어난 문학이었다. 우리는 이 사실을
"예술, 학문, 움직일 수 없는 진리……/그의 꿈꾸는 사상이 높다
랗게 굽이치는 동경(東京)/모든 것을 배워 모든 것을 익혀/다시
이 바다 물결 위에 올랐을 때/나는 슬픈 고향의 한밤,/해보다도
밝게 타는 별이 되리라"고(「해협의 로맨티시즘」, 1938) 노래하는
임화의 모습에서 생생하게 느낄 수가 있다. 이 시에서 보듯 뒤
처진 우리를 계몽하기 위해 일본으로부터 배워야 한다는 태도에
서 이광수와 임화는 아무런 차이가 없었으며 이 점에서 두 사람
은 모두 친일적이었다. 또 이광수와 주요한이 도산 안창호의 교
육구국운동을 충실하게 실천하면서 우리의 독립을 당장 실현 가
능한 일이 아니라 제대로 실력이 갖춰진 다음의 미래 일로 보았
다는 점에서 마찬가지로 친일적이었다. 이들의 친일에는 이처럼
나름의 고뇌와 이유가 아로새겨져 있었던 것이다.

개편된 국어와 문학 교과서에서 우리가 빈번하게 마주치는 용
어 하나는 '일제 강점기'라는 말이다. 이 말은 대부분의 교과서
에서 식민지 시대에 생산된 문학작품의 시대 배경을 드러내는
말인 동시에 작품의 의미와 가치를 규정하는 말로 빈번하게 사
용되고 있다. 우리는 교과서에서 이 작품은 일제 강점기라는 폭
력적 시대에 씌어졌기 때문에 이런 의미로 읽어야 한다든가, 그
런 시대였기 때문에 이 같은 표현이 나타나게 되었다는 식의 설
명을 자주 볼 수 있다. 구체적으로 예를 든다면, 이상의 시 「거
울」을 수록하고 있는 교학사의 국어 교과서에서는, 이 작품이 일

제 강점기 지식인이 당대 현실에 대한 인식을 형상화한 현대시라고 설명하면서 학생들에게 화자의 상황을 통해 현실의 상황을 짐작해보라는 방식으로 감상해보기를 요구하고 있다. 이상의「거울」이 보여주는 자의식의 분열과 내면의 성찰에 대해 전통적인 우리 시에서 볼 수 없었던 근대적 인간의 새로운 모습을 읽어보라고 하는 것이 아니라 일제 강점기라는 시대가 민족적 자긍심을 지키며 사는 것을 어렵게 했기 때문이라고 설명하며 그런 모습을 찾아보라고 하는 데에는 분명히 무리가 있다. 일제 강점기가 이중적 삶을 사는 사람들을 양산했고 그 모습을 형상화한 시가「거울」이라는 식의 설명에서, 우리는 이 작품에 대한 올바른 설명이라는 느낌을 받기보다는 작품의 모든 의미를 일본의 폭력적 지배로 귀납시키는 나쁜 태도만을 읽을 수 있는 까닭이다.

우리의 교과서가 문학작품에 대한 설명을 '일제 강점기'라는 시대 배경과 지나치게 관련시키는 방식은, 학생들이 한국 문학작품을 올바르게 분석하고 해석하는 것을 가로막는 일일 뿐만 아니라 일본 측에서 바라볼 때는 조직적 반일 교육이란 인상을 줄 여지가 다분하다. 여러 교과서가 이육사의「광야」에 대해 "일제 강점기의 절망적인 현실을 극복하려는 의미를 표현한 시"라고 설명하는 것은 그래도 이육사의 행적을 감안할 때 이해하며 넘어갈 수 있는 경우지만, 미래엔에서 편찬한 문학 교과서에서 김소월의「초혼」을 다루면서 이 작품의 제목 바로 위에 "일제 강점기의 시대 상황과 시에 나타난 정서의 깊이를 고려하여 작품을 감상해보자"라는 말을 붙여놓고 있는 것은 너무나 지나쳐서 이해하며 넘어가기 어려운 대목이다. 이 시를 지배하고 있는 목소리는 삶의 영역을 넘어 죽음의 영역에까지 미치는 목소리이며, 그런 애절한 목소리를 우리의 망부석 설화와 전통적 '초혼' 의식이 뒷받침한다고 가르치는 것이 아니라, 이 시가 일제 강점기라는 시대 상황과 관련된 것이니 그런 모습을 이 시에서 찾아 읽으라고 가르치는 것은 교과서가 보여주어야 할 문학 교육의 모습이 아니다. 식민지 시대에 고착된 왜곡된 의식의 소산이거나 문학을 시대와 정치에 종속된 부수물로 여기는 태도의 소산일 따름이다. 이런 식의 문학 교육은 친일 혐의가 있는 문인을 일방적으로 배제해버리는 태도와 마찬가지로 중요한 문인과 그렇지 못한 문인, 좋은 작품과 나쁜 작품의 구별에 혼란을 가져오는 교육이며, 학생들에게 특정한 방향으로 증오와 편견을 심어주는 교육이며, 우리 근대문학의 정확한 실상을 안개 속에 묻어버리는 교육이다.

현재의 교과서가 보여주는 안타까운 모습 때문에 김대중 정권 하의 한일 관계에 대한 이야기를 첫머리에서 했다. 우리는 김대중 정권 시대에 아키히토 일본 천황이 공식석상에서 과거의 식민지 지배에 대해 '고통'과 '사과'라는 단어를 사용하여 사과하는 모습과, 오부치 게이조 총리가 공동선언문에서 '통절한 반성', '마음으로부터의 사죄'라는 표현을 명기하여 읽는 모습을 보았다. 또 김대중 대통령이 일본 의회에서 양국의 나쁜 관계는 짧았고 좋은 관계는 길었다는 사실을 애써 강조하면서 미래에 우호적 관계를 열어나가려는 모습도 보았다. 이처럼 김대중 대통령은 우리의 선도적 태도와 노력에 따라 한일 관계가 새로운 차원으로 발전할 수 있다는 것을 보여주었을 뿐만 아니라 우리가 식민지 시대에 대한 고착으로부터 벗어날 때 일본의 변화 역시 용이하게 이끌어낼 수 있다는 사실도 구체적으로 확인해주었다.

현재 우리의 문학 교육은, 식민지 시대의 문학에 대해 친일은 나쁘고 항일은 좋다는 식의 단순한 도식을 별다른 고뇌 없이 적용하고 있다. 그렇다면 우리 민족의 뛰어남을 보여준 인물로 생각하는, 당나라에서 활동한 고선지와 흑치상지는 민족의 배신자들로 보아야 마땅하지 않은가. 자기 나라를 멸망시킨 당나라를 위해 일한 그들을 위대한 인물로 생각한다면 일본군 중장으로 처형당한 홍사익 역시 위대한 인물로 간주되어야 마땅할 것이기 때문이다. 그런데 고선지와 흑치상지는 훌륭한 인물로 홍사익은 나쁜 친일파로 간주하고 있는 것이 지금 우리의 모습이다. 이처럼 사람들은 가깝게 볼 때와 멀리 볼 때 역사를 다르게 생각한다.

문학 교육은 옳고 그름을 가르치는 교육이 아니라 다르게 읽을 수도 있다는 것을 가르치는 교육이다. 다르게 읽는 사람을 존중하고, 다르게 읽을 권리를 기꺼이 인정해주는 교육이다. 그러면서 왜 다르게 생각하는지를, 그렇게 생각할 수 있는지를 이해하고 포용하는 태도를 키워주는 교육이다. 그리하여 이 세상을 서로 다르게 생각하는 사람들이 평화롭게 경쟁하며 공존하는 장으로 만드는 것이 문학 교육의 중요한 목적이다.

식민지 시대는 우리를 보호해줄 수 있는 국가가 사라진 시대였다. 우리 모두가 법적으로는 일본인으로 살아야 했던 시대였다. 중국군 장교였던 소설가 김학철이 일본군에 포로로 잡혔을 때 포로 대접을 받은 것이 아니라 치안유지법 위반으로 재판에 회부된 것은 그가 일본인으로 간주되었기 때문이었다. 그렇기 때문에 우리는 이런 시대에 어쩔 수 없이 자신을 일본인으로 생각하며 살아야 했던 사람의 고뇌를 포용하고 이해해야 한다. 배제와 청산을 외치는 것만이 능사가 아니다. 윤동주가 부끄러운 이름이라고 말한 히라누마 도주, 그런 식의 이름을 가졌던 수많은 사람들을 따뜻하게 감싸줄 수 있어야 한다. 김대중 대통령이 보여준 것처럼 우리 스스로 그렇게 상처를 보듬어 안는 변화와 용기를 가질 때, 오랫동안 지속된 불편한 한일 관계도 새로운 전기를 맞을 것이다.

해방기 시문학 연구에 나타난 문제점과
향후의 과제

1. 해방기 시문학 연구의 일반적 특징
──정치적 전언에 대한 관심의 과잉

해방기의 시문학에 대한 연구가 보여주는 일반적 특징은, 한마디로 말해 정치적 전언에 대한 지나친 관심입니다. 이 점은 연구자의 시각이 좌익 쪽의 입장에 서 있건 우익 쪽의 입장에 서 있건 애매한 절충적 입장에 서 있건 마찬가지입니다. 해방기의 시문학에 대한 연구는 그 대부분이 시인들을 특정한 정파적 입장에 서게 만든 조직과 사건에 커다란 관심을 가지면서 시에 담긴 정치적 전언을 읽어내는 방식과 거기에 자신의 정파적 입장을 뚜렷하게 겹쳐놓는 방식으로 전개되었습니다. 개별적인 시 작품들을 편견 없이 분석하면서 그러한 분석을 바탕으로 논문을 쓰거나 시사를 저술한 것이 아니라 외부의 정치적 흐름과 시가 담지한 정치적 전언에 따라 중요한 시와 중요하지 않은 시, 좋은 시와 나쁜 시가 결정되는 모습을 보여준 것입니다.

주지하다시피 좋은 시가 보여주는 항구적인 생명력은 당대 현실과 관련된 정치적 전언에 의해 유지되는 것이 아닙니다. 예컨대 통일신라시대의 「제망매가(祭亡妹歌)」가 현재에도 우리의 심금을 울리는 것은 그것이 죽음이 야기한 '이별의 슬픔'을 다루었다는 사실에 있지 않습니다. 우리가 「제망매가」를 기억하는 이유는 천 년의 세월이 흘러도 여전히 빛을 발하고 있는 탁월한 비유적 표현 때문입니다. 고려시대의 「청산별곡(靑山別曲)」도 마찬가지입니다. 우리가 이 시를 지금도 기억하는 이유는 여기에 무신 정권 시대의 어지러운 정치 현실이 담겨 있어서가 아닙니다. 특정한 정치 현실에 대한 직접적 대응이 아니라 비유적 표현으로 세상과 거리를 두고 살아가는 한 방식을 보여주었기 때문입니다.

그럼에도 해방기 시문학에 대한 지금까지의 연구는 비유적 표현에 대한 설득력 있는 분석을 통해 기억해야 할 시와 그렇지 못한 시를 차근차근 구분하고 평가해나가는 작업에 소홀했습니다. 해방기라는 특수한 시기가 우리 민족사에서는 처음으로 민주국가 건설을 위한 정치적 움직임이 불꽃 튀던 시기였다는 사실과 연구자 자신이 글을 쓰던 시점에 가지고 있었던 정파적 태도가 동시적으로 지나치게 작용한 결과였습니다. 이 글에서는 이러한 사실을 기왕의 연구 업적에서 구체적으로 점검해보도록 하겠습니다. 그런 다음 앞으로의 연구 방향을 간략히 제시해보도록 하겠습니다.

2. 해방기 시문학 연구의 몇 가지 유형과 그 문제점

1) 문학 단체에 대한 지나친 관심이 야기하는 문제점

해방기의 시문학 연구에서 당시에 결성된 좌우 문학 단체들과 정치적 사건들을 어떤 방식으로 다룰 것인가 하는 문제는 간단하지 않습니다. 시문학 연구의 대상은 시 작품이지 시인이 관련된 문학 단체가 아니라고 생각합니다. 그렇지만 해방기의 시에 대해 글을 쓸 때 그러한 입장을 견지하는 것은 쉽지 않습니다. 해방기라는 특수한 시기가 가지고 있는 성격 탓입니다. 당시 대표적인 시인들은 거의 모두가 예외 없이 좌익 혹은 우익 문학 단체에 가담하여 정치적 입장을 표명하고 있었습니다. 또 그 문학 단체들이 내건 정치적 이념과 특정 사건에 대한 입장을 자신의 시 속에 흥분된 목소리로 담아놓는 경우도 많았습니다. 이를테면 정치성을 강렬하게 띤 문학 단체나 정치적 사건들이, 마치 암탉이 병아리를 품듯이, 시인을 품고 있는 것처럼 보이는 시기가 해방기라는 시기인 것입니다. 그래서 해방기의 시를 연구하는 사람들은 당시의 굵직한 정치적 사건들과 조선문학건설본부, 조선문학가동맹, 전조선문필가협회, 청년문학가협회 등의 조직과 활동에 대해 배경적 요인 이상의 의미를 부여하고 있습니다. 이 사실을 해방기의 시에 대한 논문과 시사를 정리한 저서에서 확인해보겠습니다.

오현주의 「8·15 직후 문학운동과 시문학의 전개 양상」이란 글은 제목처럼 '문학운동'과 '시문학'에 대해 균등하게 관심을 보이는 논문입니다. 이 논문은 먼저 문학 단체에 의해 전개된 문학운동을 나름의 시각에서 개관한 후 그러한 운동이 대중적 실천으로 나타난 것이 해방기의 시문학이라는 인식하에서 문학운동과 시문학을 순차적으로 균등하게 서술하고 있습니다. 이 논문은 문학 단체가 표명한 노선에 대해 이렇게 이야기합니다.

> 그렇기 때문에 해방 직후 문학운동의 개관은 철저하게 당의 노선과의 긴밀한 관계 속에서 이루어진 것이었다는 전제하에서 출발할 필요가 있다. 물론 문학운동이 나름의 특수성을 갖는 것이기 때문에 당의 노선과 기계적으로 대응되는 방식으로 전개되지는 않지만 일단 투쟁의 일단락을 짓고 새로운 단계들로 나아가는 시점들은 일정하게 외적 조건들—당의 정책, 객관적 정세—에 의해 규정되고 있었다.[1]

따라서 이 논문에서 시를 분석할 때 중요하게 보는 것은 작품을 견고하게 만드는 구조나 의미를 생산해내는 방식이 아니라 문학운동의 노선입니다. 이를테면 문학 단체들이 슬로건으로 채택한 반제·반봉건투쟁, 신탁통치 찬성투쟁, 반미투쟁과 같은 것들입니다. 문학 단체가 어떤 목표하에서 어떤 노선을 가지고 있었으며, 그 노선이 작품에까지 선명하게 구현되거나 관철되고 있는가 하는 것이 이 논문의 관심사인 것입니다. 물론 그것이 시문학에 대한 가치판단의 준거이기도 합니다. 그 이유를 이 논문의 필자는 이렇게 말하고 있습니다.

---

[1]   오현주, 『해방기의 시문학』, 열사람, 1988, p. 336.

그런데 여기서 주목해야 할 사실은 8·15 직후 현실에 적극적으로 대응하고자 노력했던 작가가 사회적 실천과 예술적 실천을 통합시키는 매개물로 시 장르를 선택하였고, 그 결과 우리 국문학사에 유례없는 시의 전성기를 맞이하였다는 것이다. 이에 대해 한 사회의 앞의 방향성의 지평이 드러나지 않을 때 생의 순간적 자각에 의거하는 시의 선택이 작가에게 놓여진다[2]고 하는 설명이 일면적으로 타당성을 지니고 있긴 하나 8·15 직후의 왕성한 시작 활동은 전망의 불투명성 속에서 나온 것이기보다는 KAPF 조직운동의 경험 속에서 나온 창작활동과 항일무장투쟁활동 가운데 산출된 혁명적 서정시의 전통을 잇는 과정 속에서 해방을 맞이하여 분출한 것이며 이것이 문학상에 있어서 일정한 성과를 거두고 있다고 봐야 할 것이다.[3]

위의 인용문을 통해 우리는 이 논문의 필자가 해방기 시를 연구하면서 당시의 문학 단체에 대해 왜 그처럼 커다란 관심을 가졌는지 그 이유를 읽을 수 있습니다. 그것은 바로 "작가가 사회적 실천과 예술적 실천을 통합시키는 매개물로 시 장르를 선택"했다고 생각하는 까닭입니다. 시는 그러한 실천의 매개물이기 때문에 사회적 실천 쪽에 서 있는 문학 단체에 대해서, 특히 그

---

2   인용문에 붙은 각주를 그대로 옮기면 다음과 같다: 김윤식, 「서정양식 선택의 조건」, 『한국근대문학양식논고』, 아세아 문화사, 1980, p. 60.
3   오현주, 같은 책, p. 342.

러한 단체의 노선에 대해서 각별히 중요한 의미를 부여하고 있는 것입니다. 그런데 이 논문에서 사회적 실천과 예술적 실천은, 변증법적 통합을 가리키는 '통합'이란 말과는 달리, 동등한 무게의 중요성을 가지고 있지 않습니다. 이 논문은 문학 분야의 논문이고 그 목표는 해방기의 '시문학'을 올바르게 규명하는 것이지만 무게의 중심은 현저하게 사회적 실천 쪽으로 기울어져 있습니다. 이 논문에서 예술적 실천은 거의 일방적으로 이미 '진리'로 정립된 당의 노선, 단체의 행동 강령을 따라가야 하는 것으로 서술되고 있는 것이 그 사실을 말해줍니다. 문학 단체의 문학운동이 실제의 시 작품보다 더 중요시되는 것은 그래서라고 할 수 있습니다. 해방기의 시문학을 연구하면서 시문학보다 문학 단체의 활동이 전경으로 펼쳐지는 이유가 여기에 있습니다.

김용직의 『해방기 한국 시문학사』와 『한국시와 시단의 형성 전개사』는 해방기의 시문학에 대한 가장 대표적인 연구 업적의 하나입니다.[4] 이 두 저서가 제목은 다르지만 내용은 동일한 책이라는 사실을 감안하더라도 분량적인 측면에서 해방기 시문학에 대한 본격적이고 방대한 연구라 할 수 있습니다. 그리고 문학 단체에 대해 집중적인 관심을 가진다는 측면에서도 대표적이라 할 수 있겠습니다. 이 점을 사실의 측면에서 간단히 살펴보면 『해방기 한국 시문학사』에서는 총 436페이지 중 당시문학 단체

---

4   1999년 도서출판 한학문화에서 『해방기 한국 시문학사』라는 제목으로 간행했던 책을 2009년에 푸른사상에서 『한국시와 시단의 형성 전개사』로 제목을 바꾸어 다시 펴냈다. 그렇지만 뒤에 낸 책의 머리말에는 전후 사정에 대한 설명이 없어 마치고 새 책인 것처럼 착각하게 만들 여지가 있다.

에 대한 서술이 절반 조금 넘는 224페이지에 달하고 있으며, 『한
국시와 시단의 형성 전개사』에서는 총 399페이지 중 문학 단체
에 대한 서술이 185페이지에 달하고 있습니다. 그리고 책의 전반
부 절반 목차는 '문학건설총본부' '전조선문필가협회' '문학가동
맹' '청년문학가협회' 등의 단체 이름과 '미소공동위원회의 개최
와 그 결렬' '좌우합작의 시도와 실패' '반탁운동과 전국문화단
체 총연합회' '9월 총파업과 문학가동맹' '문화옹호선언과 궐기'
등 정치적 사건으로 구성되어 있습니다. 여기에 후반부 절반에
등장하는 문학 단체에 대한 이야기와 정치적 사건에 대한 서술
까지 보탠다면 김용직의 해방기 시문학사 서술은 시를 중심으로
한다기보다 문학 단체를 중심으로 한 서술이라 말해도 틀렸다고
할 수 없을 정도입니다. 시 비평가로서 신비평New Criticism을 누
구보다 강력하게 옹호해온 김용직이 자신의 저서를 이렇게 만들
어놓은 이유를 그는 서문에서 다음과 같은 방식으로 이야기하고
있습니다.

　　이 작업은 말할 것도 없이 특정 시기의 특정 양식을 대상으
　로 한 문학사다. 그러므로 전체의 체계, 또는 테두리는 당연히
　그런 각도에서 잡혀졌다. 그러나 그와 아울러 이 시기의 시가
　지닌 바 특수한 상황, 여건도 반영이 되도록 힘썼다. 필요하다
　고 생각되는 경우 일부 문학사가 금기로 하는 시와 문학의 테
　두리 밖에 속하는 사회·경제적 여건들도 적지 않게 수용했다.
　시와 예술은 상황, 여건의 피사체가 아닌 독자적 존재 의의,
　그 나름의 가치 체계를 가지는 실체다. 아무래도 문학사의 이

런 교의에 맹목적일 수가 없으므로 나는 어떤 경우에도 문학 외적인 것만으로 시를 규정, 평가하는 일이 없도록 힘썼다.[5]

김용직은 시사를 서술하면서 문학 단체와 정치적 사건에 커다란 비중을 두게 된 이유는 "이 시기의 시가 지닌 바 특수한 상황, 여건도 반영"하기 위해서였다고 말합니다. 그러면서 "나는 어떤 경우에도 문학 외적인 것만으로 시를 규정 평가하는 일이 없도록 힘썼다"는 말을 이어서 하고 있습니다. 해방기라는 특수한 상황이 아무리 예외적 상황이어도 김용직의 두 저술은 예외적 상황의 수준을 넘어서고 있습니다. 신비평적 입장에 서 있는 저자가 시사와 정치사의 구분이 불가능한 저서를 만들었기 때문입니다. 필자의 추측으로는 아마도 이 같은 사실이 지속적으로 마음에 걸려서 2009년에 새 책에 「새 판을 내면서」란 글에서 "나는 일부 속류 문예 사회학자가 그러는 것처럼 시와 문학이 역사, 정치의 시녀판이라고 믿지 않는다"는 말을 추가해놓았을 것입니다. 그리고 문학 단체와 정치적 사건에 대한 서술을 문단사로 간주해주길 바라며 2009년 판에서는 제목을 『한국시와 시단의 형성전개사』로 바꾸었을 것입니다.

책의 저자 자신이 책의 제목을 '시사'에서 '문단사'와 '시사'가 결합된 것으로 바꾸어놓은 사실에서 보듯, 이러한 방식의 연구는 어딘가 어색하고 불완전합니다. 아무리 문학이 정치의 시녀가 아니라고 목소리를 높여도 실제의 서술은 정치의 시녀로 되

---

5   김용직, 『한국시와 시단의 형성 전개사』, 푸른사상, 2009, p. 31.

어 있는 까닭입니다. 물론 김용직의 해방기 시 연구는 정치의 시녀가 된 좌파의 시를 비판하고 그렇지 않았던 우파의 시를 옹호한다는 입장에 선명하게 서 있습니다. 그러나 우파의 시에 대한 서술 역시 좌파와의 대비를 통해 그 의미와 생명력을 상대적으로 부여받고 있다는 점에서 정치와 문학 단체의 그림자를 벗어나지 못하고 있습니다. 자신의 그러한 입장이 시 분석을 통해 일관되게 내면화되어 흐르는 '시사'를 만들지 못하고 표면화된 정치적 움직임을 따라가는 기묘한 문단사가 되고 있습니다.

2) 작품 이전의 정치적 입장이 야기하는 문제점

문학 연구에는 연구자 자신의 관점이 필연적으로 개입합니다. 자신이 가지고 있는 문학관이나 정치적 입장 등이 작품에 대한 가치 판단에 당연히 작용합니다. 그렇지만 이러한 작용에는 반드시 일정한 제한이 있습니다. 연구자 자신의 입장이 실제 사실을 왜곡해서는 안 된다는 것과 글의 표면에 노골적으로 드러나서는 안 된다는 것입니다. 자신의 입장이 사실을 왜곡할 정도라면 작품이 존재할 이유가 없고, 서술의 전면에 등장할 정도라면 객관성을 띤 연구 논문이 아니라 일종의 연설문이 되기 때문입니다. 그럼에도 해방기 시문학에 대한 각종 연구의 상당수는 연구자가 기본적으로 지녀야 할 "사실이 진정 어떠했는가?"란 질문은 도외시한 채 자신의 정치적 입장, 혹은 이데올로기를 표나게 내세운 경우가 많습니다. 이럴 경우 작품 이전에 정치적 입장이 어떤 식으로건 작품에 대한 정당한 성찰을 가로막아버리는 일이 발생합니다.

먼저 정도가 가벼운, 그래서 연구자의 시각이 개입된 방식을 가늠하기가 쉽지 않은 다음의 경우가 어떤 문제점을 야기하는지부터 살펴보도록 하겠습니다.

임화는 3월 1일이라는 역사적 사건을 '민족과 계급의 각성'이라는 측면에서 접근하고 있다. 서울을 '남조선 민주의원의 깃발'과 '자유'가 대립하고 '외국관서의 지붕'과 '조국의 하늘'을 대립시키는 공간으로 표상한다. 이 같은 공간 배치 방식은 3월 1일이라는 역사적이고 상징적인 사건과 대비를 이루면서 '서울'의 성격을 주조한다. '외국관서의 지붕'으로 서울 하늘이 내려앉는다고 표현하고 있는데, 이는 서울을 당대 조선의 현실로 제유하고 있는 것이다. 조허림은 서울의 식민성을 폭로한다. 어제는 식민지 시기의 명칭 '게이죠(京城)', 오늘은 영어식 표기인 'SEOUL'이라는 지적에는 '현재'의 서울을 바라보는 시적 주체의 인식이 명확하게 드러나 있다. 경성에서 서울로 이름을 바꿨지만 이는 한낱 '문패'에 해당될 뿐 수도 서울의 본질은 별반 다르지 않다는 것이다. 그런 점에서 이 시 역시 '서울'이라는 하나의 구체적인 공간을 대상으로 한다기보다는 당대 현실을 제유하고 있다고 판단된다. 그리고 그 현실은 계급적이고 탈식민적 관점에서 파악하는 현실이며, 서울은 그 공간적 특성이 아니라 하나의 관념으로 표백된다.[6]

---

6   장만호, 「해방기 시의 공간 표상 방식 연구」, 『비평문학』 39호, 2011, pp. 346~76.

해방기의 시에 대한 이러한 연구는 흥미롭습니다. 연구자는 공간의 표상 방식이란 주제하에서 해방기에 생산된 여러 시들을 새롭게 읽도록 만들어줍니다. 그렇지만 여기에는 이 시들이 좋은 시인지 그렇지 않은 시인지에 대한 판단이 빠져 있다는 문제가 있습니다. 연구자 자신이 가지고 있는 탈식민주의라는 특정한 관점은 일관되게 시 작품을 관통하지만 시 작품 자체가 온전하게 전체로 분석되는 일은 없습니다. 해방기 시의 일정한 대목들이 자신의 논리 구성을 위해 사용될 따름입니다. 이 연구에서 문학이 문제의 핵심이 아니기 때문입니다. 관심의 대상은 시적 표현 방식이 아니라 그것을 통해 드러나는 당시의 정치와 경제와 사회이며, 그것들을 인식하는 주체의 모습입니다. 해방기의 시들은 필요에 따라 동원되는 보조적 자료일 따름인 것입니다. 예컨대 이 논문의 연구자가 인용하고 있는 임화의 "不幸한 同胞의/머리 우에/自由 대신 「南朝鮮 民主議員」의 旗ㅅ발이/느러진/外國官署의/지붕 우/祖國의 하눌이/刻刻으로/나려앉는/서울"이란 구절은 이 논문의 테마를 위해서는 필요하고 유익한 구절일 수 있습니다. 그렇지만 이 구절이 어떤 뛰어난 시적 성취를 이루고 있는지 그렇지 못한지에 대한 정보는 이 논문에서 얻을 수가 없습니다. 다시 말해 해방기의 시는 이 논문의 목표인 "해방 이후 새로운 세계 질서에 편입하게 된 조선이 공통된 식민 경험을 지닌 아시아 지역과 분단의 두 주체인 미국과 소련을 표상하는 방식"을 보여주기 위해 동원된 자료적 위치에 머무르고 있을 따름인 것입니다.

　앞에서 언급한 김용직의 저서에는 일관된 관점이 있습니다. 그것은 좌익 쪽의 시문학에 대한 비판과 우익 쪽의 시문학에 대한 옹호라는 관점입니다. 이 관점은 그의 저서에서 귀납적으로 도출되는 것이 아니라 연역적으로 적용되는 것처럼 보입니다. 개별 시 작품에 대한 분석 이전에 자신의 정치적 태도가 작품을 미리 판단하고 있는 것 같은 인상을 주고 있습니다. 우리는 이 사실을 다음과 같은 대목에서 확인할 수 있습니다.

「누구를 위한 벅차는 우리의 젊음이냐?」는 처음 훈련원 광장에서 열린 다수 청중들 앞에서 낭독된 작품이다. 이때 청중은 대부분이 좌파 조직에 의해 동원된 것으로 추측되지만 약 10만이라고 주장되어 있다. [……] 이 작품의 작자인 유진오는 그런 정치 성향을 직설적으로 읊었기 때문에 군정당국의 포고령 위반으로 구속·검거된다. 그리고 10월 말에 1년 금고의 언도를 받고 서대문형무소에 복역한다. 이것을 문학가동맹 측에서 보면 투철한 투쟁의식을 지닌 객관적 증거가 된다. 결국 이 시와 그 제작자는 경직된 이데올로기와 대담한 행동성 때문에 문학가동맹에서 높이 평가된 것이다. [……] 신전술 채택 이후 이미 조공(朝共)과 문학가동맹에게 시나 소설의 예술성은 지엽, 말단의 일에 속한다.[7]

앞의 인용문은 그의 저서에서 유진오의 「누구를 위한 벅차는 우리의 젊음이냐?」란 시를 분석하고 해석하는 대목입니다. 그

---

7   김용직, 『해방기 한국 시문학사』, 한학문화, 1999, pp. 165~66.

러나 앞의 인용문 속에는 유진오의 시 작품에 대한 분석과 해석
은 없습니다. 유진오의 시를 비판하기 위해 이 시와 관련된 정치
적 이야기만 장황하게 나열하고 있습니다. 유진오의 시가 문제
가 있다면 먼저 작품 자체에 어떤 문제가 있다는 것을 치밀하게
분석해서 보여주어야만 합니다. 그럼에도 그러한 과정은 생략한
채 작품을 둘러싼 정치적 사건들만 열거하면서 유진오의 시를
비판하는 것은 저자 자신의 특정한 이데올로기적 입장이 선행하
고 있기 때문일 것입니다.

3) 감정적 반응이 선행하는 경우의 문제점

해방기라는 시기는 사람들의 이성보다는 감성이 자주 분출
하던 시기였습니다. 사회의 이곳저곳에서 환호, 분노, 증오, 절
규 등의 감정적 반응들이 자주 폭발하던 시기였습니다. 그런 만
큼 시 작품 속에서도 그러한 감정들이 여과 없이 표출되는 경우
가 많았습니다. 그렇지만 해방기의 시를 연구하는 우리는 그러
한 감정들과 일정한 거리를 가져야 합니다. 설령 당시의 감정적
반응들에 대해 연구자 자신이 충분히 공감하더라도 시문학에 대
한 평가에 유사한 감정적 반응을 개입시키는 것은 올바른 태도
라 볼 수가 없습니다.

미당으로서는 현실적 상황을 시로 표현한 예를 거의 찾아보
기 힘들었던 그때에 이런 작품을 쓸 수 있었던 것도 장한 일이
지만 이런 상황을 시로서도 손색없이 소화하여 형상화해낸 그
솜씨에 우선 칭찬할 수밖에 없다.[8]

당시로서는 좀 이색적인 면을 띠면서도 여간 용감한 사람이
아니면 감히 엄두도 못 낼 말을 시로서 발표했다는 것은 이 땅
의 시인이 살아 있다는 증거가 되기도 한다.[9]

위의 두 인용문은 송영목이 서정주의 「팔월 십오일에」라는 시
와 김광섭의 「연합국에 보내는 서정」을 평가한 대목입니다만 이
러한 평가 속에는 전혀 논리성이 없습니다. 그저 '장하다' '용감
하다'란 감정적 반응만 노출되어 있을 따름입니다. 미당의 시에
대해 "시로서도 손색없이 소화하여 형상화해낸 그 솜씨"라고 칭
찬하고 있지만 여기에 대해서도 작품의 무엇이 왜 어떻게 그 솜
씨를 보여주는지에 대한 설명이 전혀 없어서 연구자 자신이 그
렇게 느꼈다는 이야기로 들리고 있습니다. 김광섭의 시에 대한
판단도 마찬가지입니다. 아마도 "연합국의 수호신은/우리와 멀
다"라는 대목을 두고 '용감한 사람'이라 칭찬했겠지만 저자는 같
은 내용의 시를 쓰고 있는 좌익 쪽 문인들에 대해서는 거꾸로 심
한 비판을 가하고 있습니다. 이런 점에서 송영목의 해방기 시문
학에 대한 연구에서는 개인의 주관적 감정은 읽을 수 있지만 우
리가 동의할 수 있는 어떤 논리적 근거나 설득력을 찾아내기가
힘듭니다.

8   송영목, 『해방기 시연구』, 대일, 1997. p. 27.
9   같은 책, p. 28.

3. 해방기 시문학 연구에 대한 과제

시를 구성하는 것은 비유적 언어이며 그 본질 중 중요한 속성은 모호성입니다. 시의 언어는 언어가 지닌 근본적 모호성을 가장 잘 이용하는 양식입니다. 좀더 부연해서 설명하면 시는 특정한 대상, 하나의 대상을 지시하는 언어로 이루어져 있지 않기 때문에 생명력을 가집니다. 이 사실은 기념시나 정치적인 구호시가 단기간의 생명으로 끝나는 사실에서 확인할 수 있습니다. 시의 언어는, 좋은 시의 경우, 우리들의 삶과 정서를 비유적으로 드러내기 때문에 그 포용력으로 보편성을 획득하며, 그럼으로 말미암아 긴 생명력을 획득하게 됩니다.

이런 점에서 해방기 시문학에 대한 연구는 아직 첫걸음도 떼지 못한 상태입니다. 왜냐하면 해방기의 문학에 대한 거의 모든 연구들이 정치사적인 움직임, 정치적인 문학 단체의 움직임, 이데올로기적인 대립과 그 추이 등에 초점을 맞추어 진행된 까닭입니다. 좌익이냐 우익이냐, 어떤 단체에 들어 있었느냐는 문제가 시 작품의 존재 의미를 본질적으로 결정하는 것이 아님에도 작품 하나하나에 대한 성실하고 올바른 평가는 외면한 채 말입니다. 따라서 해방기 시문학 연구에서 우리가 해야 할 일은 자명합니다. 한국시사의 흐름 속에 해방기의 시문학이 제대로 자리 잡게 만들자면 우리가 무엇을 해야 할지는 자명하다고 할 수 있습니다. 그것은 바로 우리가 문학사가 기억해야 할 시와 그렇지 못한 시를 설득력 있는 논리로 가리는 작업입니다.

청마 유치환을 향한 친일 의혹, 그 문제점에 대하여

1. 친일 의혹, 무엇을 문제 삼고 있는가?

이 글을 쓰는 목적은 청마 유치환에 대해 제기된 친일 문제를 객관적 사실 여부와 문제 제기의 정당성이란 측면에서 고찰하는 데 있다. 우리나라에서 친일 문제에 대한 논란은 영원히 끝나지 않는 전쟁처럼 되풀이되고 있지만 저급한 방식의 문제 제기, 이를테면 상대를 무너뜨리기 위해 무차별적으로 의혹을 제기하는 행태 등에 대한 비판적 언급이나 친일 문제에 대한 일반적 분석은 이 글의 목적이 아니다. 이 글을 쓰는 이유는, 청마의 친일 행위에 대한 본격적 문제 제기라 할 수 있는 박태일[1]과 김재용[2], 이

1 　박태일, 『유치환과 이원수의 부왜문학』, 소명출판, 2015. 박태일은 이 책에서 pp. 39~111에 걸쳐 청마의 친일 행위에 대해 나름의 주장을 전개하고 있다. 박태일이 이 책에 수록한 「유치환의 만주국 체류시 연구」라는 글은 「청마 유치환의 북방시

두 연구자의 주장을 대상으로 삼아 그러한 주장의 사실 여부와
문제 제기 방식의 정당성 여부를 꼼꼼하게 살피는 것이다. 박태
일과 김재용이 청마에 대해 제기하는 의혹은 세 가지로 요약할
수 있다. 첫째는, 박태일의 만주행 동기에 대해 제기하는 의혹이
고, 둘째는, 만주에서의 생활에 대해 제기하는 친일 의혹이며,
셋째는 일제 말기에 발표한 네 편의 시 작품이 친일적 내용을 담
고 있다는 의혹이다. 그리고 그 의혹의 구체적 내용은, 어떤 파
렴치한 행위 때문에 청마가 만주로 떠났다는 소문이 지역사회에
있으며, 북만주에서 생활함으로 인해 '협화회에 근무'하며 친일
활동을 했다는 추측이 가능하고, 청마가 일제 말기에 발표한 「수
(首)」 「전야(前夜)」 「북두성(北斗星)」, 이 세 편의 시와 해방 직
후에 발표한 시 「들녘」은 정황적으로 판단할 때 친일적 색채를
지닌 시라는 나름의 해석으로 나타나고 있다.

그렇지만 필자가 보기에 이들이 펼치는 만주행의 동기에 대한
소문은 그야말로 소문이고, '협화회 근무'라는 논리는 사실에 근
거한 것이 아니라 자의적 추측에 지나지 않으며, 네 편의 시가
친일시라는 주장은 시에 대한 일반적 독해를 무시한 주관적 해
석이다. 따라서 이 논문은 그러한 문제점을 차근차근 밝히고 지
적해나가는 방식으로 전개될 것이다.

연구」라는 제목으로 2007년도에 『어문학』 98집에 발표했던 것을 거의 그대로 재
수록한 것이다.
2   김재용, 「유치환의 친일 행적들」, 『한겨레』, 2004년 8월 7일 자. 김재용은 이 글
에서 청마의 시 네 편에 대해 친일시라고 주장했다. 그리고 김재용은 저서 『재일
본 및 재만주 친일문학의 논리』(역락, 2004)에서 '협화회'에 대한 논리를 전개하고
있다.

2. 청마의 만주행에 대한 상상과 예단

청마의 만주 생활을 두고 간헐적으로 제기된 저간의 친일 의혹을 본격적으로 집대성한 사람은 박태일이다. 박태일은 「청마 유치환의 북방시 연구」라는 논문에서 그가 '북방시'로 지칭하는, 청마가 만주 생활을 소재로 삼아 쓴 시편들을 올바르고 정확하게 분석하는 작업에 몰두하는 것이 아니라 청마의 친일적 생활을 창작해내는 데 몰두하고 있다. 또 그는 이 논문에서 청마가 만주 시절에 쓴 일부 글에 대해 '부왜시문(附倭詩文)'이란 과격한 용어를 사용하고 있을 뿐만 아니라 만주로의 이주를 '도주형 출향'으로 규정하면서 "도망치듯 급작스레 떠날 수밖에 없었"던 이유, "부리나케 떠나 만주로 솔가해 올라간" 이유를 창작하고 있다. 이처럼 박태일은 객관적 논문을 쓰고 있다는 사실을 망각한 듯 과격하고 감정적인 언사를 자주 사용하며 청마 유치환을 평가절하는 작업을 하고 있지만,[3] 여기에서는 그런 점은 문제 삼지 않겠다. 다만 박태일이 주장하는 내용의 진실성과 그 전거들만 문제로 삼아 논의를 전개하겠다. 먼저 청마의 만주 이주에 대한 그의 주장을 들어보도록 하자.

살핀 바와 같이 유치환이 고향을 부리나케 떠나 만주로 솔가해 올라간 것은 시대적 억압과 왜로의 지식인 탄압으로 말미암은 신변 위협으로부터 벗어나기 위한 지사적 결단이 아니

---

3   박태일, 「청마 유치환의 북방시 연구」, 『어문학』 98집, 2007, pp. 294~310.

었다. 오히려 통영 지역사회 안쪽에 널리 그리고 오래도록 전승되어오고 있는 대로 더는 고향 사회에 머물기 힘들 만큼 극히 개인적인 집안 안쪽에 문제를 일으켜 급작스레 떠날 수밖에 없었다는 생각이 논리적이다. 그리고 북만주에 이른 방법에 대해서는 형의 처가나 그 무렵 이미 유치환의 이주지인 빈강성에 머물고 있었던 동향 선배 김욱주에다 벗 최두춘으로 대표되는 통영 지역사회의 연고망을 좇고 힘껏 활용하여 그 도움을 상승적으로 받았음을 짐작할 수 있다.[4]

이처럼 박태일은 청마의 만주행을 '지사적 결단'이 아니라 '개인형 도주'라 주장하면서 그 근거로 지역사회에 전승되고 있다는, "내놓고 말하기 힘든 참담한 일을" 거론하고 있다. 그렇지만 정작 그는 청마가 '쫓겨가듯이 출향을 서두를 수밖에 없었다'고 주장하는 사건의 구체적인 내용은 하나도 제시하지 못하고 있다. 박태일은 논문에서 막연하게 '유치환이 가족 내부 사람에게 저지른 어떤 파렴치한 행위가 있다는 이야기가 지역사회에 전승되고 있다.' 또 자신은 "유치환의 동생 유치상과 누이 유치표가 월북해서 귀향하지 않은 일도 유치환이 저지른 일과 맞물린 여파"[5]와 관계된 것으로 추측한다는 식의 지극히 추상적인 의혹만

---

4   박태일, 같은 논문, p. 310.
5   박태일, 같은 책, p. 58. 박태일은 자신의 이러한 의혹을 본문이 아니라 주석으로 처리하고 있다. 박태일과는 달리 청마와 가까웠던 박철석은 동생 문제에 대해 "그의 주변에는 아나키스트와 독립운동가들이 많았던 관계로 일제의 심한 감시를 받았다. 그의 동생 치상 역시 그러했다'라고 쓰고 있다. 박철석, 『유치환』, 문학세계사, 1999, p. 190.

을 늘어놓고 있을 따름이다. 그러고는 너무나도 무책임하게 그러한 전승의 사실 여부는 자신이 밝힐 일이 아니라 지역의 공적 기관에서 해야 할 일인데, 공적 기관이 그런 일을 해줄 가능성은 거의 없어 보인다는 식으로 한 걸음 뒤로 물러선다. 그러면서도 대담하게도 "일이 그러하니 〔……〕 유치환이 만주에서 부왜 작품 발표나 부왜 활동을 했을 리 없다라는 믿음은 뿌리에서부터 잘못이 있었음이 밝혀진 셈이다"[6]라고 결론짓는다.

청마는 1959년에 펴낸 자작시 해설집 『구름에 그린다』에서 자신이 만주로 간 이유를 비교적 솔직하게 털어놓고 있다. 그는 이 책에서 자신의 만주행을 시대적인 이유와 개인의 나약함 때문이라고 다음처럼 이야기하고 있다.

A. 여기에 덧붙여 말하고 싶은 것은, 나의 주변에는 많은 '아나키스트'와 그 동반자들이 있었고, 따라서 내게도 항상 일제 관헌의 감시의 표딱지가 떨어지지 않고 붙어 다녔지만, 그로 말미암아 나의 초기의 작품들은 영영 잃었을 뿐 영광스런 돼지우리의 구경만도 끝내 한 번이고 해본 적이 없었으니, 그 점은 어떤 요행에서보다 나의 천성의 비겁하리만큼 적극성의 결핍한 소치의 결과로서 생각하면 부끄럽기 한량없는 일입니다.[7]

6   같은 책, pp. 57~58.
7   청마의 자작시 해설집 『구름에 그린다』는 1959년 신흥출판사에서 초판 발행됐고 2007년 도서출판 경남에서 복간했다. 여기서 인용하는 글은 경남 출판사 판본이다. pp. 26~27 참조.

B. 만주! 만주는 이미 우리의 먼 선대에서부터 광막한 그 벌 판 어디메에 모진 뼈를 묻지 않은 곳이 없으련만 나는 나대로 내게 따른 가권을 거느리고 건너갈 때는 속으로 슬픈 결의를 가졌던 것입니다. 그것은 무슨 다른 부푼 희망에서가 아니라, 오직 나의 인생을 한번 다시 재건하여 보자는 데 있었던 것입 니다. 사실 나는 식민지 백성으로 모가지에 멍에가 걸려져 있 기도 하였거니와 그보다도 조국의 푸른 하늘 아래에서 너무나 자신에 대한 준열을 잃고 게을하게 서성거리고만 살아왔던 것 입니다.[8]

청마는 자신의 만주행을 결심하게 만든 시대적 이유를 인용 문 A에서 비교적 솔직하게 털어놓고 있다. 지식인들에 대한 일 제의 탄압이 가중되면서 고향의 친구들 중에는 '감방에서 옥사 한 친구'까지 생기고 그 자신도 주변에 있는 많은 아나키스트 친 구들 때문에 일본 경찰의 감시망에서 자유롭지 못한 상태가 되 었다. 그 증거는 자신의 초기 시 작품을 압수당해 영영 잃어버린 사실이다. 그렇지만 자신이 감방에 수감된 일 한 번 없이 만주 로 떠난 것은 천성이 비겁한 탓이고, 생각하면 부끄럽기 한량없 는 일이다. 위의 글 A에서 청마는 이렇게 털어놓고 있는 것이다. 이 시기의 청마는 가중되는 일제의 감시와 억압 앞에서 이 땅에 서는 더 이상 견디기 어렵다는 생각을 하고 있었다. 청마는 당시

---

8   같은 책, p. 38.

의 정황을 기록한 시문으로 미루어볼 때 그 같은 심정을 1936년 경부터 가졌던 것 같다. 그 사실을 우리는 이상과 이육사와의 만남을 기록하고 있는 「저항자와 시」라는 글에서 읽을 수 있다. 청마는 1936년 가을에 이상이 일본으로 가기 위해 부산에 왔을 때 같이 하룻밤을 보낸 일이 있는데 그 시국의 분위기를 "그때의 숨막히고 암담한 어둠을 피하여선 갈 길만 있었다면 누구나가 조국의 하늘을 버리고 사산하였으리라"[9]고 적고 있는 것이다. 이처럼 청마는 시대의 폭력과 거기에 맞서지 못하는 자신의 비겁함을 이야기하고 있는데 박태일은 자신의 논문에서 인용문 A를 가리켜 청마가 자신의 만주행을 지사적 결단인 것처럼 미화시키고 있는 대표적 사례라고 주장하고 있다. 박태일은 청마의 진솔한 고백을 그야말로 자기 마음대로 읽고 있는 것이다.

청마는 인용문 B에서 보듯 자신의 만주행에 대해 시대적인 이유에 보태어 "자신에 대한 준열을 잃고 게을하게 서성거리고만 살아왔던" 생활을 다시 재건해보려는 개인적 이유도 만주행에 크게 작용했다는 이야기를 하고 있다. 박태일은 마치 자신이 새롭게 유치환의 만주행에 얽힌 비밀을 파헤친 것처럼 서술한 후 "유치환이 고향을 부리나케 떠나 만주로 솔가해 올라간 것은 〔……〕 지사적 결단이 아니"라 개인적인 사정에 따른 도주라고 규정했지만 필자가 보기에 청마는 황급히 만주로 도주한 것이 아니라 나름의 고뇌와 갈등을 거쳐 자기 재건의 방법으로 만주행이란 실존적 결단을 내린 것이다. 필자는 그 이유를 청마의 첫

---

9   유치환, 「저항자와 시」, 『새발굴 청마의 시와 산문』, 열음사, 1997, p. 419.

번째 시집『청마시초』에 수록된, 만주로 떠나기 직전인 1938년과 1939년에 쓴 여러 편의 시에서 읽을 수 있다고 생각한다. 다음에 예로 드는 네 편의 시가 바로 그런 시들에 속한다.

나의 지식이 독한 회의를 구하지 못하고
내 또한 삶의 애증(愛憎)을 다 짐지지 못하여
병든 나무처럼 생명(生命)이 부대낄 때
저 머나먼 아라비아의 사막으로 나는 가자
　　　　　　　　—「생명의 서」 부분(1938. 10)[10]

나의 원수와
원수에게 아첨하는 자에겐
가장 옳은 증오를 예비하였나니

마지막 우럴은 태양이
두 동공(瞳孔)에 해바라기처럼 박힌 채로
내 어느 불의에 즘생처럼 무찔리[屠]기로

오오 나의 세상의 거룩한 일월에
또한 무슨 회한인들 남길소냐
　　　　　　　　—「일월」 부분(1939. 4)[11]

10　유치환, 『깃발』(청마 유치환 전집 1), 유인전 엮음, 정음사, 1984, p. 86.
11　같은 책, p. 33.

그들은 모다 뚜쟁이처럼 진실을 사랑하지 않고
내 또한 그 거리에 살어
오욕(汚辱)을 팔어 인색(吝嗇)의 돈을 버리려 하거늘
아아 내 어디메 이 비루한 인생을 육시(戮屍)하료

증오하야 해도 나오지 않고
날새마자 질타(叱咤)하듯 치웁고 흐리건만
그 거리에는 다시 돌아가지 않으려노니
나는 모자를 눌러쓰고 가마귀 모양
이대로 황막한 벌 끝에 남루히 얼어붙으려노라
————「가마귀의 노래」 부분(1939. 5)[12]

쫓기인 카인처럼
저희 오오래 어두운 슬픔에 태었으되
어찌 이 환난을 짐승이 되어선들 겪어나지 못하료
————「송가」 부분(1939. 6)[13]

  이 네 편의 시에는 당시의 폭력적 상황에 대한 청마의 분노
와 그러한 시대적 상황에 앞장서서 협조하는 사람들에 대한 견
딜 수 없는 증오와, 그리고 그러한 시대 앞에서 자꾸만 움츠러드
는 자신의 모습에 대한 반성과 혐오 등이 착종되어 있다. 이를테

12 같은 책, p. 61.
13 같은 책, p. 37.

면 "내 또한 그 거리에 살어/오욕(汚辱)을 팔어 인색(吝嗇)의 돈을 버리려 하거늘/아아 내 어디메 이 비루한 인생을 육시(戮屍)하료"(「가마귀의 노래」)에는 시대에 부화뇌동하는 사람들을 향한 참을 수 없는 분노와 그럼에도 자신 역시 그러한 사람들과 같은 거리에서 어울려 살고 있다는 사실에 대한 격렬한 반성이 함께 들어 있으며, "내 또한 삶의 애증(愛憎)을 다 짐지지 못하여/병든 나무처럼 생명(生命)이 부대낄 때/저 머나먼 아라비아의 사막으로 나는 가자"(「생명의 서」)에는 자학에 빠져 있는 스스로를 질타하는 모습과 삶을 새롭게 재건하기 위한 탈출의 의지가 들어 있다. 그리고 "어찌 이 환난을 짐승이 되어선들 겪어 나지 못하료"(「송가」)에는 어떻게든 스스로를 강인하게 만들어 폭력의 시대를 견디며 돌파하려는 의지가 들어 있고, "나의 원수와/원수에게 아첨하는 자에겐/가장 옳은 증오를 예비하였나니//〔……〕//오오 나의 세상의 거룩한 일월에/또한 무슨 회한인들 남길소냐"(「일월」)에는 그러한 시대에 대한 증오와 함께 자기 희생마저 기꺼이 감수하려는 생각이 들어 있다. 이 같은 점에서 볼 때 앞의 시들은 앞에서 살펴본, 청마가 만주로 떠난 이유를 설명하고 있는 글과 정확히 일치하고 있다. 그 이유는 청마가 폭력의 시대 앞에서도 스스로를 준열하게 반성하는 자세를 잃지 않으면서 자신의 삶(생명)을 재건하기 위한 새로운 출발을 모색하고 있기 때문이다. 그러므로 청마는 일제 말기를 어떻게 견디며 살 것인가에 대한 깊은 고뇌와 자신의 처지에 대한 반성을 축적시켜 만주행을 결단한 것이지 박태일의 말처럼 '부리나케 도주'한 것이 아니다.

그럼에도 필자는 청마의 만주행에 시대적인 문제가 더 크게 작용했는지 개인적인 사유가 더 크게 작용했는지 명확한 판단을 내릴 수 없다. 그것은 그의 고뇌를 깊게 만드는 개인적 사건이 시대적인 문제에 뒤섞여 개입한 까닭이다. 필자의 생각으로는, 만주행 이전의 시들에서 시작해서 만주 시절에 쓴 시에 이르기까지 청마의 많은 시편들이 자학에 가까운 자기반성을 보여주고 있는 것은 '이란(伊蘭)'이란 여자와 일정한 관련이 있다. 여기에 대해 청마는 먼저 "암담한 나의 정신의 향색을 더욱 깊게 한 한 가지 까닭이 더 있었으니 그것은 소생 중에 하나 슬픈 별에서 태어난 것을 이곳으로 데려와 잃은 일입니다"라고 이야기를 꺼낸다. 그러고는 "지금은 당신의 생사조차 모를 이란(伊蘭)! 만약에 당신이 이 하늘을 우러르고 계시거든 당신의 애달픈 아기의 목숨은 당신이 있는 하늘보다 더 먼 북쪽 하늘 아래 벌판에서 이미 깨끗이 승화하고 말았음에 이제야 마음 놓아주시기 바랍니다"[14] 라는 이야기를 보태고 있다. 청마는 이처럼 '이란'이란 여자와의 사이에서 낳은 외동아들 '일향'에 대한 이야기를 슬프고 고통스럽게 적고 있다.[15] 박태일이 지역사회에 전승되는, 청마에 대한 불미스러운 이야기가 있다고 주장하는 것은 필자가 보기에 청마가 말하고 있는 이 이야기를 전후 맥락을 제대로 파악하지 못한 채 가족 사이의 사건으로 오해한 데에서 비롯된 것 같다. 청마로

---

14   유치환, 『구름에 그린다』, 경남, 2007, p. 50.
15   이 사실에 대해 박철석은 이렇게 적고 있다. "필자가 들은 바로는 '일향'의 생모 이란(伊蘭)은 청마가 만주로 떠날 때 부산 모 여관에서 아이(일향)를 건네주고는 한없이 울었다는 것이다." 박철석, 같은 책, p. 193.

하여금 자신의 생활을 다시 반성하고 재건해야겠다는 다짐을 하게 만든 사건, 가족들이 쉬쉬하며 말하기 꺼려 할 수밖에 없었던 이 사건을 두고 억측을 한 것이 아닌가 싶다.

3. 만주 시절의 청마에 대한 친일 의혹과 그 문제점

박태일은 청마와 아나키스트들과의 관련성을 부정하면서 만주로 가기 이전부터 청마가 일정한 친일 성향을 지니고 있었다고 주장한다. 그러면서 그 근거로 『경성일보』사에서 펴낸 1940년 『조선연감』에 통영의 문인으로 청마의 이름이 수록된 사실을 들고 있다. 연감에 이름이 오른 것으로 보아 청마는 '친일 쪽 사람'이거나 '조선총독부 체제 내 집단인'이라고 박태일은 말한다.

그런데 필자 생각으로는 그런 식의 주장은 논리적 비약이며 지나친 상상이다. 청마는, 본인의 이야기도 이야기지만 그와 특별히 가까웠던 박철석, 허만하 등 여러 사람의 증언에 따르면 아나키스트들과 친밀했다. 이 사실은 아나키스트 하기락(河岐洛)과의 각별한 관계가 잘 말해주는데, 청마는 1953년에 하기락이 세운 안의중학교 교장으로 부임하여 근무했다. 그리고 당시 우리나라의 문인 수와 연감의 성격을 생각해볼 때, 청마가 통영군을 대표하는 문인의 하나로 간주되는 것도 전혀 이상한 일이 아니다. 1930년대 통영 출신으로 유치진과 유치환보다 더 지명도가 높은 문인을 달리 찾을 수 없는 까닭이다. 또 연감에 청마의 이름이 실린 것이 청마 자신의 의지와 관련이 있다고 볼 수 있는 근거도 없다. 연감을 만드는 사람들이 "당신 이름을 뺄까요, 넣을까요?" 이렇게 물어보고 만들지 않았을 테니 말이다.

당시 『경성일보』사는 『매일신보』사와 편집부 사무실을 같이 사용했다. 그리고 『매일신보』사 근무 경력이 있는 김소운은 청마와 동향으로 특별한 친분이 있었을 뿐 아니라 1940년에 간행된 첫 시집 『청마시초』의 출간을 크게 도와준 사람이다. 이 같은 사실로 미루어볼 때 연감에 청마의 이름이 등재된 것은 박태일의 추측처럼 유치진의 영향이 아니라 김소운의 영향이 작용했을 가능성이 크다. 『조선민요집』 『조선시집』 등을 일본에서 펴낸 김소운은 당시 일본어를 가장 완벽하게 구사하는 사람으로 일본 문단에 널리 이름이 알려져 있었다. 『경성일보』 일본어판 신문이며 일본인 기자가 많았던 신문사였던 만큼 김소운이 자신의 절친한 친구인 유치환의 이름을 연감에 올리게 만들었다는 추측이 박태일의 자의적 상상보다는 오히려 개연성이 있을 것이다.

이처럼 박태일은 청마가 만주로 이주하기 전부터 '조선총독부 체제 내 집단인'이었다고 규정한 후 청마의 만주 생활이 온통 친일적 활동으로 충만했다고 서술하고 있다. 이를테면 박태일은 확실한 근거 없이 청마를 '가신흥농회'와 '만주제국협화회'에서 붙박이 직책을 가진 것처럼 만든 다음 청마의 친일적 행위와 생활에 대한 상상을 펼치고 있다. 예컨대 다음과 같은 방식이다.

A. 가신촌이 흥농회 체제로 바뀌고 '소작농창정'을 실시하고자 할 때에도 그 무거운 일에 유치환이 맡은 역할이 컸음 직하다. 이때 '총무'란 만주국 흥농부의 '촉탁'이나 그에 걸맞은

자격을 유치환이 지니고 있었음을 뜻한다. 이 점은 유치환이 가신촌 '집단부락' 한 곳에만 머물거나 '가신흥농회' 총무 한 가지로만 여섯 해를 머문 게 아니라, 자리 변경과 그에 따른 주거지 변경이 있었을 것이라는 점까지 일깨워준다.

B. 유치환의 셋째딸 자연의 구술에 따르면 처음 입만하여 빈강성 연수현 유신구에 도착했다가 거기서 짐을 풀고 2년 정도 살다 다시 그곳에서 100리쯤 떨어진 가신촌으로 이사했다고 한다. 그 무렵 어렸던 딸의 구술이라 그대로 믿기는 힘들지만 유치환 가족의 만주 체류가 붙박이로 있었던 게 아니고, 자리 이동에 따라 이사가 이루어졌을 것임은 분명하게 밝혀주고 있다.

위의 인용문 A는 유치환이 만주국의 '흥농회' 조직에서 봉급을 받는 '촉탁'직 혹은 그에 유사한 자리를 가졌고, 따라서 근무지 변경과 같은 자리 이동에 따라 이사를 했을 것이라고 박태일이 임의로 상상하는 대목이다. 그리고 인용문 B는 박태일이 자신의 주장 A에 대한 증거로 셋째 딸의 구술을 자의적으로 재인용하는 대목이다. 그런데, 박태일의 이러한 추측과 주장은, 필자가 청마가 살았던 연수현의 현청 소재지와 가신촌을 두 차례 방문한 경험을 바탕으로 말하건대 터무니없다. 셋째 딸의 이야기를 이현령비현령 식으로 재구성한 상상이다. 청마가 처음 살았던 연수현 유신구는 우리 식으로 말하면 읍내이고, 그다음에 옮겨간 가신촌은 면소재지 정도가 될까 말까 한 작은 마을이다. 더구나 당시의 가신촌은 새로 개척되기 시작한 곳이어서 학교가 없었고 여러 가지로 불편했다. 청마가 만주로 이주한 초기에 유신구에 거주한 것에는 두 가지 이유가 작용했다. 가신촌에 가족이 살 만한 마땅한 집이 미처 준비되지 못했다는 사실과, 아이들이 다닐 만한 학교가 없었다는 사실이다. 그래서 청마는 가신촌을 오가는 불편을 감수하면서 이런 문제가 해결될 때까지 읍내에 거주했다. 학교가 생긴 후 청마가 유신구를 떠나 가신촌으로 옮긴 것이 그 사실을 말해준다. 청마가 잠시 유신구에 살다가 가신촌으로 옮긴 것은 이런 사정과 관련되어 있다. '홍농회' 직책 때문이 아니라 자신의 경영하는 농지와 정미소가 있는 곳으로 이사하는 것이 일하기에 편리했기 때문이다.

다음으로 김소운이 『조선시집』에 적어놓은 '협화회 근무'라는 말로부터, '근무'라는 단어를 확대 해석하여, 청마가 '빈강성협화회 연수현 본부'에서 일한 것인 양 김재용과 박태일이 상상하는 문제에 대해 살펴보자. 이들 중 특히 박태일은 『생명의 서』에 수록된 청마의 여러 시편들이 협화회 근무와 관련되어 씌어진 것처럼 추론하기 때문에 이 문제는 그냥 넘어갈 수 있는 사항이 아니다.

그리고 1940년 현재 "협화회의 선계(鮮系)" 직원은 부원 촉탁급만도 1백여 명이었다. 유치환은 이러한 협화회의 단순한 직원이 아니라, '근무'한 직원이다. 협화회의 조직은 분회장, 평의원, 상무원, 반으로 이루어졌는데, 그 직원은 응시시험을 치르거나 일정한 자격을 얻어 임용되었다. 유치환이 협회회

에 '근무'하였다는 뜻은 그러한 사실을 바닥에 깔고 있는 셈이다.[16]

박태일이 자신의 논문에 적은 것처럼 1943년도 만주국 거주 조선인이 1,313,879명에 협화회 회원이 6만여 명이라면 거의 5%에 이르는 조선인들이 협화회에 가입한 셈이다. 그런데 농사 일과 정미소 일에 바쁜 유치환이 6만 명 중 1백여 명에 속하는 핵심 인물이었다는 주장은 그리 신뢰할 만한 견해가 못 되는 것 같다. 농토를 돌보고 정미소를 운영하면서 협화회에 정식 직원으로 근무하는 일은 상식적으로 생각해도 불가능한 일이다. 연수현의 협화회 문제와 관련하여 필자가 찾아낸, 중국 연수현 정부에서 간행한 자료집에는 "당시 나이가 25세 이상의 군중(群衆)이 모두 협화회 회원이었다"라고 씌어져 있었다.

연수의 협화회는 1932년에 성립한 것이다. 당시의 이름은 '협화회연수현판사처(協和會延壽縣辦事處)'이었고 직원은 3명밖에 없었다. 1934년 '만주제국협화회연수본부(滿洲帝國協和會延壽本部)'로 이름을 바꾸었다. 당시 나이가 25세 이상의 군중(群衆)이 모두 협화회 회원이었다.[17]

여기서 보듯 청마가 북만주에 살았던 시기에 연수현에 거주하

16 박태일, 같은 책, p. 67.
17 楊雨春, 「僞滿協和會延壽本部」, 中國人民政治協商會議 黑龍江省延壽縣委員會 文史資料研究會 編, 『延壽文史資料』第3輯, 1988. p. 116.

는 25세 이상의 사람들은 모두 의무적으로 협화회에 가입해야
했다는 사실을 중국 측의 자료는 말해주고 있다. 개척민들이 주
류를 이루고 비적이 자주 출몰한 이 지역에서 일본은 일정 나이
이상의 주민들에게 자위적 성격을 부여하기 위해 협화회 가입을
의무화했던 것 같다. 그리고 필자는 이 책자의 간부 명단에서 청
마를 찾아내지 못했다. 1940년대에 직원 수가 얼마로 늘었는지
는 분명하지 않지만 중국 측의 자료집에 따르면 1932년에 3명이
었으니 늘어났다고 해도 그리 많지 않았을 것이다. 따라서 박태
일처럼 여기에 청마가 끼어 있으리라 짐작하는 것은 분명히 무
리한 상상이다. 이런 점에서 필자는 김재용이 "오족협화와 관련
된 내용이 나오기만 하면 무조건 친일 협력이라고 보는 것은 당
시 만주국의 실상과는 거리가 있다"[18]고 말하는 것에 동의한다.
그리고 청마가 협화회에 상근을 했으리라고 추측하는 것에 대한
반론으로 청마의 당시 모습이 들어 있는 다음과 같은 시를 상기
시키고 싶다.

달아 나오듯 하여
모처럼 타보는 기차
아무도 아는 이 없는 새에 자리 잡고 앉으면
이게 마음 편안함이여
의리니 애정이니
그 습(濕)하고 거미줄 같은 속에 묻히어

---

18   김재용 외, 『재일본 및 재만주 친일문학의 논리』, 역락, 2004, p. 32.

나는 어떻게 살아 나왔던가
기름때 절인 '유치환'이
이름마저 헌 벙거지처럼 벗어 패가지고
나는 어느 항구의 뒷골목으로 가서
고향도 없는 한 인족(人足)이 되자

——「차창에서」 부분

정미소 일을 하느라 바쁜 모습이 담겨 있는 "기름때 절인 '유치환'이"라는 구절과, "모처럼 타보는 기차"라는 대목은, 연수현의 협화회 간부로 하얼빈을 자주 들락거리며 만주국의 봉급을 받았다는 박태일의 주장과 잘 맞아떨어지지 않는다. 또 '의리니 애정'에 따라 조선인 촌락의 이런저런 잡일에 시달리며 살아가는 자신을 반성하는 모습이 보여주는 것도 친일적 직장인의 삶이 아니다. 따라서 필자는 '협화회 근무'라는 구절은, 굳이 상상을 펼친다면, 일어와 한문에 능통한 청마가 자연스럽게 거주 지역의 조선인을 대표하는 역할을 맡게 됨에 따라 붙여진 명칭이 아닐까 한다. 그렇지 않으면 북만주에서 청마가 어떻게 살고 있는지를 잘 알고 있는 김소운이 나름의 판단으로 일제 말기에 친구를 위한답시고 농사꾼 유치환이 아니라 '협화회 근무' 정도로 적은 것에 불과할 것이다. 청마의 만주 생활이 친일 행위와는 상관이 없었다는 사실은 김소운이 만주 시절의 청마에 대해 회고해 놓은 다음 인용문 A와 허만하가 김소운의 이야기를 기록하고 있는 인용문 B가 입증해주고 있다.

A. 태평양 전쟁이 시작되기 1, 2년 전, 청마는 농장 경영을 빙자로 가족을 데리고 북만(北滿)으로 떠났다. 그 뒤 자금 조달 차 서울엘 왔다가 빈손으로 돌아가는 날, 나도 역두(驛頭)에 전송을 나갔다. 눈발이 휘날리는 한겨울, 영하 40도의 북만으로 간다는 청마가 외투 한 벌 없는 알몸뚱이였다. 내 외투를 벗어주면 그만이련만, 나도 외투라는 것을 입고 있지 않았다. 해방 후 그때 얘기를 쓴 것이 「외투」라는 내 수필이다. [……]

해방되던 해 3월, 청마와 나는 몇 해만에 하르빈서 재회했다. 新京까지는 명목상의 여행 목적이 있었지만, 하르빈까지 간 것은 오로지 청마를 만나기 위해서였다. 청마도 그때 4백리 더 들어간다는 농장에서 하르빈으로 나와 있었다. 평생 처음 겪는 영하 40도의 추위, '모데룬 호텔'에 가까운 지하 바에서 청마는 물켜듯 워드카를 들이켰다.[19]

B. 하얼빈의 중심가 키타이스카야가(街) 72번지에는 이 도시에서 가장 오래된 러시아 케이크 전문점인 제과점으로 빅토리아 다과점이 있다. 청마가 일본에서 자기를 찾아온 김소운을 만난 것은 이 다방에서였다. 제2차 세계대전이 한창인 1945년의 일이다. [……] 두 사람은 낮부터 사이다병만 한 보드카를 두 병 비웠다. 거의 휘발유 같은 술이었다고 소운은 회고했다. 청마는 보드카 두 병을 비우는 동안 말 한마디 없는 침묵으로 일관했다고 한다. 나는 그때 청마의 침묵에 대해서

19 김소운, 『토분수필』, 민음사, 1977, pp. 280~81.

김소운 시인에게 물었다. 그때 뜻밖에도 그는 그것이 자신의 친일 행위에 대한 비판의 표현이라고 스스럼없이 대답하는 것이었다. 그리고 그는 사단법인인 전시생활상담소의 외지위원의 자격을 가지고 있었다고 했다. 그러면서 "역시 청마는 사람이야"라는 말을 되풀이하는 것이었다. 그 감탄조의 말투가 아직 머리에서 떠나지 않는다.[20]

위의 두 글은 모두 청마와 김소운이 하얼빈에서 만난 일을 이야기하고 있는데, 인용문 A는 김소운이 하얼빈에서 청마를 만난 사실을 직접 기록해놓은 것이고, 인용문 B는 허만하가 김소운이 한 이야기를 인터뷰 현장에서 노트에 적어놓았다가 후에 글로 옮긴 것이다. 인용문 B의 경우 당사자가 직접 기록한 것은 아니지만 그럼에도 청마를 만난 시기와 장소, 그리고 당시의 말투까지 너무나 생생하게 전달하고 있어서 상당한 신뢰감을 주고 있다. 위에 인용한 두 편의 이러한 회고로 볼 때도 청마는 친일 조직에 가입해서 거들먹거리거나 만주국 정부로부터 봉급을 받아 안정적으로 생계를 유지하는 일과는 상관없이 살았음에 틀림없다. 청마가 그렇게 살았다면 어떻게 김소운의 친일을 못마땅해할 수 있었겠는가! 그리고 김소운이 "역시 청마는 사람이야"란 말을 되풀이했겠는가? 그보다는 "물켜듯 워드카를 들이켰다"라는 말로 미루어 이때의 청마는 일제 말기의 광포한 시국이 자신의 절친한 친구를 친일의 길로 내모는 상황에 대한 분노와 그런

20   허만하, 『청마 풍경』, 솔, 2001, pp. 235~36.

판국에 자신은 북만주의 한 귀퉁이에 숨어 살고 있는 현실에 대한 실존적 고통에 사로잡혀 그렇게 행동했고, 친구를 드러내놓고 비판도 격려도 할 수 없는 불편한 분위기가 답답해서 그렇게 행동했다고 보는 것이 오히려 적절할 것이다.

4. 시 작품에 대한 친일적 해석의 근거와 부당성

청마의 시에 대한 친일 의혹은 1963년까지 거슬러 올라간다. 고전문학자인 장덕순이 청마의 시 「수」에 대해 제기한 친일 의혹이 그 효시인 것이다. 장덕순은 1963년 『세대』지에 연재한 글에서 이 시에 등장하는 '비적'이 "혹시 망명한 항일 독립군이었을지도 모르고, 일본의 괴뢰인 만주국에 항거하는 중국의 망명군이었을지도 모른다"[21]는 가능성을 제기했다. 장덕순이 당시 청마의 시에 나오는 토비를 독립군으로 추측한 것은 이 시가 최재서가 주재한 『국민문학』에 발표되었기 때문이었다. 연세대에서 최재서 학장에게 해직당한 장덕순의 개인적 감정이 최재서가 주재한 『국민문학』에 발표된 청마의 시에까지 불똥 튄 것이다.[22] 그

---

21   장덕순, 「일제 암흑기의 문학사(완)—1940년에서 45년까지의 비양식의 국문학」, 『세대』, 1963. p. 229.

22   장덕순 교수는 1960년의 4·19 후 연세대에서 해직되었는데, 당시 연세대 총장은 백낙준, 문과대학의 학장은 최재서였다. 그래서 장덕순 교수는 최재서를 비판하기 위해 『인문평론』지를 비판하는 친일문학론을 연재했다. 이 사실에 대해서는 필자가 스승이었던 장덕순 교수로부터 직접 자세히 들은 바가 있다. 그리고 장덕순 교수가 살았던 용정은 청마가 살았던 연수현 가신촌과 서울보다 훨씬 먼 거리에 있다.

리고 이 의혹은 후에 여과 없이 그대로 답습되었다. 그렇지만 장덕순이 제기한 이러한 의혹은 유치환이 거주하던 지역에는 당시에 독립군이 없었다는 사실과, 비적들이 자주 출몰했다는 사실을 상기하면 어디까지나 막연한 추측에 지나지 않는다고 봐야한다. 사실 독립군은 1930년 이전에 대부분 해체되었다. 그리고 청마가 살았던 지역과 비교적 가까운 흥안령 지역에서 중국군에 편성되어 싸웠던 이범석 장군도 1933년경에 소련으로 넘어갔다. 이후에 만주 지역에서 활동한 부대로는 동북항 일연군이 유일한데, 이 부대의 활동 지역은 청마가 살았던 지역과는 멀리 떨어진 동쪽이었다. 그리고 이 부대 역시 일본군에 의해 치명적인 타격을 입고 1940년까지는 모두 소련으로 넘어갔다. 그런 만큼 「수」에 나오는 비적은 말 그대로 비적이라고 보는 것이 타당하다. 이 사실은 청마가 살았던 곳에서 가까운 상지에서 태어나 자란 정판룡 연변대학 총장 등 여러 사람의 회고에서 분명하게 드러난다. 해방 직후에도 토비들이 욱실거렸다는 정판룡 총장의 회고나 원래 수렵과 유목을 하던 사람들이 살던 곳을 논밭으로 개척한 그 지역에는 유목민들의 도둑질이 빈번했다는 이범석 장군의 증언, 그리고 유보상 선생 부부 등의 기억이 오히려 훨씬 신빙성이 있을 것 같다.[23]

23 정판룡,『고향 떠나 50년』, 민족출판사, 1997. 연변대 총장이었던 저자는 이 책에서 유년기를 보낸 흑룡강성 상지시 지역에 비적이 자주 나타났다는 이야기를 하고 있다. 상지시는 연수현과 붙어 있으며, 하얼빈에서 연수로 가기 위해서는 지금도 상지역에 내려서 가야 한다. 인하대 부총장을 역임한 유연철 교수 역시 부친 유보상 선생으로부터 비적 이야기를 자주 들었다고 증언한다. 유보상 부부는 청마와비슷한 시기인 1939년에 하얼빈성의 삼강평원의 강려촌(江麗村)으로 이주하여 공

박태일과 김재용이 「북두성」과 「전야」에 대해 제기하고 있는 의혹은 이 두 작품이 친일 성향의 잡지에 발표되었다는 점과 작품의 내용이 친일적이라는 점, 두 가지로 요약할 수 있다. 먼저 청마 유치환이 1930년대에 여러 차례 『조광』지에 시를 발표한 것은 전혀 이상한 일이 아니라는 사실과, 1940년대에 간행된 우리 나라의 잡지 중 친일 성향을 띠지 않은 잡지가 없었다는 사실을 필자는 지적하고 싶다. 그뿐만 아니라 이 두 편의 시에서 친일적인 의미를 읽는 것은 시 읽기의 일반적 문법에서 볼 때도 상당한 모험이라고 생각한다.

이 시기의 청마는 소흥안령 가까운 북만주 벌판에 산 까닭인지 궁륭 같은 하늘에서 유달리 밝게 빛나는 '북두성'의 이미지에 대해 가끔 시를 썼다. 이를테면 초등학교에 다니는 딸을 기다리며 청마는 다음처럼 썼다. "저물도록 학교에서 아이 돌아오지 않아/그를 기다려 저녁 한길로 나가보니/보오얀 초생달은 거리 끝에 꿈같이 비겨 있고/ 느릅나무 그늘 새로 화안히 불 밝힌 우리집 영머리엔/북두성좌의 그 찬란한 보국이 신비론 푯대처럼 지켜 있나니"(「경이는 이렇게 나의 신변에 있었도다」)와 같은 식으로 말이다. 이 같은 사실로 미루어 본다면 「북두성」은 바로 북국의 풍경을 시로 쓴 그런 작품의 하나에 불과할 따름이다. 그런데 박태일과 김재용은 "우러러 두병(斗柄)을 재촉해/아세아의 산맥 넘어서/동방의 새벽을 일으키다"[24]라는 구절을 두고 대동아공영

립 부흥국민학교에서 근무를 시작했는데, 이곳 역시 연수와 가까운 곳이다.

24　유치환, 「북두성」, 『조광(朝光)』 1944년 3월호, pp. 70~71.

권 수립을 축원한 것이라고 보고 있다. 만약 그렇게 읽을 수 있다면, 시어가 지닌 상징성을 고려할 때, 우리나라의 해방을 소망하는 것으로 읽는 일도 마찬가지로 충분히 가능한 일이다. 두 사람이 이 시를 굳이 친일적 방향으로만 해석하는 것은 시 작품이 그래서가 아니라 자신들의 생각이 선험적으로 고착되어 있는 까닭일 것이다.

그리고 『춘추(春秋)』 연말호에 발표한 「전야」는 두 사람의 주장처럼 학병 특집에 호응한 시가 아니라 새해에는 우리 모두에게 무언가 좋은 일이 일어나라는 염원을 담은 시이다. 「전야」가 학병 특집과 상관이 없다는 사실은 이 잡지에 수록된 유치환, 권환, 김종환, 세 사람의 시가 서로 다른 주제를 노래하고 있으며,[25] 함께 나란히 묶여 있지 않다는 사실로 분명히 알 수 있다. 이러한 사실을 전혀 고려하지 않고 '화려한 새날의 향연'을 학병과 관련지어 해석하고 있는 김재용에게 필자는 이 시기에 청마가 쓴 「빈수선 개도에서」와 「나는 믿어 좋으랴」와 「도포」 같은 시에 주목하면서 「전야」를 읽는 것이 더 정확한 해석이 될 것이라는 이야기를 하고 싶다. "아아 카인의 슬픈 후예 나의 혈연의 형제들이여/우리는 언제나 우리나라 우리 겨레를/반드시 다시 찾을 날이 있을 것을 믿어 좋으랴/괴나리 보따리 하나 들고 땅끝까지 쫓기어 간다기로/우리는 조선 겨레임을 잊지 않고 죽을 것을 나는 믿어 좋으랴/──좋으랴"[26]라고 노래했던 청마의 모습을 기억한

---

25   유치환, 「전야」, 『춘추(春秋)』 1943년 12월호, pp. 120~21.
26   유치환, 『깃발』, p. 74.

다면 그런 막연한 억측은 하지 않았을 것이다. 당시의 청마는 북만주로 추방당하듯 쫓겨와서 힘든 노동에 종사하는 동포들을 보며 민족 독립의 염원을 담은 이러한 시를 쓰고 있었던 것이다. 그런 청마가 일제의 승리와 영광을 축원하는 의미로 '화려한 새날의 향연'이란 말을 썼다고 해석하는 것은 적절치 않다. 여기에 보태어 김재용과 박태일이 같은 연말호 잡지에 실린, 카프에서 활동한 권환의 시에 대해선 친일시라는 문제를 전혀 제기하지 않고 있다는 사실도 이들의 해석에 문제가 있다는 것을 말해준다.

박태일은 청마의 두번째 시집인 『생명의 서』에 수록된 시 「들녘」에 대해 청마가 북만주에서 친일 행각을 벌이던 이념이 내면화되어 있는 시라고 주장했다. 그의 말에 따르면 이 시는 "바로 '분산개척민 집단부락'에서 '개척공작'의 앞자리에서 일했던 유치환의 내면화된 '개척' 이념을 그대로 담고"[27] 있다는 것이다. 그러면서 그 근거로 이 시에는 당시 일본의 최대 목표인 '식량증산'의 이념이 담겨 있다는 무리한 주장을 전개하고 있다.

　여름의 들녘은 진실로 좋을시고//일찍이 아름다운 비유가/적적히 구름 흐르는 땅끝까지 이루어져/이랑이 넘치고/두렁에 흐르고/골고루 골고루/ 잎새는 빛나고/골고루 골고루 이삭은 영글어//근로의 이룩과/기름진 축복에/메뚜기 햇빛에 뛰고/잠자리 바람에 날고//아아 풍요하여 다시 원할 바 없도다
　　　　　　　　　　　　　　　　　　　　　　　　　　―「들녘」 전문[28]

27　박태일, 같은 책, p. 84.
28　유치환, 『깃발』, p. 76.

청마가 해방 후에 발표한 이 시가 북만주의 벌판을 염두에 두고 쓴 것인지 고향의 농촌을 바라보며 쓴 것인지 필자는 판단할 수 없다. 그리고 설령 청마가 북만주의 벌판을 머릿속에 그렸다 한들 그것이 이 시의 해석에 크게 참고가 될 일도 아니다. 그런데 청마가 해방 직후에 발표한 이 시에 대해 해방의 기쁨이 들판 풍경을 그리는 데까지 전이되어 있다고 말하는 대신 내면화된 친일의 표현이라고 폄훼하는 것에는 확실히 문제가 있다. 심지어 박태일은 위의 시가 지니고 있는 밝은 분위기가 일본의 산미 증산 정책에 대한 호응을 말해주고 있다는 식으로 해석하고 있는데, 지나친 일이다. 이 시를 그렇게까지 편파적으로 읽는다면 우리나라의 어떤 시도 친일 의혹으로부터 자유롭지 못할 것이다.

5. 동시대 문인들과의 형평성에서 본 문제점

청마를 우리나라의 대표적인 친일 문인 중의 한 사람으로 규정하려는 김재용과 박태일의 시도는 동시대 문인들과의 형평성이란 측면에서 볼 때에도 부당하다. 친일 행위에 대한 판단은 문학적 가치판단의 문제라기보다는 한 인간의 행위에 대한 도덕적 평가이며 법률적 판단이기 때문에 그렇다. 따라서 친일 행위에 대한 판단은 당연히 다른 문인과의 비교에서 형평성과 균형감각이 확실하게 보장되어야 한다. 그래야만 당사자들은 억울하다는 생각을 지울 수 있다. 그럼에도 필자가 보기에 청마를 문제 삼는 이 두 사람의 경우 이러한 형평성, 균형 감각을 올바르게 갖추고 있는지 몹시 의심스럽다.

이 사실은 무엇보다 상허 이태준과 관련된 두 사람의 언급에서 뚜렷이 드러난다. 박태일은 청마를 다룬 「청마 유치환의 북방시 연구」 한 귀퉁이에 "이 가운데서 부왜문학 활동에서 그런대로 자유로운 이로는 김광섭, 김진섭, 정열모, 이태준, 양주동에 이르는 다섯 사람 정도이다"[29]라고 적고 있다. 이 말은 1940년 『조선연감』 별책 부록에 수록된 문인들 중 다섯 명 정도가 친일 문인이 아니라는 이야기이다. 주지하다시피 상허 이태준의 『만주기행』과 『농군』에 대해서는 이미 여러 연구자들이 친일 작품이라는 문제 제기를 한 바 있다. 「제1호 선박의 삽화」는 국민총력조선연맹의 기관지인 『국민총력』 1944년 9월호에 발표된 친일 성향의 작품이다. 그렇지만 필자는 여기에서 이 작품들에 대한 해석 문제를 가지고 시비하고 싶지 않다. 그보다 『문장』지를 주재한 사람으로서 상허가 다음과 같이 친일적 글을 썼다는 사실을 상기시키고 싶다.

A. 이제 동아의 천지는 미증유의 대전환기에 들어 있다. 태양과 같은, 일시동인(一視同仁)의 황국정신은 동아대륙에서 긴―밤을 몰아내는 찬란한 아침에 있다. 문필로 직분을 삼는 자, 우물 안 같은 서재의 천장만 쳐다보고서야 어찌 민중의 이

29 박태일, 같은 책, p. 51.

목(䀻目)된 위치를 유지할 것인가. 모름지기 필봉을 무기 삼아 시국에 동원하는 열의가 없어서는 안 될 것이다.[30]

B. 지난 일 년을 회고하면 제국으로서는 광휘있는 이천육백 년의 기년년이기도 하였지만, 안으로 신체제의 조직, 밖으로 일·독·이의 동맹 체결, 일지(日支) 기본조약의 조인 등 실로 이천육백 년래 제국 사상에 특기할 만한 일 년이었었다.

이제야말로 세계의 정세, 인류의 모든 개념에 유사 이래 최대의 전환이 전개되는 것이다. 제국은 이 세계 역사의 전환을 지도할 사명을 가졌고, 더욱 동반구에 있어서는 맹주로서의 동아신질서의 건설 급(及) 대동아공영권 확립에 당하는, 이 새해야말로 그 실천의 거보를 비로소 내어디며, 조국(肇國) 이래 팔굉일우(八紘一宇)의 대정신의 찬연한 광망을 전 세계에 뻗치는 것이다. 〔……〕

그러므로 동아 신질서 건설은 총검과 함께, 물자와 함께, 정신, 사상의 확립 통일이 없어서는 완전한 건설, 완전한 승리를 기약치 못할 것이다. 여기에 우리 지식층의 중차대한 책무가 있는 것이다. 그러나 방황할 것은 없다. 이미 신체계가 확립되고, 국론 통일된 위에서의 제국 국민으로서의 가질 바 사상은 너무나 간단명료하게 제시된 것이다.[31]

---

30   이태준, 「시국과 문필인」, 『문장』 1939년 12월호, p. 1.
31   이태준, 「대동아공영권 확립의 신춘을 맞이하며」, 『문장』 1941년 1월호, pp. 2~3.

상허 이태준이 『문장』지 권두언으로 써놓은 앞의 A와 B, 두 글은 명백히 청마의 어떤 글보다도 친일적인 글이다. 앞의 두 글은 분명히 청마가 마지못해 썼으리라 여겨지는 「대동아 전쟁과 문필가의 각오」라는 글, 『만선일보』가 기획한 제목을 달고 있는, 내용상으로 별문제가 없는 구색 맞추기 글과는 차원이 다르다. 이 사실은 앞의 인용문 A에 등장하는 "이제 동아의 천지는 미증유의 대전환기에 들어 있다. 태양과 같은, 일시동인(一視同仁)의 황국정신은 동아대륙에서 긴―밤을 몰아내는 찬란한 아침에 있다"와 같은 구절로부터 누구나 쉽게 알 수 있다. 물론 이 글에는 잡지 운영자로서의 이태준의 생존 전략이 개입되어 있다고 볼 수도 있겠지만 그렇다고 앞의 글이 친일 행위와 무관한 글이라고 말할 수는 없다. 그럼에도 박태일이 청마와 상허를 구분하여 전자만을 친일로 규정하는 것에는 형평성이 없다. 그리고 김재용은 민족문학작가회의와 대산문화재단이 2004년 10월 16일에 주최한 '상허문학제'와 '상허 문학비 및 흉상 제막식'에 참석한 주요 인사로 상허에 대해 다음과 같이 주장한 바 있다.

개인주의가 얼마나 큰 위험을 초래할 수 있는가를 경고하는 이 작품(이태준의 「제1호 선박의 삽화」)에서 당시의 시대적인 분위기를 읽어내는 것은 그렇게 어렵지 않다. 하지만 이러한 부분적 공통성으로 하여 이 작품을 바로 친일작품이라고 할 수는 없다. 왜냐하면 이 작품에서 주된 것은 개인주의에 대한 비판일 뿐이지 대동아공영권의 전쟁 동원에 복무하는 그러한 것은 아니기 때문이다. 당시 이태준 자신의 개인적 모색과

일제 당국의 국책 사이에 부분적인 공통성이 있다고 해서 이를 근거로 친일로 규정할 수는 없다.[32]

김재용이 상허에 대해 보이는 이 같은 태도 역시 청마에 대한 태도와는 달리 지나치게 관대하다. 아니, 관대하다기보다는 편 파적이다. 필자는 문학적인 입장에서 이태준의 『농군』을 두고 김 철과 김재용이 보여준 상반된 입장, 친일적이냐 아니냐와 같은 문제를 위의 글과 관련하여 따질 생각은 없다. 문학작품의 해석 에는 다양한 층위의 견해들이 공존할 필요가 있으며 그런 입장 에서 위와 같은 김재용의 해석 역시 필요하고 의미있는 것이라 생각한다. 또 그렇기 때문에 필자는 앞에서 살펴본, 청마의 시 작품에 대한 김재용의 친일적 해석이 자신의 주장만이 옳다는 태도의 소산이 아니기를 바라고 있다. 안수길에 대한 김재용의 견해가 어떤 형평성을 가지고 있는지 잠시 살펴보도록 하자.

소설가 안수길은 박태일이 청마를 친일 문인으로 규정하는 결 정적 단서로 삼은 「대동아전쟁과 문필가의 각오」[33]라는 글을 청 마와 마찬가지로 『만선일보』에 썼다. 그렇지만 여기에서 필자가 안수길을 예로 드는 것은 그 때문이 아니다. 문인의 경우 친일

32 김재용, 『협력과 저항』, 소명출판, 2004, pp. 67~68.
33 안수길이 쓴 글은 다음과 같다. "過去 우리는 政治와 經濟的 侵略과 아울러 米英의 文化的 侵略을 바닷다. 우리의 敎養은 多分히 米英的인 溫床에서 培養된 것이 事實 이다. 이제 東亞에는 東亞人의 손으로 東亞인의 東亞를 建設하려는 聖戰에 잇서 우 리 文筆人은 米英의文化의侵略을 물리치고 東洋의文化를 ○○히(두 자 판독 불능) 確立하는데 우리의 붓이 銃칼이 되지 안허서는 안 되겟다"(「대동아전쟁(大東亞戰 爭)과 문필가(文筆家)의 각오(覺悟)」, 『만선일보(滿鮮日報)』, 1942년 2월 2일 자).

문제는 그런 어쩔 수 없는 분위기에서 쓴 잡글보다 실제 작품을 통해 더욱 또렷하게 드러난다. 자발적으로 쓴 작품이, 그것도 긴 연재소설이 확실하게 친일적이라면 그것은 심각한 문제이기 때문에 예로 드는 것이다. 안수길의 소설 『북향보(北鄕譜)』에 대해 김재용은 다음과 같이 해석한 바 있다.

> 고국을 떠나 만주에서 생활의 근거지를 마련하는 과정에서 겪는 갖은 고초를 이겨내려고 하는 조선 농민들의 피나는 노력, 그것이 바로 작가 안수길의 지향이었던 것이다. 물론 이 작품에 나오는 부분적인 표현들, 예를 들어 '자작농 창정' 등이 마음에 걸리지 않는 것은 아니다. 그러나 그것들이 식민주의에의 협력의 징표라고 말할 수는 없을 것이다. 안수길은 저항을 하지는 않았지만 그렇다고 협력하였다고 할 수는 없다. 그런 점에서 그는 넓은 의미에서 비협력의 범주에 들어간다고 할 수 있다. 공식적 식민지인 조선에서는 이런 성격의 비협력이 존재할 수 없지만 비공식적 식민지인 만주국에서는 이런 형태의 수동적 비협력이 존재할 수가 있었다.
> 안수길의 이러한 지향은 일제 말인 1944년에 『만선일보』에 연재한 『북향보』에서도 분명하게 드러난다.[34]

안수길의 장편소설 『북향보』는 1944년 12월 1일부터 1945년 4월까지 약 139회에 걸쳐 『만선일보』에 연재되었다. 그리고

---

34 김재용, 같은 책, p. 47.

1987년 4월 안수길 사망 10년 후 서울의 문화출판공사에서 단행본으로 다시 간행되었다. 안수길의 이 소설에 대해 김윤식을 비롯한 많은 사람들이 한국 민족운동사의 주류를 보여주는 작품이라고 평가했으며, 김재용 역시 앞의 인용문에서 보듯 이 소설에서 일본에 대한 비협력의 한 모습을 읽어내고 있다. 그런데 필자는 이 작품이 그런 시각과는 다른, 새로운 시각에서 평가될 필요가 있다고 생각한다. 그것은 이 소설이 『만선일보』에 처음 발표된 모습과 후에 책으로 간행된 모습 사이에 커다란 차이가 있는 까닭이다. 안수길은 처음 『만선일보』에 발표한 내용에서 친일적인 부분은 삭제하거나 수정해서 지금 우리가 읽고 있는 소설 『북향보』를 만들어놓았다. 이를테면 다음과 같은 식이다.

A. (이곳에서 버티고 버틴 그 힘이) 만주 건국을 촉진식힌 원동력도 되엿다고 볼 수 있는 것이니 건국에 당하여 조선농민은 또한 숨은 공로자라고 할 수 잇는 것이 아니겟는가. 그러나 (그들은 한번도 제 공로를 주장한 일이 업섯고) 건국 후에도 (예나 이제나 다름업시 수전을 풀고 벼를 심는 일을 천직(天職)으로 역이고…)[35]

B. 벼가 자식이요 모포기가 애기다 〔……〕 전쟁을 이기기 위하여 ×××××××(일곱 자 판독불능) 하는 사람들에게 식량을 대이는 일은 그대로 제 자식을 전쟁터에 보내는 일과 마찬

---

35 안수길, 제14장 제4회 「모내기」, 『북향보』, 『만선일보』; 오무라 마스오, 『식민주의와 문학』, 소명출판, 2017, pp. 145~46에서 재인용.

가지가 아닐까. 요지음 특별지원병제도(特別志願兵制度)가 실시되여 일부의 조선청년들이 나라를 위하여 군문에 나아가고 벌서 빗나는 무훈을 세운 청년도 잇지만흔 아직 전면적으로 징병제가 실시되지 아니한 이때에 잇서 농민들이 나라에 이바지하고 전쟁터에 보낼 수 잇는 자식은 말 못하는 벼 바로 이 벼가 아닌가?

찬구는 이러케 생각함으로서 학도와 농민도는 벼포기를 자식으로 역이는 마음이라는 뜻을 더욱 명백히 이해할 할 수 잇섯다.

이러케 생각하고 보니 한 포기 한 포기를 상할새라 정성스럽게 꼬저나가고 꼬저나가는 데 기쁨을 느끼고 정성을 다하는 농민들의 마음 자리는 그대로 너이들의 맘 가타서 전쟁터에 나아가 적을 물리치는 데 훌륭한 공을 이루어지이다—비는 마음이 되는 것이라 느껴젓다.[36]

앞의 두 인용문에서 A의 경우 안수길은 괄호 안의 글만 남기고 나머지 부분은 전부 삭제하는 방식으로 자신의 소설을 수정했다. 그리고 인용문 B의 경우는 모두 삭제해버리는 방식으로 처리했다. 그것은 인용문 B가 온통 친일적 내용이어서 남길 부분을 찾기가 쉽지 않은 탓일 것이다. 이처럼 안수길은 해방 후에 자신의 소설 『북향보』에서 친일적으로 읽히는 부분, 친만주국적으로

---

36 안수길, 제14장 제5회 「모내기」, 『북향보』; 오무라 마스오, 같은 책, pp. 146~47에서 재인용.

읽히는 부분을 대거 삭제하여 민족주의적으로 읽히는 소설로 변형시켰다. 이런 사실을 우리가 정확히 인식한다면 같은 시기에 만주에서 생활한 유치환과 안수길에 대해 김재용과 같은 방식으로 해석하고 평가하는 것을 과연 정확한 해석이자 공정한 평가라 받아들일 수 있을까? 아무리 생각해도 김재용처럼 유치환을 친일 문인으로 규정하고 안수길을 일본에 비협력적인 문인으로 규정하는 것은 형평성에 맞는 일이 아니다.

6. 시인 유치환을 기억하는 방식

지금까지 살펴본 것처럼 청마를 향한 친일 의혹은 지나칠 뿐만 아니라 부당하다. 그럼에도 현재 우리나라에서 시인 유치환을 기억하는 방식은 극명하게 양극화되어 있다. 한쪽에서는 친일문인으로 다른 쪽에서는 남성적 의지와 기개를 지닌 시인으로, 이렇게 양극화되어 있다. 우리는 청마의 남성적 의지와 기개를 보여주는 시를 뚜렷하게 기억한다. 치열한 자기반성을 통해 '생명'의 윤리를 찾던 청마의 모습이 담긴 시를 기억하고, 세상의 불의와 타락을 향해 예언자적 분노를 표출하던 그의 목소리가 담긴 시를 기억한다. 그렇지만 대일본제국의 승리와 영광을 예찬하는 모습이 담긴 청마의 시는 기억할 수가 없다. 다만 시대적 정황을 작품 해석에 적용하는 몇몇 연구자의 지나친 주장을 기억할 따름이다. 그럼에도 청마에 대한 사람들의 기억은 둘로 갈라진다. 이 사실은 가치 있는 시인을 올바르게 지키는 것의 어려움과 훼손하는 것의 손쉬움을 선명하게 보여준다.

청마 유치환은 혼란스러운 해방기와 자유당 정권의 부패와 타락이 극에 달하던 1950년대 후반기에 누구보다 용기 있게 시적 저항을 펼쳤던 시인이었다. 예언자적인 목소리로 거리낌 없이 분노를 표출하고 질타를 가하던 시인이었다. 그래서 그는 당시 용기 있고 강직한 문화인의 표상이 되었다. 그렇지만 그 시절에 그가 쓴 저항과 분노의 시들이 시로서의 자질을 갖추지 못한 것이었다면, 아마도 그에 대한 우리의 존경은 반감되었을 것이다. 이 사실은 지금 우리가 청마를 독립운동가 유치환이 아니라 시인 유치환으로 기억하고 있는 사실에서 잘 알 수 있다. 우리가 뛰어난 문인을 기억하고 기념하는 것은 그 사람의 인격 때문이 아니라 그 사람의 작품 때문이다. 인격적인 측면에서는 도스토옙스키도, 보들레르도, D. H. 로런스도, 발자크도 결함이 많은 사람들이었다. 그렇지만 우리는 이들의 작품 속에 들어 있는, 시대를 뛰어넘어 지속적으로 사람들을 감동시키는 힘 때문에 이들을 기억하고 존경한다. 그런데 청마는 우리 문학사에서 인격과 작품이 일치하는, 드문 경우였다. 시는 곧 진실이어야 한다고 생각하며 시를 쓴 사람이었다. 자신의 시와 이름을 동일시한 사람이었다. 그런 청마를 향해 사실로 입증되지 않은 친일 문제를 거론하며 과격한 인격적 모욕을 가하는 일은 비극적이다. 한국 문학사의 의미와 가치는 중요한 작가를 올바르게 존경하는 자세 없이는 형성되지 않는다.

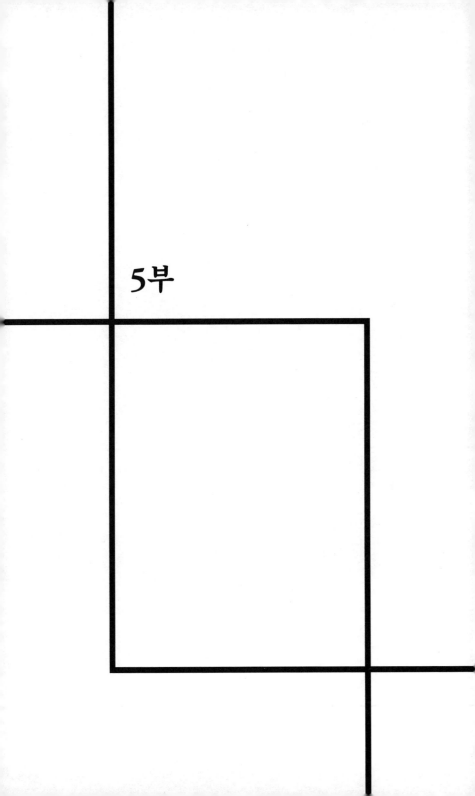

5부

중국에서의 한국문학 번역 출판의 현황과 문제점

1. 상호 교류의 역사를 회고하며

한국과 중국은 짧게 잡아도 한(漢) 제국 시대에까지 거슬러 올라가는 유구한 문화 교류의 역사를 가지고 있습니다. 그러나 서세동점(西勢東漸)의 추세 속에서 동도서기론(東道西器論)이 머리를 든 후 긴밀하고 유구한 교류의 관계는 심하게 위축당했으며 이 위축된 관계는 지금까지도 계속되고 있습니다. 한국 근대문학이 중국에 처음으로 소개된 것은 이처럼 서구 세계를 바라보는 문화 수용이 날로 팽창하던 20세기 초였습니다. 신문, 잡지 등 근대적인 출판 매체가 나타난 이후 한국문학 작품이 중국에 처음 번역 소개된 것은 1925년이지만,[1] 실제로 근대적인 문학작

---

1   1925년에 잡지 『語絲』에 開明이 「朝鮮的 傳說」이란 제목으로 소개했다. 단행본은

품이 중국에 처음 소개된 것은 1936년의 일이었습니다.[2]

20세기 전반기에 어렵게 이루어지던 한국문학의 번역 소개는 20세기 후반에 들어서서도 별로 나아지지 않았습니다. 20세기 후반에 이루어진 한국문학의 번역 소개는 냉전 체제가 고착화되면서 북한 위주로 제한된 범위에서 이루어졌으며, 그것도 혈맹지우(血盟之友)의 관계에 어울리는, 정치적 성향이 뚜렷한 작품에 한정되었습니다. 따라서 한국과 중국이 그러한 이념적 틀에서 벗어나 그야말로 문학다운 문학작품을 독자들에게 본격적으로 소개할 수 있게 된 시기는 양국의 수교가 이루어진 1992년 이후라고 말할 수 있겠습니다. 그래서 저는 1992년 이후에 한국문학 작품이 중국에서 번역 출판되면서 나타난 문제에 대해, 특히 작품집이 출판되는 과정에 내재된 이런저런 문제점에 대해 검토해보는 것으로 이야기를 진행해나가겠습니다.

2. 수교 이전 한국문학 번역에 나타난 문제(1988~1995)

수교 이전 시기에 중국에서 자발적으로 번역해서 소개한 한국문학 작품은 그 수가 많지 않습니다. 김지하, 홍성원, 백룡운, 김성종, 정비석, 최인호 등이 바로 그들인데, 여기에는 두 가지 태

1930년에 상해의 '兒童書局'에서 "朝鮮傳說"이란 제목으로 출간한 책이 처음일 것이다.

2   1936년 상해생활문화출판사에서 『山靈—朝鮮臺灣短篇集』을 간행했으며, 거기에 張赫宙, 李北鳴 등의 작품이 수록되었다.

도가 개입된 것으로 추정해볼 수 있습니다. 김지하, 홍성원의 경우처럼 한국의 정치체제에 대해 일정하게 비판적인 시각을 담고 있는 작품을 선택하거나 정비석, 김성종, 최인호의 경우처럼 상업적인 성공이 예상되는 흥미 위주의 대중소설을 선택하는 태도가 그것이라 할 수 있습니다. 이러한 두 가지 태도에서 우리는 당시 중국의 출판인들이 특수한 정치 현실 속에서 한국문학을 향해 어렵고 조심스럽게 다가오는 모습과 함께 시장경제 체제가 중국을 움직이는 동력이 되어 있는 모습을 읽을 수 있으며, 이 두 가지 모습은 이후에도 한국문학을 번역 출판하는 데에 지속적으로 작용하게 됩니다.

3. 수교 이후 10여 년간 번역과 출판에 나타난 문제(1992~2003)

문화적 측면에서 한국과 중국의 관계를 돌아볼 때 한국은 오랫동안 중국으로부터 많은 것을 배우고 받아들였습니다. 한자와 자전, 사서오경(四書五經)과 후대의 주석서, 사마천의 사기로 대표되는 기전체(紀傳體) 역사서술 방법, 이백과 두보로 상징되는 당시(唐詩) 등, 우리가 중국으로부터 받아들인 것은 헤아릴 수 없이 많습니다. 따라서 중국 쪽에서 보았을 때 한국은 늘 문화 수입의 대상이 아니라 문화 수출의 대상이었으며, 이와 같은 역사적 관계는 자연스럽게 중국의 지식인들의 의식 속에 고급문화의 경우 한국으로부터 배울 것이 많지 않다는 생각을 가지게 만들었습니다. 이런 분위기는 서세동점이 시작된 후 중국이 일본을 대하는 방식에서는 일부 수정되었지만 한국을 대하는 방식에서는 사라진 것이 아닙니다. 고급문화, 고급스러운 지식의 경우 한국보다는 미국이나 유럽, 그다음은 일본 등으로부터 받아들여야 한다는 생각이 자리 잡았으며 그 목록에 한국이 확실하게 들어 있다고 말할 수는 없습니다.

또한 대부분의 중국 사람들, 중국의 일반적 지식인들이 가지고 있는 한국에 대한 현재적인 관심은 경제발전과 대중문화입니다. 한국이 짧은 시간에 아시아에서 가장 잘사는 국가의 하나로 발전한 것에 대한 관심과 〈대장금(大長今)〉이란 한국 드라마로 상징되는, 사회주의 중국에서 충분히 접하지 못한 재미있는 대중문화에 대한 관심이 바로 그것입니다.

수교 이후 본격화된 한국문학의 번역과 출판은 이와 같은 배경을 깔고 시작되었습니다. 따라서 중국의 출판사들이 한국의 본격문학보다 대중문학에 더 큰 관심을 가지고 대중문학을 더 빨리 자발적으로 소개하기 시작한 것은 배경적인 측면에서 당연한 일이었다고 할 수 있습니다. 더구나 이 시기는 대부분의 중국 출판사들이 국가의 재정 보조와 관리 감독을 벗어나 자율적인 독립채산제로 운영되기 시작한 때였습니다. 그러했기 때문에 경제적 자립을 달성해야 한다는 직접적 요인도 한국의 대중문학을 소개하는 데에 크게 작용했습니다. 그 결과 수교 이후 중국의 여러 출판사들이 집중적으로 관심을 보인 한국 작가는 김하인, 최인호, 김성종 등 한국에서 상업적 성공을 거둔 대중소설가들이었습니다. 김하인이 쓴, 젊은 세대의 누선(淚腺)을 자극하는 감상적인 순정소설 『국화꽃 향기』 『일곱 송이 수선화』와, 최인호가 쓴, 한국에서 TV드라마로 만들어져 한류 열풍을 등에 업은 통속소설『천국의 계단』『상도』와, 김성종이 쓴, 음모와 살인이 뒤얽힌 이야기로 시간을 죽이는 데 안성맞춤인 추리소설『반역의 벽』『일곱 개의 장미 송이』 등이 중국에서 출판되어 상당한 상업적 성공을 거두었습니다. 특히 김하인의『국화꽃 향기』는 베스트셀러 순위에 오르면서 30만 부 이상이 팔렸습니다. 이 시기에 중국 대학의 한국어과에 다닌 학생 대부분이 김하인을 한국의 가장 유명한 소설가로 기억할 정도로 말입니다.

반면에 문학적 가치가 있는 본격문학은 상대적으로 적게 출판됐습니다. 뒤에 첨부한 작품 목록에 나타나 있듯이 수교 후 10년 동안에 출간된 대중소설은 38권인 데 비해 같은 기간에 출간된 본격소설은 15권에 불과합니다. 이 15권 중에서 여러 사람의 작품을 한꺼번에 묶은 선집류를 제외하면 염상섭, 김동리, 한말숙, 이호철, 홍성원, 송영, 이문열, 윤대녕, 이 여덟 명의 소설집만이 남습니다. 당시 한국 최고의 인기작가였기 때문에『우리들의 일그러진 영웅』과『사람의 아들』이 번역된 이문열, 다소 환상적이고 낭만적인 사랑 이야기로 상당한 인기를 얻고 있었기 때문에『미란』이 번역된 윤대녕, 이 두 사람의 경우는 사실상 대중소설과 같은 맥락에서 번역 출간되었습니다. 이런 사실을 감안하면 상업성과 상관없이 한국문학에 대한 관심과 애정에서 간행된 한국 작가의 소설집은 2년에 한 권 꼴인 다섯 권 정도에 불과한 셈입니다.

이 기간에 번역된 본격문학 작품 중 우리가 눈여겨보아야 할 작품은 염상섭의『삼대』와 김동리의『무녀도』입니다. 이 두 소설의 경우 한국 소설사에서 그 가치를 확실하게 평가받은 고전적 작품이라는 의미와 함께 전자는 한국문학번역원[3]에서 제1회 번역문학상을, 후자는 제6회 번역문학상을 받았다는 의미가 있기 때문입니다. 여기에 대해 중국인 연구자 김학철은 "1997년은 좋은 번역이 속출한 해이다. 한국문학을 대표할 수 있는 작품들이 빈번히 선을 보이게 되었다"[4]고 말했는데, '좋은 번역'이 속출했다는 말은 적절하지 않지만 번역의 수준이 이전보다 높아지고 문학적 가치가 높은 소설들이 하나둘 번역되기 시작한 것은 사실입니다. 그렇지만 이 시기의 번역에는 여전히 이전과 마찬가지로 많은 문제점들이 도사리고 있었습니다. 그 문제점들을 살펴보기 위해 웨이웨이(卫为)와 메이쯔(枚芝)가 함께 번역하여 상해역문출판사에서 출간한 『삼대』의 경우를 잠시 예로 들어보겠습니다.

원문: 여보게, 세상은 움직이네. 가령 종로 바닥에 자선 냄비를 걸어놓고 기도를 올리는데 사대문 바람에 이리 휩쓸리고 저리 휩쓸리는 거지 깍쟁이가 돈 지키는 사람이 조는 줄 알고 그 자선냄비에서 동전 한 푼을 훔치다가 들킬 때 자네는 그 거지를 붙들어 때리고 절도범으로 옭아 넣겠나?

번역문: 喂，世界在运动。假使你在钟辂架起一个慈善锅祈祷，

3   당시 명칭은 '한국문학번역금고'였는데, 2001년부터 한국문학번역원으로 바뀌었다.
4   金鶴哲, 「20세기 한국문학 中譯史 연구」, 서울대학교 대학원 협동과정 비교문학전공 박사학위논문, 2009, p. 157.

你会被四大门的风刮得东倒西歪。小叫花子以为看钱的人在打瞌睡，就去偷盛器里的铜钱，结果被发现。这时候你们是抓住那个叫花子打一顿，把他当盗窃犯绞死呢？

위의 번역문은 염상섭이 한 개의 문장으로 썼던 것을 세 개의 문장으로 나눠서 번역함으로써 특유의 만연체(蔓衍體) 문장이 지닌 맛을 살리지 못했습니다. 수준 높은 번역이 아니면 이런 점까지 살리기는 무척 어려웠을 것입니다. 그렇지만 밑줄 친 한국어 문장을 잘못 이해해서 주어를 '당신'으로 바꾸어놓은 것에는 상당한 문제가 있습니다. "사대문 바람에 이리 휩쓸리고 저리 휩쓸리는 거지 깍쟁이"라는 문장을 잘못 이해하여 "가령 (당신이) 종로 바닥에 자선 냄비를 걸어놓고 기도를 올리는데 (당신이) 사대문 바람에 이리 휩쓸리고 저리 휩쓸리게 되네. 거지 깍쟁이가 돈 지키는 사람이 조는 줄 알고" 식으로 오역해놓고 있기 때문입니다. 또 "동전 한 푼"을 그냥 '동전'으로 번역한 것은 원문과 의미차가 생겨서 적절하지 않으며, "절도범으로 옭아넣겠나?"를 "절도범으로 몰아 감옥이나 유치장에 집어넣겠느냐?"로 번역하지 않고 "그를 붙들어 교수형시키겠느냐?"는 식으로 번역한 것은 심한 오역입니다.

중국어판 『삼대』는 제1회 번역문학상을 받았지만 상식적으로 납득하기 어려운 오역도 상당수 있습니다. 예컨대 다음과 같은 경우가 그렇습니다.

　　원문: "당치 않은! 삼동주 이불이 다 뭐냐……?" (p. 1)

번역문: "乱弹琴, <u>山东绸被</u>是怎么回事?⋯⋯"

원문: 그는 때를 기다리고 있었던 것처럼 중학교를 졸업하자 사상이 돌변했고 또 첫 서슬이니만치 유치는 하였어도 순진하고 열렬했다. <u>그 병화를 지금 앞에 세우고 석다리(서대문 밖)를 지나 내려오며 덕기는 그 뒤의 병화의 생활과 지금 생활</u>을 곰곰 생각해본다.

그렇게 하고 동경에 간 병화는 <u>와세다 전문부의 정경과에</u> 이름을 걸어놓고 한 학기쯤 다녔으나 부친이 학비를 보낼 리가 없었다.

번역문: 他好像正在等待时机似的, 中学一毕业, 思想就来了个突变, 而且, 由于是初试锋芒, 所以尽管幼稚但却纯真而又热烈。<u>如今德基跟在这样的炳华的后头</u>, 一面经过石桥（西大门外）朝下走, 一面仔细地想了想<u>炳华今后的生活和现在的生活</u>。
——炳华如此这般之后, 就到东京去了, 尽管在<u>"瓦塞打"专门部的政经科挂个名读了一学期</u>, 但父亲是不会寄学费给他的。

염상섭의 『삼대』에 나오는 '삼동주 이불'은 겨울에 덮는 두꺼운 비단이불을 가리킵니다. 삼동주(三冬紬)에서 '삼동'은 겨울 석달인데 '산동(山東)'으로 오역한 것은 잘 이해가 되지 않습니다. 또 "와세다 전문부의 정경과"를 "'瓦塞打'专门部的政经科"로 번역한 것은 상식이 부족한 때문이라고 생각합니다. 와세다가 '早稻田'이라는 것을 모르고 '瓦塞打'라는 우스꽝스러운 외래어 표기를 만들고 있으며, "전문부의 정경과"라는 말도 중국어에 맞게 "专科的政经系"로 번역한 것이 아니라 한국식 한문투로 번역해놓고 있습니다. 또 "그 병화를 지금 앞에 세우고"라는 말을 "如今德基跟在这样的炳华的后头"로 직역하여 어색한 중국어 문장을 만들어놓았으며, "그 뒤의 병화의 생활과 지금 생활"이라는 말은 중학교 졸업 후 동경으로 유학할 때부터 지금까지의 생활을 가리키는데, 번역에서는 앞으로의 생활과 지금의 생활이란 의미로 오역하고 있습니다. "今后"를 "此后"로 수정하면 되는 이런 점은 한국어에 대한 이해 부족이 아니라 정성의 부족이라 해야 할 것입니다.

중국에서 한국의 고전적 작품인 『삼대』중국어판은 독자들의 호응이 거의 없었던 반면 김하인의 『국화꽃 향기』가 뜨거운 호응을 받은 것은 번역의 문제와도 무관하지 않습니다. 쉰서우샤오(荀寿潇) 번역으로 2003년에 남해출판공사(南海出版公司)에서 출간된 『국화꽃 향기』의 한 대목을 보겠습니다.

원문: 미주는 불안감이 가시지 않았다. 이 남자의 사랑도 결국은 때가 타지 않겠는가. 어쩌면 그때는 순전히 자신의 결핍으로 인해 투명에 가까운 이 남자의 가슴을 탁하게 할지도 모른다. 사람을 알아가는 과정은 대부분 실망하는 과정이다. 사랑 속으로 들어가는 즉시 대부분 사랑으로부터 멀어지기 시작한다. 특히 결혼을 하면 생활이란 게 디테일한 것이고 보면 실망과 싫증으로 사랑의 향기가 날아가는 것은 순식간의 일일 것이다.

번역문: 美姝还是没有完全摆脱内心的不安。这个男人的爱是不是也会最终沾染污秽呢？或许到一定时候，仅仅因为自己的不足就会使这个接近透明的男人的心变得污浊起来。了解一个人的过程通常也是一个逐渐失望的过程。进入爱情的那一刻，通常也是远离爱情的开端。尤其是结婚之后，面对琐碎的生活，失望和厌烦的情绪在瞬间就会把爱的香气驱赶得无影无踪。

중국어판 『국화꽃 향기』는 밑줄 친 부분을 몹시 자연스러운 중국어로 번역했습니다. 원문에 충실하면서도 동사나 형용사를 잘 선택하여 중국어에 맞게 옮기고 있는 것입니다. '디테일하다'를 '琐碎的'으로, '보다'를 '面对'로 번역한 것이 그렇고 문맥에 잘 어울리게 '之后'와 '无影无踪' 같은 부사를 붙여서 문장을 더 정확하게 만들어놓은 것이 그렇습니다. 이렇듯 『삼대』보다 대중소설인 『국화꽃 향기』가 중국인들이 훨씬 읽기 좋게 번역되었다는 사실을 우리는 앞으로의 좋은 번역을 위해 기억할 필요가 있습니다.

4. 최근의 번역과 출판에 나타난 문제(2003~현재)

한국과 중국은 날로 긴밀해지는 경제적 관계를 배경으로 국교를 정상화했습니다. 그리고 중국은 경제 현장에서의 수요 때문에 약 60여 개의 4년제 대학에 한국어과를 설치했습니다. 한국의 입장에서 볼 때 놀라운 변화가 아닐 수 없습니다. 그 결과 한국어를 구사할 수 있는 사람들도 조선족 중심에서 보편적인 중국인으로 확산되고 있으며, 이러한 변화는 문학의 경우 더 정확하고 세련된 번역을 기대할 수 있게 만들고 있습니다. 물론 중국 대학의 한국어과들은 인문적 정신에 충실한 교육보다는 지나칠 정도로 실용적인 한국어 교육에 몰두함으로써 훌륭한 번역가와 문학 연구자가 자라나는 것을 도와주지 못하고 있는 것은 유감이지만 말입니다.

수교 후 10년의 세월이 지나면서 한국과 중국의 관계는 다른 어느 나라와의 관계보다 밀접해지고 친밀해졌습니다. 무역, 관광, 유학, 문화 교류 등, 모든 부면에서 서로에게 없어서는 안 될 관계로 빠르게 발전했습니다. 이런 추세는 문학 분야도 예외가 아니었습니다. 최근 20년 동안에 한국 독자 앞에 가장 많이 나타난 외국문학 작품은 중국문학 작품입니다. 그리고 외국어로 번역된 한국문학 작품 역시 중국어로 번역된 작품이 가장 많습니다.

그렇지만 이렇게 빠르게 급성장한 중국어 번역은 양적 팽창에 따르게 마련인 질적 측면의 부정적 요소를 이곳저곳에서 노정하고 있습니다. 한국의 가벼운 대중문학 작품이 번역되는 데 따르는 양국의 부정적 시선, 허황된 야망을 가진 사람들이 중국에서는 쉽게 자비출판을 할 수 있다고 생각하는 풍토, 서툰 초보자를 값싸게 고용한 결과 번안에 가까워진 번역 등이 바로 그것들입니다. 우리는 지금 이러한 수많은 부정적 요소들을 한국의 훌륭한 문학작품이 중국에 번역 소개되는 과정에 불가피하게 따르는 부차적인 요소로 만들면서 전진해나가야 하는 상황에 처하게 된 것입니다.

최근 10년간 중국에 번역 소개된 한국문학 중 가장 부정적인 장르는 시입니다. 뒤에 첨부한 목록을 보면 잘 느끼실 수 있으리라 생각합니다만, 이 기간에 번역 소개된 한국 시인 중 한국의 권위 있는 비평가가 뛰어난 시인이라고 인정할 수 있는 사람은 한용운, 정지용, 박목월, 김광규에 불과합니다. 대부분의 시인들은 그저 시인이라는 이름만 가지고 있는 사람들, 감상적인 사랑타령을 늘어놓는 시인들에 지나지 않습니다. 특히 중국의 화평출판사에서 번역한 시집의 저자들은 모두가 그렇습니다. 어떻게 이런 일이 일어났을까요? 아마도 그것은 명성에 집착하는 한국 문단의 어떤 조직이 시인들에게 출판비를 거두어서 만들어낸, 아름답지 못한 모습일 것입니다. 수많은 삼류 시인들이 시 분야에서 이처럼 공공연하게 외국에까지 진출하여 만들어놓은 이 같은 모습은 한국 시에 대한 중국 독자의 애정과 관심을 키우기는 커녕 부정적인 시선만 증대시킬 것입니다.

시의 경우 그래도 불행 중 다행인 것은, 중국에서 그다지 명성이 높지 않은, 따라서 영향력이 크지 않은 출판사라는 사실입니다. 지명도가 높은 출판사에서 이런 일이 벌어졌다면 한국 문학의 이미지가 몹시 훼손되었을 것입니다. 그런데 사정이 다소 다르기는 합니다만 상당한 지명도를 가지고 있는 출판사에서도 비슷한 일이 없었던 것은 아닙니다. 인민문학출판사에서는 안동민의 소설 『성화』와, 김혜정의 시집 『은장도여, 은장도여』, 김영진의 시집 『사랑과 희망의 노래』 등을 번역 출간했는데 출판사의 지명도로 볼 때 이 같은 작품을 선택한 것은 격에 맞지 않아 보입니다. 안동민의 경우 심령술에 깊이 빠진 사람으로서 문학인이라 말하기 어려운 길을 걸었으며, 김혜정과 김영진은 한국의 중요한 시인이라 말하기에는 다소 부족한 사람들이기 때문에 그렇습니다.

수교 후 10년의 세월이 지난 후에도 한국 대중문학에 대한 중국 출판사들의 관심은 별로 식지 않았습니다. 중국에서 시장경제 체제가 발전하고 책을 읽을 수 있는 여가를 가지게 된 식자층이 늘어나며 인터넷 문화를 즐기는 사람들이 많아지면서, 한국의 대중문학에 대한 관심은 오히려 더 커졌다고 보아야 할 것 같습니다. 그렇지만 최인호, 김성종, 김하인이 차지하는 비중은 바뀌지 않았습니다. 이들의 소설은 한국 대중문학의 상징으로 부동의 위치를 자랑하면서 상해역문출판사와 같은 지명도 있는 출판사에서까지 출간되기 시작했습니다. 여기에 약간의 변화가 있다면 최근 이모티콘과 통신 용어를 거침없이 사용하면서 국적 없는 인터넷 세대의 감성을 대변하는 '귀여니'가 사춘기 연애소설로 세 명의 대열에 그 이름을 추가했다는 정도일 것입니다.[5]

반면에 본격문학의 번역 소개에는 상당한 변화가 있었습니다. 작품의 선정, 번역자의 능력과 번역의 질, 출판사의 지명도 등에 긍정적인 변화가 일어났는데 이러한 변화를 이끌어낸 중요한 원동력의 하나가 한국문학번역원이었습니다. 1996년 '한국문학번

---

5   대중소설가로서의 자질과 능력을 갖추고 있는 최인호, 김성종, 김하인과 귀여니는 경우가 다르다. 귀여니의 책의 경우 베스트셀러 순위에 오름으로써 급작스레 명성을 얻은 경우지만 작품 활동이 지속될지는 의문이다.

역금고'라는 이름으로 출발한 조직이 2001년 '한국문학번역원'으로 그 이름을 바꾸면서 한국문학의 해외 소개를 체계적으로 지원하기 시작한 것입니다. 그 결과 한국을 대표할 수 있는 작가의 작품, 특히 최근의 중요한 작품들이 중국에 소개되고 중국 측으로부터도 상당한 반향을 얻기에 이르렀습니다. 이청준의 『당신들의 천국』, 황석영의 『오래된 정원』, 김주영의 『홍어』, 오정희의 『옛우물』, 김원우의 『짐승의 시간』, 신경숙의 『외딴방』, 은희경의 『마이너리그』 등이 번역되어 출간되고 중국의 주요 언론과 비평가들로부터 일정한 평가를 받습니다. 이러한 사실에 내재된 의미와 문제점을 '서울 형제들'이란 제목으로 번역 출간된 은희경의 『마이너리그』를 예로 들어 간단히 설명해보면 이렇습니다.

은희경의 소설이 중국의 작가출판사에서 번역 출판되었을 때 이 작품의 우수성을 입증해주는 증거로 한국문학번역원의 지원을 거론하고 있는데, 이런 설명 방식은 번역원의 지원을 받은 다른 모든 소설 작품의 경우에도 동일하게 나타나고 있습니다. 이 같은 설명은 한국문학번역원의 역할과 비중에 신뢰의 표현이기도 하지만 동시에 한국문학에 대한 깊은 이해가 축적되지 못한 중국 문단의 현실을 반영하는 모습이기도 합니다. 그리고 은희경의 작품에 대해 중국의 언론들 대부분 "한국의 경제가 전후 고속으로 발전하는 중에 생긴 사회 폐단과 모순을 알기 위한 필독서"라고 소개하고 있습니다. "작자는 매우 새로운 시각으로 사회의 폐단과 모순에 대하여 신랄한 풍자와 철저한 폭로를 하였다. 해학과 농담, 유머의 경쾌한 리듬 속에 독자들이 볼 수 있는 것은 사회생활을 그린 만화이다."[6] 이렇게 말하고 있는 것입니다. 은희경의 『마이너리그』에 대해 이렇게 설명하고 평가하는 것 속에는 한국문학에 대한 관심도 들어 있지만 그보다 더 원초적인 것으로 경제성장을 이룩한 한국 사회는 어떤 모습인가에 대한 중국인들의 호기심과 궁금함이 숨어 있습니다. 이 말은, 아직은 한국문학을 문학 그 자체의 의미로 판단하고 평가하는 것이 아니라는 뜻도 되겠습니다.

한국문학번역원이 중국어로 번역할 대상 작품과 번역자의 선정에 관여하면서 나타난 가장 뚜렷한 변화는 번역의 질입니다. 번역 시안을 사전에 제출받아 검토하고 평가하여 결정하는 탓이겠지만 수교 후 10년 동안에 이루어진 번역보다 그 이후에 이루어진 번역이 훨씬 질적으로 뛰어납니다. 그러나 반드시 질적 비약이라고만 보기 어려운 경우도 있습니다. 이 점을 우리는 김동리의 『무녀도』 번역을 통해 살펴보도록 합시다. 『무녀도』에서 모화가 욱이를 위해 굿을 하는 장면에 다음과 같은 대목이 있습니다.

> 엇쇠 귀신아, 물러서라,
> 여기는 영주 비루봉 상상봉헤,
> 깎아 질린 돌 베랑헤, 쉰 길 청수헤,
> 너희 올 곳이 아니니라.
> 바른손헤 칼을 들고 왼손헤 불을 들고
> 엇쇠 잡귀신아, 썩 물러서라. 툇툇!

---

6   심재기 엮음, 『세계 속의 한국문학』, 연세대학교출판부, 2007, p. 177.

이 대목을 1994년 중국의 『세계문학』이란 잡지에서 장랜궤(张
琏瑰)는 다음과 같이 번역해놓았습니다.

游妖野鬼连避退,
毗卢真神来就位。
陡峭山峰清水湖,
非尔妖鬼能停住。
右手持刀左手火,
驱走妖怪打走魔,
去! 去! 去 ——

그리고 『무녀도』 번역으로 한국문학번역상을 수상한 한메이
(韩梅)는 이 소설을 2002년 상해역문출판사에서 출간할 때 다음
처럼 번역했습니다.

嗯哼, 杂鬼啊, 快快逃走,
这里是瀛洲界卢峰的最高峰,
有陡峭的悬岩, 深深的绿水,
并非你等该来之地,
我右手提刀, 左手执火,
嗯哼, 杂鬼啊, 快快躲闪, 吓吓!

위의 두 번역 모두 나름대로의 장점을 가지고 있습니다. 한메

이의 번역은 원문에 충실하고 장랜궤의 번역은 원문의 운율과 무속인의 말투를 살리고 있습니다. 그러나 번역이라는 것이 제 2의 창작이란 사실을 염두에 둔다면, 한메이의 번역이 반드시 발전이라고만은 말할 수 없을 것 같습니다. 왜냐하면 장랜궤의 번역이 훨씬 심혈을 기울인 번역으로 중국어 운문을 새로 지어서 중국의 무속인이 굿을 하며 부르는 무가처럼 만들어놓았기 때문입니다.

앞의 두 예는 잘못된 번역인 경우는 아닙니다. 잠시 번역의 발전이란 의미를 생각해보고자 예로 들었을 따름입니다. 그런데 한국 사람으로 중국 문학을 공부한 박명애가 번역하여 2009년 안휘문예출판사에서 간행한 박상우의 『가시면류관초상』을 보니 최근의 번역에도 여전히 문제가 상당함을 알게 됐습니다.

원문: 내가 <u>바오로</u> 신부에게서 처음 이 노트를 건네받았을 때, 그 첫 페이지에는 '<u>카인의 비밀일기</u>'라는 제목이 붙어 있었다. 하지만 그 노트를 성당에 놓고 간 사람의 기록에서 내가 <u>발견한 것은 '가시면류관 초상'이었다.</u> 오랜 세월, 죄의 의미가 부화된 결과이리라.

번역문: 我从<u>巴尔</u>神父那儿第一次拿到这本书的时候, 它的第一页就贴着'<u>卡因的悲密日记</u>'。

<u>但是我看到把这本书放在圣堂里的人的文章后发现的是"荆棘冠冕的画像"</u>。也许是长时期 罪恶蓄意腐化的结果。

앞의 번역문에서 바오로 신부는 '巴尔神父'가 아니라 '保罗神父'로 번역해야 합니다. 아마도 번역자가 외래어를 중국어로 표기하는 법을 잘 모르는 듯합니다. 또 '卡因的悲密日记'는 '该隐的秘密日记'로 번역해야 합니다. 외래어 인명을 잘못 번역하고 '비밀'에서 오자가 나왔습니다. "하지만 그 노트를 성당에 놓고 간 사람의 기록에서 내가 발견한 것은 '가시면류관 초상'이었다"란 문장은 한국어의 어순에 따라 그대로 중국어로 옮겼습니다. 그 결과 중국어로는 대단히 어색한, 주어도 없고, 인과관계도 분명하지 않은 문장이 만들어졌습니다. 좀더 정확한 번역은 "但是, 我在翻看把 这本小册子留在教堂的那个人的记录时, 发现上面记载的是 '荆棘冠冕的画像'"정도가 되지 않을까 싶습니다.

5. 글을 끝내면서

중국에서 한국 근대문학 작품이 번역 출간된 역사는 길지 않습니다. 어떻게 보면 짧은 기간에 수백 권이 번역되었으니 참으로 대단한 성과라고 말할 수도 있습니다. 그러나 저는 지금까지 번역 출간에 관련된 긍정적 측면보다 부정적 측면을 더 많이 이야기했습니다. 그것은 지금의 상태에 우리가 만족하며 안주할 만한 수준이 아니기 때문입니다. 더 나은 질의 번역 출간을 희망하는 마음이 담겨 있는 것으로 헤아려 이해해주시기를 바라겠습니다.

번역의 이상과 현실

한 언어로 이루어진 텍스트를 다른 언어로 이루어진 텍스트로 옮기는 방식에는 여러 가지가 있습니다. 지난 20세기에 한국에서 쉽게 마주칠 수 있었던 몇 가지만 간단히 예로 들어보겠습니다. 먼저 내용과 줄거리는 원본을 따르면서 문장, 문체, 인물, 배경 등은 번역자가 임의로 바꾸는 방식을 생각해볼 수 있습니다. 한국 근대문학의 초창기에 나타난, '신소설(新小說)'이라고 부르는 소설의 상당수는 이 같은 방식으로 만들어진 소설이었습니다. 그래서 한국문학사에서는 이런 경우를 번역소설과 구별하여 번안소설(飜案小說)이라 부르고 있습니다. 다음으로 상당한 분량을 가진 원본을 적당한 길이로 축약하여 새로운 텍스트로 만드는 경우를 생각해볼 수 있습니다. 이런 경우에도 방식은 여러 가지이지만 아동용 도서에서 쉽게 그런 모습을 접할 수 있습니다. 예컨대 톨스토이의 『전쟁과 평화』 같은 긴 소설 작품에서 불륜 장면을 빼고, 어려운 이야기를 없애고, 교훈성을 강화하여 아동용 세계명작으로 만드는 경우가 이에 해당합니다. 아동문학 분야에서 쉽게 마주치는 이런 텍스트를 한국에서는 다이제스트digest판이라고 부릅니다. 세번째로, 의미상으로건 문체상으로건 원본과 등가관계(等價關係)를 이루도록 노력하면서 다른 언어로 옮기는 경우를 생각해볼 수 있겠습니다. 다시 말해 원본에 충실하게 번역하는 경우입니다. 요즘 우리가 서점에서 마주치는 책 중 '누구누구 역(譯)'이라고 되어 있는 것들 대부분 이 경우에 해당합니다. 이처럼 외국어로 된 텍스트를 자국어로 된 텍스트로 옮기는 방식에는 여러 가지 종류가 있지만 여기에서는 세번째 경우만 다루도록 하겠습니다. A라는 언어로 이루어진 텍스트를 B라는 언어로 옮기는 행위 중 "등가관계를 가진 형태로 옮기는 행위"만을 번역으로 간주하면서 이야기를 진행하겠습니다.

번역의 이상은 A라는 언어로 이루어진 텍스트를 B라는 언어로 완벽하게 재현하는 것입니다. 그런데 한 언어로 이루어진 텍스트를 다른 언어로 완벽하게 재현한다는 것은 사실상 불가능할 뿐만 아니라 반드시 바람직한 일도 아닙니다. 먼저 완벽한 재현의 불가능성에 대해 잠시 생각해봅시다. 한 언어로 이루어진 텍스트를 다른 언어로 이루어진 텍스트로 바꾸는 것은 순수하게 한 기호가 다른 기호로 교체되는 것이 아닙니다. 언어는 수학의 기호처럼 순수한 기호가 아니며 역사와 문화를 담지한 단어와 문법에 의해 구성되기 때문에 복잡한 문제가 따르게 됩니다. 동일한 한자문화권에 속하는 한국과 중국에서 '애인(愛人)'이란 단어를 번역하는 경우를 한번 생각해봅시다. 한국과 중국 모두 같은 한자를 사용하고 있지만 그 의미에는 상당한 차이가 있습니다. 한국에서 '애인'은 특별한 상황에서 부인을 지칭하는 경우도 있지만 일반적으로는 결혼 전에 사귀는 여자나 결혼 후에 마누라 몰래 사귀는 여자를 뜻합니다. 그런 만큼 한국어의 '애인'은 중국어의 '朋友' '情人' '愛人' 중 어디에 해당하는지를 세심하게 살펴서 번역해야 합니다. 그리고 한국에서 자주 사용하는 물건(物件)이란 말에 해당하는 중국어는 '東西'입니다만, "그 사람 참 물건이야"라는 말은 한국어에서는 칭찬이지만 중국어에서는 모욕입니다. 이처럼 동일한 한자문화권에서도 상당한 차이가 있습니다.

언어는 대상 그 자체가 아니라 대상을 지시하기 위해 만들어진 기호입니다. 그렇기 때문에 대상과 언어 사이에는 근원적인 괴리가 있습니다. 언어는 대상을 명료하게 지시하고 싶어 하지만 그것은 언어의 이상일 따름이고 언제나 얼마쯤은 모호할 수밖에 없는 속성을 본질적으로 가지고 있습니다. 한국 고전문학 작품이나 나이 든 사람들의 일상적 대화에는 '보름달 같은 얼굴'이란 비유적 표현이 자주 등장합니다. 어떤 젊은 여성이나 남성 또는 어린아이가 잘생겼다고 말할 때 쓰는 표현인데 이 표현이 가리키는 얼굴을 종이 위에 그려보라고 하면 아마도 사람들은 몹시 난감해할 것입니다. 백이면 백 모두가 서로 다른 얼굴을 그려놓을 것입니다. 언어는 대상을 지시하는 기호이지 대상 그 자체가 아니기 때문에 그렇습니다. 이 같은 속성을 가진 언어를 다른 언어로 번역한다는 것은, 바꾸어 말하면 부정확한 지시를 또 다른 부정확한 지시로 바꾸는 일이 되는 셈입니다. 더구나 문학작품의 경우 의도적인 모호성을 다양한 방식으로 내포하고 있기 때문에 번역은 더욱 어려워집니다. 한국의 유명한 시인 서정주는 「자화상(自畵像)」이란 시의 첫 구절을 "애비는 종이었다"라는 말로 시작했습니다. 주어와 서술어로 이루어진 단순한 문장이지만 이 말을 중국어로 어떻게 번역해야 할까요? '애비'라는 단어부터 쉽지가 않습니다. '아버지'라는 말의 전라도 사투리이면서 존경의 어감이 아니라 비하적인 어감을 가진 이 단어를 제대로 번역하기 위해서는 어떤 단어를 선택해야 할지 무척 당혹스러울 것입니다. 그런데 정작 더 큰 어려움은 '종이었다'라는 말의 번역입니다. 한국에서 '종'은 남의 집에서 대대로 천한 일을 하던 사람을 가리킵니다. 서양의 노예처럼 사고파는 개인의 사유재산에 속하지는 않았지만 그렇다고 자유인도 아니었습니다. 서정주는 이 종이라는 신분이 갑오경장(甲午更張)에 의해 사라졌는데도 아버지를 가리켜 종이었다고 말하고 있습니다. 그것은 이 말이 어디까지나 비유적 표현이지 사실 자체가 아니라는 것을 의미합니다. 서정주는 아버지가 실제로 종이었다는 이야기를 하는 것이 아니라, 어떤 측면에서는 놀라운 솔직함으로, 또 다른 측면에서는 다소 비하적인 못마땅함으로 아버지가 종처럼 남의 일을 해주고 있다는 이야기를 하고 있는 것입니다. 더구나 이어지는 "어매는 달을 두고 풋살구가 꼭 하나만 먹고 싶다 하였으나……"에 이르면 번역자는 아득한 절벽을 마주한 기분이 들 것입니다. 서양의 한 유명 대학 한국어과 교수는 "달을 두고"를 하늘에 있는 달을 가리키는 것으로 번역했고, 그렇게 이해하는 사람들이 한국에도 많습니다. 그렇지만 이 말은 "달을 두고 아팠다"는 용법처럼 '오랫동안'이란 의미입니다. 이 시구는 "달을 두고"란 구절을 통해 어머니가 나를 임신했을 때 입덧을 오랫동안 했다는 사실과 "풋살구가 꼭 하나만 먹고 싶다 하였으나"란 구절을 통해 힘들게 입덧하던 시기의 욕망이 얼마나 가난하고 초라한 것이었는가를 이야기하고 있습니다. 그런 만큼 이러한 의미를 온전하게 번역에 반영한다는 것은 참으로 지난한 일일 것입니다. 이런 점에서 감히 단정한다면, 원래의 텍스트가 가진 모든 의미를 온전하게 담을 수 있는 번역이란 사실상 불가능합니다. 번역은 본질적으로 원래 텍스트의 재현이 아니라 선택과 배제에 따른 불가피한 훼손이라고 저는 생각합니다.

저는 앞에서 원본 텍스트를 다른 언어로 완벽하게 재현하는 것은 불가능한 일일 뿐만 아니라 바람직하지도 않은 일이라고 말했습니다. 그렇게 말한 이유는, 번역의 경우 원본 텍스트의 생산자 못지않게 수용자의 입장 역시 고려되어야 하는 까닭입니다. 번역에서 원본에 충실해야 한다는 것은 기본 원칙이며, 이 원칙은 생산자를 존중하기 위해 만들어진 것입니다. 그럼에도 번역 행위에는 독자(수용자)들이 자연스럽게 이해할 수 있는 언어로 옮기기 위해 원본을 배반해야 한다는 모순이 항상 따라다닙니다. 원본에 충실하게 번역해야 한다는 원칙을 지나칠 정도로 완고하게 지켜서 읽기에 불편한 텍스트나 이해하기 어려운 텍스트를 만들어놓는다면 결코 좋은 번역이라 할 수 없습니다. 수용자 측의 언어와 문화에 적절히 어울리는 변용이 번역에는 반드시 필요한 것입니다. 바로 여기에서 "어떻게 옮겨야 하느냐?"라는 번역의 윤리 문제가 생긴다고 저는 생각합니다.

번역의 윤리 문제에서 첫번째로 강조되어야 할 것은 "원본 텍스트에 충실해야 한다"는 원칙이라고 저는 생각합니다. 상식에 속하는 이 원칙을 지키지 않는 번역 행위는 비윤리적입니다. 번역은 제2의 창작이라는 말이나 수용자가 이해할 수 있는 번역의 필요성에 대해 저는 충분히 긍정합니다만 그럼에도 번역은 원작에 충실해야 합니다. 원본 텍스트가 없다면 번역도 없기 때문입니다. 번역은 의미있는 원본 텍스트가 존재하고 그 텍스트를 필요로 하는 상황이 있기 때문에 발생하는 행위입니다. 따라서 원본이 가지고 있는 본질적 의미와 가치를 훼손하는 번역 행위는 이루어질 필요가 없습니다. 그렇게 번역할 바에는 번역보다 창작/저술이 더 나은 선택이라고 저는 생각합니다.

물론 원본 텍스트에 대한 충실성의 정도 문제에 대해서는 이론의 여지가 있습니다. 어디까지 충실해야 하느냐의 문제는 간단한 일도 손쉬운 일도 아닙니다. 슐레이에르마허Friedrich Schleiermacher는 번역에 대해 이런 말을 한 적이 있습니다. "방법은 두 가지뿐이다. 저자를 가능한 한 본래 자리에 가만히 둔 채 독자들을 저자의 자리로 끌어오든가 아니면 독자들을 본래 자리에 가만히 두고 저자를 독자 쪽으로 끌어오는 것이다." 이 말은, 번역에는 저자에 충실한 번역과 독자에 충실한 번역, 두 가지가 있고 우리는 그 중 하나를 선택할 수밖에 없다는 말처럼 들립니다. 다시 말해 원본에 충실한 번역을 택하면 독자의 가독성(可讀性)이 떨어지고 독자가 이해할 수 있는 번역을 택하면 원본이 훼손된다는 말처럼 들립니다. 그렇지만 저는 여기서 슐레이에르마허의 말을 원본에 충실해야 한다는 원칙을 부정하는 이야기로 받아들이고 싶지 않습니다. 그보다는 정확하고 유려한 번역이 얼마나 어려운 일인가를 말해주는 경고, 원본에 충실하면서도 독자들이 이해할 수 있는 번역을 포기하지 말라는 촉구로 받아들이고 싶습니다.

한국의 유명한 번역가인 안정효는 'a network of relationship'이란 구절을 한국어로 번역할 때 '얽히고설킨 인연' 혹은 '얽히고설킨 관계'로 번역하는 것이 적절하다고 말했습니다. '관계의 네트워크'라고 번역하는 것은, 비록 한국에서 '네트워크'라는 말을 자주 사용하고 있기는 하지만, 절반의 번역에 지나지 않는다고 말했습니다. 저 역시 안정효의 말에 동의합니다. 좋은 번역은 원본의 표현에 적절한 수용자 측 표현을 부단히 찾아내려는 노력이 뒷받침될 때 가능하며, 번역의 이면에 숨어 있는 그러한 노력이 겉으로 드러나지 않는 충실성의 윤리를 구성합니다. 따라서 저는 그러한 노력의 뒷받침을 받는 번역은 원작을 훼손한 번역이 아니라 원작에 충실한 번역이라고 말하고 싶습니다.

저는 원본에 대한 충실성과 독자(수용자)의 가독성이 반드시 상충되는 것은 아니라고 생각하는 사람입니다. 원본에 대한 충실성과 관련된 비윤리적 행위는 독자가 이해할 수 있는 텍스트를 만들려고 성실하게 노력할 때 발생하는 것이 아니라 그렇게 노력하지 않을 때 발생하는 까닭입니다. 여기에서 잠시 한·중수교 이후 약 10여 년의 기간 동안 중국어로 번역된 한국문학 작품을 잠시 예로 들어보겠습니다. 웨이웨이(卫为)와 메이쯔(枚芝)가 번역해서 1997년 상해역문출판사에서 간행한 염상섭의 『삼대(三代)』는 뛰어난 번역으로 평가받아 한국문학번역원으로부터 번역상까지 수상했습니다. 그럼에도 이 번역은 이해할 수 있는 실수라고 하기에는 지나친 여러 가지 오역들을 가지고 있습니다. 그 오역은 상대에게 낮추어 말하는 '반말'을 '反話'로 번역하고 속임수를 뜻하는 '외수(外數)'를 '外孫子'로 번역해놓은 것에서부터 주인공 조덕기(趙德基)의 얼굴 생김새를 두고 "해끄무레하고 예쁘장스럽다"고 표현한 것을 "漂亮而价格昻貴的學生服来看"에서 보듯 멋지고 값비싼 학생복의 모양으로 번역해놓은 것에 이르기까지 상당량에 이릅니다. 특히 비유적인 문장과 한국인의 독특한 어법을 담은 문장의 경우 이보다 훨씬 심한 오역을 여러 곳에서 발견할 수 있습니다. 이처럼 사전을 찾아보면 저지르지 않을 실수, 원본의 문장에 조금만 유의하면 저지르지 않을 실수, 자국 독자의 가독성을 높이기 위한 의도적 오역이라고 도저히 볼 수 없는 오역 등을 남발하는 것은 비윤리적입니다. 그러한 번역은 원본의 가치를 훼손할 뿐만 아니라 원본의 저자가 가지고 있는 명성과 권위까지 훼손할 수 있는 까닭입니다.

번역의 윤리 문제와 관련하여 두번째로 강조하고 싶은 것은 번역자는 "자신의 개성과 문체를 드러내서는 안 된다"는 원칙입니다. 번역은 자신의 글이나 작품을 쓰는 행위가 아니라 타인의 글이나 작품을 옮기는 행위입니다. 그런 만큼 번역자의 개성이나 문체가 두드러지게 드러나면 원본이 가지고 있는 성격과 문체를 망가뜨리거나 바꾸어놓게 됩니다. 우리는 종종 이름을 가려도 이 번역은 누가 한 것인지 알 수 있다는 말을 듣습니다. 사람들은 훌륭한 번역자를 칭찬할 때 이 말을 사용하지만 저는 오히려 반대로 생각합니다. 훌륭한 번역자는 자신을 투명한 유리

창과 같은 존재로 생각하는 사람이며, 그런 존재가 되고자 노력하는 사람입니다. 유리창이 우리의 시선을 차단하지 않고 온전히 풍경을 볼 수 있게 해주듯이 좋은 번역은 원작의 세계를 제대로 볼 수 있게 해주는 번역입니다. 번역자의 개성과 문체는 마치 유리창의 얼룩과 같아서 우리의 시선을 차단하고 원작의 모습을 가려버릴 가능성이 많습니다.

마거릿 미첼Margaret Mitchell이 쓴 『바람과 함께 사라지다Gone with the Wind』란 소설에는 "Tomorrow is another day"라는 말이 자주 나옵니다. 소설의 여주인공인 스칼렛 오하라가 자주 내뱉는 말입니다. 이 말을 한국에서는 "내일은 내일의 태양이 다시 떠오른다"는 식으로 번역자가 상당히 멋을 부려 시적으로 번역했습니다. 다시 말해, 자신의 생각을 번역에 반영시켜서 나름의 문학적 문체를 만든 것입니다. 그런데 원작에서 스칼렛은 대단히 개성이 강한 여자일 뿐만 아니라 세상 돌아가는 것과는 상관없이 제멋대로 행동하는 여자입니다. 사랑하지 않는 남자와 홧김에 결혼하고 그러면서도 유부남인 다른 남자를 사랑하는 여자, 남북전쟁과는 상관없이 멋부리고 춤추기를 좋아하는 유아독존형 여자입니다. 그렇기 때문에 이 여자가 내뱉는 "Tomorrow is another day"는 안정효에 따르면 "오늘만 날인가, 내일도 날인데"라고 번역하든지 "내일 해도 되는 일을 미쳤다고 오늘 해" 정도로 번역하는 것이 더 적절합니다. 그래야만 스칼렛 오하라라는 인물의 개성적 성격과 말투와, 행동에 잘 어울리는 번역입니다. "내일은 내일의 태양이 다시 떠오른다"란 말은 멋져 보이기는 합니다만 비유적이고 품위 있는 말이어서 주인공의 성격과 지적 능력에 잘 어울리지 않습니다. 이렇듯 번역자가 자기 나름의 번역투를 만들려고 시도하게 되면 원작의 세계가 가려지는 훼손이 생깁니다.

번역자는 원본에 맞추어 카멜레온처럼 변신해야 합니다. 건조한 글은 건조하게, 화려한 글은 화려하게, 간결한 글은 간결하게, 명료한 글은 명료하게 번역해야 합니다. 몸에 따라 움직이는 그림자처럼 원본에 따라 움직여야지, 자신의 감정, 느낌, 생각을 번역 속에 반영해서는 안 됩니다. 혹시 저의 이 같은 이야기를, '번역은 제2의 창작'이라는 말과 배치되는 말로 생각하는 분이 있을지도 모르겠습니다. 제가 생각하기에 번역이 제2의 창작이란 말은 번역자가 자기 고유의 어투와 문체를 가지고 있어야 한다는 뜻은 분명히 아닙니다. 그렇게 되면 원본이 어떤 모습이건 번역자가 가진 어투와 문체로 염색되어버릴 것입니다. 번역을 가리켜 또 다른 창작이라고 말하는 첫째 이유는, 아마도 좋은 번역작품은 원작에 못지않은 가치를 가지고 있으며 그 가치를 창조한 사람은 번역자라는 사실을 강조하는 데에 있을 것입니다. 과거와는 달리 번역작품에 대해 번역자가 일정한 지분의 권리를 법적으로 행사할 수 있게 된 최근의 사정이 이 점을 입증해주고 있습니다. '제2의 창작'이라고 말하는 또 다른 이유는 번역이 수용자 측의 언어로 유려하게 이루어져야 한다는 사실을 강조하는 데 있을 것입니다. '번역투'라는 말이 상기시키는, 생경한 어투로 이루어진 번역은 좋은 번역이 아니다. 수용자 측의 언어로 읽어도 마치 자국의 작품을 읽는 것처럼 자연스러운 번역이 훌륭한 번역이다. 이런 생각이 담겨 있을 것입니다.

이와 같이 좋은 번역가는 자신의 개성과 문체를 자신의 번역 속에 확립하려고 애쓰는 사람이 아니라 번역 대상으로 삼은 텍스트에 대해 연구하고 분석하며 번역하는 사람입니다. 원본을 쓴 사람의 생애와 인생관에 대해, 원본의 성격과 의미에 대해, 원본이 지닌 어투와 문체에 대해 연구하고 분석하며 번역하는 사람이 훌륭한 번역가입니다. 그 같은 자세를 가지고 번역에 임하는 사람은 타인의 작품을 나의 작품처럼 다루는 오류로부터 벗어날 수 있습니다. 타인의 권리와 자신의 권리를 구분하는 윤리를 자연스럽게 실천할 수 있는 것입니다.

번역의 윤리 문제와 관련하여 세번째로 강조하고 싶은 것은 번역자가 "전파자의 문화와 수용자의 문화를 동등하게 가치 있는 것으로 생각해야 한다"는 원칙입니다. 한국과 중국과 일본은, 다소간의 시차는 있습니다만, 비슷한 시기에 서양 문명을 받아들이면서 근대화를 이뤘습니다. 이 과정에서 동아시아 국가들은 '근대화는 곧 서구화'라 생각하면서 서양을 배우기 위해 서양 문명을 열심히 번역하고 모방하는 기간을 거쳤습니다. 그러는 사이에 동아시아 사람들의 머릿속에는 번역된 것은 아류 혹은 짝퉁이고 원본이 진짜라는 열등감, 다시 말해 서양 문명에 대한 동양 문명의 열등감이 생겼습니다. 이 현상은 지금도 식을 줄 모르고 계속되는 영어 학습 열기에서 확인할 수 있습니다. 한국에서 이 같은 열등감이 표출되는 예를 한번 들어보겠습니다. 한 TV 방송국의 인기 프로였던 〈장학퀴즈〉에서 러시아의 서구화를 이끈 황제를 묻는 질문에 대해 학생이 '표트르Pyotr 대제'라고 정확하게 답했습니다. 그러자 진행하는 아나운서가 "아, 네 피터Peter

대제. 맞습니다"라며 자신도 모르는 사이에 영어식 발음으로 정정했습니다. 여기에는 러시아를 서양의 변방으로 간주하는 태도가 숨어 있습니다. 아마도 러시아 사람들이 이 장면을 보았다면 몹시 불쾌했을 것입니다. 또 방송에 나온 어떤 미용사는 "화이트 펜슬을 써서, 화이트를 칠해주면 좋아요. 입술 라이너를 사용하세요. 립 라이너와 립스틱은 비슷하게 핑크로 하세요"라는 말을 거침없이 쏟아놓았습니다. 이 미용사는 영어를 많이 사용하면 유식해 보이고 전문가처럼 보인다는 생각에 젖어 있습니다. 최근(2014년 11월 14일) 『조선일보』에서 한국석유공사의 한 직원은 "바이어 쪽이 최종 자산 심사를 하지 않습니까. 그게 클로징되어서 끝나가지고 우리에게 통보가 와야 실제로 딜이 클로징되는 겁니다"라고 했습니다. '신의 직장'이라 불리는 한국석유공사에 근무한다면 명문대학 출신일 가능성이 높은데 자신이 우수한 인재라는 사실을 이 같은 말투로 드러내고 있습니다.

한국과 중국에서 이루어지는 번역은 대부분 서양의 언어, 특히 영어로 된 텍스트를 자국의 언어로 옮기는 작업입니다. 이러한 번역에는 서양 문명과 자국 문명의 관계에 대한 여러 가지 상황이 자신도 모르는 사이에 개입하거나 작용합니다. 한국에서 그다지 좋은 평가를 받지도 주목을 받지도 못했던 작품에 대해 서양 사람들이 관심을 가지면 사정이 완전히 달라지는 경우를 볼 수 있습니다. 서양 사람들이 관심을 가진다면 그 작품에 분명히 무엇인가 있다고 생각하는 것입니다. 이것이 자국 문화에 대해 열등감을 가진 사람들의 반응 방식입니다. 반면에 우월감을 가진 사람들 쪽의 태도는 다릅니다. 로런스 베누티Lawrence Venuti

는『번역의 윤리』라는 책에서 일본 문학을 수용하는 미국 쪽의 태도에는 "무언가 형언하기 힘든 것, 안개에 휩싸인 것, 비확정적인 것"을 '일본적인 것'이라고 생각하는 일정한 고정관념이 작용해왔다고 비판하고 있습니다. 그래서 다니자키 준이치로(谷崎潤一郎), 가와바다 야스나리(川端康成), 미시마 유키오(三島由紀夫) 등 소수에게 관심을 집중하고 그것이 일본 문학 전체인 것처럼 착각하게 만들었다는 것입니다. 로런스 베누티의 이야기를 저는 이렇게 생각합니다. 아프리카의 원시적이고 야만적인 문화가 서양 사람들에게 새로워 관심을 가졌듯이 마찬가지 맥락에서 동양에 있는 이국적이고 신비하게 보이는 측면에 서양인들이 관심을 가지는 것이라고 말입니다. 이러한 사고방식에는 동물원의 동물을 구경하듯 아시아의 문화에 호기심을 가지고 구경하는 태도, 문화를 불평등한 것으로 생각하는 비윤리적 태도가 숨어 있습니다.

현재 한국이나 중국에서 번역되는 서양 텍스트들은 대부분 서양에서 화제가 되었거나 베스트셀러 반열에 오른 것들입니다. 서양에서 이처럼 주목을 끌었다면 당연히 번역해야 한다는 생각이 작용하고 있습니다. 우리가 판단해서가 아니라 서양이 판단해놓은 것을 그대로 인정하고 따른다는 수동적 관점이 작용하고 있습니다. 이러한 수동적 태도를 우리는 스스로의 필요에 따라 선택하는 능동적 태도로 전환시켜야 합니다. 그리고 번역의 자세나 번역문의 문체에서도 열등감에서 벗어나야 합니다. 얼마 전 신경숙의『엄마를 부탁해』가 미국에서 번역 출간될 때나 맨부커상을 수상한 한강의『채식주의자』가 번역될 때 두 작품은 모두 파격적인 손질을 거쳤습니다. 미국에서의 상업적 성공을 위해, 영국 사람들의 구미에 맞는 표현을 갖추기 위해 문체와 서술 방식에서 원작은 상당 부분 손질당했습니다. 그렇지만 저는 한국과 중국은 이 같은 모습을 답습해서는 안 된다고 생각합니다. 서양의 작품을 한국에서 번역 출간할 때 원작의 판권을 소유한 재단이나 출판사가 번역된 작품에 대해 자신들이 심사할 권리를 요구하는 경우를 알고 있습니다. 그러면서 동양의 작품을 자신들의 언어로 번역할 때는 우리의 권리를 존중하지 않고 임의로 처리하는 것은 지나치게 오만한 태도입니다. 서양 문명과 동양 문명 모두 나름의 가치를 가지고 있는, 동등하게 가치 있는 문명으로 생각하면서 존중하는 태도를 가져야 하고 그런 모습을 번역에 반영시켜야 합니다. 번역이란 서로 다른 문명을 배우는 과정이고, 다르다는 차이야말로 자신을 변화시키고 발전시키는 계기이자 동력입니다. 그 차이에서 열등감이나 우월감을 느끼고 그 감정이 번역에 반영되는 것은 전혀 바람직하지 않습니다. 한국과 중국은 서로 가까운 이웃이면서 많은 유사성과 상당한 차이점을 가지고 있습니다. 한·중 두 나라에서 이루어지는 양국 텍스트에 대한 번역에서부터 문화의 동등성을 인정하는 번역의 윤리가 모범적으로 실천되기를 기대해보겠습니다.

한국문학과 외국 문학의 관계

──과거·현재·미래

   지난 20세기에 한국문학과 외국 문학은 뗄 수 없는 관계에 놓여 있었습니다. 식민지 시대에 한국 근대문학을 개척하고 건설한 사람들 대부분이 외국 문학 전공자들이었다는 사실로부터 비롯된 이 긴밀한 관계는 20세기 내내 계속되었습니다. 그러던 것이 21세기에 들어서면서부터 사정이 달라지기 시작했습니다. 한국문학은 한국문학이고 외국 문학은 외국 문학이라는 분위기가 점차 대학을 지배하기 시작하면서 한국문학과 외국 문학의 관계는 날로 소원해지고 있습니다. 한국 문단의 현장으로부터 대학의 연구와 논문 생산에 이르기까지, 한국문학과 외국 문학의 상생적 상호 관계가 빠르게 사라지고 있는 것이 지금의 현실입니다.

   이 점과 관련하여 1980년대부터 제가 직접 참여한 한국 비평, 1980년 이후의 한국 비평계를 예로 들어보겠습니다. 제가

1980년 초에 『문학의 시대』라는 무크지를 만들 때 편집동인들의 전공은 한국문학이 2명, 영문학 2명, 독문학 1명이었습니다. 외국 문학 전공자가 더 많았습니다. 또 『문학과사회』 편집동인을 맡았을 때 그 구성원의 전공은 한국문학이 1명, 중국 문학 1명, 프랑스 문학 4명이었습니다. 이처럼 외국 문학 전공자들이 많았던 데에는 한국문학이 보유한 인적 자원의 한계도 작용했지만 그보다는 우수한 외국 문학 전공자 대부분이 한국문학에 적극적인 관심을 가졌기 때문이었습니다. 다시 말해, 외국 문학 전공자들이 가진 "나는 한국에서 외국 문학을 공부하는 사람이다"라는 의식이 한국문학과 외국 문학의 관계를 튼튼하게 이어주고 있었던 것입니다. 그런데 저의 다음 세대가 『문학과사회』의 편집 책임을 맡으면서부터 사정은 급변했습니다. 외국 문학 전공자는 거의 없이 한국문학 전공자 일색으로 편집동인이 구성되기 시작했습니다. 상황이 왜 이렇게 바뀐 것일까요? 여기에 대해 사람들은 지극히 무미건조하게, 근본적인 원인을 외면한 채, 새로운 세대의 비평가에 외국 문학 전공자들이 없으니까, 라고 답하고 있습니다.

한국 비평계에서 외국 문학 전공자들이 사라지는 작금의 현실에 대해 서울대학교의 한 한국 근대문학 전공 교수는 저에게 사필귀정(事必歸正)이라고 말한 적이 있습니다. 한국문학 전공자가 한국문학 비평의 주도권을 행사하는 것은 당연한 일이 아니냐, 한국문학도 이제는 외국 문학에 끌려 다니지 않을 정도의 역량을 충분히 갖췄다는 식으로 이야기를 했습니다. 저는 이런 발상에는 한국문학은 한국문학 전공자의 독점적 영역이라는, 오만한 배타적 태도가 깔려 있어서 몹시 위험하다고 생각합니다. 또 다양하고 풍요로운 한국문학을 만드는 데에도, 언어와 민족을 넘어 세계문학의 하나로 자리 잡는 데에도 결코 바람직한 태도가 아닙니다. 그뿐만이 아닙니다. 이 같은 태도는 한국 근대문학을 건설하는 데 수많은 외국 문학 전공자들이 기여한 사실을 무시하는 것이며 우리나라의 문학 전공이 직면해 있는 총체적 위기를 제대로 인식하지 못하는 것입니다.

첫머리에서 언급했던 것처럼, 갑오경장 이후 한국 근대문학을 건설한 사람들은 그 대부분이 영문학, 프랑스 문학, 독문학, 러시아 문학 등의 서양 문학 전공자들이었습니다. 한국 근대문학이란 개념 자체가 없었던 시기, 일본의 식민지로 전락해 있던 비정상적인 시기에 서양 문학과 우리보다 앞서 서구적인 근대문학을 건설한 일본 문학을 모델로 삼아 이들은 한국의 근대문학을 만들어나갔습니다. 김기진, 정지용, 김말봉, 김우진, 이양하, 김영랑, 박용철, 안막, 이하윤, 김광섭, 이헌구, 함대훈, 김진섭, 유치진, 채만식, 김태준, 이효석, 이기영, 김기림, 최재서, 권환, 이원조, 김환태, 김사량, 설정식, 김동석 등, 수많은 사람들이 그러했습니다. 이들은 외국 문학을 외국 문학으로만 생각한 사람들이 아니라 한국 근대문학의 건설이란 계몽적 사명감을 스스로에게 부여하면서 외국 문학을 공부한 사람들이었습니다. 외국 문학에 대한 나름의 지식을 바탕으로 식민지 시기에는 시인, 소설가, 비평가, 극작가, 문화부 기자, 잡지 편집자 등으로 정력적 활동을 전개했고, 해방 이후에는 수많은 대학이 설립되는 추세 속에서 상당수의 사람들이 한국 근대문학 분야 혹은 외국 문학 분야의 교수로 직업을 바꾸었습니다. 해방 이후 한국문학과 외국 문학이 밀접한 상호 관계를 유지한 데에는 이 같은 사정이 크게 작용하고 있습니다.

그렇지만 이들은 거의 모두가 일본에서 서양 문학을 공부했다는 시대적 한계 또한 가지고 있었습니다. 당시 조선에서는 외국 문학을 공부할 대학이 하나밖에 없었고, 서양에 유학을 가는 일은 대단히 어려웠습니다. 식민지 조선에서 경성제국대학이 정식으로 본과를 출범시킨 것은 1926년이었습니다. 예과를 설립한 것은 1924년이었지만 본과가 정식으로 출범한 것은 1926년이었습니다. 식민지 시대의 유일한 정식대학인 이 대학의 문학과에는 일본 문학 전공, 조선 문학 전공, 지나 문학 전공, 영문학 전공, 이렇게 4개 전공이 있었지만 모집 학생 수는 무척 적었습니다. 더욱이 조선인 학생 수에는 일정한 제약까지 가해졌기 때문에 극소수의 뛰어난 학생들만이 경성제국대학에서 공부할 수 있었습니다. 참고로 1940년의 경우를 말씀드리면 당시 법문학부 입학생 수는 총 81명인데 그중 조선인 학생 수는 30명이었습니다. 이 학생들이 법학, 문학, 사학, 철학 등으로 나뉘었다고 생각하면 문학 전공자는 아마도 10명이 넘지 않을 것입니다. 지금 우리가 기억하는 조윤제, 김태준, 유진오, 이효석, 김동석 등 경성제국대학 출신의 뛰어난 인물들은 이 같은 상황에서 공부한 이들입니다. 그래서 식민지 시대에 문학에 뜻을 둔 대부분의 젊은 이들은 불가피하게 일본 유학의 길을 택할 수밖에 없었습니다.

그러했기 때문에 해방 이후 수많은 대학이 한국문학과 외국 문학 전공을 설치했지만 대학의 분위기는 본격적으로 학문을 연구할 수 있는 분위기가 아니었습니다. 한국문학과 외국 문학 사이의 인적 관계는 긴밀했지만, 소수의 사람을 제외하고 학문적 관계가 긴밀했던 것은 아닙니다. 양쪽 모두 학문적 훈련을 본격적으로 받은 교수, 논문다운 논문을 쓸 수 있는 학자를 보유하지 못한 까닭입니다. 제가 대학에 입학했던 1970년대 초를 예로 들어보겠습니다. 당시 서울대, 고려대, 연세대, 성균관대, 한양대, 동국대, 경희대 등 대부분의 대학에는 한국 근대문학을 본격적으로 가르칠 수 있는 교수가 거의 전무한 상태였습니다. 서울대의 전광용, 정한모, 고려대의 조지훈, 정한숙, 연세대의 박두진, 박영준, 한양대의 박목월, 조현현, 동국대의 서정주, 경희대의 황순원, 조병화, 중앙대의 백철 등은 모두 본격적으로 학문 연구를 훈련받은 분들이 아닙니다. 이분들은 대학에서 한국 근대문학이란 영역을 전공한 분들이 아니라 창작 활동을 통해 확보한 지명도를 바탕으로 대학에 진입한 작가들이었습니다. 그랬기 때문에 이분들의 강의는 자신이 활동한 문단 경험을 바탕으로 작품과 작가에 대해 주관적 생각과 느낌을 피력하는 것이었습니다. 1970년대 중반에 교양과정부가 학과로 통합되면서 어렵게 국문학과 교수로 진입한 김윤식 교수는 그래서 수업 시간에 종종 "근대문학 연구는 학문이 아니다. 똑똑한 학생은 고전문학을 연구하지 근대문학을 연구하지 않는다"라며 자조적 발언을 해서 근대문학을 전공하는 학생들을 주눅 들게 만들곤 했습니다. 김윤식 교수의 이 말에는, 한국 근대문학이 학문 연구의 대상이 될 수 있을 정도의 안정적 형태를 갖추지 못한 현실과 한국 근대문학을 체계적으로 연구하고 학문답게 가르칠 수 있는 교수가 부재하는 현실을 학생들이 똑바로 봐야 한다는 의미가 함축되어 있습니다.

학문 연구를 둘러싼 이러한 문제들은 그러나 1970년대 이후 경제 성장과 국제적 위상 제고의 도움을 받으며 빠르게 개선되었습니다. 한국문학의 경우 1980년대 이후 우수한 연구 인력이 대폭 증가하면서 현대문학 분야는 전공으로서의 자리를 확고하게 구축했으며, 이런 변화는 언어의 한계에 갇혀 있던 외국 문학 분야에서도 마찬가지로 일어났습니다. 서양 현지의 수준 높은 대학에서 본격적으로 문학을 연구한 다수의 유학생들이 대학 교수로 자리를 잡으면서 외국어 학원 수준에 머무르던 수준에 급격한 도약이 이루어졌습니다. 그러나 한국문학과 외국 문학 연구의 이런 비약적 발전은 양자의 상생적 관계로 나아가지 못했습니다. 1980년대 이후 한국의 현장 문학을 부끄럼 없이 휩쓸고 있는 상업주의와 인문학과 기초학문의 몰락이라는 범세계적 추세와 개선보다는 개악으로 나아가는 교육 정책이 상상적 관계를 모색할 시간적 여유를 주지 않고 동시에 몰아닥쳤기 때문입니다.

지금 우리나라에서 한국문학과 외국 문학이 겪고 있는 위기는 인문학의 위기라는 시대적 추세를 차치한다면 가장 큰 책임은 교육 정책에 있습니다. 학교 교육 과정과 대학의 전형 방식에 커다란 책임이 있습니다. 우리나라의 교육 과정에는 고전적인 작품을 읽고 외우고 자신의 느낌과 생각을 논리적인 글로 밝히는 훈련이 배제되어 있습니다. 문학작품을 주체적으로 이해하는 과정이 의도적으로 무시되거나 배제되는 것이 우리 학교 교육의

현주소입니다. 교과서의 내용과 선생이 가르치는 것만을 금과옥
조처럼 받들어야 하는 것이 우리 교육의 모습입니다. 이런 교육
은 문학작품에 대해 다르게 생각할 권리를 전혀 인정하지 않는,
문학의 문학다움을 무시하는 잘못된 교육입니다. 또 수능시험이
학교 교육에 지배적인 영향을 미치고 있는 제도를 운영하면서
제2외국어 시험 과목을 자유롭게 선택하게 하는 것도 커다란 잘
못입니다. 학생들이 점수를 받기에 용이한 외국어를 잠시 공부
하다가 팽개쳐버리는 현실이 그 사실을 말해주고 있습니다.

  그다음으로 가장 큰 책임은 대학 교수의 임용 방식과 승진·승
급 평가 방식에 있습니다. 우리나라의 대학 교수 임용 방식과 승
진·승급 평가 방식에서는 생산한 논문의 양이 질보다 우선합니
다. 임용 시 양적으로 다른 지원자와 경쟁할 수 없으면 서류 심
사에서 탈락해버리고, 임용된 후에도 지속적으로 일정한 양의
논문을 생산하지 못하면 교수직을 심각하게 위협받는 것이 우리
의 현실입니다. 여기에 연구재단은 수많은 공인 학술지를 관리
하면서 좋은 논문을 쓰기보다는 많은 논문을 쓰도록 부채질하고
있습니다. 그뿐만이 아닙니다. 출신 대학 평가에서 한국의 대학
은 아무리 우수한 대학도 외국 대학보다 낮은 점수를 받으며, 한
국문학의 발전에 기여할 수 있는 번역은 연구 업적 평가에서 거
의 점수를 받지 못하고 있습니다. 대학 교수의 임용과 임용 후의
관리에서 자의적 요소를 없애고 공정성을 기하기 위해 교육부
가 대학에 강요한 이러한 제도들이 거꾸로 대학이 가져야 할 건
전한 학문 풍토를 훼손하고 제2외국어권 문학의 몰락을 초래하
고 있는 것입니다. 잘못된 업적 평가는 대학원 과정에서부터 연

구자들을 논문 생산의 기계로 만들고 취업률에 대한 지나친 강조는 학문 연구를 목표로 삼아야 할 대학의 전공들을 취업 준비 기관으로 전락시키고 있는 것이 지금 우리나라 대학의 풍경입니다.

이런 점에서, 우리 비평계에서 외국 문학 전공자들이 빠르게 사라지는 현실은 한국문학이 제대로 발전했기 때문에 일어난 사필귀정, 혹은 제자리 찾기의 결과가 아닙니다. 한국문학과 외국 문학의 관계는 서로가 잘못 자리를 차지하고 있었던 그런 관계가 아니라, 한국 근대문학의 형성 과정이 만들어낸 가치있고 의미있는 관계입니다. 한국 근대문학의 건설이 만들어낸 양자의 관계에는 물론 잘못된 우월의식과 열등의식이 개입되는 경우도 있었습니다. 그러나 그것은 어디까지나 일시적이고 부차적인 현상이었습니다. 영문학의 송욱, 유종호, 김우창, 백낙청, 불문학의 김붕구, 정명환, 김현, 김치수, 오생근, 독문학의 김주연, 염무웅, 안삼환 등에서 보듯, 이들은 한국문학에 대한 우월의식에서가 아니라 한국문학에 대한 원초적 애정 때문에 외국 문학을 연구하면서도 한국문학으로 끊임없이 돌아오는 삶을 산 사람들입니다. 따라서 최근 비평계에서 외국 문학 전공자가 사라지는 모습은 사필귀정의 모습이 아니라 우리나라의 잘못된 교육 정책이 빚어낸 결과이며, 대학 교수를 자기 생존에 급급한 상태로 몰아넣는 풍토가 야기한 결과로 보는 것이 마땅합니다. 한국문학 연구는 외국 문학에 대한 관심 없이는 빈곤해지며, 외국 문학 연구는 한국문학에 대한 관심 없이는 살아 있는 의미를 획득할 수 없습니다. 그래서 지금이 바로 위기의 원인이 무엇인지를 냉철하게 인지할 때이며, 과거 양자가 보여준 관계의 의미를 올바르게 파악할 때이며, 그것을 바탕으로 한국문학과 외국 문학의 풍요로운 새로운 상생 관계를 모색해볼 때입니다.

한·중 문화의 이질성과 동질성에 대하여

—비교 연구를 위한 몇 가지 단상

저는 포송령(浦松齡)의 『요재지이(聊齋志異)』와 조너선 스펜스 Jonathan D. Spence의 『왕 여인의 죽음』이란 책을 읽으면서 '한국과 중국의 문화는 얼마나 같은 것인가, 아니 다른 것인가?'란 생각에 잠겼습니다. 두 권의 책은 모두 17세기 중국 산동 지방 사람들의 생활사를 폭넓게 담고 있는데, 책 속에 소개된 이런저런 사람들의 모습을 접하면서 동시대의 한국 사람과 중국 사람은 사고 방식과 행동 양태에서 참으로 같으면서도 다르다는 생각을 했습니다. 그 한 예를 들어보겠습니다. 스펜스는 1670년경에 중국 산동 지방의 탄청현(郯城縣)에 살았던 팽씨(彭氏) 성을 가진 한 과부에 대한 기록을 분석한 후 이렇게 말하고 있습니다.

『대청률례(大淸律例)』의 경제 항목을 볼 것 같으면 이렇게 적혀 있다. "만약 과부가 재혼하면 남편의 재산과 원래 그녀가 지참하였던 모든 재산은 그녀의 죽은 남편 가족에게 속한다." 원래는 상부(喪夫)한 여자로 하여금 죽은 남편에게 정절을 지키도록 권장하기 위해 삽입되었던 이 법 조항은 명백히 부정적인 효과를 가졌다. 즉, 과부가 죽은 남편에게 충절을 지키도록 도와주기는커녕, 시댁 식구들이 억지로 재혼하도록 떼미는 사태가 벌어진 것이다. 그렇게 함으로서 죽은 남자의 가족은 여자를 먹여 살리고 아이를 양육하는 데 필요한 비용을 피할 뿐만 아니라 상당한 만큼의 실제적인 이익을 챙길 수 있었던 것이다.

과부가 된 팽 여인은 재산을 노리는 남편의 친척 형제들에게서 재혼하라는 압박을 강하게 받습니다. 그런데도 팽 여인이 재혼을 거부하고 버티자 남편의 육촌 형제들은 돈을 빼어가고, 황소를 가져가고, 집을 빼앗으면서 압박의 강도를 높입니다. 그래도 팽 여인이 버티자 하나뿐인 조카, 팽 여인의 아들을 죽여버립니다. 유일한 상속자가 없어지면 재산이 남편 형제들의 차지가 되는 까닭입니다.

한국과 중국은 오랫동안 유교의 윤리 규범을 국가의 통치 이념으로 채택해왔다는 점에서 상당한 유사성을 가지고 있습니다. 조선 왕조가 『경국대전(經國大典)』에서 과부의 개가를 금지한 것이나 청 왕조가 『대청률례』에서 개가하는 과부의 재산권을 박탈한 것이 모두 '충신불사이군열녀불경이부(忠臣不事二君烈女不更二夫)'라는 유교적 발상에서 나왔습니다. 그럼에도 불구하고 과부가 된 며느리를 시댁 식구들이 개가하라고 압박하는 풍경은 한국 사람들에게 무척 낯섭니다. 설령 공자의 고향인 산동 지방에서 일어난 이 같은 사건이 다분히 예외적이며, 자연재해와 다양한 형태의 피폐함으로 인해 극도의 가난에 시달리던 당시 생활을 반영하고, 대청률(大淸律)이란 법률이 지닌 부정적 측면을 지적한 한 예일 따름이란 사실을 감안하더라도, 한국 사람들에게는 낯선 풍경입니다. 한국 사람들은 빈부귀천(貧富貴賤)을 막론하고 며느리가 개가하는 것을 수치스럽게 여겨왔으며, 19세기 말 갑오경장(甲午更張)에 의해 과부의 개가가 허용된 이후에도 이와 같은 정서는 오랫동안 바뀌지 않았습니다. 며느리의 개가와 같은 사건이 일어났을 경우 그것은 공개적으로 내놓기는 부끄러운, 조용히 소문이 잦아들기를 기다려야 할 일이었습니다.

한·중 문화가 보여주는 이러한 차이에 대해, 저는 한국의 경우 유교적인 윤리 규범이 지식인의 삶뿐만 아니라 평범한 사람들의 일상생활까지 강하게 규제한 반면, 중국의 경우 일상인들의 삶을 지배한 것은 이상적인 유교적 윤리 규범이 아니라 현실주의적인 도교와 토착적인 믿음이었다는 사실이 작용했다고 생각합니다. 한국과 중국은 동일하게 유교적인 국가라고 생각해온 우리들의 관점에 문제가 있는 것입니다. 이런 점에서 우리는 한국인과 중국인의 사유 방식과 생활 방식과 행동 양식은 여러 가지 측면에서 같으면서도 다르다는 생각을 가질 필요가 있습니다. 실제 사실에 부합하는 관점으로 수정해나갈 필요가 있습니다.

한국과 중국의 지식인들이 오랫동안 공통적으로 지녔던 중화적 세계관/문명관이 동요하기 시작한 것은 서양과 만나면서부터였습니다. 좀더 정확하게 말한다면 16세기 말 이후 마테오 리치(Matteo Ricci, 중국명 利瑪竇), 아담 샬(Johann Adam Schall von Bell, 중국명 湯若望), 페르디난트 페르비스트(Ferdinand Verbiest, 중국명 南懷仁) 등 서양 선교사들이 중국에 들어와 활동하기 시작하면서부터였습니다. 그들이 가진 풍부한 지리학적 지식 및 자연과학적 지식과 중화적 세계관/문명관이 부딪치면서 동아시아 지식인들의 사고방식에 변화가 일어나기 시작했던 것입니다. 그러나 그 변화는 대단히 힘들고 느리게 진행되었습니다. 단재 신채호는 「지동설(地動說)의 효력」이란 글에서, 김옥균, 박영효, 서광범 등 후일 갑신정변(甲申政變)을 일으키게 될 개화파의 핵심 인물들이 연암 박지원의 손자이자 자신들의 정신적 대부였던 박규수(朴珪壽)의 북촌 집으로 처음 찾아갔던 장면을 이렇게 쓰고 있습니다.

박규수는 벽장에서 지구의(地球儀) 하나를 꺼내어 김옥균에게 보였다. 이 지구의는 바로 박규수의 조부 연암(燕巖) 선생이 베이징에 갔을 때 구입하였던 것이다. 박규수가 지구의를 돌리면서 김옥균을 돌아보고 말하였다. "오늘의 중국이 어디에 있는가? 저리 돌리면 아메리카가 중국이 되고, 이리 돌리면 조선이 중국이 되니, 어떤 나라도 가운데로 오면 중국이 된다. 자, 오늘날 중국이 어디에 있는가? 김옥균은 〔……〕 대지의 중앙에 있는 나라가 중국이며, 〔……〕 사이(四夷)는 중국을 숭상한다고 하는 사상에 얽매어서, 국가 독립을 부르짖는 것은 상상도 할 수 없었는데, 박규수의 말에 크게 깨달은 바 있어 무릎을 치며 앉아 있었다.

김옥균과 박규수의 만남이 있었던 시기는 병자호란(丙子胡亂)으로부터 230년 정도의 세월이 흐른 후입니다. 다시 말해 1644년 소현세자(昭顯世子)가 관내로 들어가는 청군을 따라 베이징에 가서 아담 샬을 여러 차례 방문하여 대화를 나누고, 그로부터 천구의(天球儀), 자명종 등을 선물로 받았던 때로부터 2세기 이상의 세월이 흐른 후입니다. 위의 이야기는 그럼에도 19세기 말의 한국 지식인들이 여전히 중화사상에 깊이 사로잡혀 있었다는 것을 보여주고 있습니다.

우리가 살고 있는 지구가 둥글며 중국의 대척점에 아프리카의 희망봉이 있다는 마테오 리치, 아담 샬 등의 주장은 중화사상을 고려한 온건한 표현에도 불구하고 한국과 중국의 지식인들에게 엄청난 충격을 주었습니다. 양국의 지식인들은 『주례(周禮)』의 「대사도(大司徒)」에서 세계의 지리적 중심은 낙읍(洛邑)이라고 말한 것을 줄곧 굳게 믿어온 사람들이었기 때문입니다. 주공(周公)이 세운 낙읍이야말로 상서로운 기운이 넘치는 곳으로 우주적 중심이라 할 수 있는 곳이며, 그렇기 때문에 '중주(中州)'라고 부르는 그 지역에서 오직 세계 유일의 빛나는 문화가 탄생할 수 있었다는 논리적 믿음을 굳게 형성하고 있었던 것입니다. 그래서 마테오 리치의 주장을 도저히 인정할 수 없었습니다. 중국의 양광선(楊光先)이 다음처럼 격렬하게 아담 샬이 그린 세계지도를 비판하면서, 정치 이데올로기적 논쟁을 시작하는 것이 그 사실을 잘 말해줍니다.

오궁(午宮)과 축궁(丑宮)의 상하 위치에 의거하여 비추어본
다면, 대지가 공과 같고 발바닥을 마주 밟고 있다는 학설은 사
람의 마음을 더욱 상하게 한다. 오양(午陽)은 위에 있고 축음
(丑陰)은 아래에 있으니 분명히 우리 중국을 저 서양인의 발바
닥이 밟고 있는 나라라고 말하는 것이다. 우리 중국을 업신여
김이 심할 뿐이다(因午丑上下之位推之, 則大地如毬, 足心相踏之
說, 益令人傷焉心, 午陽在上, 丑陰在下, 明謂我中夏是彼西洋脚低
所踏之國, 其輕賤我中夏, 甚已).[1]

그런데 지구가 평평하지 않고 둥글다면, 낙읍이 중심이라는 중
화적 문명관과 세계관에 문제가 생깁니다. 또 둥근 지구에서 중
국의 대척점에 서양이 있다면 중국이 서양의 아래에 깔려 있다
고 볼 수도 있게 됩니다. 양광선은 한국과 중국 지식인들의 예민
한 자존심과 관련된 이런 정치적 관점을 제기함으로써 아담 샬
을 감옥에 집어넣을 수 있었습니다.
  마테오 리치가 서양의 세계지도를 중국에 소개한 데에는 지구
의 모습에 대한 합리적 지식, 과학적 진실을 알리겠다는 생각과
함께 중국의 지식인들이 가진 중화사상, 우월의식을 수정하려
고 하는 생각이 숨어 있었습니다. 그러한 생각을 바꾸어놓지 않
고는 기독교를 전파하는 것이 어려웠기 때문입니다. 하늘은 둥
글고, 땅은 평평하고 모가 났으며, 그 중심에 중국이 있다는 생

---

1   楊光先,「孽景」,『不得已』, 下卷.

각을 수정시킴으로써 기독교 문명도 중화 문명에 버금가는 가치가 있다는 것을 인정받고자 한 것입니다. 다시 말해 중화사상에 직접 도전한 것이 아니라 지도라는 형태를 통해 중국 문명의 유일성을 간접적으로 부정하는 방식으로 서양 문명/기독교 문화의 존재를 인식시키려 한 것입니다. 그러나 이러한 그의 시도는 한국에서도 중국에서도 성공적이지 못했습니다. 이 점은 중국이 세계의 중심이 아니라는 사실을 받아들인, 당시 한국에서는 대단히 진보적인 학자였던 정약용의 경우를 보면 알 수 있습니다.

나의 소견으로 살핀다면 '중국(中國)'이라는 말에서 왜 그 나라가 '중앙'이 되는지 그 까닭을 모르겠다. '동국(東國)'이라는 말에서도 왜 이 나라가 동쪽이 되는지 그 까닭을 모르겠다. 해가 정수리 위에 있는 때를 정오라 한다. 그러니 정오를 기준으로 해가 뜨고 지는 시각까지의 시간이 같으면, 내가 있는 곳이 동서 한가운데라는 것을 알 수 있다. 〔……〕 중국이라는 이름은 무엇을 보고 부르는 이름인가? 요(堯), 순(舜), 우(禹), 탕(湯)의 정치가 있는 곳을 중국이라 하고, 공자(孔子), 안자(顏子), 자사(子思), 맹자(孟子)의 학문이 있는 곳을 중국이라 한다.

정약용은 이처럼 지구의 모습에 대한 과학적 지식을 받아들여 지리적 차원에서의 중화사상은 포기하고 있지만 문명적 차원에서의 중화사상은 변함없이 확고하게 유지하고 있었습니다. 정약용의 이런 발상은 강희(康熙) 때의 대표적 성리학자인 이광지

(李光地)의 "이른바 중국이라는 것은 예악정교가 천지의 정리를 얻음을 말하는 것이니, 어찌 반드시 형체상의 중심이어야 할 것이겠는가!(且所謂中國者, 謂其禮樂正敎, 得天地之正理, 豈必而形而中乎)"라고 말한 것과 동일한 발상에 의거하고 있습니다. 유교 문화로 표상되는 중화 문명이 세계 최고의 문명이라는 태도에는 변함이 없는 것입니다. 한국의 대표적 북학파(北學派) 학자였던 홍대용의 경우도 이 점에서는 마찬가지였습니다. 홍대용은 1766년 베이징의 천주교회를 찾아 서양 선교사들을 만나 필담을 나누었는데, 「유포문답(劉鮑問答)」이 바로 그 기록입니다. 여기에서 홍대용은 이렇게 쓰고 있습니다. "우주를 논하고 달력을 만드는 데에는 서양의 학문이 대단히 높아 일찍이 없었던 것이다. 그런데 그들의 천주교는 슬그머니 우리 유교의 상제(上帝)의 이름을 훔치고 거기에 불가의 윤회설로 겉치레를 하고 있다. 그 천루(淺陋)함은 가소롭기 그지없다"라고 말입니다. '유포문답'에서 '유(劉)'는 당시 흠천감(欽天監)의 최고 책임자였던 감정(監正) 할러슈타인(Augustinus von Hallerstein, 중국명 劉松齡)을, '포(鮑)'는 부감(副監)이었던 고가이슬(Antonius Gogeisl, 중국명 鮑友管)을 가리키고 있습니다. 홍대용은 이들과의 대화를 통해 지구의 둘레가 36만 킬로미터라는 사실을 알았습니다. 또 "땅이 한 번 돌아 하루가 된다고 논하였다"라는 말로 보아 지구가 자전한다는 사실도 알게 되었습니다. 그래서 그는 서양 선교사들이 가진 과학적 지식에 대해 "그 설이 미묘하고 심오하다"고 찬탄을 금치 않으면서도 천주교에 대해서는 "그 천루(淺陋)함은 가소롭기 그지없다"고 혹평했습니다.

한국과 중국의 지식인들이 함께 가지고 있었던 중화사상, 서양을 야만으로 간주하던 자부심은 1840~1842년에 걸쳐 청나라와 영국 사이에 일어난 아편전쟁(阿片戰爭) 이후 점차 붕괴되기 시작했습니다. 한국의 경우 "서양 오랑캐가 침입하는데, 싸우지 않으면 화친하자는 것이니, 화친을 주장함은 나라를 파는 것이다(洋夷侵犯 非戰則和 主和賣國)"라는 글을 새긴 척화비(斥和碑)를 세우고 서양과의 접촉 자체를 끊어버리는 일이 벌어졌는데, 그것은 서양 문명에 대해 우월의식과 두려움을 동반하기 시작한 데에서 나타난 일시적 자기보호 반응이었습니다. 이후의 역사적 대세는 중국의 중체서용(中體西用), 한국의 동도서기(東道西器), 일본의 화혼양재(和魂洋才)라는 말에서 볼 수 있듯 어떻게 중화 문명 혹은 자국의 문명의 우월성을 훼손당하지 않으면서 서양 문명을 배울 것인가 하는 점이었습니다. 그러나 그것은 생각처럼 쉽지 않았습니다. 문명이라는 것이 정신과 물질로 구별되는 것도 아니고, 대포와 군함, 총칼 등 몇 가지 무기에 한정된 것만도 아니었기 때문입니다. 한국과 중국에서 서양을 배우는 방법에서 여러 차례 시행착오를 겪으면서 점차 전면적인 서구화로 방향이 바뀌어가는 것은 이 같은 사정과 관계가 있습니다.

아편전쟁 후 중국에서는 위원(魏源)과 같은 사람이 "오랑캐의 장기를 배워 오랑캐를 제압하자(師夷長技以制夷)"라는 주장을 내놓았습니다. 서양에게 진 것은 서양의 기물문명(器物文明)이 중국보다 뛰어났기 때문이라 판단하고 그것을 배워 서양을 이기자고 주장했던 것입니다. 1861년부터 시작된 청 왕조의 양무운동(洋務運動), 서양에 유학생을 파견하는 한편 북양수사(北洋水

師)를 창설해서 서양 군함을 도입하는 일은 이렇게 시작되었습니다. 그렇지만 청 왕조가 추진한 기물문명의 서구화라는 제한적 태도는 청일전쟁의 패배를 겪으며 설 자리를 잃었습니다. 강유위(康有爲), 양계초(梁啓超), 엄복(嚴復), 담사동(潭嗣同)과 같은 지식인들이 근대적인 정치 제도의 도입이라는 좀더 본격적이고 근원적인 서구화, 다시 말해 무술변법(戊戌變法)을 시도하는 것은 이 같은 와중에서입니다.

1919년에 시작된 신문화운동은 서양을 배우는 과정에서 수많은 시행착오가 낳은 일종의 결론입니다. 물건의 차원에서, 제도의 차원에서, 권력 구조의 차원에서 진행된 서구화가 모두 문제점을 노정했기 때문에 서구적 개혁을 정신과 이념의 차원에서 추진하기 시작한 것이 신문화운동이라 할 수도 있기 때문입니다. 그리하여 전통문화, 전통사상에 대한 비판이 거세지고 서양문화, 서양사상에 대한 경도가 가속화됩니다. 예컨대 호적(胡適)이 유교적인 윤리 도덕과 대가족 문화를 무섭게 공격한 오우(吳虞)를 가리켜 "한 손으로 공가점(孔家店)을 타도한 쓰촨성의 늙은 영웅"이라고 치켜세우는 것이 바로 그렇습니다. 이념적 차원에서의 서구화는 이렇게 중화문명의 우월성을 보여주는 대표적 성인이었던 공자를 비판과 청산의 대상으로 바꾸어놓은 것입니다.

한국의 경우 갑오경장(甲午更張) 이후 제도적 차원에서의 서구화가 일본에 의해 지속적으로 추진되었다는 점에서 중국의 경우와 사정이 다른 점도 없지 않습니다. 그렇지만 서구화에 대해 지식인들이 보여준 발상과 태도는 중국과 거의 비슷하게 나타났습니다. 이를테면 문호 개방 이후 동도서기를 주장하는 사람들이 나타났고, 다음에 서구적인 제도와 매체를 만들려는 운동이 벌어졌고, 그다음에 인습적 결혼과 유교 문화에 대한 격렬한 비판이 시작되었습니다. 그러면서 점차 정치, 경제, 문화, 교육 등 모든 부면에서 전면적인 서구화로 나아갔습니다. 이렇게 전면적인 서구화가 추진되면서, 그리고 이념적인 차원에서 전통문화가 한국과 중국을 낙후시킨 중요한 요인으로 지목당하면서 중화적 세계관을 옹호하는 목소리는 낮아지고 서양을 배워야 한다는 목소리는 점차 높아졌습니다. 그 결과, 1930년대 말에 이르면 임화(林和)와 같은 한국의 대표적 프롤레타리아 비평가는 다음처럼 과격하게 말하게 됩니다. "신문학이 서구적인 문학 장르(구체적으로는 자유시와 현대소설)를 채용하면서부터 형성되고 문학사의 모든 시대가 외국 문학의 자극과 영향과 모방으로 일관되었다 하여도 과언이 아닐 만큼 신문학사는 이식 문화의 역사다"라고 말입니다. 이처럼 한·중 양국의 서구화는 오랫동안 한·중 지식인들 사이에 유지된 공통의 사유 방식과 자국 문화에 대한 자부심을 표면적인 차원에서 지워나가는 방식으로 진행되었습니다. 한국문학은 과거의 문학과 전통이 단절된, 다시 말해 중화 문명과 연결된 한문학이나 고전 문학과는 연속성이 없는, 서양 문학의 이식으로 규정되기에 이른 것입니다.

한국문학과 중국 문학은 한자라는 공통의 문학 매체를 상실하면서, 그리고 서양의 문학을 적극적으로 받아들여 '신문학＝근대문학'을 시작하면서 거리가 멀어지기 시작했습니다. 그리고 이

거리는 냉전 체제를 겪으면서 더욱 경직된 방식으로 굳어졌습니다. 1949년 중화인민공화국 성립 이후 1978년 12월의 개혁 개방에 이르기까지 약 30년 동안의 기간을 돌아보면 이 사실을 실감할 수 있습니다. 이 기간 동안 대부분의 한국 사람들은 중국 문학을 우리 문학과는 완전히 다른 종류의 문학이라고 생각했습니다. 이 같은 사정은 중국의 경우도 마찬가지였습니다.

냉전 체제하의 한·중 문학은 표면적으로 보기에 대단히 이질적이었습니다. 한국문학은 시장경제 체제를 바탕으로 한 자유민주주의 사회에서 상품의 하나로 존재한 반면 중국 문학은 사회주의 계획경제 체제를 바탕으로 한 인민민주주의 사회에서 당의 한 수레바퀴로 기능했습니다. 양국 문학은 이렇게 상이한 대척점에 서 있었습니다. 한국의 작가는 개인의 자질과 능력을 예술작품으로 표현하고, 자신의 예술작품을 팔아 생계를 유지한 반면, 중국의 작가는 당이 요구하는 방향으로 작품을 쓰고, 당으로부터 등급에 따른 급료를 받아 생계를 유지했습니다. 작품의 생산과 유통과 소비 방식이 서로 달랐으며, 작가의 존재 방식이 서로 달랐습니다.

그렇지만 다시 돌이켜 보면 양국 문학은 그러한 엄청난 이질성에도 불구하고 본질적이고 구조적인 측면에서는 큰 차이가 없었습니다. 1949년 이후 30년 동안은 한·중 양국 모두 정치가 문학을 압도하던 시기였으며, 정치가 문학을 한없이 불편하게 만들던 시기였습니다. 그 예로 1977년에 있었던, 이영희 교수 필화사건(筆禍事件)을 들어보겠습니다. 당시 한국 검찰은 이영희가 펴낸 『8억인과의 대화』란 책을 반공법 위반으로 기소했습니다. 그 이유는 이 책이 "중공의 정치·사회 실상 및 공산활동의 성과를 찬양"하고 있는데, 특히 미국 학자 존 갤브레이스John K. Galbraith가 중공의 사회상과 경제 활동에 대해 긍정적으로 쓴 글을 여과 없이 인용하여 "중공의 효율적인 경제 체제"를 찬양함으로써 반공법을 위반했다는 것입니다. 지금 돌이켜 보면, 이 책은 중국의 문화혁명과 대약진운동을 지나치게 이상화한, 비현실적인 책이란 비판을 면하기 어렵습니다만, 어쨌건 이 필화사건은 중국에 대한 어떤 긍정적 접근도 허용하지 않던, 엄혹하고 어두웠던 한 시기를 말해주고 있습니다. 마찬가지로 중국의 사정도 한국과 다르지 않았습니다. 진사화(陳思和)가 『중국당대문학사(中國當代文學史)』에서 '암흑의 시간'이라고 지칭한 문화혁명 시기는 외국 책을 소지하고 있었다는 이유만으로 수많은 지식인들이 비판이나 처벌을 받던 시기였습니다. 이런 점에서 한·중 문학은 구조적으로 동일한 상황에 놓여 있었습니다.

이 기간 동안의 한·중 양국 문학은 표면적으로 보기에 몹시 이질적이었습니다. 1950년의 한국전쟁과 중국의 참전, 1960년대의 베트남전쟁과 한국의 참전은 동아시아에서 양국의 정치적 적대 관계를 더욱 첨예하게 발전시키면서 '반공문학'과 '반제국주의문학'이란 대립 관계를 성립시켰습니다. 그렇지만 그런 표면적 이질성에도 불구하고 당시의 양국 문학이 보여주는 모습은 오히려 그렇기 때문에 본질적으로 유사했습니다. 한국의 저명한 비평가였던 김현은 유신 독재 정권이 붕괴된 직후에 펴낸 『문학과 유토피아』에서 이렇게 쓴 적이 있습니다. 민주화의 달성이란 목전의 목표가 지식인들을 압도하고 있었던 시절, 김현은 자신의 문학적 입장을 분명하게 드러내지 못하는 불편함을 겪었으며 그 사정을 저변에 깔고 다음처럼 썼습니다.

> 나는 이제야말로 문학 비평가가 정말 해야 하는 것은 무엇인가를 명확하게 생각해야 할 시기라고 생각한다. 반체제가 상당수 지식인들의 목표이었을 때, 문학 비평이란 무엇이냐는 질문은 사치스럽기 짝이 없는 질문처럼 생각되었다. 그러나 이제는? 문학은 그 어느 예술보다도 비체제적(非體制的)이다. 나는 그것을 문학은 꿈이라는 명제로 표현한 바 있다. 〔……〕 문학이 다만 실천의 도구일 때 사회는 꿈을 꿀 자리를 잃어버린다. 꿈이 없을 때 사회 개조는 있을 수가 없다.[2]

1950년 이후 한국문학이 반공 이데올로기와 독재 정권 아래에서 겪었던 불편함과 어려움을 중국문학은 더 큰 강도로 겪었습니다. 중국의 경우 1949년 중화인민공화국 성립 이후 대약진운동, 반우파투쟁, 호풍사건, 문화대혁명 등 정치적 사건들이 숨쉴 틈 없이 이어지면서 푸레이(傅雷), 딩링(丁玲), 바진(巴金), 왕멍(王蒙), 김학철(金學鐵) 등 문학인들과 펑유란(馮友蘭), 천인커(陳寅恪), 지셴린(季羨林), 우한(吳晗) 등 인문적 지식인들은 인간으로서는 견디기 어려운, 다양한 종류의 억압과 박해를 받았습니다. 그래서 푸레이와 같은 저명한 번역가는 스스로의 자존심과 인간의 존엄성을 지키기 위해 자살을 선택했습니다. 또 바

---

2   김현, 「비평의 방법」, 『문학과 유토피아』, 문학과지성사, 1980, p. 356.

진(巴金)은 자기 영혼의 고해성사라고 할 수 있는 『수상록(隨想錄)』에서 문화대혁명 시기의 자신에 대해 "나는 거짓말을 신봉했고 심지어 전파했다. 한 번도 거짓말에 반발하거나 투쟁하지 못했다. 누군가 소리 높이어 외치면 나는 열심히 따라 했다"고 썼습니다. 살아남기 위한 그때의 절박한 자기 모습을 "환골탈태(換骨奪胎)의 마술상자 속에 들어가 변신하고 싶었다"라는 말로 표현하면서, 돌이켜 보면 그것은 참으로로 부끄러운 '노예'의 모습이었다고 말했습니다.

그리고 대학자인 펑유란 같은 사람도 폭로와 투쟁, 경계와 적대감으로 얼룩진 혁명의 세월을 보낸 후 자신이 겪었던 불편함에 대해 담담하게 다음처럼 말하고 있습니다.

"두 차례의 고난을 겪고 한 가지 교훈을 얻었다. ……길은 스스로 만드는 것이다. 도리도 스스로 깨치는 것이다. 학술상의 결과물도 오직 자신의 연구에 의지할 뿐이다."

사상의 개조는 지식인이 가진 논리적 체계와 양심에 비추어 볼 때 일종의 전향(轉向)이기 때문에 반드시 납득할 수 있는 필연적 이유를 수반해야 합니다. 지식인의 경우 설령 정서적으로 공감할 수 없을지라도, 아니 거짓말일지라도 논리적으로 설명이 가능하다면 개조에 동참할 수 있을 것입니다. 그런데 설명이 불가능한 전향을 정치가 강요한다면, 사람들 앞에 경솔하게 나서서 지금까지 자신이 주장했던 논리적 체계와 다른 이야기를 하라고 시킨다면 그것만큼 불편하고 고통스런 일은 달리 없을 것입니다. 평유란과 같은 세계적인 대학자에게, '자신의 고유한 생각과 체계'를 가진 사람에게 끝없는 반성을 요구하고 당장 변화된 모습을 내놓으로라고 겁박한다면, 아마도 그 절박한 상태는 바진의 말처럼 "환골탈태(換骨奪胎)의 마술상자 속에 들어가 변신하고 싶었다"는 심정 바로 그것이었을 것입니다. 그럼에도 평유란은 『중국철학사』를 저술한 대학자답게 문화대혁명 시기에 마지못해 마음에 없는 말을 했던 자신을 담담히 성찰하면서 "길은 스스로 만드는 것이다. 도리도 스스로 깨치는 것이다. 학술상의 결과물도 오직 자신의 연구에 의지할 뿐이다"라고 말하고 있는 것입니다.

이렇듯 1949년 이후 30년 동안의 양국 작가들과 양국 문학은 표면상의 차이에도 불구하고 본질적인 측면에서는 거의 유사한 길을 걸어왔습니다. 그 결과 이 시기의 한국문학과 중국 문학에는 정치와 문학이 어울리고 대립하면서 만들어낸 다양한 형태의 정치적·비정치적 문학이 있습니다. 이 사실을 저는 중국보다 약 20여 년 정도 후에 한국에서 잠시 번성한 노동문학을 1949년 이후의 중국 문학, 특히 대약진운동 시기의 중국 문학과 비교해보면 잘 알 수 있다고 생각합니다. 중국의 경우 공업 발전에 동참한 노동자들을 다룬 냉전 시기의 소설 중 가장 영향력이 컸던 작품은 아이우(艾蕪)의 『열화 속의 강철』과 두펑청(杜鵬程)의 『평화의 나날에』라고 알고 있습니다. 아이우의 소설은 9호 용광로의 쾌속 제련 과정을 성취하는 것을 배경으로 소설의 주인공이 생산에 수반된 모순, 잘못된 사상에 수반된 모순, 애정 문제에 수반된 모순 등을 극복하는 단련 과정을 거쳐 중국공산당의 훌륭한 일꾼으로 성장하는 모습을 그리고 있습니다. 그리고 두평청의 소설은 철도공정대의 생활을 그린 작품으로, 전쟁이 끝나고 '평화건설 시기'라 부르는 시절에 직면해야 했던 내부 모순 문제를 다루고 있습니다. 군복을 벗고 노동자로 돌아온 사람들 사이에서 벌어지는 첨예한 모순과 대립을 통해 사회주의 건설에 필요한 인간상을 제시하고 있는 것입니다. 한국의 경우, 이 같은 종류의 노동문학은 1980년대 이후 활발하게 창작되기 시작하여 1990년대 초에 정점을 이루고 2000년대에 들어서면서 거의 사라졌습니다. 대내적으로는 노동운동이 계급투쟁의 성격을 상실하고 임금투쟁의 차원으로 옮겨감에 따라, 대외적으로는 소련을 비롯한 사회주의 국가들이 붕괴하면서 그동안 이상화·신비화되었던 사회주의 국가들의 실상과 문제점이 드러남에 따라 한국의 노동문학은 독자를 상실하고 잡지를 폐간하는 과정을 거쳤습니다.

그런데 여기에서 우리가 주목해야 할 점은, 이러한 노동문학이 중국의 경우 국가의 강력한 지도와 지지를 받으며 번성한 반면 한국의 경우 엄중한 감시와 탄압을 받으며 번성했다는 사실입니다. 그리고 양국 모두 국가의 간섭이 사라지고 자유로운 창작 환경이 조성되면서 쇠퇴의 길을 걸었다는 사실입니다. 이 같은 역사적 사실은, 문학의 흐름이 국가가 요구하는 방향대로 만들어지지 않는다는 것을 말해주고 있습니다. 문학은 국가가 지도하며 관리하는 영역이 아니라 작가가 자율적으로 그려내는 영역입니다. 이런 점에서 한·중 양국 문학은 권력과 만나는 방식에서는 서로 달랐지만 거기에서 얻은 교훈은 동일하다고 할 수 있습니다.

1992년의 한·중 수교 이후 한국과 중국은 냉전 체제의 유산을 빠르게 청산하면서 특별히 중요한 이웃 관계로 발전했습니다. 이 사실은 다른 무엇보다 양국 사이의 교역 관계가 잘 말해주고 있습니다. 한국의 대중국 수출액은 대미국 수출액을 압도하면서 부동의 1위 자리를 굳혔습니다. 그리고 경제적인 측면을 넘어서 정치적 측면, 군사적 측면, 문화적 측면에서도 긴밀한 관계로 발전하기 시작했습니다. 그렇지만 한국과 중국의 지식인들은 문화적인 측면에서 서로를 서유럽 국가들보다 중요하게 생각하지 않고 있습니다. 서로에게 배울 것이 별로 없다고 생각하면서 미국과 유럽 쪽을 쳐다보고 있습니다. 이런 점에서 문화적인 측면에서 서구화는 현재 진행형이며 동아시아 문화에 대한 자부심은 아직도 재건의 기회를 찾지 못하고 있습니다.

제가 몇 년 전에 읽은 러우위리에(樓宇烈) 교수의 『중국의 품격(中國的品格)』이란 책에서는 한국에 남아 있는 유교 문화의 미덕에서 배울 것을 여러 가지 이야기하고 있었는데, 그중 하나가 형벌 문제였습니다. 러우 교수는 "문화대혁명을 겪은 사람들이라면 모두 알 겁니다. 부모는 자식의 잘못을 들추어내고, 자식은 부모의 잘못을 들추어내어 계급적 입장을 견결히 하려고 했으니, 서로 감싸주는 일이 있을 수 있었겠습니까? 반대로 저는 한국의 형법에서 상해죄라는 조항을 찾을 수 있었습니다"라고 쓰고 있었습니다. 러우 교수는 한국에서 부모나 자식이 죄를 숨겨주는 경우 가볍게 처벌하는 것과 자식이 부모에게 폭력을 가했을 경우 가중 처벌하는 것을 보고 유가사상을 정(情)과 법(法)의 관계로 운용하는 한국을 배울 필요가 있다고 말하고 있었습니다. 러우 교수의 이 말로부터 우리는 서양에서 배우는 것에 못지않게 양국이 서로에게서 배울 것이 많다는 사실과, 그런 항목들을 찾아내고 가치를 발견하는 사람들의 교류를 본격화시켜야 한다는 사실을 절감할 수 있습니다. 일방적으로 진행되어온 서구화에 맞서 각자의 정체성과 자부심을 다시 찾기 위해, 동아시아를 세계 문명의 중요한 중심축으로 다시 세우기 위해, 대중의 감정과 편견에 흔들리지 않는 한·중 양국의 신뢰를 구축하기 위해 양국 문화에 대한 비교 연구와 학문적 교류를 심도 있게 진행할 때가 되었다고 저는 생각합니다.

홍정선(洪廷善) 연보

1953년 3월 7일   경상북도 예천군(醴泉郡) 유천면(柳川面) 연천동(蓮泉洞) 263번지에서 부친 홍사익의 4남 1녀 중 4남으로 출생.

1966년   유천국민학교 졸업.

1970년   대구중학교 졸업.

1973년   경북고등학교 졸업.

1978년 10월   육군 만기 제대.

1979년   서울대학교 인문대학 국어국문학과 졸업(문학사).

1981년   서울대학교 대학원 국어국문학과 석사 과정 졸업(문학석사).

1982년 3월   동인지『문학의 시대』창간.

1982년 3월~1992년 8월   한신대학교 전임강사, 조교수, 부교수로 강의.

1986년   평론집『역사적 삶과 비평』(문학과지성사) 출간.
엮은 책『한국근대비평사의 쟁점』(동성사) 출간.

1986년 12월   대한민국문학상 신인상 평론 부문 수상(대한민국 문예진흥원 주관).

1988년~1989년   엮은 책『김팔봉 문학 전집』(전 5권, 문학과지성사) 출간.

1988년~1998년   계간『문학과사회』(문학과지성사) 편집동인 역임.

1988년 6월   재수록 전문지『오늘의 시』및『오늘의 소설』편집위원 역임.

1992년   서울대학교 대학원 국어국문학과 박사 과정 졸업(문학박사).

1992년 9월~2018년 8월   인하대학교 교수.

1993년   여행 산문집『신열하일기』(대륙연구소) 출간.

1994년~1997년   계간『황해문화』편집위원.

1996년   엮은 책『문예사조의 새로운 이해』(문학과지성사) 출간.

1996년 5월   소천비평문학상 수상.

1996년 6월   계간『작가』편집위원.

1997년   엮은 책『홍성원 깊이 읽기』(문학과지성사) 출간.

1998년   엮은 책『한국현대시론사 연구』(문학과지성사) 출간.

1999년 2월   현대문학상 평론 부문 수상.

2000년 3월   인하대학교 학생처장.

2002년 8월~2003년 8월   학술진흥재단 한국학 해외 파견교수 겸 중국교육부 초청.
외국인 전문가로 길림대학에서 강의, 길림대학 평생 객원교수.

2005년   엮은 책『이산 김광섭 전집』(문학과지성사) 출간.

2006년~2008년   (주)문학과지성사 감사 겸 기획위원.

2007년~2017년   파라다이스 문화재단 주관 '한중작가회의' 책임간사와 운영위원을 거쳐 한국 측 대표로 활동.

2007년   엮은 책『소설 1(문학과지성사 한국문학선집 1900~2000)』

(문학과지성사) 출간.

2008년~2013년   (주)문학과지성사 대표이사.

2008년   연구서『카프와 북한문학』(도서출판 역락) 출간.

평론집『프로메테우스의 세월』(도서출판 역락) 출간.

평론집『인문학으로서의 문학』(문학과지성사) 출간.

2009년 2월~2011년 2월   인하대학교 문과대학 학장.

2017년~2019년   '한중시인회의' '한중 대표작가 포럼(2018)' 한국 측
대표.

2018년 8월 31일   인하대학교 한국어문학과 교수로 정년퇴직(홍조근
정훈장).

2018년 9월~2022년 8월   인하대학교 한국어문학과 명예교수.

2019년 8월   중국 정부로부터 조어대(釣魚臺)에서 '중화도서특수공
헌상' 수상.

2022년 8월 21일   지병으로 별세(경북 예천 선영에 안장).

수록 글 발표 지면

1부

일상적 삶의 변화와 시 읽기의 어려움　난징대학 한국학연구센터 국제
　　회의 〈동아시아 시각에서의 한국 근현대문학 연구〉, 2013. 3. 22. (최
　　종 수정: 2017. 3. 9)

동아세아적 전통과 진정한 근대인의 길 —이상의 경우를 중심으
　　로　난징대학 여름 학기 집중 강의 '동아시아 시각에서의 한국학 연
　　구', 2015.

봄을 노래한 시와 인문주의적 시 읽기 —이상화와 김영랑 읽기　제
　　11차 한중작가회의 기조 발제, 2017. 10. 17.

민족의 시원을 향한 시인의 눈길 — 백석의 시　『시와 시학』 2009년 겨
　　울호.

윤동주 문학과 초월적 상상력의 기반에 대하여　윤동주 시인 74주기 추
　　모식 및 제18회 윤동주 시문학상 시상식, 2019. 2. 13.

아, 청마! 그 의지와 사랑의 열렬함이여!　한국문화예술위원회, 「한국문
　　학지도」, 2017.

2부

시, 상처를 다스리는 신음 소리 —정일근의 『기다린다는 것에 대하
　　여』　정일근, 『기다린다는 것에 대하여』, 문학과지성사, 2009.

몸과 더불어 사는 기쁨 —황동규의 『사는 기쁨』　황동규, 『사는 기쁨』,

문학과지성사, 2013.

'나'라는 이상함, 혹은 불편하게 살아가기 —김경미의 『밤의 입국 심
  사』 김경미, 『밤의 입국 심사』, 문학과지성사, 2014.

상흔의 세월과 홀로 당당해지려는 의지 —류근의 『어떻게든 이
  별』 류근, 『어떻게든 이별』, 문학과지성사, 2016.

3부

시대에 대한 통찰과 내면세계의 확장—염상섭의 「만세전」과 『삼대』
  읽기 홍정선·김우창·이남호·유종호, 『고전 강연 8』, 민음사, 2018.

이청준 문학의 근원을 찾아서—소설의 원형, 원형의 소설 형식에 대
  한 고찰 한국작고문인선양사업 '이청준 문학의 미래와 장흥의 상상
  력' 강연, 2020.

유년기의 한스러움과 고향으로 가는 힘든 여정—이청준의 경우 출
  처 미상.

역사에 대한 회의와 '기록'으로서의 소설—이병주의 경우 『한국문학
  평론』 제48호, 국학자료원, 2015.

소설가의 성숙과 주인공의 성장—김원일의 『늘푸른 소나무』 김원
  일, 『늘푸른 소나무』 3권, 강, 2015.

낯설고 위험한 소설 앞에서—박상우의 『비밀 문장』 박상우, 『비밀 문
  장』, 문학과지성사, 2016.

4부

비평의 숙명으로서의 작품 읽기 『숨』 2017년 하권.

문학 교과서와 친일 문제, 그 해결점을 찾아서 『대산문화』 2019년 여
  름호.

해방기 시문학 연구에 나타난 문제점과 향후의 과제 한국시학회 제
　　36차 전국학술발표대회 〈광복 70주년, 해방기 시문학 연구의 현황과
　　과제〉 기조강연,『한국시학회 학술대회 논문집』, 한국시학회, 2015.
청마 유치환을 향한 친일 의혹, 그 문제점에 대하여 『예술논문집』제
　　56집, 대한민국예술원, 2017.

5부

중국에서의 한국문학 번역 출판의 현황과 문제점 『민족문학사연구』
　　제43호, 민족문학사연구소, 2010.
번역의 이상과 현실 제1차 한중시인회의 〈번역의 이상과 현실〉, 2017. 12. 11.
한국문학과 외국 문학의 관계—과거·현재·미래 제39회 국제비교한
　　국학회 국내 학술대회, 2019. 10.
한·중 문화의 이질성과 동질성에 대하여—비교 연구를 위한 몇 가지
　　단상 제38회 국제비교한국학회 국제 학술대회 〈한중 인문학적 전
　　통과 근대적 전형〉, 2019. 4.